Match imparfait

Catalogage avant publication de Bibliothèque et Archives nationales du Québec et Bibliothèque et Archives Canada

Godin, Joanie, 1984-

Match imparfait

(Lime et citron)

ISBN 978-2-89662-229-0

I. Titre. II. Collection : Lime et citron.

PS8613.O342M37 2013   C843'.6   C2012-942644-X
PS9613.O342M37 2013

Édition
Les Éditions de Mortagne
Case postale 116
Boucherville (Québec)
J4B 5E6
Tél. : 450 641-2387
Téléc. : 450 655-6092
Courriel : info@editionsdemortagne.com

Illustration en couverture
© Géraldine Charette

Tous droits réservés
Les Éditions de Mortagne
© Ottawa 2013

Dépôt légal
Bibliothèque et Archives Canada
Bibliothèque et Archives nationales du Québec
Bibliothèque Nationale de France
1er trimestre 2013

ISBN : 978-2-89662-229-0
ISBN (epdf) : 978-2-89662-230-6
ISBN (epub) : 978-2-89662-231-3

1 2 3 4 5 – 13 – 17 16 15 14 13

Imprimé au Canada

Nous reconnaissons l'aide financière du gouvernement du Canada par l'entremise du Fonds du livre du Canada (FLC) et celle du gouvernement du Québec par l'entremise de la Société de développement des entreprises culturelles (SODEC) pour nos activités d'édition. Gouvernement du Québec – Programme de crédit d'impôt pour l'édition de livres – Gestion SODEC.

Membre de l'Association nationale des éditeurs de livres (ANEL)

Joanie Godin

ÉDITIONS DE MORTAGNE

À Mariève,
sans qui ce livre n'aurait jamais vu le jour.

À mes premiers lecteurs,
Valérie, Jessica, Catherinn, Véronique, Martine,
Cinthia, Chloé, Mélisande, Louis, David, Kathy et Alex,
pour vos conseils.

À mes parents,
pour qui le mot « merci » est loin d'être suffisant.

– Penses-tu qu'on s'est aimés trop fort, trop tôt dans nos vies ? m'a demandé Charles il n'y a pas très longtemps.

Après tout, c'est une histoire assez incroyable que nous avons vécue, lui et moi. Des hauts, des bas... Des hauts très hauts et des bas... très, TRÈS bas ! Encore aujourd'hui, j'ai de la difficulté à comprendre comment on a fait pour gâcher une si belle histoire d'amour...

Je n'ai aimé personne autant que lui dans ma vie et je crois que c'était réciproque.

Ma première journée au cégep. C'est là que tout a commencé.

À dix-sept ans, j'avais déjà vécu mon lot de drames. Après l'horrible douleur d'avoir perdu mes parents à l'adolescence, le destin en a rajouté en m'enlevant mon chum. Frédéric, avec qui j'avais été en couple durant les deux dernières années du secondaire, était décédé dans un accident de voiture. Le 27 juin. Quelques jours après le bal.

À mon arrivée au cégep, à Québec, ma ville natale, j'étais encore très fragile. Et c'était visible au premier coup d'œil. Disons que j'avais tendance à ne pas trop m'arranger. Si j'avais pu, je serais allée en cours en pyjama. Pas question de me mettre belle ou de me maquiller. Je n'en avais aucune envie. Je me suis donc présentée en jeans avec une chemise à carreaux trop grande pour moi. Je ne me suis pas coiffée non plus. Je m'étais contentée d'un coup de peigne dans mes longs cheveux blonds en sortant de la douche, sans les sécher.

Ce qui trahissait vraiment ma peine, c'est la douleur qu'on pouvait lire dans mes yeux bleus. On m'a toujours dit que j'avais les yeux couleur de mer. Et c'était encore plus vrai lorsque je pleurais beaucoup...

J'y allais donc à reculons. Sydney-Lune, ma jumelle, m'avait convaincue que c'était la meilleure façon de me changer les idées. (Je sais, elle a un nom bizarre, mais mes parents aimaient être originaux.) Nous n'avions qu'un seul cours ensemble pendant la première session, mais je savais que je pouvais compter sur sa présence entre les périodes de classe et à l'heure du midi. Pour le reste, je m'étais dit que je m'installerais au fond de la classe sans parler à personne.

J'ai raté mon coup.

Lundi 19 août, huit heures, premier cours de la session : histoire. J'ai franchi la porte quelques minutes avant le début de la séance et me suis installée à la dernière table pour deux. Je pensais être seule et avoir la paix. Un gars est entré dans la classe, tout juste avant que l'enseignant ferme la porte. Évidemment, il s'est assis à côté de moi en me lançant son plus beau sourire, auquel j'ai répondu, un peu gênée. À mon grand dam, le professeur a annoncé que les places que nous avions choisies seraient les mêmes pour toute la session et que la personne assise à nos côtés deviendrait notre coéquipier pour tous les travaux. Eh merde... Moi qui pensais que seuls les profs du secondaire fonctionnaient comme ça...

— Salut, moi, c'est Charles.

Il s'est présenté en me tendant la main, et je l'ai serrée sans trop de conviction.

— Moi, c'est Charlie...

Cette fois, j'ai souri pour de vrai. Avouez que c'est assez comique comme situation...

Je n'avais pas encore pris le temps d'examiner mon partenaire obligé, mais, quand nos regards se sont croisés, j'ai ressenti une mini-décharge électrique au cœur. Je l'ai trouvé beau. Plus grand et beaucoup plus bâti que moi, il portait un chandail bleu royal juste assez ajusté pour que je puisse bien voir la carrure de ses épaules. Ses cheveux châtains étaient savamment ébouriffés avec un peu de gel. Il avait surtout un sourire enjôleur et un regard pétillant. Vous savez, le genre de regard qui nous oblige à baisser les yeux tellement on a l'impression qu'il nous transperce ? Durant quelques secondes, je dois l'avouer, j'ai été charmée. Et bon, OK, j'avoue aussi que je l'ai peut-être observé à la dérobée un peu plus que je ne voulais l'admettre !

Charles a cependant perdu tous ses points quand il m'a avisée qu'il lui arrivait parfois de manquer quelques cours en raison de ses matchs de hockey. Il avait l'air tellement fier de jouer pour les Guerriers de Sainte-Foy, l'équipe du junior majeur ! J'avais toujours entretenu des préjugés défavorables envers les joueurs de hockey. En fait, je peux même aller jusqu'à dire que je les détestais... sans trop savoir pourquoi, d'ailleurs. Ma jumelle sortait pourtant avec un hockeyeur depuis l'âge de quatorze ans et il était vraiment gentil. Mais je n'arrivais pas à m'enlever de la tête l'image (clichée, je sais) de « l'éternel infidèle, coureur de jupons » et Charles, aussi beau fût-il, correspondait tout à fait à ce portrait.

– Excuse-moi, aurais-tu un crayon à me prêter ? J'ai oublié mon étui... Je me suis levé un peu à la dernière minute ce matin...

Wow, ça commençait bien ! Même pas fichu de penser à apporter le SEUL objet essentiel pour un premier cours... « Bra-vo ! » Mais bon, je lui ai tout de même donné un crayon et j'ai gardé toutes mes belles pensées pour moi.

Je pense que Charles a senti mon exaspération. Mes expressions faciales m'ont toujours trahie. Pour je ne sais quelle raison, il m'a malgré tout invitée à manger à la cafétéria après le cours et, bizarrement, j'ai accepté. Je me suis moi-même surprise !

On s'est posé les questions de routine en mangeant les fameuses frites de la « caf ». Elles étaient tellement chaudes que je crois avoir perdu la moitié de mes papilles gustatives...

– C'est ta première session ? m'a demandé Charles d'emblée.

– Oui.

Simple, court, efficace. Je ne sais pas s'il s'est rendu compte que je ne lui ai pas retourné la question...

– Moi aussi, ajouta-t-il malgré tout. C'est bizarre d'être rendu au cégep, mais c'est cool. Tu ne trouves pas ?

– Bof, répondis-je avec un manque flagrant d'intérêt. Je trouve plutôt que ça s'annonce long et ennuyant.

Aucun point pour l'attitude...

– Viens-tu de la région ? poursuivit-il.

Charles était bien gentil, mais j'avais l'impression de subir un questionnaire !

– Oui, j'ai grandi ici. Toi ?

– Non, je suis à Québec juste pour le hockey, mais...

– Charlie !

Ma jumelle. Elle ne pouvait s'empêcher de crier mon nom dès qu'elle me voyait. Bien entendu, c'était BEAUCOUP trop long d'attendre d'être à mes côtés... Pfff !

Malgré son arrivée remarquée, j'étais soulagée de la voir. Je ne comprenais toujours pas comment j'avais pu me retrouver dans cette situation, à manger des frites avec un inconnu en répondant à un interrogatoire...

– J'ai pris une grande décision, m'annonça-t-elle en prenant place à côté de moi.

Son ton était le plus sérieux du monde, ce qui ne m'étonnait pas : elle prononçait cette phrase-là au moins une fois par jour. Avec une légère exaspération dans la voix, je lui ai demandé :

– Quoi encore ?

– Je viens de parler avec Mathieu et il est d'accord pour que j'aille le rejoindre à Val-d'Or après Noël ! répondit-elle avec trop d'enthousiasme pour une phrase comprenant le mot « Val-d'Or ».

– Et tu as l'intention d'y aller ?

– Oui, je vais me prendre un appartement, puisque Mathieu sera en pension, et je m'inscrirai au cégep là-bas.

Noooooon ! Je ne voulais pas la voir partir ! Alors, un peu comme un bébé qui chigne pour un jouet, j'ai ajouté :

– Mais, Sydney, c'est à l'autre bout du monde !

Charles, que je n'avais pas présenté, est alors entré dans la conversation, un point d'interrogation dans le regard.

– Euh... on ne parlait pas de Val-d'Or ? Qu'est-ce que Sydney vient faire là-dedans ?

Je trouvais sa confusion très comique, mais Sydney a superbement ignoré Charles, roulant simplement des yeux avant de poursuivre :

– Je sais, mais je m'ennuie trop de lui, alors la meilleure solution, c'est d'aller le rejoindre ! Bon, je dois te laisser, mon cours commence dans cinq minutes. On en reparle à la maison !

Une vraie tornade, ma sœur. Charles affichait un air amusé après son passage.

– Euh, j'imagine que c'était ta vraie jumelle ?

Il n'y avait aucune arrière-pensée dans sa question, mais, comme je lui avais collé l'étiquette de tombeur et que j'étais foncièrement de mauvaise foi, j'en ai déduit que Charles fantasmait carrément sur ma sœur et moi. J'étais donc un peu sur mes gardes quand j'ai répondu :

– Oui, c'est ma jumelle. Elle s'appelle Sydney-Lune, mais on l'appelle juste Sydney.

Charles avait l'air fasciné.

– Ce doit être spécial de côtoyer un double de toi.

– Je ne sais pas... Je n'ai jamais vécu autrement.

Je n'avais pas de raison d'être aussi brusque avec lui ; après tout, il était gentil depuis le début. Je me suis donc forcée un peu par la suite...

– Tu sais, j'ai cinq sœurs et on est toutes très proches, alors avoir une jumelle ne change pas grand-chose pour moi.

– Cinq sœurs ? Wow ! Moi, je n'en ai qu'une et c'est assez. Disons qu'on s'engueule pas mal souvent ! Elles ont quel âge ?

Quand je parle de mes sœurs, j'ai toujours un sourire aux lèvres et mon regard s'illumine. Voilà qui contrastait avec mon air depuis le début de notre discussion !

– Mégane est la plus vieille, elle va avoir vingt et un ans. Alysson-Mai va avoir vingt, Noémie-Soleil a dix-huit et la plus jeune, Kayla-Ève, a quinze ans.

– Wow ! Tes parents n'ont pas perdu de temps !

– Oui, je sais. De vrais petits lapins...

Enfin une phrase sympathique, je m'améliorais ! Il a souri.

On jasait depuis un bon moment – et on avait fini par comprendre que le fameux Mathieu de ma sœur était en fait le même que celui qui avait joué au hockey mineur avec Charles, et que celui-ci avait perdu de vue depuis – et je sentais qu'une question lui brûlait les lèvres.

– Tu es célibataire ?

J'avais raison.

J'ai répondu un « oui » sur un ton tellement froid que j'ai fermé la porte à toute discussion en lien avec l'amour. Et, pour être vraiment certaine qu'il comprenne que je n'avais pas envie d'en parler, j'ai changé de sujet en lui demandant quel était son prochain cours.

On a donc comparé nos horaires pour s'apercevoir qu'on avait deux autres cours communs : français et politique. Le cours de français était justement le suivant, à midi, alors on a décidé d'y aller ensemble.

On s'est revus quelques fois en dehors des cours pendant les deux semaines qui ont suivi. On s'est croisés dans les corridors et à la cafétéria, sans avoir des conversations élaborées. Jusqu'à un certain matin, au cours de politique...

Ce jour-là, on a dû échanger nos numéros de téléphone pour un merveilleux travail de session en équipe... On devait analyser un parti politique. C'est fou comme j'étais intéressée (alerte au sarcasme ici !).

Charles m'a proposé de le rejoindre en après-midi à la maison où il vivait en pension pour commencer le fameux travail. On s'est installés sur la terrasse à l'arrière de la maison, question de profiter du soleil et de la brise fraîche de septembre. Je ne sais pas pourquoi, mais on était si fébriles que rien n'avançait. On riait sans arrêt et la conversation dérapait souvent. Au bout d'un moment, j'ai essayé de nous ramener à l'ordre.

16

– Charles, tu te rends compte que ça fait déjà deux heures qu'on travaille et qu'on n'a même pas encore choisi quel parti on analyserait ? Ça ne va pas très bien, notre affaire..., ai-je soupiré, en affichant un air sévère.

– Je sais, je sais. OK, un peu de concentration.

Mais Charles faisait tellement de grimaces en essayant de se concentrer que j'ai pouffé de rire.

– Charlie, arrête de rire ! s'exclama-t-il, faussement indigné. J'ai une idée : on va écrire tous les partis qui nous intéressent sur des bouts de papier et on va en piger un.

Deux heures pour en arriver là ! La productivité n'était vraiment pas notre fort, ça augurait bien pour la session ! On a fini par piger le Parti conservateur. Rien pour nous motiver.

Je suis partie vers dix-neuf heures. Pour la première fois, Charles m'a embrassée sur les joues. Il n'y avait rien d'extraordinaire dans ce geste, mais j'ai eu l'impression que le monde s'était arrêté de tourner, l'espace d'un instant.

Cette première vraie rencontre à l'extérieur de l'école m'avait permis de découvrir un gars très sympathique avec un bon sens de l'humour. Il me changeait les idées et ça me faisait le plus grand bien. Nous étions officiellement passés de simples coéquipiers à amis...

Je n'ai pas appelé Charles du reste de la semaine.

En fait, ce n'est jamais moi qui l'appelais. Au début, il trouvait toujours une raison « scolaire » à ses appels. Du genre : « J'ai oublié de noter les pages à lire en histoire... » ou encore : « Tu comprends quelque chose au recueil de poèmes, toi ? » Par la suite, la conversation coulait naturellement.

Le fait d'avoir trois cours ensemble nous a beaucoup rapprochés. Une belle amitié était en train de se développer et déjà, après quelques semaines de cours, j'avais l'impression de le connaître par cœur.

Charles m'avait parlé en détail de ses parents, de sa sœur, de ses grands-parents... toute la famille y était passée ! J'avais l'impression de les avoir rencontrés souvent. Il m'a même glissé un mot sur ses ex. Il espérait peut-être me faire parler de mon passé amoureux, mais je résistais. La curiosité le démangeait, je le voyais bien.

– C'est fou, j'ai l'impression de t'avoir raconté ma vie trois fois, mais je ne sais rien de toi, m'avait-il confié un jour.

– Bof, ma vie n'est pas intéressante.

J'adoptais un ton plutôt détaché, mais il ne lâchait pas le morceau.

– Ça m'intéresse quand même. Tu ne me fais pas confiance ?

– Non, ce n'est pas ça... Il n'y a rien de spécial à dire, je te jure.

J'essayais d'être convaincante, mais je suis la pire menteuse de la planète. Si ce qui sort de ma bouche est faux, le reste de mon visage le fait immédiatement comprendre à mon interlocuteur. Charles n'a toutefois pas insisté.

On avait commencé à faire nos travaux à l'extérieur de l'école, car on n'était déjà plus capables du café étudiant et qu'on s'était fait « barrer » de la bibliothèque pour cause de « rire excessif ». On s'était donc déniché un petit coin tranquille sur le gazon devant le pavillon principal. On s'y retrouvait chaque jour. Sans exception. Je n'ai jamais été aussi studieuse ! En y repensant, je crois qu'on cherchait inconsciemment à passer le plus de temps possible ensemble.

Vers la fin septembre, j'étais à la cafétéria avec Charles et Sydney quand ma sœur a reçu un appel qui allait chambarder sa vie. Tout ce que j'ai entendu, c'est : « Quoi ? Ils te prennent ? Ah ! C'est trop *hot* ! »

J'avais le pressentiment que je n'allais pas la trouver si *hot* que ça, moi, cette nouvelle... C'était Mathieu, le chum de Sydney-Lune. Son camp d'entraînement s'était tellement bien passé que l'équipe avait décidé de le garder. Une équipe américaine.

Bon, c'est sûr que, pour lui, c'était une excellente nouvelle parce qu'il réalisait son rêve, mais, si elle avait déjà accepté d'aller le rejoindre en Abitibi et qu'elle parcourait quinze heures d'autobus en moyenne chaque fin de semaine pour voir ses matchs de hockey, je me doutais bien que ma sœur n'hésiterait pas à déménager à Washington pour être près de lui.

C'est effectivement ce qui s'est passé. Dans les jours qui ont suivi, ils ont décidé que ma sœur irait le rejoindre. Elle terminerait sa session à distance.

Elle est partie comme ça, un peu sur un coup de tête, pour suivre l'homme de sa vie – leur relation a été fusionnelle dès le premier regard, à l'instant où Cupidon a lancé ses flèches sur eux, je vous le jure !

Mais, même si je lui souhaitais tout le bonheur du monde, je me suis sentie abandonnée la minute où elle a fait ses valises.

Si je m'étais doutée, à ce moment-là, de ce que me réservaient encore « Roméo et Juliette »...

En à peine quelques semaines, j'avais développé pour Charles une attirance indescriptible. Cela m'embêtait un peu, car la dernière chose que je voulais alors, c'était de me retrouver en couple. Depuis les événements de l'été, mon moral était digne des pires montagnes russes et j'avais peur que Charles se sauve en courant.

Certains jours, je n'allais vraiment pas bien. Je m'ennuyais de Fred, de mes parents et de Sydney, qui venait à peine de partir pour les États-Unis. Ces « rechutes » passagères de mon moral arrivaient toujours sans crier gare. Il suffisait que je voie quelque chose qui me rappelle les absents ou qu'un souvenir douloureux me revienne en mémoire pour que je perde la maîtrise et me mette à pleurer.

J'étais en proie à une de ces crises de larmes, un après-midi, assise dans l'herbe devant le pavillon de sciences humaines, quand Charles est arrivé. Inconsciemment, je m'étais rendue comme une automate à notre lieu de travail habituel. Sans dire un mot, Charles s'est assis à mes côtés, m'a prise dans ses bras et m'a serrée longuement. Sans poser de question. Puis, il a déposé un doux baiser sur mon front.

— Est-ce que tu veux me dire ce qui ne va pas ou je me tais et te caresse les cheveux jusqu'à ce que tu te calmes ? me glissa-t-il d'une voix réconfortante.

Je l'ai trouvé attendrissant. En silence, j'ai sorti des photos de mon portefeuille. Je ne sais pas pourquoi mais, soudain, j'avais envie de tout lui raconter. Je me sentais si seule et abandonnée... je voulais qu'il comprenne. Il avait enfin gagné ma confiance.

— Lui, c'est Frédéric. On est sortis ensemble en 4e et 5e secondaires. Il est mort dans un accident d'auto, il y a un peu plus de trois mois.

Charles ne broncha pas et le mouvement doux de sa main dans mes cheveux m'incita à sortir une autre photo.

— Ce sont mes parents... Morts dans un écrasement d'avion il y a deux ans et demi. On dirait que, depuis que Sydney est partie, la douleur de leur perte s'est ravivée. Je m'ennuie tellement d'elle !

Charles était atterré. Je le comprenais : tant de drames d'un seul coup, c'est difficile à digérer. Sans un mot, il m'a serrée plus fort dans ses bras.

— OK... Je pense que tu as besoin de mettre ton cerveau au neutre, lança-t-il après m'avoir bercée un long moment. Ce soir, je te kidnappe, je loue autant de films qu'on est capables d'en regarder sans s'endormir, et on se nourrit uniquement de bonbons, de chips et de chocolat. Cette offre est non négociable et s'autodétruira dans trente secondes, termina-t-il d'un ton sérieux.

J'ai souri. J'ai eu droit à un dernier baiser sur le front avant qu'il me prenne par la main et m'entraîne jusqu'à sa voiture.

Mon « ravisseur » m'a ensuite emmenée au club vidéo et a choisi cinq films comiques ultra quétaines, comme je les aime. Ce n'était certainement pas son genre de films, mais j'imagine qu'il a voulu me faire plaisir. Pour couronner le tout, il a totalement dévalisé le rayon des confiseries, achetant suffisamment de sucreries pour que notre taux de sucre explose à la seule vue de cette montagne de bonbons !

Chez lui, on est descendus au sous-sol, où nous attendaient un grand sofa et un cinéma-maison. Charles a apporté toutes les couvertures et tous les oreillers qu'il a pu trouver. Alors que le générique du premier film défilait devant nos yeux, il s'est levé, les poings sur les hanches, en hochant la tête.

– Non, ça ne marche pas !

– Quoi ? Qu'est-ce qu'il manque ?

Et, comme si c'était une évidence, il a déclaré :

– On ne peut pas passer une soirée à regarder des films en jeans...

– Pardon ?! m'étouffai-je.

– C'est une loi non écrite. Il faut être en pantalon de jogging...

J'ai pouffé de rire pendant que Charles quittait la pièce, l'air le plus sérieux du monde. Il est revenu quelques minutes plus tard avec... deux pantalons de jogging et deux chandails en coton ouaté.

– Tiens, va les enfiler, tu seras plus à l'aise.

Comment pouvais-je refuser une demande aussi farfelue ? J'ai obtempéré et suis allée me changer dans la salle de bains. Pour être confortable, ce l'était ! Je flottais littéralement dans ses vêtements. Charles était assez costaud et moi, plutôt menue. J'avais l'impression d'être totalement ridicule habillée ainsi et je suis sortie de la salle de bains avec le capuchon sur la tête en fixant le sol.

– Bon, là, c'est parfait. Tu es même presque sexy, admit Charles en me voyant.

Il a tenu sa promesse : on a mangé des cochonneries jusqu'à en avoir mal au cœur ! Plus l'heure avançait, plus on se collait sous les cinq couvertures. Je me sentais bien. J'en ai oublié ma peine pour un moment. J'ai relevé la tête et lui ai demandé pourquoi il faisait tout ça pour moi.

– Je ne sais pas trop... J'ai vraiment besoin d'une raison ?

– Non...

Je n'ai pas voulu approfondir la question. Avait-il une idée derrière la tête ? Est-ce que c'était ce qu'on appelait une amitié gars-fille (une première pour moi, je dois l'avouer) ? J'ai arrêté de penser et je me suis blottie dans ses bras. J'étais heureuse et il y avait longtemps que je ne m'étais pas sentie aussi bien.

Je me suis endormie pendant le dernier film. Charles ne m'a pas réveillée. J'ai passé la nuit dans ses bras, semble-t-il. Il n'a même pas osé me bouger pour me conduire jusque dans son lit.

Le lendemain matin, la situation était un peu bizarre. Je me suis réveillée la première et j'ai sursauté en me rappelant où et dans quelle position j'étais. Les battements de mon cœur ont ralenti lorsque j'ai constaté que nous avions encore tous nos vêtements. Charles s'est réveillé quelques minutes après moi. Je n'avais pas encore bougé d'un poil, figée, ne sachant pas trop quoi faire.

– Bon matin, Charlie.

– Bon matin.

– Bien dormi ?

– Euh... Oui. Et toi ?

– Oui.

On parlait à voix basse et nos sourires gênés ne dissipaient pas le malaise. Charles n'avait pas l'autorisation de recevoir des filles pour la nuit ! En catimini, nous sommes sortis de la maison et il m'a reconduite à ma voiture stationnée au cégep.

Avant d'ouvrir la portière de mon auto, je me suis retournée vers lui.

– Merci, Charles, ça m'a vraiment fait du bien.

– Ce n'est rien. Ça m'a fait plaisir.

– Non, ce n'est pas rien. Ça signifie beaucoup pour moi. Merci.

Dommage que le mot « merci » n'ait pas de synonyme, j'aurais aimé tous les lui dire.

Charles a passé la semaine suivante à l'extérieur de la ville, puisque son équipe était sur la route. Malgré tout, il m'a appelée chaque jour.

Un soir, alors que je me préparais à aller me coucher et que j'avais enfilé mon *kitch*-mais-confortable pyjama rose bonbon, le téléphone a sonné.

– Charlie, téléphone ! me cria ma sœur Mégane, de sa chambre.

– Allô ?

– Salut, Malie, c'est Charles, ça va ?

Charles m'avait donné ce surnom parce que mon prénom complet est Charlie Malia et qu'il trouvait que nos noms sonnaient trop de la même façon.

– Oui, toi ?

– Ouais. J'en ai assez d'être dans l'autobus, mais ça va, soupira-t-il.

– Tu es rendu où ?

– Quelque part au Nouveau-Brunswick, je ne sais pas trop. Le moral, ça va ? s'enquit-il doucement.

– Oui. Mais je ne mangerai plus de bonbons avant un méchant bout ! J'ai encore mal au cœur ! Non, mais sérieusement, je vais bien, ne t'inquiète pas.

– Tant mieux ! Bon, je dois te laisser. Je vais t'appeler demain. Fais attention à toi.

– OK, bonne nuit.

– Toi aussi.

J'ai fait de très beaux rêves cette nuit-là. Charles avait réussi à chasser toutes mes idées noires. Je ne suis pas prête à dire que je m'ennuyais, mais disons que j'étais heureuse d'avoir de ses nouvelles. Ça me faisait un petit quelque chose de savoir qu'il pensait à moi.

Mégane a bien sûr remarqué qu'un certain Charles appelait souvent. Elle m'a fait prendre conscience qu'il était peut-être plus qu'un ami...

– Tu sais, Charlie, mes coéquipiers du cégep ne m'appelaient pas tous les soirs...

– Il veut juste s'assurer que je vais bien, me suis-je défendue, un peu trop rapidement pour écarter sa curiosité.

– Est-ce que c'est ton chum ?

– C'est quoi, cette question-là ? Tu sors ça d'où ?

– Tu ne vois pas tes yeux pétiller quand tu raccroches le téléphone...

– Ah ! Veux-tu arrêter de jouer à la mère ! Puisque je te dis que ce n'est qu'un ami.

Le ton de jeune adolescente que j'employais malgré moi me semblait *tellement* moins pire que le sien...

– OK, si tu le dis ! Mais je ne te crois pas.

Mégane me connaissait par cœur. Elle ne parlait pas beaucoup, mais, quand c'était le cas, elle me faisait réfléchir. Je lui voue une admiration sans bornes. Elle a dû traverser son lot d'épreuves, elle aussi. Elle avait dix-huit ans lorsque nos parents sont décédés et elle était la seule à être majeure. Mes parents l'avaient nommée tutrice dans leur testament, sans s'imaginer qu'elle aurait à assumer ce rôle peu de temps après.

Je me rappelle encore le jour de l'annonce de leur mort. C'était horrible. Pire que ça, en fait. Je ne trouve pas les mots pour décrire la douleur que nous avons ressentie, mes sœurs et moi. Des policiers ont frappé à la porte tard, un samedi soir. Mégane et Noémie ont répondu. La panique s'est emparée de moi lorsque je les ai entendues s'effondrer en larmes. Je me suis empressée de les rejoindre. Je n'oublierai jamais le trémolo qui imprégnait la voix de l'officier au moment de l'annonce déchirante :

– Je suis vraiment désolé. Vos parents ont eu un accident. Leur avion s'est écrasé.

J'ai voulu mourir. Je ne pensais pas que je pouvais autant pleurer et crier. « Pourquoi ? » J'ai dû me poser cette question-là des milliers de fois, mais c'est une question sans réponse...

Je me suis enfermée dans le mutisme pendant plusieurs jours. Je fixais le vide. J'ai refusé de voir un psychologue. Comment un étranger, qui n'avait jamais vécu pareil drame, pouvait-il m'aider ? Je détestais tout le monde. Surtout ceux qui essayaient maladroitement de nous consoler en nous donnant des conseils. J'ai même voulu couper les ponts avec les autres membres de ma famille ; oncles, tantes, cousins, etc. Je n'en pouvais plus de leur regard rempli de pitié. J'aurais voulu quitter le pays, changer d'identité et faire comme si tout cela n'avait jamais eu lieu.

Mégane a pris les choses en main. Elle a mis son deuil de côté pour s'occuper de nous et de nos crises, en plus de gérer la paperasse. Je ne la remercierai jamais assez pour tout ce qu'elle a fait. Et surtout... pour tout ce qu'elle a dû sacrifier.

On a passé beaucoup de temps ensemble, Charles et moi, au cours des premières semaines de la session. Deux inséparables. On n'avait même plus besoin de se donner rendez-vous le matin, c'était devenu un automatisme. Il venait me rejoindre à ma case chaque fois que nos horaires concordaient.

Toutefois, notre relation restait au stade fraternel. Ses tentatives de rapprochement se limitaient à me prendre dans ses bras et à me donner quelques petits becs sur les joues de temps à autre, sans plus.

Je n'y comprenais rien à rien. Je n'avais jamais vécu une relation amicale aussi... hum... intense. La culpabilité d'éprouver des sentiments aussi forts quelques mois seulement après la mort de Fred s'était emparée de moi. J'essayais d'effacer mes remords en me disant que c'était lui qui avait mis cet « ange gardien » sur mon chemin...

Deux semaines avaient passé depuis que j'avais annoncé à Charles la mort de mes parents et de mon ex. On n'en avait jamais reparlé. Je sentais que ça le tracassait, mais ni lui ni moi n'avions osé aborder le sujet. Le dernier samedi d'octobre, il m'a invitée à souper à la maison où il était pensionnaire. Il n'y avait là rien d'étonnant, c'était presque devenu une habitude, et j'y allais une à deux fois par semaine, les soirs où il ne jouait pas. J'étais toujours accueillie comme une reine par Diane, la dame chez qui Charles restait. Elle insistait pour que je fasse comme si j'étais chez moi. Elle m'avait un peu prise sous son aile quand elle avait appris que j'étais orpheline. Comme elle disait, elle n'avait pas eu d'enfant, alors c'était comme si Charles et moi étions les siens.

Bref, ce soir-là, après que Diane nous eut servi une tonne de plats à base de citrouille – sa façon de souligner l'Halloween qui approchait –, je trouvais que Charles était bizarre. Je ne lui ai pas posé de question. On est descendus au sous-sol, comme à l'habitude, et on s'est installés sur le sofa pour regarder la télé. Comme un vieux couple !

– Malie ?

– Quoi ?

– Il y a quelque chose dont j'aimerais te parler, mais je ne sais pas trop comment...

On était assis chacun de notre côté du sofa, mes jambes étendues sur les siennes. Charles me massait les pieds en me parlant, comme s'il était nerveux et que c'était le seul moyen qu'il avait trouvé pour évacuer son stress.

– Vas-y, c'est quoi ?

– Tes parents.

Charles a laissé tomber sa réponse comme une bombe, en me lâchant du même coup les pieds. Il me fixait pour voir ma réaction.

– Ah..., suis-je parvenue à souffler, au bord de la crise de panique.

J'ai baissé les yeux, ne sachant comment réagir. Je savais qu'il fallait qu'on en discute un jour ou l'autre, mais, jusque-là, j'étais toujours restée muette sur le sujet. Même avec mes sœurs ou avec Frédéric. Et j'avais quand même été deux ans avec lui... Mais, comme Charles me regardait avec une tendresse et une sincérité incommensurables dans les yeux, j'ai eu envie de me confier à lui.

– Tu sais, je n'arrête pas de penser à ce que tu m'as dit, et je ne sais pas, je me suis dit que tu aimerais peut-être en parler.

– Il n'y a pas grand-chose à raconter, répondis-je, m'apercevant qu'il n'était pas si facile de tout déballer.

– Au contraire ! répliqua-t-il en se redressant et en prenant mes mains. Je suis certain que tu as beaucoup à dire...

– Ben... Tu veux savoir quoi ?

– Tout... Comment tu te sens, comment ils étaient, si tu y penses souvent, si tu as encore de la peine...

– Ben, c'est sûr que j'y pense tout le temps. Je ne crois pas qu'un jour je vais arrêter de penser à eux, dis-je enfin, en plongeant mon regard dans le sien.

Je me suis arrêtée un moment, puis je me suis dit qu'il était temps de me vider le cœur. Je me suis rapprochée tranquillement de son côté du sofa.

– Le plus difficile, c'est quand je me dis que tout ce que je vis depuis qu'ils ne sont plus là, ben, ils ne le sauront jamais. Ils ne sauront pas que Sydney est rendue aux États-Unis, que Mégane est infirmière, qu'Alysson veut être avocate, que j'ai perdu Fred, énumérai-je en tentant de retenir mes larmes.

Charles m'écoutait attentivement.

– Ils ne sauront jamais que... je t'ai rencontré, ajoutai-je tout bas.

Mon Dieu, j'avais l'intention de me livrer, mais ça, c'était sorti tout seul !

– J'aurais aimé les rencontrer, moi aussi. Et leur dire à quel point leur fille est extraordinaire, me répondit-il tendrement.

Bon, c'était plus fort que moi, je pleurais. Je me trouvais nouille, alors je riais en même temps. Pathétique, une vraie *drama queen*.

– Viens ici que je te prenne dans mes bras, m'ordonna Charles en souriant.

Je me suis blottie tout contre lui. Charles a essuyé mes larmes, caressé mes longs cheveux. Ce petit geste me mettait tout à l'envers.

– Ils faisaient quoi dans la vie ? enchaîna-t-il en replaçant doucement ma frange derrière mon oreille.

– Mon père était un homme d'affaires, il travaillait dans le monde de la finance. Disons qu'il gagnait beaucoup d'argent. Ma mère, quant à elle, était une artiste. Elle passait ses journées à peindre, à tricoter, à chanter... Nos prénoms sont le fruit de son inspiration du moment ! Elle avait toujours un nouveau projet en tête. Mes parents étaient à l'opposé l'un de l'autre, mais se complétaient à merveille.

Je n'en finissais plus de parler ! Et Charles, patient, m'écoutait. Il avait l'air intéressé et je sentais qu'il notait tout ce que je disais.

– Ils étaient partis en voyage ?

– Oui. Leur voyage de rêve. Ma mère avait toujours voulu visiter l'Australie et tenir un koala dans ses bras, dis-je avant de prendre une pause, me remémorant les quelques photos qu'ils avaient réussi à nous envoyer. C'est d'ailleurs pour cette raison que ma sœur s'appelle Sydney. Leur voyage avait été extraordinaire et mes parents étaient heureux, ils nous l'avaient dit juste avant de prendre leur vol de retour.

Ma gorge s'est nouée. Les larmes coulaient carrément, comme si je venais d'ouvrir un barrage sous mes yeux.

– C'est là que c'est arrivé ?

– Oui. Ils ne sont jamais revenus.

Charles m'a serrée très fort. J'ai enfoui mon nez dans son cou en souhaitant que le temps s'arrête. Je ne pouvais pas croire que j'avais réussi à lui confier autant de mon passé. La douleur était intense. J'étais épuisée.

– Je n'ose même pas imaginer... à quel point ce devait être horrible..., a-t-il fini par lancer, comme s'il réfléchissait à haute voix.

– Il n'y a pas de mot pour dire comment on se sent dans ces moments-là. C'est tellement injuste ! Tu sais, on voit souvent aux nouvelles des drames familiaux et des accidents, mais, quand ils ont lieu pour de vrai, on se dit que c'est impossible.

– Comme un mauvais rêve ?

– Peux-tu croire que je me réveille encore en me demandant si toute cette histoire n'était qu'un cauchemar ? Que je me lève en espérant descendre à la cuisine et voir ma mère en train de me préparer à déjeuner...

J'ai fait une pause. Je repensais aux dimanches matins et aux succulentes crêpes de ma mère. Les paroles de Charles m'ont sortie de mes pensées.

– C'est cliché, mais je suis certain qu'ils seraient fiers de toi. Tu es vraiment une fille courageuse. Je t'admire beaucoup, tu sais.

– Ben voyons... Ce n'est pas comme si j'avais eu d'autres choix. Je ne pourrai jamais retourner en arrière, lui ai-je rétorqué du tac au tac.

Je n'osais pas lui montrer à quel point ses paroles me touchaient, à quel point je me sentais vulnérable sous ma carapace.

– Peut-être, mais penser comme tu le fais prouve que tu es forte.

Je lui ai souri. Lui parler m'avait fait du bien.

– Et ton chum... Frédéric, c'est ça ? Penses-tu à lui souvent ? poursuivit Charles, hésitant.

– Oui... Mais sa mort est trop récente pour que j'en prenne vraiment conscience, je crois.

– Je peux comprendre... Tu veux en parler ?

Il était un peu gêné d'aborder le sujet et je ne pouvais pas l'en blâmer ! D'une part, la mort de Fred était très récente ; d'autre part, j'étais une bombe prête à exploser chaque fois qu'on mentionnait mon passé amoureux.

– Un peu, peut-être, lui ai-je quand même avoué, du bout des lèvres.

– J'imagine que ça te ferait du bien de tout sortir ce que tu as en dedans, ma belle... Mais, si tu n'es pas prête...

Pendant un moment, je n'ai fait que penser au fait que Charles venait de m'appeler « ma belle » et j'ai senti une bouffée de chaleur m'envahir. Je savais que c'était juste une expression, mais ça me faisait quelque chose de savoir qu'au fond, il me trouvait sûrement jolie. Je suis revenue sur terre pour lui répondre, mais j'avais sûrement eu le temps de rougir comme une cerise !

– Non, c'est correct. Que veux-tu savoir ? demandai-je machinalement, tentant de faire comme si de rien n'était – j'ai bien dit « tenter ».

– Est-ce que tu étais là quand il a eu son accident de voiture ?

– Non. Mais le pire, c'est que j'aurais dû y être...

Au souvenir des circonstances de l'accident, j'ai senti tout mon sang quitter mon visage. Charles a froncé les sourcils, visiblement inquiet.

– Pourquoi ?

– On était allés dans un petit party chez des amis. Fred travaillait tôt le lendemain et, tout juste comme on se préparait à partir, Sydney est arrivée avec Mathieu. Fred m'a alors proposé de rester si je le voulais. Alors... au lieu de revenir dormir avec lui chez ses parents, je suis restée à la fête et je suis rentrée chez moi avec ma sœur. Le lendemain matin, la mère de Fred m'a appelée. Je devais me rendre chez elle, c'était une urgence. Elle ne voulait rien me dire de plus au téléphone et ça me faisait paniquer ! Quand je suis arrivée, elle pleurait et j'ai tout de suite su qu'il s'était passé quelque chose de grave...

J'avais arrêté de pleurer, comme si je racontais l'histoire d'une étrangère. Charles commençait à avoir les yeux rouges lui aussi.

– C'est elle qui t'a annoncé sa mort ?

– Oui. En fait, elle a juste eu besoin de dire que Fred avait eu un accident. Quand je lui ai demandé s'il était correct, elle s'est mise à pleurer en faisant non de la tête. Les détails étaient inutiles. Tout le reste aussi, d'ailleurs.

– Ayoye...

Charles était désemparé, je l'ai compris quand je l'ai regardé du coin de l'œil. J'avais presque envie d'essuyer la larme qui venait de couler sur sa joue et qu'il cherchait à camoufler. Je voulais le consoler moi aussi. En secouant faiblement la tête, il a ajouté tout bas un « pauvre toi ». Il semblait ne pas savoir quoi dire d'autre. Il n'y avait rien à dire de toute façon.

– Je ne pouvais pas croire que je revivais pareille situation, me suis-je étranglée, avant de rouvrir les vannes de plus belle.

C'était très difficile de raconter tous ces souvenirs. J'avais beau ne pas le regarder, je savais que Charles, lui, avait les yeux posés sur moi, comme s'il cherchait à lire mon âme pour m'épargner toute parole. Il flattait de temps à autre mon épaule dénudée, alors que j'étais serrée contre lui. J'avais parfois l'impression qu'il écrivait des petits mots avec le bout de son doigt sur ma peau. Après un moment de silence, il a repris doucement :

– Comment c'est arrivé ?

– Il était à deux coins de rue de chez lui et une personne distraite n'a pas fait son arrêt obligatoire. Le chauffard a embouti la voiture de Fred à toute vitesse du côté conducteur. Fred est mort sur le coup.

– Tu... tu l'aimais beaucoup, j'imagine, dit simplement Charles, mais j'ai plutôt senti qu'il s'agissait d'une question.

J'ai pris une grande respiration avant de répondre :

– Honnêtement, oui, je l'aimais. C'était un amour d'adolescente qui durait depuis deux ans... et qui aurait sûrement continué longtemps. Je ne le saurai jamais.

– As-tu gardé contact avec ses parents ?

– Non. J'en suis incapable. Je leur ai parlé pour la dernière fois à l'enterrement de Fred. Ils aimeraient bien que j'aille les visiter de temps en temps, mais ils comprennent que je ne peux pas le faire.

Charles semblait un peu incertain. Cherchait-il à savoir si mon cœur était libre ou s'il appartenait encore à Frédéric ? Secrètement, j'espérais qu'il le fasse.

– Et... est-ce que tu t'ennuies beaucoup de lui ? reprit mon confident en rougissant.

– C'est bizarre, mais moins... et je m'en sens même un peu coupable...

Je l'admettais pour la première fois. Charles a voulu me rassurer tout de suite.

– Ben voyons ! C'est normal avec le temps, dit-il, en caressant ma main.

– Le pire, c'est quand je suis de bonne humeur, ou que je m'amuse. Je me dis toujours que je ne devrais pas, que je devrais plutôt avoir de la peine.

– Mais tu ne peux pas être en deuil toute ta vie !

– Je sais bien, laissai-je échapper dans un soupir, mais ce n'est quand même pas normal d'être orpheline à quatorze ans et de perdre son chum à dix-sept ans...

– Est-ce que tu te sens coupable quand on passe du temps ensemble ?

J'ai pris mon temps pour répondre à cette question. Puis, en me retournant vers lui, j'ai prononcé un tout petit « oui » gêné.

– Ben voilà, c'est plutôt bon signe, non ? lança-t-il, enthousiaste.

– C'est sûr. Tu me changes les idées. Et tu es vraiment un amour avec moi... Je l'apprécie beaucoup.

Charles a souri et il a approché son visage du mien.

– Malie ?

– Quoi ?

– Merci.

– Pourquoi ?

– Merci de m'avoir fait confiance en me racontant ta peine, me dit Charles en plantant ses beaux grands yeux pers dans les miens.

Nos visages étaient si près l'un de l'autre que nos nez se touchaient. Nos souffles s'entremêlaient. Je sentais mon cœur battre à en défoncer ma cage thoracique. Il a collé son front contre le mien.

– Charles ? chuchotai-je.

– Quoi ?

– C'est la première fois que j'en parle, tu sais...

– Je m'en doutais.

Charles m'a d'abord embrassée sur la joue, puis sur le coin de la bouche, tendrement. Je ne crois pas que c'était un baiser d'amitié, il a duré trop longtemps pour ça. Des frissons parcouraient tout mon corps.

Puis, comme s'il avait voulu s'empêcher de gâcher l'instant en allant trop loin, Charles a enfoui son visage dans mon cou en me serrant encore plus fort. C'était un moment aussi agréable qu'étrange.

– Je suis vraiment fatiguée. Je pense que je vais aller me coucher.

– OK, bonne idée...

Oui, bonne idée, parce qu'on aurait pu aller plus loin. Il était vraiment particulier, ce baiser. Tous deux collés, nos regards croisés, ses lèvres si douces sur ma peau... mon imagination s'emballait et j'ai dû faire un effort titanesque pour la faire taire – en vain. Puis, Charles s'est nerveusement raclé la gorge, arrêtant pour de bon le flot de mes réflexions.

– Tu peux dormir dans ma chambre, je vais m'arranger, m'a-t-il gentiment proposé.

Quand j'ai jeté un œil à ma montre, je me suis aperçue que j'avais parlé pendant plus de deux heures ! Pas étonnant que je sois éreintée ! Mais j'étais contente d'avoir partagé mon histoire avec Charles. Il m'avait délivrée d'un poids énorme. Je me sentais... libérée.

C'est lui qui était extraordinaire, pas moi.

Trois jours plus tard, Charles m'attendait près de ma case avec un sourire « suspect ». Même en cherchant bien, je ne lui trouvais pas de raison particulière et j'avais bien hâte de savoir ce qu'il me cachait.

– Malie, as-tu prévu quelque chose pour ce soir ?

Ma curiosité était gagnée. Mon visage devait ressembler à un point d'interrogation lorsque je lui ai répondu :

– Non. Pourquoi ?

– Parfait. Je réserve ta soirée. Sois chez moi à dix-sept heures !

Comme j'allais lui demander ce qu'il manigançait, il a levé la main et m'a coupé la parole, son sourire toujours accroché aux lèvres.

– Ah ! Tut, tut ! Non, ne dis rien, tu verras ! Je ne suis quand même pas pour gâcher ma surprise !

Puis, Charles s'est volatilisé avant même que j'aie pu protester. Je ne savais même pas si je devais me vêtir d'une façon précise pour cette soirée ! Alors, je n'ai pas pris de risque, je me suis habillée proprement. Pas trop chic, mais pas en pantalon de jogging non plus ! Il faut dire que j'ai viré mon placard à l'envers et ai essayé à peu près tout ce qui s'y trouvait. J'espérais peut-être avoir droit à un autre « ma belle »... Finalement, l'image que me renvoyait le miroir n'était pas mal du tout ! J'avais opté pour un pantalon noir ajusté, un chandail de la même couleur, pas trop décolleté, et ma nouvelle veste en denim blanc. Pour compléter le tout, j'ai ajouté quelques accessoires rouges. Il fallait bien que je porte au moins une fois dans ma vie mes bottes en cuir rouge que j'avais achetées l'hiver précédent ! Cette fois, j'avais pris soin de placer mes cheveux, bien droits. Je me demandais même si j'en avais trop fait... je n'avais pas l'habitude de soigner autant mon apparence !

Je ne tenais plus en place, alors je me suis présentée chez Charles un peu en avance.

– Tu es un peu tôt !

– Je sais, je suis trop curieuse, me suis-je excusée avec un sourire malicieux. C'est quoi ma surprise ?

– Tu le sauras en temps et lieu. Entre, me dit-il en me devançant dans l'escalier. Je suis en train de me préparer.

En le suivant jusqu'à sa chambre, j'ai remarqué que j'avais misé juste. On aurait pu croire qu'on s'était consultés pour agencer notre look. Charles portait des jeans propres et un chandail noir aux manches longues. Ses chandails ajustés me permettaient d'avoir une meilleure idée du corps d'athlète qui se cachait dessous... j'étais loin de m'en plaindre ! Mais je n'avais pas l'intention de lâcher le morceau pour autant :

– Allez, dis-moi au moins pourquoi j'ai droit à une surprise !

– Quoi, tu n'es pas allée voir notre résultat sur Internet ?

– Quel résultat ? demandai-je, surprise.

– Notre travail de mi-session en histoire... Tu sais, celui qui valait pour trente-cinq pour cent de la session et que tu as presque fait toute seule à cause de mon hockey ?

– Ah oui... Celui-là ! On a eu combien ?

– Quatre-vingt-quinze pour cent ma chère ! claironna-t-il en levant sa main dans les airs pour que je la frappe en signe de victoire.

– Tu es sérieux ? Ben voyons ! me suis-je exclamée, impressionnée.

– Je ne savais pas que je m'étais jumelé à une petite bolée ! ajouta-t-il d'un air moqueur.

– Ha, ha, ha...Très drôle, répondis-je, faussement indignée.

– Sérieusement, Charlie, je me sens un peu mal de ne pas t'avoir beaucoup aidée... J'ai pensé te remercier à ma façon.

– Ce n'est pas nécessaire...

– Je savais que tu allais dire ça. Tu es devenue prévisible, Malie !

– Pfff ! Alors, est-ce que je peux savoir ce qu'on fait ce soir, finalement ?

– Je t'emmène souper dans le Vieux-Québec.

Je pouvais difficilement afficher un plus grand sourire.

Charles avait réservé une table dans un petit resto que je ne connaissais pas, près du Château Frontenac. C'était vraiment très beau. Au début, j'étais un peu mal à l'aise, j'avais plus l'impression d'être en « sortie de couple » qu'à un souper entre amis. Mais je me suis dit que tout irait bien. Tout était délicieux, de l'entrée au dessert ! Je ne pouvais m'empêcher de remercier Charles à chaque service, tant j'étais impressionnée. Je n'ose même pas imaginer le montant de l'addition... qu'il s'est bien sûr empressé de régler avant qu'un seul mot ne franchisse mes lèvres.

— Je t'offre le souper, tu fais nos travaux, me taquina-t-il d'un air suffisant. Je trouve que c'est un bon *deal* !

— Profiteur !

— Ah, c'est la vie !

En sortant du resto, deuxième surprise.

— La soirée n'est pas finie. J'ai prévu autre chose...

Je lui ai lancé un regard interrogateur, mais il n'a rien ajouté, préférant faire durer le suspense. J'ai joué le jeu. Sans me préciser notre destination, il m'a simplement dit qu'il fallait y aller en voiture et faire vite.

On a roulé jusqu'aux Galeries de la Capitale et je ne comprenais pas vraiment pourquoi il fallait se dépêcher.

— Tu m'emmènes magasiner ?

— Ben non, j'ai beaucoup plus d'imagination que ça, voyons !

— OK, alors on vient faire quoi dans un centre commercial ?

– Viens, tu vas comprendre assez vite, dit-il en me prenant par la main pour presser le pas.

Et là, j'ai eu une petite idée de ce qui m'attendait... on a franchi l'entrée menant aux manèges.

– On s'en va faire un tour de grande roue ?

– Mieux que ça. On s'en va patiner.

– Euh... Je ne sais pas patiner et je n'ai pas de patins !

– Justement. On va t'en louer et je vais te donner une leçon privée !

L'idée était tellement romantique ! Mais je me disais aussi que la leçon pouvait vite tourner au cauchemar étant donné mes aptitudes réellement limitées en patins... À ma plus grande surprise, je me débrouillais pas trop mal ! Charles prenait son rôle d'entraîneur au sérieux et demeurait patient en me montrant les techniques de base. À plusieurs reprises, ses mains m'agrippaient les hanches pour m'empêcher de tomber. J'étais tellement bien que, sur le coup, je n'ai pas été effrayée par une telle proximité. Je voulais simplement profiter du moment. On a aussi pris quelques photos. Je ne sais pas pourquoi, mais Charles jouait au photographe chaque fois que je me retrouvais les fesses sur la glace !

Vers la fin de la soirée, j'avais très, très mal aux pieds, mais un gros sourire s'était accroché à mes lèvres. Lorsqu'on a pris une pause, tous deux appuyés contre la bande, Charles me regardait si tendrement que j'en ai eu des frissons. Je ne comprenais pas trop pourquoi j'avais eu droit à une si belle soirée. J'ai eu envie de me coller contre lui et de l'embrasser. La scène qui prenait place dans ma tête était... parfaite. Je ne sais pas si c'était la peur du rejet ou – encore pire – la peur que ça fonctionne, mais... au moment de me lancer, je me suis simplement retournée pour enlever mes patins.

Malgré mon manque de cran assez inhabituel, je suis rentrée ce soir-là le cœur léger et le sourire aux lèvres. Je n'avais pas envie de me compliquer l'existence en me demandant le pourquoi du comment. J'étais bien. Point final.

– Me semble, que vous n'avez pas couché ensemble...

– On est juste des amis, un point c'est tout...

J'avais beau le répéter en français, en anglais, calmement ou en criant, personne ne me croyait ! Mais ils avaient un peu raison. Avec le recul, je me rends compte que Charles et moi avions l'air d'un couple. Mais un couple... sans le côté plus intime.

Chaque fois qu'il était à l'extérieur de la ville, Charles prenait le temps de m'appeler avant et après ses matchs. Lorsqu'il jouait à domicile, j'allais le voir dès que je le pouvais. Je me doutais que Charles éprouvait des sentiments qui s'éloignaient de plus en plus de l'amitié, mais mes soupçons se sont amplifiés à la suite d'une conversation avec un de ses coéquipiers, Jean-Philippe. Comme il faisait plutôt froid à l'extérieur, j'ai préféré rester à la cafétéria plutôt que d'aller étudier dehors. J'étais seule, et Jean-Philippe est venu s'asseoir près de moi, avec son lunch. Il n'avait pas vraiment l'habitude de venir me voir comme ça, alors j'ai quitté mon livre des yeux quelques secondes pour lui sourire et attendre qu'il parle.

– Salut ! Tu n'es pas avec Charles ?

– Non, il n'a pas de cours cet après-midi.

– OK.

Il restait là à me fixer d'un drôle d'air sans rien dire. Un peu bizarre...

– Il y a un problème, J.-P. ?

– Euh... Non.

Il n'était pas très bon acteur. J'espère qu'il n'envisageait pas une carrière au théâtre après le hockey. Le faire parler aura été un jeu d'enfant.

– Alors, pourquoi j'ai l'impression que tu me caches quelque chose ?

– Ben... C'est juste que... Charles et toi, vous êtes toujours ensemble, au cégep, le soir, aux matchs... quand vous n'êtes pas dans la même pièce, vous vous parlez au téléphone. Ce que je ne comprends pas, c'est : pourquoi vous n'êtes pas un couple ?

– Pourquoi on le serait ? rétorquai-je, sur la défensive.

– Ben... Je ne sais pas ce qui vous bloque, mais vous avez vraiment l'air de ressentir quelque chose l'un pour l'autre...

– En fait, je ne me suis jamais arrêtée à ça.

Faux... J'y pensais tout le temps.

– Je ne sais pas trop quoi te dire, J.-P., repris-je. Pour le moment on est des amis... Si quelque chose doit arriver, ben ça arrivera, c'est tout.

– Ne lui fais pas de peine, OK ?

Je l'ai dévisagé. Pourquoi m'avait-il dit ça ? C'était bien la dernière de mes intentions... Je n'ai pas trop compris pourquoi Jean-Philippe était venu en discuter avec moi, mais, comme je trouvais délicat d'aborder ce sujet avec Charles, j'ai préféré laisser tomber. En apparence, du moins.

Lors d'un rare vendredi soir sans match de hockey, au tout début de novembre, Charles m'a invitée à aller jouer au billard avec lui et quelques-uns de ses amis.

La soirée a commencé vers vingt heures. Il y avait trois autres joueurs : Jean-Philippe, Derrick et Pier-Luc. Ce dernier est venu avec sa blonde, Camille. C'était la première fois que je la rencontrais. Elle était très gentille et on s'est tout de suite bien entendues.

Dès le début de la soirée, j'ai prévenu Charles que je n'étais pas le talent incarné à ce jeu – loin de là ! Il ignorait que je le faisais marcher : je n'avais pas joué depuis des années, mais j'étais particulièrement douée. En bon Samaritain, Charles s'était mis en tête de m'apprendre à jouer... J'allais lui en donner pour son rhume !

Durant la partie, il prenait bien soin de m'expliquer chaque coup, chaque stratégie. Puis, constatant que sa leçon ne semblait pas donner grand-chose, Charles a commencé à jouer avec moi. Je me sentais comme dans un film un peu cliché, lorsque le gars se place derrière la fille pour lui montrer comment manier habilement la baguette. Moi qui croyais que ce genre de scène ne se concrétisait jamais, voilà que j'en devenais l'héroïne ! Charles était derrière moi, ses mains ont placé les miennes au bon endroit, puis nous nous sommes élancés d'un même mouvement. À sa plus grande surprise, j'ai réussi à envoyer non pas une, mais deux boules dans les poches !

J'ai feint la chance du débutant. J'avais envie qu'il répète l'exercice pour que je puisse à nouveau sentir sa lotion après-rasage aussi près de moi... J'ai donc poursuivi mon petit manège et j'ai réussi un autre coup. J'étais tellement contente que j'ai crié victoire ! Tout le monde s'est mis à rire. Charles me regardait avec un grand sourire, visiblement fier de son coup.

– Laisse-moi, maintenant, je vais voir si je peux réussir sans ton aide, lui ordonnai-je gentiment.

Il fallait voir les regards impressionnés de nos amis, qui n'en revenaient pas de me voir entrer chaque boule une après l'autre... jusqu'à ce qu'il ne reste que la fameuse noire numéro huit.

– OK, sérieusement Malie, tu as déjà joué... Tu ne peux pas apprendre aussi vite ! s'est exclamé Charles, qui n'arrivait toutefois pas à fermer complètement la bouche, tellement il était sous le choc.

– Je t'ai bien eu, n'est-ce pas ? l'agaçai-je en riant. Nous avons une table de billard à la maison depuis que je suis toute petite. Mais je n'avais pas touché à un bâton depuis...

Je n'ai pas terminé ma phrase. Charles a compris que je faisais allusion à la disparition de mes parents.

Charles s'est dirigé vers un petit tabouret, après m'avoir adressé un clin d'œil rempli de tendresse. Je l'ai suivi, il me tenait la main. C'était un peu bizarre, je dois l'avouer. Sans dire un mot, il s'est assis et je me suis retrouvée debout devant lui, les deux mains dans les siennes. Il y a eu un petit silence pendant lequel on se regardait droit dans les yeux. Ce moment n'a duré que quelques secondes et je me suis retournée, timidement, incapable de soutenir l'intensité de ce regard. Je me suis appuyée contre Charles et il a mis ses bras autour de moi, jusqu'à ce que ce soit à notre tour de jouer, quelques minutes plus tard. Mon cœur battait à tout rompre !

Puis, au terme de la partie, nos gars sont partis faire le plein de bière, histoire de se récompenser de leurs bonnes performances. Restée seule avec Camille, j'ai constaté que Pier-Luc ne lui avait jamais parlé de Charles et de moi. Disons simplement qu'elle m'a prise au dépourvu (entendre : frappée de plein fouet !) lorsqu'elle m'a demandé depuis combien de temps Charles et moi étions ensemble.

– Ah, euh... On n'est pas un couple.

– OK, vous faites juste vous fréquenter ?

– Non, simplement amis, lui dis-je sans grande conviction. On s'est connus au cégep cette année.

– Pour de vrai ? Pourtant... J'aurais juré ! s'étonna Camille avant de prendre une gorgée de son cosmopolitain.

– Ah oui ? Mais non, pas du tout ! répondis-je, me sentant un peu intimidée par ses questions.

Lui, mon amoureux... Cette idée me plaisait certainement.

Plus la soirée avançait, moins je me sentais bien. Du haut de mon tabouret, j'essayais en vain de chasser les souvenirs des soirées de billard avec mes parents et mes sœurs.

Chaque fois, j'avais un petit pincement au cœur, que l'alcool ne semblait qu'amplifier. Vers vingt-deux heures trente, je n'arrivais plus à cacher mes états d'âme.

Charles a remarqué mes yeux tristes. Je lui ai fait mon plus beau sourire, mais il avait déjà compris.

— Qu'est-ce qui ne va pas, ma belle ?

— Rien d'important. Ça va être correct.

Il ne m'a pas crue. Il s'est assis sur le banc à mes côtés en mettant son bras autour de moi et son autre main sur ma cuisse.

— Je te connais et je sais que tu mens, dit-il en relevant mon menton pour sonder mon regard.

— C'est trop bête. Je ne veux pas gâcher la soirée avec ça. Je t'en parlerai plus tard.

Il a caressé doucement ma joue et le bout de mon nez en me demandant encore une fois ce que j'avais.

— Je passe une super belle soirée, c'est juste que ça m'a rappelé des moments passés avec mes parents... En fait, c'était une de nos activités familiales préférées, jusqu'à leur décès... et puis... je ne me sens pas très bien, avouai-je finalement.

— Ah, je suis désolé, si j'avais su ! s'excusa-t-il en se mordant légèrement la lèvre inférieure.

— Ben non, c'est correct. Tu n'as vraiment pas à être désolé, voyons, le rassurai-je, en mettant ma main sur la sienne, qu'il avait redéposée sur ma cuisse.

On aurait juré qu'il avait vécu quelque chose de semblable, tellement il savait exactement comment agir avec moi. Il s'est levé, a mis ses bras autour de moi et m'a fait un gros câlin.

– Veux-tu qu'on s'en aille ?

– Tu peux rester si tu veux. Mais... je pense que je vais rentrer.

– Je ne te laisserai certainement pas repartir toute seule. Viens, on va aller chez moi. Veux-tu qu'on loue un film ?

– Oui, c'est une bonne idée. Tu es un amour, Charles. Vraiment...

Il s'est contenté de sourire et de baisser les yeux. Puis, il s'est levé et a rejoint les autres. Sans trop donner d'explications, il leur a dit que je ne me sentais pas bien et qu'on partait.

Une fois chez lui, on s'est installés pour regarder notre film. Bien à l'aise dans le pantalon de jogging de Charles, je me suis blottie dans ses bras jusqu'au générique final, encore un peu ébranlée par les émotions de la soirée.

– Bon, il est tard, bâilla Charles en s'étirant. Tu veux dormir dans mon lit ou sur le divan ?

– Euh... Est-ce que ça te dérangerait si je dormais dans ton lit, mais... avec toi ?

À en juger par le ton de sa voix, il ne s'attendait pas du tout à ça.

– Dormir avec moi ?

– Oui... J'ai comme un besoin d'affection ce soir... Mais ne te sens pas obligé, je sais que...

– Viens. Je vais t'en donner, de l'affection, moi ! m'interrompit-il doucement.

J'ai ri, un peu embarrassée de cette situation ambiguë dans laquelle j'avais sauté à pieds joints. Tout ce que je voulais, c'était dormir dans ses bras ; je n'avais aucune arrière-pensée et j'espérais que ce soit la même chose de son côté. Mal à l'aise, je suis restée plantée devant lui. Si j'avais pu disparaître dans le plancher, je l'aurais fait sans hésiter.

C'était très intimidant de se retrouver seuls dans un lit finalement. J'ai gardé son pantalon et ma camisole, croyant naïvement éliminer la gêne de plus en plus envahissante. La vérité, c'est que, même vêtue d'un manteau d'hiver, je me serais sentie flambant nue à ce moment-là.

– Aimerais-tu mieux que je garde mon chandail ?

– Ben... C'est pour toi. C'est ton lit, mets-toi à ton aise... Mais pas trop, si tu comprends ce que je veux dire !

Félicitations, Charlie, pour ce commentaire totalement « deux watts » !

Charles s'est allongé à mes côtés en boxer et en t-shirt. On se regardait timidement et, franchement, on ne savait pas trop quoi faire. Je lui avais demandé de l'affection, mais je ne voulais pas que ça se transforme en sensualité et encore moins en... sexualité. Je n'étais pas prête pour ça, mais là, pas du tout !

– Tu veux dormir dans mes bras comme pendant le film ?

– OK, dis-je dans un souffle, rassurée.

Il m'a prise dans ses bras et nous avons dormi en cuillère toute la nuit, mais avec un tas de couvertures entre nous. Après avoir déposé un petit bec sur mon épaule, il m'a souhaité bonne nuit. J'étais vraiment bien.

Le lendemain matin, je dois avouer que c'était plutôt étrange. C'est Diane qui nous a réveillés en cognant à la porte. Il était quand même déjà passé midi, il était grand temps de se lever !

– Charles, réveille-toi... Ton déjeuner est prêt et il commence à être assez tard, cria-t-elle, en remontant les escaliers.

Charles n'a pas répondu tout de suite, il dormait trop profondément. Diane n'avait visiblement pas remarqué que j'étais là. Quand je me suis réveillée, j'étais couchée sur le dos près de lui et il avait son bras sur mon ventre. J'ai doucement voulu enlever sa main et c'est ce qui l'a finalement sorti de son sommeil.

Je ne savais pas trop quoi dire et lui non plus. J'ai souri timidement. C'est lui qui a brisé la glace, sa voix encore engourdie.

– As-tu bien dormi ?

J'ai eu un petit moment d'hésitation et, après un timide hochement de tête, j'ai avoué que c'était un peu bizarre d'avoir dormi à ses côtés. Il avait l'air soulagé de voir qu'il n'était pas le seul à le penser !

– Oui... un peu. C'est la première fois que je dors comme ça, avec une amie.

Puis, Charles s'est ébouriffé les cheveux d'une main et a rejeté sa couverture d'un geste vif en me lançant :

— Bon, allez, on se lève !

Il m'a donné un petit bec sur le front avant de sortir du lit. Je lui ai emprunté un gros chandail en coton ouaté, n'ayant pas vraiment envie d'entrer dans la cuisine en petite camisole. Avant de sortir de sa chambre, je l'ai pris par le bras et lui ai chuchoté, inquiète :

— Penses-tu que Diane va être fâchée que j'aie dormi ici ?

— Ben... Ce n'est pas la première fois... Elle n'a rien dit l'autre jour, a-t-il éludé d'un air nonchalant.

— Mais... tu n'as quand même pas le droit d'inviter de fille ici, non ?

— Peut-être, mais toi... Ce n'est pas pareil. De toute façon, Diane t'aime bien. Je suis sûr qu'elle ne dira rien.

Sur le coup, je ne lui ai pas demandé ce qu'il voulait dire par « toi, ce n'est pas pareil », mais ça m'a chicotée.

Je suis montée à l'étage avec Charles. Diane m'a accueillie chaleureusement, malgré la surprise :

— Ah, salut, Charlie ! Je ne savais pas que tu étais ici... Mais, à bien y penser, il me semblait aussi que ce n'étaient pas mes souliers dans l'entrée !

— J'espère que je ne dérange pas trop...

— Pas du tout, ma chère. Viens, je vais te préparer à déjeuner, m'invita-t-elle, tout en ajoutant un couvert à la table.

– Merci.

– Êtes-vous sortis hier ?

– On est juste allés jouer au billard, mais Malie ne se sentait pas bien alors on est venus écouter un film ici après. Comme il commençait à être tard, je lui ai proposé de dormir ici. Ça ne te dérange pas, Diane ? s'enquit Charles, imitant le visage d'un enfant qui demande une faveur à sa mère.

– C'est correct pour cette fois, je ne ferai certainement pas d'histoire pour un film qui finit tard, déclara-t-elle en lui versant du café, petit clin d'œil au passage. Et toi, Charlie, est-ce que tu vas mieux ce matin ?

– Oui... Charles a pris soin de moi. Comme d'habitude, dis-je en regardant mon ami avec un grand sourire.

Le rouge lui est monté aux joues en quatrième vitesse ! Il s'est contenté de sourire à son tour avant de baisser les yeux pour se concentrer sur son assiette.

Je suis repartie après le déjeuner. J'ai embrassé Charles sur les joues. On avait aussi ajouté un petit câlin – de plus en plus long – à notre rituel. Pourtant, même si je l'avais embrassé de la sorte à maintes reprises, c'était une des premières fois où je remarquais, avec surprise, que mon estomac se nouait quand je le quittais.

Quand je suis arrivée chez moi, je sentais le besoin de raconter ma soirée à quelqu'un, alors j'ai appelé Sydney à Washington.

– Eh ! Je suis contente que tu m'appelles ! Mathieu est à l'extérieur de la ville et je n'ai tellement rien à faire de mon temps, tu n'as pas idée ! Qu'est-ce qui se passe de bon ? fit-elle à la vitesse de l'éclair.

– Je ne sais pas trop, je pense que j'ai besoin de ton avis sur quelque chose.

– Ah oui ? Des potins ! Cool, j'aime ça ! Vas-y !

– Hier soir, j'ai passé la soirée avec Charles et ses amis.

– Vous êtes vraiment toujours ensemble, vous deux ! commenta-t-elle, la voix remplie d'excitation.

– Sydney, laisse-moi parler !

– OK, désolée ! Je t'écoute.

– On jouait au billard tous ensemble et, vers la fin de la soirée, je me suis sentie mal.

– J'imagine pourquoi, répondit-elle, beaucoup plus calmement.

– On est partis regarder un film chez lui. Quand on est allés se coucher, je ne pourrais pas te dire pourquoi, mais je lui ai demandé si je pouvais dormir avec lui parce que j'avais besoin d'affection...

– Ah oui ! ? et ?...

– Ben... Il a dit oui...

– Et ? répéta-t-elle impatiemment.

– J'ai dormi dans ses bras.

– OK... et ?

– Ben... C'est ça, là...

– Mais est-ce qu'il s'est passé quelque chose ? poursuivit-elle, avec un brin d'espoir dans la voix.

– Ben non !

– Pourquoi, « ben non ! » ? Me semble que c'est juste ce qui aurait été logique... Il ne te plaît pas ?

– Oui, peut-être, mais c'est mon meilleur ami...

– Et il n'a rien essayé ? demanda-t-elle, incrédule.

– Non, rien. Et c'est mieux comme ça. Je n'avais pas d'autres intentions.

– Est-ce qu'il est gai ?

– Quoi ? Ben non ! Qu'est-ce que tu dis là ? la coupai-je immédiatement.

– Ben là ! Un gars qui dort à côté d'une belle fille comme toi et qui en prend autant soin, mais sans jamais rien faire ? C'est louche, s'exclama ma jumelle, avec sa franchise habituelle.

– Tu es dans le champ. Il est juste gentil.

– Dis donc, sœurette, serais-tu en train de tomber en amour ?

– J'ai peur que oui, marmonnai-je.

Petit moment de silence.

– Tu as peur de quoi ? reprit-elle doucement.

– Qu'il ne m'aime pas... que ça change tout. Tu sais, je ne pourrais pas me permettre de le perdre comme ami. Il est trop parfait...

– Je ne sais pas vraiment quoi te répondre, Charlie. Je te dirais simplement que moi, je ne me verrais jamais sans Mathieu. Alors, si tu l'aimes, n'attends pas trop. Sinon, tu vas juste te faire du mal.

Au fond, j'avais peur de me faire du mal. J'avais déjà donné. N'empêche qu'un doute commençait sérieusement à s'installer... Est-ce que c'était réellement ce que je souhaitais, être la meilleure amie de Charles ?

Durant les premiers mois de cégep, Charles et moi sommes sortis une ou deux autres fois ensemble dans les bars mais, même si je sentais qu'il y avait une complicité extraordinaire entre nous deux, je n'osais toujours pas faire les premiers pas, de peur que tout s'arrête.

Ça, c'était quand j'étais à jeun... Parce que j'ai failli tout gâcher un certain dimanche soir.

Le cours du lendemain matin avait été annulé et c'était là une belle occasion d'organiser une soirée entre filles. Le genre de soirée pour laquelle on sort nos plus beaux talons hauts – il fallait bien profiter du fait qu'il n'y avait pas encore de neige en cette mi-novembre – et notre rouge à lèvres...

Mais notre souper tout sage au resto-bar a rapidement viré... en party. On commandait les *shooters* à coup de dizaines, et on se faisait des « Canada », comme dans *Les Boys II*. En fin de soirée, j'ai eu envie de parler à Charles, alors je lui ai téléphoné.

– Salut, Charles, ça va ? Je passe une super soirée avec des amies et...

– Je me trompe ou tu es saoule ? m'interrompit-il, l'air pas du tout amusé.

– Mmm... Un peu...

En fait, je riais sans aucune raison, je parlais fort pour enterrer la musique et j'avais de la difficulté à articuler, alors le « un peu » n'était pas tout à fait juste, et il le savait très bien.

– Tu veux venir me rejoindre ?

– Je pense que je vais te laisser fêter avec tes amies.

J'insistais :

– Non, je veux que tu viennes me voir !

– Ce n'est peut-être pas la meilleure idée, tu sais.

– Pourquoi ? S'il te plaît ! J'ai le goût de te voir, moi.

Je le suppliais sur le ton plutôt agaçant – j'ose à peine imaginer à quel point – d'une fille qui a assurément trop d'alcool dans le corps. Quand j'y repense... à sa place, j'aurais raccroché !

– Moi aussi j'aimerais ça, mais tu es sur le party, on est mieux de se rappeler demain, d'accord ?

– OK, si c'est ce que tu veux...

Ça ne faisait pas mon affaire.

– Dis-moi, est-ce que tu as pris ta voiture ? me demanda-t-il, l'air inquiet, au moment où j'allais raccrocher.

– Je pense que oui, ricanai-je, en essayant de m'en souvenir.

– Tu penses ? Voyons, Malie, soupira Charles, visiblement déçu.

– Ben là, je ne me rappelle plus.

– Et comment tu vas retourner chez toi ?

– Je ne sais pas, je verrai ça tantôt !

– Bon, OK, dis-moi où tu es. Je vais venir te chercher.

Quinze minutes plus tard, il était déjà là. Pas peigné, vêtu de simples jeans et d'un t-shirt. Il ne venait pas faire la fête, mais je n'étais pas en état de m'en rendre compte.

– Je suis contente de te voir ! m'exclamai-je en lui sautant au cou.

– Oh, je vois que tu as vraiment beaucoup bu, ma belle... Viens, prends ton manteau, on s'en va.

Mes amies étaient très surprises de le voir arriver. Comme elles étaient aussi saoules que moi, elles lui ont demandé s'il venait s'amuser avec nous.

– Non, je suis juste venu chercher Charlie...

– La chercher ? Mais pourquoi ? lui demanda Véro. On commençait tout juste à s'amuser !

– Désolé, mais je pense qu'elle a déjà assez bu comme ça.

– Ah, tu es tellement ennuyant ! lui reprocha-t-elle, furieuse qu'il gâche ainsi leur soirée.

Pour couronner le tout, mon amie Annie en a évidemment rajouté :

– Laisse-les faire. Tu vois bien qu'ils ont envie d'être seuls ! Allez vous trouver une chambre maintenant, qu'on en finisse une fois pour toutes !

– Je vais faire comme si je n'avais pas entendu. Viens, Malie. Je te ramène chez toi.

Lorsqu'il a finalement réussi à me sortir du bar, Charles m'a portée jusqu'à sa voiture, où il m'a proposé d'aller me reconduire chez moi.

– Je ne veux pas y aller.

– Pourquoi ?

– Parce qu'on a de la visite pour quelques jours et ça ne me tente juste pas de voir ma famille, lui dis-je, utilisant le premier prétexte à peu près crédible pour terminer la soirée avec lui.

– Alors, j'imagine que je te ramène chez moi ?

– S'il te plaît ? le suppliai-je d'un ton enfantin.

Je n'avais jamais agi comme ça auparavant avec lui. J'étais complètement pathétique. Mais, ce soir-là, j'avais envie de lui et de rien d'autre... L'alcool aidant, je n'avais pas l'intention de me contenter de deux petits becs sur les joues. Pas ce soir-là.

Chez lui, Charles s'est montré distant. Il m'a dit un peu sèchement de me coucher dans son lit, et que lui, il dormirait sur le sofa. Ça ne faisait pas du tout mon affaire. Nous étions les deux dans sa chambre et, tout juste avant qu'il retourne au salon après m'avoir souhaité bonne nuit, je l'ai pris par le bras et lui ai sauté au cou pour l'embrasser. Je l'ai vraiment pris au dépourvu. Il m'a repoussée après quelques secondes, l'air complètement ahuri :

– Qu'est-ce que tu fais là ?

– D'après toi ?

– Arrête, s'il te plaît.

Je voyais dans ses yeux qu'il en avait une envie folle et qu'il faisait tout pour se retenir.

Malgré tout, il était encore là devant moi, me retenant les mains. On se regardait sans rien dire. Sa respiration s'accélérait. La mienne aussi. Je ne l'avais toujours pas lâché.

– Charles... J'ai envie de toi..., lui susurrai-je à l'oreille, en me hissant sur la pointe des pieds pour être à sa hauteur.

– Ce n'est pas le temps, tu dis ça parce que tu as bu.

– Ben non... Allez, viens dormir avec moi.

– J'ai dit non, a-t-il tenté de me (se) convaincre.

J'ai fait comme si je n'avais rien entendu et je l'ai embrassé à nouveau. Il résistait de moins en moins. Je suis même parvenue à le coucher sur le lit. J'étais sur lui. Il semblait perdre le contrôle. J'ai réussi à lui enlever son chandail. On s'embrassait alors passionnément. Seuls quelques soubresauts de conscience le forçaient à se relever pour tenter de freiner mes avances.

– Arrête, ce n'est pas le moment.

– ...

– Malie... mmm... arrête, s'il te plaît...

Je ne l'écoutais pas et on continuait à s'embrasser. J'ai voulu lui enlever son pantalon. Il continuait à résister, mais je voyais bien qu'il lui fallait tout son petit change ! J'ai encore insisté. Je l'embrassais sur le torse, le ventre et je descendais. Il se laissait faire, les deux mains sur la tête, fermant les yeux. J'avais l'impression d'avoir gagné et qu'il abandonnait.

Sa bouche me disait d'arrêter, mais, quand j'ai touché son entrejambe, j'ai compris que son corps, lui, aurait bien aimé poursuivre l'aventure... Quand j'ai débouclé sa ceinture et commencé à lui enlever son pantalon, il s'est brusquement relevé en me repoussant.

– Écoute, je ne veux pas qu'on fasse quelque chose qu'on va regretter !

– Charles, je...

– Non. Quand on va b...

Charles a fait une pause et a recommencé sa phrase. Il me tenait les bras, probablement pour s'assurer que je ne lui sauterais pas dessus une autre fois, puis il m'a regardée dans les yeux.

– Si jamais un jour on couchait ensemble, je te voudrais toute, Malie. Ton corps, oui, mais ta tête aussi. Là, je ne suis pas sûr que j'aurais les deux. Alors, c'est non. Désolé.

– Mais...

– Non ! m'interrompit-il. Même si ce n'est pas l'envie qui manque...

Il m'a donné un petit bec rapide sur le front et il a quitté la chambre. Je me sentais tellement sotte d'avoir agi de la sorte ! Les mots « Quelle idiote ! » passaient en boucle dans ma tête, me martelant le crâne chaque fois pour me rappeler ma gaffe... Il était où, le petit bouton *reset* qui remettait tout à zéro ?

Le lendemain matin, il était déjà debout à mon réveil. En fait, il semblait n'avoir pas dormi de la nuit. J'étais tellement mal à l'aise ! Ah, si j'avais pu me sauver par la fenêtre... mais ce n'était pas vraiment possible. Je l'ai finalement retrouvé dans la cuisine.

– Salut.

– Salut.

J'avais la tête basse. Il n'a jamais quitté son journal des yeux en me parlant.

– Pas trop mal au cœur ce matin ?

– Non... Écoute... Je...

– C'est beau, c'est correct.

– Non, je veux m'excuser pour hier soir.

– C'est correct, j'ai dit.

Je ne le croyais pas du tout. J'avais peur d'avoir brisé quelque chose.

– Charles, je me sens vraiment idiote.

– On n'en parle plus, OK ? Viens t'asseoir, je t'ai préparé à déjeuner.

– Tu es sûr ? lui demandai-je à nouveau, la tête baissée sous l'effet de la honte.

Charles m'a lancé un regard qui voulait dire que la conversation était terminée, puis il s'est levé en me pointant la chaise pour me faire comprendre de m'asseoir.

– Toasts ou céréales ce matin, Charlie Malia ?

Je lui avais fait subir mon manque de contrôle et mon trop-plein d'alcool la veille et lui, il préparait mon petit-déjeuner... Je n'y comprenais rien. Il n'y avait peut-être rien à comprendre. Mais ce n'était pas bon signe quand il prononçait mon prénom en entier.

Nous n'avons pas reparlé de cet épisode et nous avons un peu pris nos distances durant quelques jours, que Charles a passés – heureusement pour moi, car j'avais encore honte – sur la route. Il ne m'a appelée que deux fois pendant tout son séjour à l'extérieur. Inutile de préciser qu'il m'a beaucoup manqué. Par chance, il était de très bonne humeur à son retour. J'étais soulagée.

Au bout d'une semaine, ma gaffe semblait tombée dans l'oubli, mais un trouble persistait chaque fois qu'on s'embrassait sur les joues. Dès que ça se prolongeait un peu trop, on reculait comme si on était deux aimants aux pôles inversés. Il arrivait de plus en plus souvent qu'on manque notre cible et nos joues se transformaient alors en coins de lèvres, et toujours s'ensuivait le même malaise.

Quelques jours avant cette fameuse soirée, j'avais remarqué qu'une fille au cégep commençait à s'intéresser un peu trop à Charles et, pour la première fois, j'ai ressenti de la jalousie. Elle s'appelait Maxine. J'ignorais depuis combien de temps elle lui courait après, parce que Charles ne m'en avait jamais parlé. Un après-midi, mon cours a fini un peu plus tôt et je savais que Charles était en pause, alors je suis allée à la cafétéria pour voir s'il s'y trouvait. Il n'était pas seul. Maxine était assise à ses côtés et ils avaient l'air de bien s'amuser.

Quand Charles m'a aperçue, je l'ai trouvé bizarre, un peu comme si je l'avais surpris en flagrant délit.

— Heille, salut ! Tu as fini ton cours plus tôt ? lança-t-il, l'air faussement désinvolte.

— Oui. Le prof a eu une urgence familiale alors il nous a laissés partir après une heure.

— Ouin, chanceuse !

Je n'osais pas m'asseoir et c'est lui qui m'a fait signe de m'installer de l'autre côté de la table, devant lui. Je me suis présentée, puisqu'il ne semblait pas avoir l'intention de le faire.

— Allô, moi, c'est Charlie.

— Moi, c'est Maxine.

J'avais envie d'ajouter : « Moi, c'est Charlie et ne lui touche pas, il est à moi... ». Mais ça ne se faisait pas... pour la simple et bonne raison qu'il n'était pas à moi.

– Est-ce que tu t'en vas chez toi tout de suite, Malie ? reprit Charles, visiblement inconscient de mon combat mental.

– Probablement. Je vais en profiter pour avancer dans mes travaux.

– Tu viens me voir jouer ce soir, hein ?

– Sûrement. Je ne sais pas encore.

J'essayais d'avoir un ton détaché. Probablement un effet secondaire de la jalousie.

– Comment ça, « sûrement » ? Il me semble que tu m'avais dit oui.

– Il faut que je vérifie auprès de ma sœur Noémie. Elle n'avait pas l'air certaine de vouloir y aller ce matin.

Évidemment, Maxine s'est immiscée à ce moment dans la conversation.

– Est-ce que je peux y aller, moi ? J'aimerais vraiment ça !

– C'est sûr, mais il est un peu trop tard pour que je puisse te donner des billets gratuits...

– Bof, ce n'est pas grave. J'ai tellement hâte de voir ce dont tu as l'air sur la glace !

Je bouillais. Maxine avait un ton mielleux à en vomir ! Elle avait insisté sur le mot « tellement » en lui faisant des beaux yeux. Je l'aurais giflée. J'essayais de discuter normalement avec Charles, alors que Maxine réclamait toute son attention. La situation était ridicule.

– En tout cas, Malie, j'aimerais que tu sois là.

– Je ne te promets rien, mais je vais essayer de la convaincre.

J'hésitais entre partir ou rester. Je n'avais pas vraiment envie de les laisser seuls tous les deux.

En plus, Maxine était du style « poupée de luxe »... totalement à l'opposé du mien. Elle était toute maquillée, bien peignée et avait un décolleté assez prononcé, merci. Je portais des jeans avec des chandails ajustés, mais pas trop sexy. Ce midi-là ne faisait pas exception, alors que j'avais enfilé un simple chandail noir à capuchon et des souliers de sport.

Charles serait sûrement tenté de coucher avec elle, si ce n'était pas déjà fait. Après tout, s'il n'avait vu aucune autre fille à part moi depuis qu'on se connaissait, il devait commencer à avoir la testostérone dans le plafond... J'ai eu un gros pincement au cœur.

La goutte qui a fait déborder le vase, c'est quand elle a mis sa main sur la cuisse de Charles et qu'elle lui a chuchoté quelque chose à l'oreille. Tout juste devant moi en plus ! J'ai vu dans les yeux de Charles qu'il n'était pas du tout à l'aise, mais j'en avais assez. Je les ai regardés, insultée, j'ai pris mes affaires et me suis levée. Je pouvais imaginer ce qu'elle lui avait susurré.

– Bon... ben, bonne journée, Charles. On se parlera une autre fois, lançai-je avec un sourire plutôt arrogant.

– Malie, attends un peu, viens ici !

Il m'a rattrapée à l'extérieur de la cafétéria.

– Heille, qu'est-ce que tu as ?

– Rien du tout.

J'aurais eu de la difficulté à le dire de manière plus sèche. J'avais les bras croisés et je fuyais son regard.

– Ne joue pas à ça, dis-moi ce que tu as.

– Arghhh... Ce n'est rien, mais... je me sentais de trop. Je trouve que ce n'était pas vraiment nécessaire, le petit message dans ton oreille.

– Tu as raison. Je m'excuse, elle n'avait pas d'affaire à faire ça...

– Mais c'est beau là, j'ai capoté sans raison. Après tout, on ne se doit rien, Charles.

Le ton était tout de même très calme. Je n'avais pas envie de crier, j'étais simplement déçue. Déçue par mon attitude de poule mouillée incapable d'avouer ses sentiments.

Et puis bon... je m'en voulais d'être jalouse ; je n'avais jamais démontré d'intérêt sauf quand j'étais saoule. Il ne pouvait pas se douter que j'étais complètement amoureuse de lui et que je n'osais tout simplement pas le lui dire. Après tout, je ne l'assumais même pas moi-même jusque-là...

– Ça te dérange ?

– Pas vraiment... Non. Tu es libre de faire ce que tu veux. J'ai mal réagi, c'est tout.

Il m'a regardée avec son plus beau sourire.

– Viens ici que je te prenne dans mes bras pour te prouver que tu es la seule fille pour moi !

– Ne dis pas de niaiserie, s'il te plaît ! le repoussai-je en riant à moitié.

Il n'était pas sérieux, mais je ne suis pas restée insensible à ses paroles. Je me suis dit « 1-0 pour moi... ». Maxine n'était plus dans la cafétéria quand il s'est retourné pour regarder.

– Je suis désolée, c'est de ma faute.

– Ben non, ce n'est pas grave, je te dis. Ce n'est qu'une fille dans mes cours. Maxine me tourne autour depuis un moment, mais je ne suis pas intéressé par elle.

– Je te promets que je ne te ferai plus de scène de jalousie... Je sais que c'est ridicule.

– Non, ça ne l'est pas. On est proches toi et moi, c'est normal.

– Peut-être, admis-je, à moitié convaincue.

– Qu'est-ce que tu dirais d'aller manger au resto ce soir après le match ?

– OK. Je t'appelle tantôt.

Je n'ai pu m'empêcher de me demander si Charles n'avait refusé la proposition de Maxine que parce qu'il m'avait vue à la cafétéria...

J'ai aussi repensé à toutes les filles qui traînaient à l'aréna après les entraînements et les matchs. S'il se cherchait une aventure, Charles avait l'embarras du choix ! Quand j'allais le voir, il ne prêtait pas vraiment attention aux autres, mais il y avait souvent une ou deux filles qui venaient lui demander un autographe ou une photo. J'aurais préféré qu'elles se gardent une petite gêne ! Charles était toujours très gentil avec elles. Je me suis mise à délirer en pensées. Qu'est-ce qui me disait que, chaque fois où je n'y étais pas, il ne repartait pas avec une conquête différente ? Le simple fait d'y songer me donnait mal au cœur. Et je voulais encore plus aller au match ce soir-là, question de défendre mon territoire contre ces vipères.

Et moi qui venais de promettre à Charles que la jalousie était chose du passé.

J'ai finalement réussi à convaincre Noémie de m'accompagner ce soir-là (en fait, je lui ai tordu le bras, sachant que Maxine y serait...) et, comme on n'avait pas fait d'activité ensemble depuis un moment, on s'est dit que ce serait notre soirée. Il fallait en profiter avant qu'on soit trop prises par notre fin de session, qui approchait à grands pas. Et puis, quoi de mieux pour souligner la première bordée de neige de l'année que d'aller voir un match de hockey ?

Tout au long du match, je n'ai pas arrêté de parler de Charles. À un point tel que je me trouvais moi-même fatigante !

– Ah, désolée, Noémie... J'espère que je ne t'embête pas trop avec mes histoires !

– Ben non. Je suis contente que tu aies rencontré quelqu'un.

– Oui, mais ce n'est qu'un ami pour l'instant.

– Je suis sûre qu'il est amoureux de toi, lui aussi, tenta-t-elle de me convaincre.

– Moi, je n'ai pas cette impression-là... Il prend soin de moi comme si j'étais sa sœur.

– Tu devrais l'inviter à souper à la maison. Je vais te dire si tu te trompes, moi !

– Ah, parce que tu es capable de dire si quelqu'un est en amour ou pas, évidemment ! la narguai-je.

– Oui. Et, dans ton cas, je peux même te dire que ça crève les yeux. Charles est vraiment épais s'il ne s'en est pas rendu compte.

– Arrête, veux-tu ? la suppliai-je, sans être capable d'effacer le petit sourire en coin qui s'était dessiné sur ma bouche.

N'empêche que l'idée de l'inviter à souper était très bonne. S'il passait le test de mes sœurs, c'était bon signe !

À sa sortie du vestiaire, Charles était vraiment de bonne humeur. On est allés fêter sa victoire au même petit restaurant qu'à l'habitude, en compagnie de la plupart des joueurs. Noémie ne nous a pas accompagnés, parce qu'elle travaillait tôt le lendemain matin. J'aurais alors préféré être seule avec mon ami, mais, comme on ne voulait pas avoir l'air sauvages, on s'est assis avec les autres. Quand est venu le temps de partir, Charles m'a proposé d'aller chez lui pour jouer au hockey... sur PlayStation ! Je sais, c'est pathétique, mais on s'amusait chaque fois ! Charles m'a donc offert de prendre ma revanche parce qu'à notre dernière partie, il m'avait battue de façon humiliante ! Une fois lancés dans notre jeu préféré, on riait tellement que Diane est venue nous dire de baisser le ton... On soulignait nos buts avec un peu trop d'enthousiasme et d'arrogance !

Alors que je célébrais une de mes victoires en sautant sur place avec mon sourire coquin, Charles s'est mis à me chatouiller. Avec la force qu'il avait, je n'avais pas vraiment de chance de m'en sortir, mais je me tortillais en riant aux éclats. Notre « bagarre » a duré un bon moment et j'ai dû lever le drapeau blanc pour reprendre mon souffle !

Vers une heure du matin, j'ai décidé de partir. Après tout, Charles avait un autre match le lendemain soir et ce n'était pas trop raisonnable d'être encore debout à cette heure.

– Bon, j'aurais bien aimé te battre une autre fois, mais je crois que c'est l'heure que je parte.

– Euh... Pourquoi tu ne resterais pas à coucher ?

– Je... euh...

Malaise.

– Comme l'autre fois, dit-il, hésitant. Mettons que c'est moi qui ai besoin d'affection ce soir.

– D'affection ?

– J'aurais juste le goût... de me coller. Si tu veux, évidemment.

– Euh... OK. Si tu as un pyjama à me prêter, je pourrais rester.

Je ne savais pas trop comment analyser cette demande, mais j'aurais été vraiment nulle de la refuser. J'avais enfin l'occasion de me racheter de mon attitude déplacée de la dernière fois. Par contre, je me souvenais très bien du malaise qu'on avait vécu le lendemain matin.

On était étendus côte à côte. Il a mis un bras derrière mon cou et j'ai collé ma tête contre son torse. Un tas d'idées me venaient en tête. Des idées... mmmm. Je devais trouver un sujet anodin pour penser à autre chose, et vite !

– Ah, j'oubliais. Noémie m'a demandé de t'inviter à souper un soir à la maison. Ça te tente ?

– Tu m'invites chez toi ? Wow, s'étonna-t-il.

– Voyons, il n'y a rien là !

– Si tu le dis. Ce sera un honneur d'y aller ! ajouta-t-il en souriant.

On a cessé de parler et je me suis retournée contre Charles. Il passait ses doigts dans mes cheveux et en enroulait de petites mèches. Mon cœur battait très vite et j'espérais seulement qu'il ne s'en rende pas compte.

Sans trop savoir pourquoi, je me suis retournée et j'ai regardé Charles. Sans dire un mot, nous avons fermé les yeux et nous sommes embrassés tout doucement. Un tout petit baiser... Quand nos lèvres se sont touchées, j'ai ressenti quelque chose d'extrêmement fort. Ça n'a pas été plus loin. Je n'ai rien dit et ai reposé ma tête au creux de ses bras. En déposant un autre bec sur mon front, Charles m'a souhaité bonne nuit.

Je n'ai pas répondu. C'était notre premier vrai rapprochement, sans alcool, et je ne savais plus quoi penser. Dans ce baiser, il y avait une pureté difficile à expliquer. On s'est endormis bercés par cet instant.

Le lendemain matin, je me suis réveillée seule dans la chambre. Charles était déjà en haut. Je me suis habillée et suis montée à mon tour.

Je commençais sérieusement à en avoir marre de ces malaises qu'on provoquait sans cesse. Tout ce que je souhaitais, c'est que l'un de nous deux mette enfin son pied à terre. Ou que quelqu'un sorte de nulle part – Cupidon, de préférence, pour ne laisser place à aucun doute –, nous pousse dans les bras l'un de l'autre et reparte en courant. Mais, comme les chances que l'archer en culottes se manifeste étaient assez minces, j'ai choisi d'éviter le sujet, ce que Charles a superbement imité. Je l'ai quitté rapidement, sans prendre le temps de déjeuner. Ce tout petit baiser m'avait mise à l'envers, et fuir l'inévitable discussion m'a paru sage.

Quand je suis partie, on ne s'est pas embrassés. Aucun contact physique, aucune explication, rien ! On était de retour à la case départ, à nouveau plus distants.

Charles m'a rappelée le lendemain soir, à mon grand soulagement. On a reparlé du souper chez moi et on s'est entendus pour l'organiser au cours de la semaine suivante. Toujours rien à propos du baiser. Je me suis même demandé si je ne l'avais pas imaginé !

On était déjà à la fin de la session. Plus qu'un mois avant la pause du temps des fêtes, mais c'est sans aucun doute le plus pénible de l'année pour un cégépien. Dans la dernière semaine de novembre, je n'ai presque pas vu Charles : il avait des matchs à l'extérieur le mardi et le mercredi soirs.

Je commençais à être surchargée, alors je profitais de ses absences pour m'avancer dans mes travaux. Lui, il pouvait étudier dans l'autobus lors de ses déplacements.

Notre souper a finalement eu lieu le jeudi. Je dois l'admettre, j'ai mis beaucoup plus de temps qu'à l'habitude pour me préparer. Je voulais que tout soit parfait, que Charles aime mes sœurs, qu'il trouve ma maison jolie. Mais j'espérais surtout lui plaire. J'ai choisi de mettre une jupe en jeans par-dessus des collants noirs, avec une belle ceinture, des bottillons avec un petit talon et une légère camisole noire. J'avais remonté mes cheveux pour bien montrer mes boucles d'oreilles en argent.

On a fait ça en grand. Mes sœurs ont invité des amis, elles aussi. En tout, on était une douzaine. C'est l'un des avantages d'avoir une grosse famille. Tout au long du repas, les conversations et les rires s'entremêlaient autour de la table. Charles s'est bien entendu avec tout le monde. Il m'a fait quelques clins d'œil par-ci, par-là, mais il était difficile pour nous d'avoir une conversation seule à seul dans tout ce brouhaha.

Après le souper, un des amis d'Alysson a lancé à la blague qu'on pourrait poursuivre la soirée en allant jouer aux quilles. Tout le monde a ri au début, mais on s'est tous dit que ce serait drôle et on était finalement très enthousiastes à l'idée d'y aller.

On a eu un plaisir fou ! Pour agrémenter le tout, j'ai toujours été bonne aux quilles ; j'ai piqué l'orgueil de Charles en le battant deux fois de suite... mais, à la troisième partie, il a réussi à gagner de justesse et il était un peu trop fier de son coup ! Il n'allait certainement pas rater cette occasion de me narguer à son tour.

Nous étions debout face à face et Charles claironnait *na na na na na na* à deux pouces de mon visage ! On avait misé un gros cinq dollars sur la dernière partie et, comme Charles continuait à me taquiner en me montrant son billet bleu, je le lui ai volé et suis partie en courant.

Il m'a attrapée par-derrière et m'a complètement enveloppée dans ses bras. J'avais beau me débattre, je n'y pouvais rien. Surtout parce qu'il a profité de mon point faible pour me faire rire aux éclats en me chatouillant. Je me suis retrouvée près du mur, obligée de lui faire face. Charles avait encore les mains sur ma taille. On était à bout de souffle, ayant dépensé beaucoup trop d'énergie à se chamailler. On s'est immobilisés et on s'est regardés dans les yeux pendant quelques secondes. Je me sentais comme dans une scène de film romantique.

Les images de notre baiser me sont revenues en tête.

– Tiens. Tu l'as bien mérité, l'ai-je repoussé en plaquant son billet de cinq dollars sur sa poitrine.

Charles a mis sa main sur la mienne pour pouvoir le récupérer. Puis, après un petit moment de silence, son esprit de compétition a repris le dessus.

– C'était de la chance, les deux premières parties...

– Ben oui, c'est ça ! Orgueilleux ! raillai-je en grimaçant.

Tirant Charles par le bras, je me suis dirigée vers le groupe, en m'assurant de marcher devant lui pour éviter de le regarder. Charles aurait pu m'embrasser. C'était peut-être un signe clair qu'il ne voulait rien de plus.

Les autres venaient de décider de poursuivre la soirée dans un petit bar tout près. Charles avait un couvre-feu à une heure du matin et il n'était que vingt-deux heures. J'étais ravie qu'il choisisse de nous accompagner.

Ce qui devait être une petite soirée tranquille autour d'un verre a rapidement évolué en virée d'enfer ! Le copain de Noémie et son ami ont commandé une bouteille d'alcool et ils nous ont offert des tournées de *shooters*. Rapidement, nous étions déjà saouls ! Charles avait une meilleure tolérance à l'alcool que moi et il a été beaucoup plus raisonnable, en arrêtant de boire à temps pour être en état de conduire sa voiture. Moi, je ne conduisais pas...

À force de me faire offrir des *shooters* de tequila, de stinger et d'autres alcools assez forts, merci, ma tête a commencé à tourner. Ça m'a frappée d'un coup. Bang ! La tequila porte un peu trop bien son nom.

– Charles, je ne me sens pas bien tout à coup.

– Vas-tu être malade ?

– Je ne sais pas, mais je ne me sens vraiment pas bien ! dis-je, alors que ma tête commençait à tourner et que ma vision devenait de plus en plus floue.

– Veux-tu que je te ramène chez toi ?

– Ce serait gentil.

– OK, viens.

J'ai réussi à dire au revoir à tout le monde. De toute façon, la fête battait tellement son plein qu'ils ne se seraient même pas rendu compte de mon absence.

Juste avant d'entrer dans la voiture de Charles, j'ai eu un haut-le-cœur.

– Je m'excuse... Je ne comprends pas trop pourquoi je suis comme ça...

– Peut-être parce que tu as un peu trop exagéré sur les *shooters*, ma belle ?

« Ma belle... » C'était clairement un automatisme de sa part, parce que je ne devais pas être à mon meilleur.

– Je pense que je vais être malade.

J'ai tout juste eu le temps de courir dans l'herbe avant de vider mon estomac dans un soubresaut. De la grande classe. Je n'étais pas trop fière de moi. Lorsque j'ai entendu Charles s'approcher, je lui ai fait signe de rester plus loin. Du moins c'est ce que j'essayais de lui faire comprendre en agitant fré-nétiquement mon bras vers l'arrière. J'avais quand même mon honneur – même s'il se sentait un tantinet petit à ce moment-là ! Après quelques minutes, je suis revenue à sa voiture.

– Désolée.

– Ma maison n'est qu'à cinq minutes d'ici... Préfères-tu qu'on aille chez moi ? Tu serais secouée moins longtemps par la route...

– OK.

Heureusement, je n'ai pas été malade dans la voiture, mais la nausée ne diminuait pas. J'ai survécu tant bien que mal au trajet, la tête sortie par la fenêtre en espérant que l'air me fasse du bien. Charles, lui, me flattait la cuisse tout en conduisant.

Une fois chez lui, je me suis précipitée vers la salle de bains. J'ai tout juste eu le temps de verrouiller la porte avant d'être malade encore une fois. Au bout d'un moment, Charles a cogné pour voir si tout allait bien.

— Est-ce que je peux entrer ?

— Non. Je ne veux pas que tu me voies comme ça.

— Voyons, Malie... Ouvre, je t'ai apporté un verre d'eau, insista-t-il.

— Non, m'écriai-je.

— Ouvre la porte, tenta-t-il à nouveau. S'il te plaît.

J'ai fait couler l'eau froide et me suis aspergé le visage. Essayant – sans succès – d'avoir l'air un minimum présentable, j'ai déverrouillé la porte au bout de quelques minutes, puis je suis allée m'asseoir par terre avant que Charles entre dans la pièce. La fraîcheur de la céramique me faisait du bien.

— Ça va mieux ?

Il me regardait en inclinant la tête d'un air attendri.

— Pas vraiment... Je m'excuse tellement !

J'avais les larmes aux yeux tant je m'en voulais de ne pas avoir bu de manière responsable. J'en payais le prix.

— Chhhuuttt... Ce n'est pas grave. Je suis sûr que tes sœurs vont être malades elles aussi ! dit-il en s'assoyant près de moi.

J'ai bu le verre d'eau qu'il m'avait apporté, mais mon estomac a encore menacé de faire des siennes. Je lui ai demandé de sortir... Il a refusé.

Tel un personnage de film d'horreur, j'étais assise devant la toilette, les cheveux défaits et mon maquillage coulant contrastant affreusement avec ma belle tenue. Charles, au lieu de me laisser seule avec mes nausées et fausses promesses dignes de tout ivrogne qui se respecte, a attaché mes cheveux et s'est mis à me frotter doucement le dos. J'ai vomi de plus belle... On aura vu mieux comme fin de soirée romantique.

– Veux-tu prendre des Gravol ? Des Tylenol ?

J'ai émis un son qui signifiait oui. Une grande respiration plus tard, j'ai réussi à lui demander si je pouvais me brosser les dents.

– Ben oui ! dit-il en riant. Tiens, j'ai justement une brosse à dents neuve. Je te la donne ; tu pourras la laisser ici si tu veux.

Je n'en revenais tout simplement pas. Quand il m'a aidée à me relever, j'ai dit à Charles que je serais correcte, qu'il en avait assez fait et qu'il pouvait m'attendre à l'extérieur. J'ai attendu qu'il referme la porte pour me mettre à pleurer. J'avais tellement honte... Pour une raison que j'ignore, même si j'avais expulsé une grande quantité d'alcool de mon corps, je me sentais de plus en plus saoule... La fatigue m'avait probablement rattrapée. Quand je suis sortie pour demander une ixième faveur à Charles, mes mots étaient aussi peu clairs que mes idées :

– Est-ce... est-ce que je pourrais prendre... une douche ?

– Je ne suis pas trop sûr que ce soit une bonne idée. Tu n'as vraiment pas l'air d'aller mieux, Malie.

– Ça... ça me... ferait peut-être... du bien.

J'ai eu toute la misère du monde à prononcer cette phrase. Je me souviens vaguement que Charles a proposé de m'aider. Il m'a raconté plus tard qu'il m'avait déshabillée et avait pris une douche avec moi. Afin de me réveiller et peut-être aussi de me donner une leçon, il a fait couler l'eau froide. Pas question que j'aie le traitement royal ! Sa tactique a un peu fonctionné. Je n'ai que des souvenirs confus. Ensuite, il m'a enroulée dans une serviette, puis il m'a transportée dans ses bras jusque dans son lit.

– Malie... Malie, réveille-toi.

– Mmmm...

Il n'y avait que des sons – des grognements assez primitifs, à vrai dire – qui sortaient de ma bouche... Aucune autre réaction.

– Je ne peux pas t'enlever ton soutien-gorge et il est tout mouillé...

– Mmmm...

– Bon, OK... On va essayer quelque chose, alors...

Ne me demandez pas comment il a fait, d'ailleurs je ne suis pas certaine de vouloir le savoir, mais il a réussi à me faire enfiler un de ses chandails et un pantalon de jogging et à enlever mon soutien-gorge – il ne s'est pas essayé avec mes petites culottes – pour le faire sécher. Le processus a sûrement duré des heures ! Moi, je dormais déjà profondément. Après avoir pris soin d'installer une poubelle près de moi, Charles s'est couché dans le lit à mes côtés, préservant une distance respectable entre nous deux vu les culbutes de mon estomac...

Quand je me suis réveillée le lendemain matin, Charles n'était plus là. Il devait avoir besoin d'une pause de « malade-Malie »... Dans une tentative de me faire oublier – pour faire changement –, je suis allée m'asseoir sur le bout du sofa, me sentant comme une enfant qui avait fait une gaffe et qui s'était fait prendre par ses parents.

– Heille, salut ! me lança-t-il en arrivant au sous-sol, l'air surpris de me voir en équilibre sur mes pattes.

– Allô.

– As-tu encore mal au cœur ?

– Un peu... Mais, honnêtement, je ne sais pas si c'est mon cœur ou mon orgueil qui est le plus amoché ce matin !

Il a ri, n'ayant pas l'air trop traumatisé par ce qu'il avait vu la veille, mais ne débordant pas de bonne humeur non plus.

– Encore une fois, je suis tellement désolée pour hier ! Ce n'était pas correct de ma part de gâcher ta fin de soirée comme ça...

– Ben... C'est sûr que je n'ai pas adoré te regarder vomir, mais je ne t'aurais pas laissée toute seule dans cet état, c'est certain.

– Ah ! Je me sens mal ! Je t'en dois vraiment une.

– C'est bon, je garde ta dette en mémoire ! plaisanta Charles.

Il s'est levé et m'a donné une tape sur la cuisse, accompagnée d'un petit clin d'œil. Il m'a alors demandé si je voulais jouer à un jeu vidéo ou regarder un film après déjeuner.

– Je pense que je vais retourner chez moi. De toute façon, je ne pense pas que déjeuner soit une idée de génie ce matin.

– Veux-tu que je te reconduise ?

– Non, non. Tu en as déjà fait assez comme ça. J'ai trois sœurs à la maison qui ont des voitures, il faut bien qu'elles servent à quelque chose !

C'est Alysson qui a eu l'honneur (!) de venir me chercher. Ça tombait bien, elle était partie faire des courses et elle était tout près de chez Charles.

En attendant Aly, je ne savais pas trop quoi dire. J'étais assez gênée... Il y avait maintenant autant de bons moments que de malaises entre nous.

– Malie, qu'est-ce que tu as, ce matin ?

– Tu n'es pas mal à l'aise, toi ? répondis-je en levant les sourcils.

– Bah... Un peu, admit-il, en mettant ses mains dans ses poches.

– Je pense que ce serait mieux que je ne dorme plus ici. Qu'est-ce que tu en penses ?

– Oui... Peut-être, finit-il par dire tout bas.

Je me demandais s'il était déçu. Mais je me posais surtout des questions sur notre fin de soirée.

– Hier soir... euh... Est-ce qu'on a...

– Charlie Malia Labelle... Penses-tu sérieusement que j'aurais profité de ton corps quand tu étais à moitié morte ?

– Non, ce n'est pas ce que je voulais dire, mais...

J'étais vraiment trop contente que la sonnette retentisse à ce moment-là ! Je me suis presque jetée sur la porte.

– Salut ma petite sœur sur un lendemain de brosse !

– Ha, ha, ha. Très drôle !

– Pauvre Charles ! Ta fin de soirée a eu l'air de quoi ?

– Euh...

J'ai coupé court à leur conversation avec un toujours efficace « Bon, on s'en va ! », en tirant brusquement ma sœur par le bras.

– Allez, Aly. Bye, Charles !

Les deux se sont mis à rire. Alysson savait trop bien que j'avais été malade ! Je la soupçonne d'avoir elle-même terminé sa soirée en compagnie d'une poubelle ou quelque chose du genre, mais elle était beaucoup trop orgueilleuse pour avouer quoi que ce soit ! J'aurais aimé avoir ce luxe aussi !...

Sur le chemin du retour, j'ai tout fait pour éviter de raconter ma fin de soirée à ma sœur. Elle m'a finalement proposé d'aller au centre commercial pour commencer nos emplettes de Noël. Ce plan m'allait parfaitement ; il m'éviterait de devoir encore une fois faire face à mes sentiments. L'art d'esquiver un sujet chaud. J'étais devenue une experte.

Une petite voix me répétait sans cesse : « Pourquoi tu n'avoues pas tes sentiments à Charles ? Et si jamais il ressentait la même chose que toi ? » Mais je n'étais pas convaincue. Mon dernier chum était mort et j'avais peur, si j'en trouvais un autre, de le perdre lui aussi. Je croyais même à une malédiction sur les gens que j'aimais.

Le vendredi après-midi suivant, après avoir passé une heure à regarder tomber les flocons en les analysant un par un, dans l'espoir de penser à autre chose qu'à l'éventualité de former un couple avec mon meilleur ami, j'en suis venue à la conclusion que ça ne servait à rien. J'ai donc appelé Charles pour lui demander s'il voulait sortir quelque part avec moi après le match. En fait, à mes yeux, ce n'était qu'une formalité : nous avions l'habitude de nous voir après presque tous ses matchs à domicile. Sauf que je l'ai trouvé distant, voire un peu sec, au téléphone.

– Non, pas ce soir, désolé.

– Ah bon.

J'attendais sa raison, qui ne venait pas.

– Tu as autre chose de prévu ?

– Oui, une soirée de gars, tu comprends ?

– Ah ben, OK, il n'y a pas de problème. On se voit demain alors ?

– Peut-être, je ne sais pas encore ce que je fais. Je ne sais pas non plus si on va avoir un entraînement. On s'appelle demain, OK ? dit-il, me faisant comprendre que la conversation était terminée.

– Euh, OK. Bon match ce soir, répondis-je, résignée.

– Merci. Bonne soirée à toi.

J'étais déçue. Déçue de ne pas le voir ce soir-là, mais aussi de l'issue de la discussion, sans mot doux ou invitation. D'ailleurs, contrairement à son habitude, Charles ne m'a pas appelée en fin de soirée. Il ne me devait rien, mais tout de même...

Le lendemain après-midi, je n'avais toujours pas eu de ses nouvelles. Il m'arrivait souvent de me présenter chez lui, juste comme ça, sans avertissement, et j'étais toujours la bienvenue. J'ai donc décidé de le faire, encore une fois.

C'est lui qui est venu m'ouvrir. Il avait l'air extrêmement surpris de me voir.

– Charlie ? Euh... Salut, dit-il, visiblement mal à l'aise.

– Salut. Voyons, tu as donc bien l'air bizarre ! Ça va, Charles ?

– Oui oui, lâcha-t-il, comme s'il voulait se débarrasser de moi.

Il restait là, la porte à demi ouverte, sans m'inviter à entrer.

– Charles, qu'est-ce qui se passe ?

– Rien. Pourquoi ?

Rien, ben oui, j'aime ça me faire prendre pour une cruche.

Il avait l'air très nerveux et j'ai même cru le voir taper du pied. C'est ce qu'il faisait pendant un examen ou sur le banc des joueurs avant de sauter sur la glace. C'était louche.

– Je te dérange ?

C'était la première fois que Charles me faisait sentir... de trop. Je regrettais de m'être présentée chez lui sans l'avoir appelé.

C'est là que j'ai entendu une fille crier son nom. Le visage de Charles a immédiatement changé. Je ne saurais décrire quelle expression je pouvais y lire. C'était un mélange de découragement, d'impuissance et de malaise. Il avait vraiment l'air d'un gars qui ne savait pas du tout quoi faire, quoi dire.

Je ne parlais pas non plus. Cette fille-là était avec lui.

– Ah, je comprends ! Tu n'es pas seul !

– Charlie, ce n'est pas...

Dans un élan d'orgueil, je me suis forcée à sourire. Ah bon. Évidemment, ce n'était pas ce que je croyais. Sur un ton gentil, dénué de toute jalousie – du moins, c'était l'objectif –, j'ai répondu :

– C'est beau, pas besoin d'explications. Tu es un grand garçon, tu fais ce que tu veux... J'aurais dû appeler avant, c'est moi qui suis désolée. On se parlera plus tard.

– Charlie...

Ne voulant pas attendre que la situation dégénère – et jugeant qu'il n'y avait plus rien à ajouter –, j'allais tourner les talons, lorsque la fille est apparue aux côtés de Charles, une tasse de café fumant à la main. Elle ne portait que des petites culottes et une chemise de Charles trop grande pour elle... J'ai détaillé ma rivale de la tête aux pieds. Ses longs cheveux étaient détachés et quelque peu ébouriffés. La scène ne pouvait être plus claire. Ils avaient passé la nuit ensemble. Aucun doute là-dessus.

Charles ne disait rien et me regardait. On est restés plantés là, face à face, quelques secondes. Puis la poupée de service s'est avancée. Elle m'a saluée d'un grand sourire. Ce n'était pas arrogant, non, loin de là. Elle était tout simplement de bonne humeur.

– Salut, dit l'inconnue, trop chaleureusement à mon goût. (Était-elle à ce point idiote pour ne pas remarquer le malaise ?)

– Euh, Charlie, je te présente Pascale, une amie de Montréal. Elle est ici pour la fin de semaine.

– Bonjour, enchantée (si seulement c'était vrai...). Euh, alors, je m'en allais. J'étais juste venue prêter un livre à Charles. Alors tiens, bonne journée.

Je lui ai remis au hasard un des livres qui traînaient dans mon sac, pour rendre le tout plus crédible.

Puis, tout bas, mais juste assez fort pour qu'il comprenne, j'ai ajouté :

– En tout cas, belle soirée entre gars...

Je ne voulais pas laisser paraître mes états d'âme. Mais on repassera pour la subtilité. Tant pis pour lui.

J'étais fâchée. Il m'avait menti. Sur le chemin du retour, j'ai imaginé un tas de scénarios. Ma spécialité. Il me l'avait caché parce qu'il ne voulait pas me faire de peine, il voulait se payer une aventure sans que personne le sache, c'était

88

une ex dont il était toujours amoureux et qui venait le voir pour une possible réconciliation. Ou encore cette fille ne venait même pas de Montréal et il la voyait souvent... Une voisine, peut-être ? Et s'il avait eu une double vie tout ce temps, qu'il avait toujours eu une blonde à Montréal ? J'aurais pu écrire des dizaines de scénarios de films tellement j'avais exploré toutes les possibilités.

J'ai retenu mes sanglots durant tout le trajet jusqu'à la maison. Les vannes se sont ouvertes en même temps que la porte d'entrée. Mégane m'a entendue et, comme elle le faisait si bien, elle est venue me consoler. Je me suis assise dans les escaliers et elle s'est installée une marche plus bas. J'avais la tête sur mes genoux et je cachais mon visage avec mes mains.

– Pourquoi tu pleures ?

– Ce n'est rien, c'est ridicule.

– Ce n'est jamais ridicule, comme tu dis. Qu'est-ce qui se passe ?

– Est-ce que c'est normal que ça me fasse aussi mal de savoir que Charles a couché avec une fille hier soir ?

– Ce serait tout à fait normal si tu en étais amoureuse, tu ne crois pas ?

– Ce n'est pas de l'amour. C'est juste que...

– Charlie Labelle. Là, tu vas me regarder dans les yeux et me dire que tu n'es pas complètement folle de ce gars-là.

– Je...

J'en étais incapable. C'était bien évident qu'elle avait totalement raison. Ma sœur a pris un ton maternel, mais autoritaire pour essayer de me raisonner.

– Bon, là, tu vas te ressaisir immédiatement. Et tu vas faire une femme de toi.

– Qu'est-ce que tu veux dire ?

– Je veux que tu me promettes que tu vas dire à Charles comment tu te sens. Je veux que tu lui dises que tu l'aimes.

– Je ne peux pas.

– Charlie, tu sais comme moi que la vie est trop courte pour une telle perte de temps. Tu l'aimes, c'est évident. Et, si tu veux savoir si c'est partagé, tu n'auras pas le choix de mettre la situation au clair avec lui. Crois-moi, c'est la meilleure chose à faire.

– Et si ce n'est pas du tout réciproque ?

– Au moins tu n'auras pas de regrets toute ta vie en te demandant si tu es passée à côté d'une belle histoire.

– Tu as peut-être raison. Mais je lui en veux quand même de m'avoir caché la présence de cette fille-là. J'ai eu l'air d'une vraie folle en allant chez lui !

– Ben non. Crois-moi, il a dû se sentir beaucoup plus mal que toi !

Je n'en étais pas du tout convaincue. Parler à Mégane m'avait fait du bien, mais j'appréhendais beaucoup mon prochain contact avec Charles. Elle avait raison. Elle, bien sûr, et tous ceux qui me répétaient que j'étais amoureuse de lui et que je devais le lui dire. Mais le pas entre savoir et agir me paraissait infranchissable...

Je m'attendais à ce que Charles me rappelle – il me devait des excuses –, mais j'ai finalement reçu sa visite en fin de soirée.

– Je peux te parler ?

– Oui, entre.

On est allés dans ma chambre. L'atmosphère était très bizarre. Après tout, je savais bien qu'il n'avait rien fait de mal... Bien qu'il m'ait menti. Je me disais qu'il était sûrement conscient de m'avoir blessée.

– Je voulais m'excuser pour tantôt, débuta-t-il, hésitant.

– Tu n'as pas à t'excuser, je te l'ai déjà dit. C'est moi qui aurais dû appeler. J'ai tenu pour acquis que je pouvais débarquer chez toi n'importe quand. C'était visiblement une erreur.

– Non, ce n'est pas une erreur, voyons. Tu sais que tu peux venir quand tu veux, m'assura-t-il.

Il essayait d'être gentil, et me regardait avec des yeux doux. Je devais me répéter que je lui en voulais de m'avoir menti. Pas question de céder à ce petit regard.

– Mais je trouve blessant que tu ne m'aies rien dit, c'est tout. Tu n'avais pas à t'inventer une soirée avec les gars. Je n'ai pas vraiment apprécié de me faire mentir en pleine figure.

– Je le sais et je m'en veux. Je ne voyais pas trop comment t'annoncer que mon ex était en ville.

– Ah, c'est ton ex ? Première nouvelle !

Oups, c'est sorti un peu plus fort que je l'aurais voulu. Non mais, avertis-moi avant de me lancer une information de niveau 8 sur l'échelle de Richter ! Il a baissé la tête, essayant d'enlever une poussière invisible sur son bras pour se donner une contenance.

Ne voulant pas passer pour une folle jalouse, j'ai poursuivi la conversation calmement.

– Je savais que ça allait arriver un jour. On en a déjà parlé quand Maxine t'a fait des avances...

– Peut-être, mais...

Je ne l'ai pas laissé finir sa phrase.

– Ne t'en fais pas, il n'y a pas de mais. On est juste des amis, je ne commencerai pas à te faire des scènes de jalousie. Mais arrête de me mentir... Ça, je ne le prends pas.

Tellement nulle ! Je n'avais qu'à lui dire que je l'aimais, une bonne fois pour toutes. J'ai même eu l'impression à un certain moment qu'il attendait que je dise quelque chose du genre, mais je n'ai pas osé. Alors il a ajouté la pire phrase du monde : « Alors on est toujours amis ? » Comme une belle tarte, je me suis contentée de lui répondre : « Ben oui, c'est sûr. Rien n'a changé. »

Non mais, ark ! Et moi, l'épaisse, je l'ai laissé repartir après ça. Au bout du compte, je n'avais que ce que je méritais. Vlan ! Dans les dents.

Je ne pourrais pas tenir le coup encore longtemps parce que je regrettais chaque jour de ne pas avoir saisi ma chance. Une semaine après cette histoire, le 11 décembre plus précisément, on est sortis dans un bar avec des amis. Cette fois, je n'étais pas la seule à boire, tout le monde faisait la fête ! C'était d'ailleurs celle de J.-P. On pouvait en profiter, le couvre-feu des gars n'était qu'à trois heures du matin.

L'alcool aidant, on ne se lâchait pas. Des petits câlins, sans plus – du moins, au début. Sauf qu'à un moment, la pression est devenue trop forte. Charles était tellement beau. Tous les gars avaient revêtu chemise et cravate... Avec des jeans et des espadrilles ! Je sentais que j'allais craquer. Je n'étais pas la seule, d'ailleurs. Presque toutes les filles dans le bar tournaient autour des joueurs. On dansait à quelques pas l'un de l'autre, Charles et moi. Je voulais à tout prix l'embrasser et, ensuite, lui arracher tous ses vêtements... On aurait dit que sa cravate me regardait en m'invitant : « Allez, détache-moi, vas-y ! » Je m'imaginais attirer mon homme vers moi, l'embrasser langoureusement. Je voulais qu'il me touche, qu'il glisse sa main sous mon chandail, qu'il... J'étais rendue pas mal loin dans mes pensées. C'était totalement différent de la fois où j'avais essayé de lui sauter dessus dans sa chambre. Ce n'était pas mes hormones qui parlaient, mais bien mon cœur, qui battait tellement fort ! Je ne pouvais m'empêcher de me demander pourquoi, avec toutes les occasions que j'avais eues, j'avais attendu d'être dans un bar pour lui déclarer mon amour... Ce n'était pas vraiment l'endroit tout désigné... Pour le romantisme, on repassera !

Je me suis donc convaincue d'attendre un peu et de simplement profiter du moment. De toute façon, plus la soirée avançait, moins on était ensemble. Il fêtait fort avec ses amis et moi, j'étais bien contente de pouvoir jaser avec Camille, qui était en visite pour la fin de semaine. Elle n'en revenait toujours pas qu'on soit encore « juste des amis », Charles et moi.

– Charlie, je vous regardais danser tantôt. Il y a vraiment une chimie entre vous deux...

– Je sais, dis-je en soupirant et en levant les yeux au ciel.

– Tu sais, moi aussi j'étais l'amie de Pier-Luc avant de sortir avec lui... Mais pas aussi intensément que Charles et toi, j'avoue.

– Ben là, on n'est pas si intenses !

– Je devrais vous filmer ! Tu verrais que j'ai raison !

Et je le savais... Elle n'avait pas idée à quel point.

– Peut-être, consentis-je à lui avouer. Le hic, c'est que j'ai peur de tout gâcher si je lui en parle.

– Si vous vous aimez, pourquoi ça gâcherait tout ?

– Tu vas peut-être me trouver idiote, mais j'ai aussi un peu peur parce que je n'ai jamais ressenti quelque chose d'aussi fort de ma vie. J'ai peur de le perdre... comme j'ai perdu mon dernier chum...

J'étais sur un bon élan, alors j'ai continué à me confier, à mon plus grand étonnement. La musique était très forte, alors on devait parler plus fort pour se comprendre. Je souhaitais juste qu'aucun des gars ne nous entende !

– Je ne sais pas trop comment l'expliquer, c'est presque insupportable ! Je vais virer folle !

– Ah... L'amour ! Ne t'inquiète pas, je suis sûre que Charles t'aime aussi.

– Ah oui ?

– Charlie, si tu es capable de me prouver que Charles n'est pas intéressé à toi... Je te promets d'aller danser sur les haut-parleurs pour le reste de la soirée. Tu sais comme je déteste danser et à quel point je suis gênée... Alors, ça te donne une idée de mon niveau de confiance !

Elle faisait des petits mouvements de danse avec ses bras et on n'a pu s'empêcher d'éclater de rire. La danse ne faisait assurément pas partie de ses talents.

Les gars sont venus nous rejoindre avec d'autres consommations. Charles était de très bonne humeur. On aurait dit qu'il avait lu dans mes pensées, car il avait légèrement défait son nœud de cravate et détaché les deux premiers boutons de sa chemise. Je me mordais les lèvres tellement je le trouvais attirant. Dès qu'il me regardait en souriant avec ses beaux yeux doux, je lui rendais un petit sourire avant de fixer le sol. Il a pris ma main et m'a attirée vers le plancher de danse. Il n'aimait pas trop danser ; je savais qu'il se forçait pour me faire plaisir. Je n'osais pas danser trop près de lui, alors que Charles, lui, se rapprochait sans cesse de moi. Vers la fin de la soirée, une chanson un peu plus douce s'est mise à jouer et il m'a prise par la taille. J'ai entouré son cou de mes bras.

Les idées se bousculaient. On a dansé un peu, mais Charles a bien vu que quelque chose n'allait pas. J'avais de la difficulté à le regarder dans les yeux. Il m'a proposé d'aller discuter à l'extérieur. Il faisait froid mais, au moins, c'était plus tranquille. Il avait les mains dans les poches, les épaules remontées et moi, je me réchauffais tant bien que mal en me frottant les bras.

– Qu'est-ce que tu as, Malie ?

– Je ne sais pas trop. En fait, oui, mais je ne peux pas vraiment te le dire. Pas ici, pas maintenant.

– Tu commences à m'inquiéter, qu'est-ce qu'il y a ? Je croyais que tu passais une belle soirée...

– Super belle, c'est peut-être le problème...

– Je ne te comprends pas, là.

Je ne trouvais pas les bons mots. Je l'ai regardé dans les yeux. J'avais peur de me faire repousser encore une fois. Je sentais que mon regard était différent, plus assumé, plus réfléchi. Après un moment de silence, je me suis décidée à l'embrasser. C'était doux, simple, retenu... délicieux. Intense comme ce ne devrait pas être permis... J'en avais des frissons partout. C'était le premier baiser quétaine typique des films que j'aimais tant. C'est lui qui a brisé le silence.

– Attends, murmura-t-il en me repoussant doucement.

– Qu'est-ce qu'il y a ? lui demandai-je nerveusement, craignant un nouveau refus.

– Ce n'est pas le moment, Malie, on a bu tous les deux.

– Mais...

– Je ne veux pas qu'on fasse comme l'autre soir...

Je lui adressais un regard rempli d'espoir. Ce n'était pas comme l'autre soir, pas du tout !

– Non, je te jure, ce n'est pas... Mon corps, ma tête et mon cœur sont tous conscients et en accord, je... En fait, je t'ai menti la semaine dernière. Je...

– Malie, je t'aime.

J'ai sursauté, osant à peine croire que ces mots venaient d'être prononcés, le plus sincèrement du monde, par Charles. Mon Charles... Pour être bien certaine que je ne venais pas d'halluciner ces douces paroles, j'ai demandé timidement :

– Tu m'aimes... pour de vrai ?

Je suis convaincue que j'avais les joues toutes rouges et que le froid n'en était pas responsable. Charles était gêné, lui aussi. Je pense que les mots trop longtemps retenus s'étaient échappés d'eux-mêmes...

– Je t'aime comme un fou... Si tu savais ! me dit-il dans un souffle, avant de poser tendrement ses lèvres sur les miennes.

Puis, il se recula subitement, un peu comme si la passion venait violemment de laisser sa place à la raison.

– Mais... je ne voudrais surtout pas qu'on change d'idée ou qu'on le regrette demain matin, une fois les effets de l'alcool dissipés...

Charles s'éloignait déjà, mal à l'aise. Je l'ai retenu par le bras en lui offrant mon regard le plus sincère.

– Je te jure que je suis parfaitement consciente de ce qui se passe en ce moment. Je sais très bien que ce n'est pas l'alcool qui en est responsable. Ce soir, je suis toute là... je suis tout à toi.

Et là, on s'est embrassés, encore, et longtemps. Il m'a serrée tellement fort dans ses bras que je pensais que je ne pourrais plus jamais m'en libérer. Et c'était bien ainsi, j'y serais restée toute ma vie.

– Charles ?

– Oui ?

– J'ai oublié de te dire quelque chose de vraiment important.

– Ah oui, quoi ?

– Je t'aime.

Ces derniers mots, je les ai chuchotés... Ils n'étaient dédiés qu'à lui.

Tout était parfait. Mais il a bien vite fallu se résoudre à bouger pour ne pas se transformer en glaçons ! Deux minutes plus tard, on avait récupéré nos manteaux et on était installés dans un taxi. Direction : sa pension.

Dans le taxi, l'ambiance est devenue bizarre. J'avais l'impression que le temps s'était arrêté. Je n'osais même pas me rapprocher, de peur d'avoir rêvé ces instants... Mais Charles a mis sa main autour de la ceinture de mon manteau et m'a attirée vers lui, me confirmant que les aveux étaient bien réels.

Quand on est arrivés chez lui, on s'est dirigés vers la chambre à coucher au pas de course. Avant d'amorcer quoi que ce soit, Charles a pris mon visage entre ses mains et il m'a dit, le plus sérieusement du monde :

– Je ne veux vraiment pas qu'on rate notre coup, toi et moi. Tu sais, si j'ai patienté si longtemps, c'est parce que j'attendais que tu sois prête, et je voulais quelque chose de vrai. J'ai tellement eu peur de te perdre après ce qui s'est passé la semaine dernière...

– Honnêtement, j'ai pensé la même chose, mais là, crois-moi, j'ai l'impression que c'est déjà du solide.

– Même chose pour moi... Je t'aime...

– Je t'aime encore plus...

Je sais, notre relation était vieille de quinze minutes qu'on était déjà quétaines.

On n'a plus dit un mot. On s'est regardés, on s'est examinés, on s'est déshabillés et on s'est embrassés.

Ses baisers étaient tellement doux ! Il en déposait un sur chaque partie de mon corps qu'il prenait soin de dénuder, doucement. Il me regardait d'un autre œil. Je me sentais belle et désirée comme jamais.

Ce soir-là, on a fait l'amour. On n'a pas baisé, on a réellement fait l'amour.

Le soleil commençait à se lever quand je me suis endormie dans ses bras. Il n'a jamais cessé de me bécoter, du moins jusqu'à ce que je m'endorme.

C'est aussi ce soir-là qu'a officiellement débuté notre histoire d'amour. J'étais tellement heureuse de me réveiller dans ses bras. Je respirais le bonheur.

– Bonjour, ma belle.

– Bon matin. J'ai le droit de t'appeler mon amour ?

– Ah que ça sonne bien, venant de ta bouche !

– Alors bon matin, mon amour... Mais, j'y pense, tu en es à deux conquêtes en deux semaines, toi ! J'espère que ta rechute de ton « été mouvementé » va s'arrêter là, dis-je, mi-moqueuse, mi-arrogante.

Il a ri. Puis il m'a serrée très fort.

– Sérieusement, je veux que tu saches que cette aventure ne voulait vraiment rien dire. C'était juste égoïste de ma part.

– C'est correct, je ne t'en veux pas.

– Et tu sais quoi ? Quand tu es partie, Pascale m'a dit qu'elle se sentait super mal parce qu'elle voyait bien que j'étais à l'envers. Elle a tout de suite su que j'étais amoureux de toi.

– Et tu n'as pas pensé me l'expliquer quand tu es venu chez moi par la suite ? (Et m'éviter cet épisode désagréable du même coup, ajoutai-je dans ma tête.)

– Je n'avais pas vraiment envie de me faire dire non. Je ne voulais pas te bousculer. Mais, avoir su...

Il m'a regardée avec son plus beau sourire, celui qui m'a toujours fait craquer.

– On a vraiment retardé ce moment pour rien finalement ! affirmai-je, soulagée.

– Mmm, non. J'attendais que ton petit cœur soit guéri. Un peu maladroitement, parfois, je l'avoue, mais j'étais prêt à t'attendre longtemps, déclara mon nouvel amoureux.

Quand on est montés à l'étage pour aller déjeuner, je me suis sentie un peu mal en m'apercevant que Diane et son conjoint François étaient dans la maison durant nos ébats... La honte ! Pourtant, leurs regards ne trahissaient aucun malaise. Soit cette maison était très bien isolée, soit ils dormaient très dur, soit ils étaient tout simplement hypocrites.

Peu importe, j'étais juste très contente que personne n'aborde le sujet !

Je ne savais pas trop comment, ni quand, nous allions leur annoncer LA nouvelle. J'angoissais aussi à l'idée de ne plus avoir le droit de dormir chez eux, puisque j'étais désormais une petite amie, et non plus une amie tout court. Les règlements allaient certainement changer.

C'est finalement Charles qui a entamé la discussion.

— Malie et moi, on a quelque chose à vous annoncer.

Je l'ai regardé en voulant dire : « Euh, *tu* as quelque chose à annoncer ! »

— Depuis hier, on est officiellement un couple...

À mon grand étonnement, ils ont poussé un soupir de soulagement. C'était tout sauf ce à quoi je m'attendais ! Diane n'est pas passée par quatre chemins.

— On commençait à se demander si vous alliez vous décider un jour ! Non mais, il vous en a fallu, du temps, avant de comprendre que vous étiez en amour, vous deux !

Nul besoin de mentionner que personne n'a été surpris d'apprendre qu'on sortait ensemble.

Quand on se regardait, plus rien n'importait. On n'avait même pas besoin de se parler, nos yeux le faisaient à notre place. C'était vraiment ce que j'appellerais une parfaite symbiose. Le beau petit couple idéal, quétaine à l'os et même insupportable – n'ayons pas peur des mots ! – pour tous ceux qui l'entourent. Qu'à cela ne tienne, j'en savourais chaque instant !

Tous les jours, Charles trouvait le moyen d'être plus attentionné encore. Honnêtement, je ne pensais pas que c'était possible ! Je ne me suis jamais autant fait dire que j'étais belle, fine, intelligente et blablabla. C'était l'amour fou, un amour passionné, pur et beau.

La semaine suivante, Charles est parti sur la route quelques jours pour un dernier voyage avant le congé des fêtes. Non seulement on se téléphonait avant et après chaque match mais, en plus, Charles avait pris soin de me laisser des petits mots d'amour un peu partout dans mes affaires, glissant un « Je t'aime » dans mon pare-soleil ou un « Je m'ennuie sans bon sens » dans ma poche de jeans...

Puisqu'il m'avait toujours gâtée, j'ai voulu lui offrir un petit quelque chose à mon tour. Je savais qu'il revenait le dimanche en soirée après avoir joué un match à Chicoutimi. Je me suis donc organisée avec Diane et François pour lui faire une surprise à son arrivée, en les convainquant qu'ils avaient vraiment envie d'aller passer une petite soirée en amoureux dans le Vieux-Québec et de rentrer très tard. D'ailleurs, ils contournaient les règles en me permettant de dormir sous leur toit, à condition que Charles et moi ne rations pas de couvre-feux et que son jeu et ses études n'en soient pas affectés. J'ai profité de mon privilège lors de cette soirée d'exception.

Assumant totalement mon côté fleur bleue, je me suis inspirée d'un film romantique où l'homme avait déposé des pétales de rose partout dans la maison. J'ai adapté la scène en déposant des bonbons (les mêmes qu'on avait mangés lors de notre première soirée chez lui) du haut des escaliers jusqu'à sa chambre. Je l'attendais avec une tenue plutôt sexy... et un collier de bonbons. Je me suis dit que j'aurais droit à des petits bisous dans le cou pendant qu'il y goûterait ! Je m'étais également amusée à confectionner des petits gâteaux, de style mini-cupcakes, que j'avais décorés avec beaucoup d'attention.

La nervosité commençait à s'emparer de moi, c'était la première fois que je prenais les devants pour organiser une telle soirée. J'avais très hâte qu'il arrive !

Il m'a appelée dès que l'autobus est arrivé à l'aréna. Je lui ai annoncé que je l'attendais chez lui, sans donner plus de détails. Quinze minutes plus tard, il était là.

Je l'ai entendu refermer la porte d'entrée.

— Ma belle ? Où es-tu ?

Je n'ai pas répondu. Je pensais avoir été assez claire avec le chemin de bonbons... Charles a finalement compris le principe et il a ouvert la porte de sa chambre. La seule chose qu'il a réussi à formuler en me voyant, c'est « Woooo ! ». Ce n'est pas dans le dictionnaire, mais sa réaction me convenait parfaitement.

— Salut, mon amour.

— Wow, Malie, je ne m'attendais pas du tout à ça !

— Je sais, c'est habituellement le but d'une surprise.

– Wow... Tu es vraiment *hot*, ma belle. Je capote !

– Merci !

J'avais mis le paquet. Je savais bien que, accoutrée comme ça, je lui donnais juste le goût d'enlever mes vêtements, mais il pouvait bien se permettre de patienter. Je n'avais pas cuisiné pour rien !

On a aussi discuté entre deux bouchées, se résumant les trois derniers jours que nous avions passés loin l'un de l'autre. Quand on a eu fini de manger, je me suis souvenue qu'il restait un peu de glaçage pour mes petits gâteaux. J'ai eu une idée.

– Qu'est-ce que tu dirais si je t'étendais le reste du gla-çage sur le corps ?

– Tu peux faire ce que tu veux, mon amour...

Je lui enlevé son chandail, tout en l'embrassant. Il s'est levé et m'a entraînée avec lui par la même occasion. Puis, il s'est allongé sur le lit et j'ai étendu du chocolat sur sa poitrine. Il était parfaitement musclé. Pas trop, juste assez. Ne pouvant freiner son désir – que je partageais amplement ! –, il a enlevé mon petit déshabillé assez rapidement et je me suis chargée de le débarrasser de son pantalon. Je vous laisse imaginer la suite... mais disons qu'il y avait du chocolat par-tout sur le lit !

J'étais heureuse. Au début, j'avais peur de perdre un ami en l'échangeant contre un amoureux, mais on avait finale-ment réussi à bien conjuger les deux rôles.

J'avais croisé plusieurs fois les parents de Charles dans les corridors de l'aréna avant qu'on sorte ensemble. Charles m'avait présentée comme étant sa meilleure amie mais, comme tous les autres, ils n'ont pas été très surpris d'apprendre que notre relation dépassait largement ce cadre.

Quelques jours avant Noël, ses parents et sa sœur sont venus voir un match. J'étais plutôt surprise de les croiser dans les gradins un mardi soir. Michel, le père de Charles, est venu me parler un peu avant le début de la partie.

– Pourquoi tu ne viens pas t'asseoir avec nous ? me demanda-t-il alors que je me dirigeais vers mon banc, où m'attendait Kayla.

– Euh... OK. Je veux bien, mais je suis aussi avec ma sœur... Je ne veux pas m'imposer, dis-je, un peu gênée.

– Il y a en masse de place près de nous. Venez ! Après tout, on encourage tous le même gars, alors aussi bien le faire ensemble ! s'exclama-t-il, débordant d'enthousiasme.

Alors que Michel semblait réellement heureux de m'intégrer à la famille Beauvais, la mère de Charles, Francine, était un peu plus difficile d'approche. Elle n'était pas méchante, loin de là, mais je crois que je n'étais pas sa priorité quand elle venait à Québec. Comme si ma présence l'empêchait de passer du temps avec son fils adoré. Pourtant, pendant le match, chacun a paru s'amuser sincèrement, et les millions de clichés que le père de Charles – photographe profession-nel – a captés ce soir-là peuvent en témoigner.

Le fait d'avoir passé un peu de temps avec mes nouveaux beaux-parents, qui m'avaient finalement prise sous leur aile depuis que Charles leur avait mentionné que j'étais orpheline, avait toutefois ravivé certains souvenirs... Même si je n'avais pas eu d'autres grandes déprimes depuis l'épisode de l'overdose de bonbons, je pensais souvent à mes parents et quelque chose me tracassait depuis un moment.

J'ai décidé d'en parler à Charles, parce que je sentais que je pouvais lui faire entièrement confiance.

– Charles, j'aurais quelque chose à te demander, mais je t'avertis, ce n'est pas joyeux, trouvai-je le courage de lui dire, alors que nous étions couchés.

– Qu'est-ce qu'il y a, mon amour ?

– Il y a quelque chose que je veux faire depuis longtemps, mais je n'y arriverai pas toute seule.

Il a froncé les sourcils.

– OK... Tu m'inquiètes un peu. C'est quoi ?

– En fait, c'est que je ne suis jamais retournée sur la tombe de mes parents depuis l'enterrement, poursuivis-je d'un ton hésitant.

– Ah ! laissa tomber Charles, surpris.

Cette option ne faisait sans doute pas partie de la liste qu'il s'était dressée.

– Je t'avais dit que ce n'était vraiment pas quelque chose de l'*fun*...

Il n'a pas réfléchi longtemps avant de répondre... à une question que je n'avais pas encore osé formuler.

– Et tu voudrais que je t'accompagne ? énonça-t-il, davantage comme une affirmation qu'une question.

– Je ne m'en sentirais pas capable autrement, répondis-je d'une voix nerveuse.

– Dans ce cas, c'est sûr que je vais y aller avec toi...

– Pour de vrai ?

– Ça sert aussi à ça, un chum, Malie, murmura Charles en me serrant plus fort dans ses bras.

C'était clair, cet homme était parfait.

– Merci, lui répondis-je d'une toute petite voix.

– Ça me fait plaisir que tu me le demandes. Ça prouve que je suis important pour toi...

– Quoi, tu en doutes ?

– Absolument pas, me rassura-t-il aussitôt.

J'étais tellement soulagée. Je lui ai chuchoté à l'oreille : « Je t'aime, Charles. »

Il ne pouvait pas imaginer à quel point c'était important pour moi. C'était la première fois que je trouvais la force de simplement envisager de me rendre sur la tombe de mes parents. C'était déjà un grand pas. Charles commençait aussi à me connaître assez pour savoir qu'il ne fallait pas trop attendre, parce que je risquais de changer d'idée.

– Veux-tu qu'on y aille demain après mon entraînement ? proposa-t-il.

– J'ai un examen jusqu'à midi, mais on pourrait y aller après, approuvai-je, reconnaissante.

– Parfait. Je vais aller te chercher au cégep à midi pile.

– OK.

Mon cerveau essayait d'analyser la situation, mais on aurait dit que je ne voulais pas comprendre que j'allais au cimetière le lendemain.

– Tu es sûre que tu es prête ?

– Si j'attends d'être prête à cent pour cent, je n'irai jamais.

– Ça va bien aller. Je te le promets. Je serai avec toi, me rassura-t-il.

Je ne pouvais que le regarder en souriant doucement. Je me sentais totalement en sécurité avec lui, autant sur le plan physique qu'émotionnel. C'est d'une voix légèrement émue que je lui ai dit : « Merci. »

Le lendemain matin, submergée d'angoisse à l'idée de me rendre à la tombe de mes parents, je n'ai pas réussi à me concentrer durant mon examen – ce qui n'avait rien de rassurant pour ma note ! –, ne faisant que regarder l'heure et compter les minutes restantes avant midi. Quand les deux aiguilles de l'horloge de la classe se sont enfin rejointes sur le douze, je me suis dirigée vers la sortie au pas de course. Charles m'attendait à l'extérieur, près de sa voiture. Le soleil aveuglant plombait sur la neige tombée durant la nuit.

– Ça va ?

– Oui, ça devrait aller.

En fait, ça n'allait pas du tout. Je sentais qu'un tsunami menaçait de se déclencher à tout moment dans mes entrailles.

– Avant qu'on y aille, j'ai quelque chose pour toi.

Il a sorti deux roses de sa voiture. Une blanche et une rouge. Il me les a tendues en me disant :

– Je pense que ça va te porter chance. Le fleuriste m'a expliqué qu'une rose rouge représentait entre autres l'amour et le courage. Et la blanche, c'est pour un amour pur. Pas besoin de préciser que ça représente bien le nôtre, non ? Ah oui, et si on jumelle les deux, c'est un signe de sympathie.

J'ai été incapable de répondre. Je pleurais déjà trop. Je me suis avancée vers lui et je l'ai serré très fort. Il avait lui aussi la larme à l'œil. Ça m'a touchée qu'il prenne le temps de s'informer pour que son cadeau ait une signification particulière.

– J'ai aussi acheté des perce-neige. Ça représente les épreuves, la consolation et l'espoir. J'ai pensé que ça te ferait plaisir. Bon, je sais qu'on ne peut pas les planter aujourd'hui, mais, si tu veux, on peut les laisser chez moi et s'en occuper jusqu'au printemps. On reviendra les planter ensemble sur la tombe dans quelques mois.

Je n'en revenais pas. C'est l'une des plus belles choses qu'on ait faites pour moi...

– Merci, mon amour, dis-je tout bas, émue aux larmes.

– Ça me fait plus que plaisir ! On y va ?

– Oui, acquiesçai-je, avant de prendre une grande respiration et de monter dans la voiture.

Je n'ai pas dit un mot du trajet, me préparant mentalement.

Même si j'y étais allée seulement une fois et que le cimetière était immense, je me souvenais exactement de l'endroit où se trouvait la tombe de mes parents. En sortant de la voiture, Charles m'a prise par la taille, m'a serrée contre lui et ne m'a plus lâchée. J'ai eu un choc en lisant le nom de mes parents avec les dates au-dessous... Surtout quand j'ai pris conscience que le temps s'était arrêté pour eux déjà deux ans et demi plus tôt. J'ai plaqué mes mains sur mon visage et j'ai éclaté en sanglots.

– Est-ce que tu veux qu'on parte ? proposa Charles, en me prenant dans ses bras.

– Non. Ça va aller, répondis-je en tentant de m'enfouir dans son manteau pour y disparaître.

Me serrant très fort, il a pris mon visage entre ses mains, sans prononcer une parole... les mots étaient inutiles. Il a déposé un baiser sur mon front, me donnant ainsi le courage de me retourner vers la pierre tombale.

Je me suis approchée, et j'ai déposé les fleurs. Dans ma tête, je parlais à mes parents. Je leur disais qu'ils me manquaient énormément, mais aussi que j'étais entre bonnes mains. Charles prenait soin de moi.

– J'aurais tellement aimé te les présenter.

– Bah... Tu le fais un peu en ce moment, même si ce n'est pas pareil...

– Peut-être. Je ne te remercierai jamais assez d'être venu avec moi ici.

– On peut revenir quand tu veux.

– Merci, c'est gentil.

Je me suis retournée une dernière fois et, à voix haute, j'ai dit : « Papa, maman. Je vous aime beaucoup. » Je n'ai pu retenir mes larmes et j'ai achevé ma phrase dans un sanglot. Je leur ai envoyé un baiser par la main, ou « par la poste », comme ils disaient quand j'étais petite.

Je me suis encore blottie dans les bras de mon chum. J'avais besoin qu'il m'enlace longuement. On est repartis. Ça m'a soulagée d'aller là, même si ça n'a duré que quelques minutes. J'avais eu peur d'être incapable d'y retourner, mais la glace était désormais brisée. Par contre, je n'étais pas encore prête à aller me recueillir sur la tombe de Frédéric. Il était encore trop tôt pour ça. Je devais vraiment y aller une étape à la fois.

Charles avait raison. Un chum, c'est fait pour les bons moments, mais aussi pour les plus durs.

Noël approchait à grands pas et c'était une source d'angoisse énorme. Évidemment, les fêtes de Noël étaient devenues difficiles chez nous après l'écrasement d'avion. Mes sœurs et moi avions toujours du mal à nous laisser aller et à avoir du plaisir. Nous nous sentions constamment coupables, comme si les moments en famille devaient éternellement être tristes.

Un soir, alors que Charles venait de raccrocher le combiné après avoir parlé à son père, il m'a fait une proposition.

111

– Mes parents veulent savoir si tu veux venir passer quelques jours chez moi à Noël. Ils aimeraient que tu rencontres notre famille.

– Chez toi, à Brossard ?

– Oui, est-ce que tu veux m'accompagner ?

L'idée me plaisait mais, en même temps, je me sentais un peu moche d'abandonner mes sœurs. J'en ai parlé à Mégane et, même si je savais que mon absence lui faisait de la peine, elle m'a dit d'y aller et de ne pas m'en faire.

D'ailleurs, je sentais qu'elle nous cachait quelque chose depuis un certain temps. Noémie, Alysson, Kayla et moi avions toutes essayé de lui tirer les vers du nez, mais sans succès. On se doutait bien qu'il y avait un gars derrière son comportement inhabituel...

Mégane s'était tellement donnée pour nous qu'elle avait oublié de vivre sa propre vie. Depuis qu'elle devait jouer le rôle de maman, je pouvais compter sur mes doigts le nombre de fois où elle était sortie avec ses amies. Elle n'avait jamais découché ou ramené quelqu'un à la maison. Sauf que là, elle s'absentait plus souvent le soir et parlait longtemps au téléphone... On n'était pas dupes, elle devait avoir rencontré quelqu'un.

Après de nombreux interrogatoires – je lui ai fait goûter à sa propre médecine ! –, elle a fini par céder. L'histoire est tellement charmante, d'ailleurs, que je ne comprenais pas qu'elle veuille la cacher ! Elle s'est laissé séduire par un jeune homme d'affaires, Jonathan, qui avait fait un généreux don à l'hôpital où elle était infirmière. Il a dû travailler fort pour la convaincre de lui donner une chance, mais sa persévérance a porté ses fruits ! Dommage qu'elle ait tardé à nous le présenter ; il ne passerait pas les fêtes avec nous cette année.

Je l'enviais un peu, mon nouveau beau-frère, car, contrairement à lui, j'allais vivre mon premier Noël dans ma belle-famille et je stressais sans bon sens à l'idée de rencontrer autant de monde en même temps ! Mais pourquoi n'existe-t-elle pas pour de vrai, la cape d'invisibilité qu'on retrouve dans les livres fantastiques ? Je l'aurais empruntée volontiers à un petit sorcier.

On est partis le 23 décembre après le dîner. Durant les deux heures de route, il m'a décrit tous les membres de sa famille, en me disant que ça m'aiderait à me sentir à l'aise. Je n'en étais pas si convaincue, mais ça lui faisait plaisir de me parler d'eux, alors allons-y !

On a été reçus comme des rois par ses parents, puis on a participé à un réel marathon festif : le réveillon chez sa tante, un souper traditionnel chez ses grands-parents, un autre souper chez une autre tante... On avait un horaire encore plus chargé – mais ô combien plus agréable – que lorsqu'on allait au cégep !

Les moments où l'on était juste les deux étaient magiques. Dès qu'on était près l'un de l'autre, nos mains se retrouvaient d'elles-mêmes comme des aimants, on se tenait par la taille, on s'embrassait. Tout était parfait.

Je ne savais pas trop quoi lui offrir en cadeau, alors je n'ai pas fait preuve d'originalité : je lui ai acheté des vêtements. Je nous ai aussi prévu une journée dans un spa avec massages et bains. Lui, il a réussi à me surprendre. C'était une petite boîte, et qui dit boîte de cette grandeur dit habituellement bijou. Elle respectait la logique : il m'a offert une délicate chaîne en or avec un petit « C » en pierres blanches. Elle était vraiment magnifique. J'étais émue. Il me l'a attachée au cou et je ne l'ai plus jamais enlevée.

– Tu l'aimes ?

– Ben là, c'est sûr ! Elle est vraiment belle, je suis super contente.

– En plus, le « C » est autant pour ton nom que pour le mien, souligna-t-il, ponctuant son commentaire d'un clin d'œil.

J'ai eu un grand sourire accroché aux lèvres tout au long de notre séjour à Brossard. Charles était radieux. Il m'a dit que, grâce à moi, c'était un des plus beaux Noëls de sa vie. J'aurais pu lui répondre que c'était exactement la même chose pour moi.

Au retour des vacances de Noël, tout juste avant la fin de l'année, les Guerriers devaient jouer trois fois en trois soirs. Dès le premier match, Charles s'est blessé. Il a subi un claquage et a dû quitter la rencontre, marchant difficilement. C'est un Charles fatigué et un peu découragé qui m'a appelée en fin de soirée, après avoir été examiné par le médecin.

– Allô, mon amour, ça va ?

– Pas vraiment... Je me suis blessé à l'aine.

– C'est grave ? Qu'est-ce qui est arrivé ?

– Un claquage. J'ai mal absorbé le choc. J'ai terriblement mal...

– Ah, pauvre toi ! Penses-tu pouvoir jouer le prochain match ?

– Ah non, ça, c'est sûr. Le doc m'a dit que j'en avais au moins pour deux ou trois semaines sans jouer.

Une éternité !

– C'est vraiment moche. Tu restes en Abitibi ou tu reviens plus tôt ?

– Je vais rester avec l'équipe. On revient dimanche alors ce n'est pas si grave. Je vais quand même subir quelques traitements ici.

– J'ai hâte de te voir. Je vais prendre soin de toi, moi. C'est promis.

– Moi aussi, j'ai hâte de te voir. Je dois y aller. Je t'aime et je t'embrasse partout, partout, chuchota-t-il tendrement avant que l'on raccroche.

Il est revenu tard le dimanche soir. Je suis allée chez lui dès la première heure le lundi matin. Il boitait, et sa jambe semblait lui faire très mal à voir la grimace accrochée à son visage.

– Comment tu vas ce matin, mon grand blessé ?

– J'ai mal, répondit-il d'un air maussade. C'est moins pire, mais c'est encore un peu enflé.

– Est-ce que je peux faire quelque chose pour t'aider ?

– Oui, viens m'embrasser, dit-il, laissant finalement tomber son air bougon.

– Ah, je peux faire ça, c'est certain !

Je me suis assise avec lui dans le salon, n'osant pas trop me coller de peur d'aggraver sa blessure. Ayant fini par trouver une position à peu près confortable, on a passé le reste de la journée chez lui à regarder en rafales les épisodes d'une comédie américaine qui nous faisait bien rire.

– Penses-tu être assez en forme pour sortir fêter la veille du jour de l'An demain soir ? lui demandai-je en changeant le DVD dans le lecteur.

– J'avais tellement oublié ! s'exclama-t-il, les yeux agrandis sous l'effet de la surprise.

Mais comment peut-on oublier de fêter le Nouvel An ? J'étais un peu embêtée parce que je pensais à cette soirée depuis quelques semaines déjà.

– Ben là, on est le 30, répondis-je sèchement.

– Je sais, mais je te jure, j'avais oublié !

– Alors, on sort ?

– La pension de Pier-Luc fait un party, tu ne t'en souviens pas ?

– Je m'en souviendrais si tu m'en avais parlé, mon amour, répliquai-je sur un ton plutôt sarcastique, je dois l'avouer.

– Tu es sûre que je ne te l'ai pas dit ?

– Oui, réaffirmai-je, comme si c'était l'évidence même.

Bon, mes plans de sortie dans un bar branché de la ville venaient de tomber à l'eau...

– Ah. Désolé. Bon, alors je te le dis, il y a un party chez Pier-Luc, veux-tu aller là ? suggéra-t-il, un petit sourire en coin comme pour se faire pardonner.

– Ben oui. Ça pourrait être cool, finis-je par admettre, ayant déjà mis de côté ma petite frustration.

Et, pour me convaincre que l'idée était bonne et essayer de faire comme si elle venait de moi, j'ai ajouté : « Et c'est mieux pour ta jambe. Je te verrais mal sur un plancher de danse ! »

J'ai appelé Camille pour savoir si elle allait être là. Elle venait tout juste d'arriver à Québec. Quand elle m'a dit que, tout comme moi, elle n'avait aucune idée de ce qu'elle allait porter, on a convenu qu'on devait aller magasiner ! Pier-Luc est donc venu la reconduire chez Charles, et Camille et moi sommes allées dévaliser les boutiques des Galeries de la Capitale !

Camille était plutôt du style sportif, mais je l'ai persuadée d'acheter une robe noire un peu plus sexy pour surprendre son amoureux. Elle m'a même avoué que Pier-Luc ne l'avait jamais vue porter autre chose que des pantalons ! Pour ma part, j'ai trouvé des jeans bleu foncé très ajustés avec des petits brillants sur les cuisses, et des talons aiguilles. Le 31 décembre, c'est le bon moment pour sortir de sa zone de confort. J'ai aussi trouvé une jolie camisole au style plutôt urbain chic. Elle était gris anthracite avec le mot « Paris » écrit en graffiti noir à l'avant. L'arrière était entièrement fait de dentelle noire. Évidemment, notre razzia de magasinage n'aurait pas été complète sans les sacs à main assortis et les bijoux... Et on a décidé de ne rien montrer de nos achats à nos copains pour leur faire la surprise le soir du party. C'était une épreuve de force, j'avais juste le goût de faire un défilé devant lui en sortant des boutiques. Mais j'ai réussi !

Le lendemain, chez Pier-Luc, presque toute l'équipe de hockey était là. On est arrivés vers vingt-deux heures, après être allés souper au resto. On avait déjà pris de l'avance en buvant une bouteille de vin à deux durant le souper.

Et disons qu'on a fêté fort ce soir-là ! Des *shooters*, de la bière, du vin, du champagne... Heureusement, cette fois-là, je ne figure pas sur la liste des malades !

J'ai passé une grande partie de la soirée à danser comme une petite folle sur des airs « démodés-mais-qu'on-écoute-chaque-année » avec Camille – qui n'avait toujours pas développé un talent pour la danse – et deux autres connaissances, Juliette et Crystal, pendant que mon chum jouait au poker avec ses amis. Chaque fois que je passais près de lui, je l'embrassais et lui disais que je l'aimais. Il commençait lui aussi à être pas mal saoul, alors il n'était pas trop difficile à déconcentrer !

J'étais complètement tombée sous le charme du petit chien de Pier-Luc. Il avait un Shih Tzu et j'avais toujours rêvé d'en avoir un, mais mes parents n'en voulaient pas à l'époque et Mégane me répétait sans cesse qu'elle n'avait pas le temps d'élever un chien en plus de s'occuper de nous. Je me suis donc gâtée ce soir-là !

On est partis vers cinq heures du matin. En taxi, bien sûr. Comme Charles n'avait pas de couvre-feu, on en a profité pour aller dormir chez moi pour la première fois.

J'espérais que la nouvelle année soit meilleure que celle qui venait de se terminer. Le moins qu'on puisse dire, c'est que j'étais très heureuse de la commencer avec lui.

On s'était juré de ne jamais se laisser. Dans nos instants de folie, on parlait déjà de mariage, de maison, de bébés... Même les prénoms des enfants étaient déjà choisis. Maéva pour une fille, et probablement Frédéric pour un garçon, en mémoire de mon ancien copain.

On a vécu sur notre petit nuage un bon gros... deux mois. Après, notre histoire s'est gâtée. Non pas qu'on s'aimait moins ; au contraire, on s'aimait de plus en plus, mais c'était comme si on ne savait pas comment contrôler nos émotions.

Les problèmes ont commencé graduellement au retour des vacances des fêtes.

En janvier, un nouveau joueur s'est greffé à l'équipe. Jérôme. Je le trouvais mignon, sans plus. Lui, par contre, a carrément eu le béguin pour moi et il ne s'en cachait pas, même s'il savait que j'étais la blonde d'un de ses coéquipiers. La première fois que je l'ai croisé, c'est après un match sur la route. Charles revenait au jeu et, étant donné que le match n'était qu'à quelques heures de route de la maison, j'avais décidé d'y aller avec mes beaux-parents, comme ils me l'avaient souvent offert.

L'aréna étant très petit, les joueurs pouvaient facilement repérer leurs amis dans les estrades. Le nouveau venu, Jérôme, était un très bon joueur, mais il avait la réputation d'être paresseux et d'avoir souvent la tête ailleurs. J'en ai eu la preuve ce soir-là : sa tête était toujours dans ma direction. C'est par hasard que je l'ai remarqué. J'étais assise avec ma belle-mère et elle voulait savoir qui était le petit nouveau. En le lui pointant, j'ai vu qu'il me fixait ; ça m'a tout de même assez chicotée pour que je l'observe à nouveau à quelques reprises. Il me regardait chaque fois. Et plus le match avançait, plus il me faisait les yeux doux et des sourires. Je me suis tout simplement dit que j'étais devenue paranoïaque. Ma capacité à inventer des scénarios avait déjà fait ses preuves.

Après le match, j'attendais Charles avec ses parents. Dès qu'il est sorti, mon chum s'est dirigé vers nous et il m'a embrassée. Jérôme a vu la scène et il est venu se présenter. Charles s'est dit qu'il voulait s'intégrer à l'équipe, pour moi c'était plutôt comme un affront. Je n'ai pas du tout apprécié le regard qu'il m'a lancé quand Charles avait le dos tourné... Le genre de regard typique du gars qui accumule les conquêtes en se disant « Je peux toutes les avoir ». Mais bon, comme j'ai toujours eu tendance à divaguer, j'ai gardé ces pensées pour moi. De toute façon, tout allait bien avec Charles, je ne voyais pas l'intérêt de lui faire part de mes doutes.

Je n'ai croisé Jérôme que quelques fois les deux semaines suivantes, mais je faisais tout pour l'éviter, surtout après les matchs... J'avais vraiment un mauvais pressentiment face à lui. J'ai réussi à garder mes distances jusqu'à la reprise des cours au cégep à la mi-janvier.

Je n'avais aucun cours avec mon amoureux. J'étais extrêmement déçue ; après tout, c'est de cette manière qu'on s'était rencontrés et j'aimais bien faire mes travaux avec lui, même si « avec » est un concept relatif dans la mesure où je faisais le travail à quatre-vingt-cinq pour cent...

Alors vous imaginez ma surprise lorsque j'ai su que Jérôme était dans trois de mes cours...

Comme j'en avais la mauvaise habitude, je suis arrivée à la dernière minute dans la classe. Je n'avais donc pas eu le temps de passer à ma case et j'avais encore mon gros manteau d'hiver et mon foulard de laine. Je tentais tant bien que mal d'enlever la neige qui s'était accumulée sur mon manteau au moment d'entrer dans la salle de cours. C'est là que j'ai aperçu Jérôme mais je suis allée m'installer plus loin. Des flocons fondaient dans mes cheveux et dégoulinaient sur mon front. Ma mise en plis en avait pris pour son rhume – rhume dont je risquais aussi d'écoper. Jérôme s'est levé et il est venu s'asseoir à côté de moi, me jetant le même regard que lors de notre première rencontre.

– Salut. Heille, essaies-tu de m'éviter, par hasard ?

– Non, pourquoi tu penses ça ? dis-je sans le regarder, en sortant mes livres de mon sac.

– C'est l'impression que j'ai. Mais ça ne durera pas ; bientôt, tu ne pourras plus te passer de moi, m'assura-t-il, le regard rempli de sous-entendus.

– De quoi tu parles ?

C'est à ce moment que le prof est entré et qu'il a fallu nous taire. J'ai gardé le silence durant toute la première heure. À la pause, je me suis levée et il m'a suivie.

– Viens-tu me voir jouer ce soir ? me demanda-t-il en marchant à mes côtés.

– Euh, pardon ? TE voir jouer ? répondis-je sèchement.

– Bon, OK, viens-tu *nous* voir jouer ce soir ?

– Je ne sais pas.

J'étais consciente d'être vraiment bête avec lui, et une petite voix me demandait de lui donner une chance, plaidant que c'était peut-être seulement sa façon d'être avec tout le monde. Je me suis souvenue que j'avais agi de la même manière avec Charles et qu'il était désormais mon chum, et le meilleur chum au monde de surcroît. J'ai donc été un peu plus sympathique avec Jérôme pour le reste du cours.

Erreur.

C'est comme si, en étant gentille avec lui, je lui avais laissé entrevoir une possible attirance réciproque. Du moins, c'est ce que j'ai fini par comprendre – à mes dépens.

– Je peux t'inviter à souper ? me proposa-t-il à la fin du cours, adossé à la porte de la classe pour me forcer à l'écouter.

– Non, répondis-je d'un ton ferme.

– Ah, allez ! Je sais que tu en as envie. Je le vois dans tes yeux, insista-t-il, son regard enjôleur exagérément planté dans le mien pour sonder mes intentions.

– J'ai dit non. Tu ne m'intéresses pas, alors arrête ton petit jeu.

Si j'avais su que ce n'était que la pointe de l'iceberg...

Il n'y avait rien à faire : il me draguait sans arrêt. J'étais mal à l'aise, mais n'osais pas en parler à Charles de peur de semer la bisbille dans l'équipe. Finalement, Jérôme s'en est chargé. Un soir, je sentais que Charles avait quelque chose sur le cœur. Quand je lui ai demandé ce qui se passait, il m'a répondu assez sèchement.

– Tu n'aurais pas quelque chose à me dire, par hasard ?

– Non, pas particulièrement, répondis-je, cherchant vraiment de quoi il pouvait bien vouloir me parler.

– Tu es sûre de ça ?

– Où veux-tu en venir ? Qu'est-ce que tu as ?

– Imagine-toi donc que Jérôme s'amuse à parler d'une fille dans ses cours... Il ne dit pas de nom, mais je sais très bien qu'il parle de toi.

– Et il dit quoi ? m'informai-je, dégoûtée à la mention d'une autre ânerie signée Jérôme, mais surtout craintive à l'idée qu'elle mette Charles dans tous ses états.

– Qu'elle a un chum, mais que ce n'est qu'une question de temps avant qu'il couche avec elle.

– Quoi ??? Ben voyons ! Ça n'a pas d'allure ! m'indignai-je, dépassée par les révélations de Charles.

J'étais scandalisée. Pourquoi Jérôme s'amusait-il donc à répandre des absurdités pareilles à mon sujet ? Charles avait confiance en moi, mais j'étais consciente que toute la situation lui faisait beaucoup de peine. Pour couronner le tout, Jérôme a réussi à mettre la main sur mon numéro de téléphone. Sans que je m'en rende compte, il avait pris mon cellulaire sur mon bureau pendant un cours et il s'était appelé. Il a mémorisé mon numéro et a commencé à m'appeler plusieurs fois par semaine, même quand j'étais avec Charles. Inutile de préciser que ce dernier ne la trouvait vraiment pas très drôle. Je répétais à Charles qu'il devait me faire confiance et que Jérôme ne m'intéressait absolument pas, mais il était quand même jaloux. Pas jaloux agressif, juste jaloux inquiet... Ce qui est bien pire.

On ne s'était jamais chicanés avant, mais, à partir de la fin janvier, c'est devenu assez fréquent. La même conversation revenait sans cesse.

– Jérôme parlait encore de toi après l'entraînement. Tu es certaine que je ne devrais pas m'inquiéter, Charlie ?

L'emploi de mon prénom me confirmait qu'il était de mauvaise humeur. J'avais beau lui répondre que j'ignorais Jérôme dans les cours même s'il venait s'asseoir à mes côtés, rien ne suffisait à rassurer mon amoureux. J'ignore à quel jeu Jérôme s'amusait à jouer, mais j'ai l'impression qu'il prenait plaisir à autant semer la pagaille entre Charles et moi.

Les avances de Jérôme se sont multipliées pendant les jours qui ont suivi. Un soir, lors d'un souper d'équipe sur la route, le ton a monté entre Charles et lui. Jérôme avait insinué que je le repoussais de moins en moins. Ils en sont même venus aux coups. Jamais je n'aurais pensé que toute cette histoire irait aussi loin.

– Tu l'as frappé ??? m'écriai-je, ne comprenant pas d'où cette violence avait bien pu surgir chez mon chum, habituellement si calme.

– Peut-être qu'il le méritait ? Voyons, il te drague, il te veut et il se vante qu'il commence à t'avoir. Comment voulais-tu que je réagisse ? se défendit-il, encore un peu d'agressivité dans la voix.

J'ai répondu, comme s'il s'agissait d'une évidence :

– En l'ignorant, comme je le fais depuis le début.

– À ce que je sache, ta méthode ne marche pas vraiment, railla-t-il, sarcastique.

– Et tu pensais qu'en te battant avec lui, tu réglerais tout ça ? ripostai-je sur le même ton, vexée qu'il ose m'accuser d'avoir fait quoi que ce soit pour encourager Jérôme.

Plus la conversation avançait, plus le ton montait, plus je pleurais. Je hurlais même. Pourtant, toutes les filles rêvent que leur chum se batte pour elles, non ? Mmm... Non.

– Pourquoi ne me fais-tu juste pas confiance au lieu de l'écouter comme ça ?

– *J'essaie* de te faire confiance, mais ça jase pas mal plus que tu ne penses dans l'équipe. Les gars commencent à se dire qu'il doit y avoir un fond de vérité dans toute cette histoire-là.

Je bouillais.

– PARDON ??? Es-tu en train d'insinuer que je l'encourage ? Dis donc que j'ai couché avec lui tant qu'à faire ?

– En fait, c'est exactement ce qu'il a dit pour que je le frappe au visage.

Je sentais un léger doute dans sa dernière phrase, ce qui m'a fait sortir de mes gonds.

– Et tu l'as cru ? Voyons, Charles Beauvais ! Je ne peux pas croire que l'idée t'ait même effleuré l'esprit. Tu me déçois vraiment, répliquai-je en hurlant, avant de le pousser légèrement, puisqu'il avait le malheur de se trouver entre la porte et moi.

Je ne sais même pas comment mes cordes vocales ont fait pour survivre tellement je criais. Je suis partie en claquant la porte. J'étais hors de moi.

Il est sorti et s'est mis à courir pour me rattraper.

– Attends, ne pars pas comme ça, m'implora-t-il en me saisissant le bras. Mets-toi à ma place...

Il s'était un peu calmé, mais pas moi.

– Justement ! Jamais je n'aurais douté de toi de la sorte, moi. Je ne le prends vraiment pas. Maintenant, lâche-moi, lui ordonnai-je en tentant de libérer mon bras, des larmes de rage me montant aux yeux.

Charles a obtempéré, mais d'un mouvement un peu brusque.

– C'est ça, prends tes airs de victime. C'est moi le cocu entre nous deux, et c'est toi qui fais pitié.

– Bon, tu es cocu maintenant... Je ne pique pas de crise, moi, à propos de toutes les filles qui vous attendent après les *games* !

– Je ne leur parle même pas !

– Tu ne comprends vraiment rien...

J'étais tout sauf agréable et il le méritait pleinement.

– Ah, tu me fais vraiment suer.

– Toi aussi.

Nos répliques sortaient à un train d'enfer. Sans que l'on y réfléchisse.

– Tu as vraiment la tête dure, Charlie Labelle. Va te faire voir !

– Oh que tu ne me le diras pas deux fois ! grognai-je en serrant les dents.

– Ce n'est pas ce que je voulais dire, se reprit-il, levant les bras au ciel et se mordillant la lèvre de remords.

Charles savait pertinemment qu'il venait de commettre une gaffe impardonnable. Il a essayé de se rapprocher pour glisser sa main sur ma joue. Je l'en ai empêché.

– Trop tard. Lâche-moi, j'ai besoin d'air.

Et je suis partie. J'ai remarqué que les voisins étaient sortis pour voir ce qui se passait, tellement on avait crié fort. Ça s'est passé tellement vite. C'est en me rendant chez moi que j'ai commencé à prendre conscience de ce qui venait de se produire. Comment avait-il pu penser que je l'avais trompé ? Mais surtout, comment en était-on venus à une aussi grosse engueulade ?

Il a essayé de m'appeler plusieurs fois, mais je n'ai pas répondu. J'ai appelé Jérôme, par contre. Honnêtement, si je l'avais eu devant moi, je lui aurais sévèrement arrangé le portrait.

– Heille, c'est quoi ton problème ? l'interpellai-je sans prendre la peine de le saluer.

– Je savais que tu m'appellerais. Tu vois bien que tu ne peux pas te passer de moi ! répondit-il d'une voix mielleuse, pour ajouter à ma rage.

– Arrête de niaiser. Tu me dégoûtes.

– C'est ça, moi aussi, je t'aime, poursuivit-il sur le même ton.

– Ah, tu es vraiment un imbécile, lâchai-je, sachant que cette conversation ne mènerait nulle part.

Il ne m'écoutait pas, fier de son coup. Il se doutait bien que Charles et moi nous étions engueulés. Son plan avait fonctionné, du moins en partie.

Ce soir-là, quelque chose s'est brisé entre Charles et moi. Je l'aimais toujours autant, mais j'étais blessée qu'il ne m'ait pas crue. Le destin s'est chargé du reste.

Jérôme n'était pas seul quand je l'ai appelé. Il était avec J.-P., qui avait la « chance » d'habiter dans la même pension que lui... Tout ce que J.-P. a capté de la discussion, c'est Jérôme en train de me dire qu'il s'attendait à ce que je l'appelle et blablabla. Il a téléphoné à Charles pour lui raconter ce qu'il avait entendu. Son interprétation était à mille lieues de la réalité, mais, étant donné que Charles était toujours fâché, l'histoire lui semblait plausible. Il a réessayé de me téléphoner, mais je n'ai pas décroché. J'aurais dû.

Charles a appelé quelques-uns de ses amis de l'équipe pour leur raconter ce qui venait de se passer et ces derniers ont décidé de l'emmener dans un bar pour lui changer les idées. Une fois arrivés là, ils ont bu. Beaucoup bu. Quant à moi, j'ai pu compter sur ma sœur Noémie et mon amie Véro pour avoir sensiblement la même idée. On est sorties dans un petit bistro et on n'a pas lésiné sur l'alcool non plus. Charles et ses amis étaient en très bonne compagnie. Des filles du cégep les avaient reconnus et elles s'étaient jointes à eux. Rapidement, il y en a une qui s'est rapprochée de Charles, puis s'est mise à l'embrasser. Sans le savoir, nous étions dans deux bars voisins. Mes amies et moi avons voulu aller faire un tour à l'autre bar. Ce qui devait arriver arriva. J'ai vu Charles et la fille s'adonner à une séance de bouche-à-bouche... Il n'avait pas vraiment l'air de se sentir agressé. C'était un baiser assez intense. Elle était assise sur lui et il avait les deux mains sur ses fesses... La vision était horrible.

Je suis ressortie du bar aussi vite que j'étais entrée, l'alcool décuplant ma rage. Dès cet instant, j'ai commencé à le haïr. J'avais tellement mal...

Dans un élan de frustration, j'ai fait la pire chose qu'il m'était possible de faire : appeler Jérôme. J'ai été stupide, je sais.

— Si tu viens me chercher dans les quinze prochaines minutes, tu vas avoir ce que tu veux depuis longtemps... Tant qu'à semer le trouble, aussi bien que ce soit pour une bonne raison.

Il n'en fallait pas plus pour que Jérôme saute dans sa voiture et vienne me chercher. En fait, je pense qu'il ne lui a même pas fallu dix minutes. L'occasion était bien trop belle. Et moi, je n'ai pas pris le temps de réfléchir, annonçant simplement à mes amies et à ma sœur que j'allais rentrer en taxi et que je préférais être seule. Elles ont discuté quelques minutes, mais ont rapidement abandonné avant de commander d'autres verres sans moi.

Quand Jérôme est venu me chercher, je n'ai rien dit et je lui ai sauté dessus. Ce n'était ni de l'amour ni de la passion, c'était presque violent. Une pure vengeance. En à peine deux minutes, le siège de l'auto était incliné et les vitres étaient embuées. Je n'étais plus consciente de mes actes. La rage avait pris le dessus sur la raison. Quand on a eu fini, je me suis rhabillée sans dire un mot. Je commençais à me rendre compte de l'ampleur de ce que je venais de faire... La gaffe de ma vie.

— Finalement, je n'ai pas menti aux gars. J'étais juste un peu en avance.

Je l'ai immédiatement giflé.

– Aïe, tu es folle !

Je suis sortie de la voiture en vitesse.

– Charlie ! Viens ici.

– Non, va-t'en. Laisse-moi toute seule.

J'ai couru jusqu'à un taxi et je suis rentrée chez moi en pleurant toutes les larmes de mon corps, me dirigeant directement vers la salle de bains. J'aurais tellement voulu effacer la dernière journée ! Qu'est-ce qui m'avait pris ? Je me suis mise en petit bonhomme dans le fond de la douche et j'ai continué à pleurer. Longtemps. Je ne pouvais distinguer l'eau qui coulait sur moi et mes propres larmes. Mégane m'a entendue et, inquiète, elle est venue me voir. Je lui ai tout raconté, consciente de la décevoir. Comme moi, elle paraissait dépassée par les événements.

La nouvelle a fait le tour de l'équipe en un rien de temps. Je me sentais terriblement mal... Mais je le méritais. Je savais que c'était fini avec Charles, je le sentais. J'ai essayé de l'appeler, et c'était à son tour de ne pas décrocher. Il m'a évitée durant des jours. Je n'en pouvais plus. Je ne dormais plus, je ne mangeais plus et je n'allais même plus au cégep. J'avais trahi l'homme que j'aimais.

J'ai fini par me rendre chez lui. Quand il a ouvert la porte, ses yeux bouffis trahissaient qu'il avait beaucoup pleuré, lui aussi. Il m'a simplement lancé un sac contenant mes effets personnels en me disant qu'il ne voulait plus rien savoir de moi. Puis il a claqué violemment la porte.

– Charles, écoute-moi. Laisse-moi t'expliquer ! criai-je à travers la porte.

Au bout de dix minutes de cris et de larmes, il s'est lassé et m'a laissée entrer.

– Je n'en reviens pas. Dis-moi que ce n'est pas vrai, cette fois-ci, m'implora-t-il avec le peu d'espoir qu'il lui restait.

– Charles, je... je suis tellement désolée, tu peux...

– Tu es désolée ? m'interrompit-il. Facile à dire après coup ! Pour une fille qui disait que je ne devais pas douter d'elle...

– Oui, mais...

– Il n'y a pas de mais. Tu m'as trompé, Charlie !

– Et toi ? Et la fille dans le bar ?

– Quelle fille ? De quoi tu parles ? me demanda-t-il, perplexe.

– Je t'ai vu au bar en train d'embrasser cette fille...

– Ah ça... Voyons, dès que je me suis rendu compte de ce que je faisais, je l'ai repoussée. Et je suis parti du bar avant qu'on aille trop loin. Parce qu'imagine-toi donc que je t'aimais, moi.

– Tu m'aimais ? répétai-je d'une petite voix cassée par l'émotion, en espérant qu'il prendrait conscience que ce qu'il venait de dire n'avait aucun sens.

En vain...

– Tu as très bien compris. Je t'aimais. C'est du passé. Maintenant, c'est fini. Je ne veux plus jamais te voir. Jamais, affirma-t-il, en accentuant fermement son dernier mot.

– Mais Charles, je suis tellement désolée, je t'aime et je sais que ce que j'ai fait ne s'excuse pas, mais...

– Tu as parfaitement raison, me coupa-t-il, ça ne s'excuse pas. Maintenant va-t'en, je ne veux plus te voir, termina-t-il à travers ses larmes.

Quelqu'un m'aurait enfoncé un couteau dans le cœur que j'aurais moins souffert. Je suis partie, résignée, en me demandant comment on avait pu se rendre là... J'avais mal.

J'ai bien essayé de contacter Charles durant le printemps, mais toutes mes tentatives ont échoué. Je l'ai croisé dans les corridors au cégep les quelques fois où j'ai trouvé le courage de m'y rendre... le regard qu'il me lançait me fendait le cœur un peu plus chaque fois. J'avais tellement honte... Et j'avais mal. Je ressentais la même douleur, la même souffrance que lorsque j'avais perdu Fred. Sauf que, cette fois, c'était quasiment pire, car c'était de ma faute. Charles n'était pas mort, mais j'avais l'impression que je l'étais à ses yeux.

Voir Jérôme n'était guère mieux. Il était assez fier de son coup ! Il n'avait aucun remords. Pour lui, j'étais simplement une fille qui avait été plus difficile à avoir. Le fait qu'il ait brisé un couple lui passait dix pieds par-dessus la tête.

Les premiers contacts entre Charles et Jérôme, après notre rupture, n'ont pas été de tout repos. Charles a réussi à se contenir... en fait, ses amis lui avaient fortement suggéré de se calmer et de ne pas faire de vagues. Malheureusement, il n'a pas maîtrisé ses émotions très longtemps.

Durant un entraînement, alors que toute l'équipe était sur la patinoire, Jérôme a provoqué Charles en passant un commentaire – que j'imagine peu sympathique – à mon sujet. Charles, piqué, lui a immédiatement sauté dessus en lui assenant quelques coups de poing. Les autres joueurs ont essayé de les séparer, mais Charles était tellement enragé qu'il a cassé le nez de Jérôme, ce qui lui a valu de sévères représailles.

Cette bagarre a marqué le début de la descente aux enfers de Charles. Même si nous n'avions plus de contacts, je m'informais souvent de lui. Il n'allait pas bien du tout ; j'imagine que ce devait être assez difficile pour lui d'avoir un Jérôme triomphant dans sa face tous les jours. En plus de ses mauvais résultats scolaires, son jeu s'en est ressenti... il avait donc continuellement son entraîneur sur le dos. Charles n'avait presque plus de temps de glace, même en séries. Et le pire arriva. À la fin de la saison, il a été échangé... à Halifax. J'avais l'impression d'avoir gâché sa saison.

De mon côté, ma gaffe s'est répercutée sur ma vie en général. Incapable d'aller au cégep, j'ai préféré lâcher. Je n'en pouvais plus d'entendre les commentaires des autres joueurs à mon sujet. Ils étaient tous au courant de l'histoire. Moi qui, à peine quelques mois auparavant, étais la petite fille toute sage et toute douce, j'étais devenue une traînée à leurs yeux... Et aux miens aussi. Il n'y avait pas de meilleur mot pour me décrire.

Grâce à la psy du collège, j'ai pu annuler ma session. Au moins, je n'allais pas être pénalisée sur le plan scolaire. Seule bonne nouvelle.

Je ne suis pas retournée à l'aréna, évidemment. Alysson, qui venait d'emménager à Montréal, m'a proposé de m'installer quelque temps chez elle. J'ai suivi son conseil, espérant que le fait de changer d'environnement m'aiderait à tourner la page. Malgré tout, pas une seule journée ne passait sans que je pense à Charles... j'ai été sans nouvelles de lui pendant des mois.

En mai, j'ai fêté mes dix-huit ans. J'ai alors touché ma part de l'héritage de mes parents. C'était une très grosse somme, mais je n'avais pas le cœur à en profiter. Je l'ai presque toute placée, conservant un montant suffisant pour m'assurer de passer un bel été rempli... d'alcool.

Eh oui, une fois emménagée à Montréal, je sortais beaucoup et je finissais toujours la soirée dans les bras d'un inconnu. Ma sœur était un peu découragée, mais elle savait aussi que, contre une tête dure comme moi, elle ne pouvait rien faire. J'ai donc vécu un été de totale débauche. En fait, je n'ai pas beaucoup de souvenirs de cet été-là ! C'est tout dire.

Le seul moment marquant de cette période folle a été le mariage de Mégane, en juillet. Elle n'était que depuis quelques mois avec Jonathan, son bel homme d'affaires, mais il lui avait demandé sa main au jour de l'An précédent.

C'était un mariage magnifique, simple et romantique, à l'image de ma grande sœur. Et on était toutes ses demoiselles d'honneur, mes sœurs et moi. J'aimais le fait qu'on soit toutes vêtues de la même robe couleur corail... On formait une belle équipe. N'empêche que je n'ai pas pu faire autrement que de m'imaginer à sa place, devant l'autel... avec Charles à mes côtés. Notre rupture datait déjà de cinq mois, mais la blessure était encore aussi vive que dans les minutes qui avaient suivi son « Je ne veux plus te voir. » De plus, j'ignore si c'est parce que j'aimais me faire du mal, mais je n'avais jamais eu le courage d'enlever ma chaîne en or ornée du petit « C » qu'il m'avait offerte. J'ai dû jouer avec le pendentif durant toute la soirée en pensant à lui. Pour faire changement, je me suis lancée dans le punch pour penser à autre chose et j'ai terminé la soirée avec l'un des garçons d'honneur. Pathétique, me direz-vous... Et vous aurez raison.

Quelques semaines après le mariage, j'ai décidé de me prendre en main et je me suis inscrite dans un autre cégep, avec de nouveaux étudiants mais, surtout, personne au courant de mon histoire. J'espérais repartir à zéro. J'ai même changé de programme, m'inscrivant à tout hasard en administration, pour ne pas avoir de cours qui auraient pu me faire penser à Charles. Inutile de préciser que la fonction du pilote automatique était enclenchée... Je ne vivais pas, je survivais. J'avais toujours un faux sourire accroché à mes lèvres, tellement que j'en suis venue à croire que c'était ma réelle expression de bonheur. Moi qui voulais me reprendre en main, c'était raté...

En octobre, j'ai rencontré un gars dans mes cours : Olivier. Il était relativement mignon, sympathique... et vraiment intéressé. Moi, mon cœur était en miettes, donc j'étais indifférente à ses avances. Dans une ultime tentative d'oublier Charles, j'ai finalement accepté de sortir avec lui. Pauvre Olivier... J'aurais remporté haut la main le trophée de la pire blonde du monde, mais il demeurait à mes côtés malgré tout, espérant peut-être qu'un jour, je parviendrais à l'aimer.

Après quelques mois de fréquentations relativement platoniques, je m'ennuyais et j'ai recommencé à sortir beaucoup. Oli travaillait dans un bar, alors il terminait ses quarts au petit matin. En son absence, j'ai passé la soirée avec un autre gars... J'ai trompé mon chum, et ce, sans aucun remords. Comme si j'étais devenue incapable de ressentir quoi que ce soit. J'ai commencé à le tromper plus souvent qu'à son tour, comme si je souhaitais qu'Olivier me surprenne en flagrant délit et qu'il me punisse, qu'il m'engueule ou je ne sais trop. Moi qui avais toujours eu de très belles valeurs, j'avais tout détruit. En trompant Charles, je suis devenue infidèle et je devais continuer à l'être, probablement pour me déculpabiliser de lui avoir fait ça. Je me disais que Charles ne serait pas le seul, comme si le geste devenait banal à force d'être répété. Bravo, championne... Super philosophie.

Pendant que je noyais mon profond désespoir dans l'alcool et le sexe, à l'insu d'Olivier qui ne semblait entretenir aucun doute à mon sujet, tout allait pour le mieux du côté de ma jumelle, comme elle passait son temps à me le répéter. Je faisais tout pour essayer de me réjouir de son bonheur avec Mathieu, mais ce n'était pas évident. Aussi ridicule que ça puisse paraître, je me sentais comme si nous avions une quantité prédéterminée de bonheur à partager entre nous deux (les jumelles, on partage tout !) et qu'elle ne m'avait rien laissé.

J'en ai justement eu la preuve lorsqu'elle m'a téléphoné, au début du mois de février.

– J'ai une grande nouvelle à t'apprendre, me dit-elle, avec son excitation habituelle.

– Ah oui ? Quoi ?

– Je suis enceinte !!! a-t-elle hurlé à l'autre bout du fil.

– Hein ? Ben là. Vas-tu le garder ? lançai-je, rabat-joie.

J'imagine que ce n'était pas vraiment la réaction à laquelle elle s'attendait.

– Franchement, Charlie... Pourquoi je ne le garderais pas ? s'offusqua-t-elle.

– Je ne sais pas, peut-être parce que tu as seulement dix-huit ans...

– OK, et alors ? Mathieu est super content. De toute façon, on voulait des enfants un jour ou l'autre... on les aura plus tôt, c'est tout, poursuivit-elle, insultée.

– Ah OK, c'était voulu ? Tu ne m'en as jamais parlé...

– Non, ce n'était pas prévu, je viens de te le dire. Voyons, tu n'as pas l'air d'être contente pour moi...

– Désolée, c'est sûrement le choc. Ben non, je suis contente pour vous deux, finis-je par lâcher.

Je ne pouvais pas sonner plus faux... J'étais déjà jalouse. À l'échographie, deuxième surprise : des jumeaux. Deux petits garçons ! Mathieu et elle nageaient en plein bonheur, au point où je n'ai pu m'empêcher de jubiler à mon tour ! Décidément, pas moyen d'être déprimée en paix !

D'ailleurs, Sydney m'a annoncé que j'allais être la marraine de l'un des deux poupons ! Cette nouvelle m'a encore plus rapprochée de ma jumelle – je ne l'aurais pas cru possible !

Au mois de juin suivant, un peu plus d'un an s'était déjà écoulé depuis que j'avais vu Charles pour la dernière fois. Sydney est venue passer l'été avec nous à Montréal, habitant chez ses beaux-parents avec Mathieu. C'était l'idéal pour sa grossesse. Nous sommes allées magasiner par un après-midi ensoleillé. Direction : Quartier DIX30. Le paradis pour des acheteuses compulsives comme nous ! En plus, nous avions une bonne raison, il fallait préparer l'arrivée des bébés.

Sydney avait déjà un très gros ventre. Elle devait accoucher vers la fin du mois d'août. C'était bizarre de magasiner dans le rayon des enfants avec elle, mais on était heureuses de se retrouver. Évidemment, il fallait bien que le destin s'en mêle...

Brossard... la ville natale de Charles. Et qui dit bel après-midi d'été dit boutiques et terrasses. Déconcentrée par tous ces gens – dont un tas de beaux gars – qui sirotaient une bière à l'extérieur d'un petit resto, j'ai heurté un passant. En relevant la tête pour m'excuser... horreur ! J'ai aperçu Charles à quelques mètres, alors qu'il marchait devant nous. Je pense sérieusement que mon cœur a cessé de battre à cet instant précis. D'un côté, j'étais extrêmement contente de le revoir, mais, de l'autre, j'appréhendais sa réaction. La dernière fois qu'on s'était parlé, ça n'avait pas été un franc succès !

– Charles ? ai-je prononcé du bout des lèvres.

– Malie ?! Salut...

Méga malaise.

– Ça fait longtemps. Qu'est-ce que tu fais de bon ?

– On vient magasiner pour préparer la venue de mes jumeaux !

Sydney était un peu trop enjouée, sûrement à cause des hormones. Charles a été très surpris lorsqu'il a enfin remarqué son gros ventre. Je ne comprenais pas d'ailleurs comment il avait fait pour ne pas le voir avant.

– Wow ! Je ne savais pas que tu étais enceinte ! Tu es toujours avec Ladouceur ?

– Eh oui ! Et ça fait quatre ans et demi qu'il m'endure ! Ah, mais j'y pense, pourquoi tu ne viendrais pas souper avec nous ce soir ? Ça fait tellement longtemps que Mathieu t'a vu, il serait super content !

– Euh, je ne sais pas trop.

Il me regardait. Je ne savais pas comment réagir. C'était quoi, cette idée de fou là ? Je détestais profondément ma sœur à ce moment ! J'ai hoché la tête en adressant à Charles un petit sourire forcé. Je ne sais même pas si j'avais l'air de dire oui ou non...

– OK. Pourquoi pas ? Tu diras à Mathieu de m'appeler, j'ai encore le même numéro de cellulaire.

– D'accord !

– Bon ben, je dois y aller. À plus tard, lança-t-il à la volée avant de poursuivre son chemin.

Je n'ai retrouvé l'usage de la parole qu'après le départ de Charles.

– Euh, pourquoi tu viens de faire ça, au juste ? demandai-je, encore sous le choc, à ma sœur.

– Quoi, l'inviter à souper ? Il est où, le problème ?

– Tu te moques de moi, là ?

– Quoi ? Ça fait plus d'un an que votre histoire est finie, reviens-en !

– Facile à dire ! Tu ne sais pas ce que c'est une séparation, toi, miss « j'ai un couple parfait ».

C'était bas, comme dernière réplique, mais, au moins, elle a compris que cette rencontre inattendue m'avait mise tout à l'envers.

– Attends, tu l'aimes encore ?

– Euh... Syd ? Sur quelle planète tu étais au cours de la dernière année, toi ?

Elle m'exaspérait. On aurait juré qu'elle vivait dans un monde parallèle depuis sa rencontre avec Mathieu. Un monde tout rose avec des petites licornes qui courent partout. Le genre de monde où j'aurais oublié Charles en dix minutes après avoir mangé une barbe à papa.

– Désolée, c'est juste que tu as quand même un nouveau chum depuis presque un an. Je pensais que tu étais passée à autre chose et que tu aurais simplement été contente de revoir Charles pour un souper.

Je savais qu'au fond, elle ne voulait pas mal faire.

– Je m'excuse aussi pour ce que je t'ai dit. C'était bizarre de le revoir... Je ne suis même pas capable de mettre des mots sur ce que je ressens.

– Aimerais-tu mieux que j'annule le souper ?

– Non ! criai-je presque, comme si la force de ma réponse allait faire taire mes inquiétudes.

La séance de magasinage ne s'est pas poursuivie très longtemps ; Sydney commençait à être fatiguée, et j'avais la tête ailleurs. Mathieu s'est occupé d'appeler Charles et de réserver une table dans un petit restaurant. Je ne voulais plus y aller... J'avais un mauvais pressentiment.

On est arrivés peu de temps avant Charles. J'ai « un peu » oublié de dire à Olivier que j'allais souper avec mon ex. Disons que moins il en savait, mieux c'était. Quand j'ai vu Charles entrer dans le resto, j'ai eu une petite faiblesse. Ça augurait bien pour le souper. Les deux gars se sont donné une étreinte de « boys », il a ensuite embrassé ma sœur sur les joues et oh, quelle surprise, un petit malaise s'est installé quand il a fait de même avec moi.

Puis, nous nous sommes installés à table, essayant de détendre l'atmosphère. Chacun a pris soin de ne pas parler des événements touchant de près ou de loin à notre rupture. Tout allait bien jusqu'à ce que Mathieu s'échappe et me demande ce que mon Olivier faisait ce soir-là. Je lui ai jeté un regard noir, mais il était trop tard, Charles s'est immédiatement tourné vers moi, les sourcils relevés :

– C'est qui, Olivier ? Ton chum ? me demanda-t-il, à la fois surpris et inquiet.

J'ai baragouiné quelque chose qui ressemblait à un oui. Je ne sais pas si j'ai halluciné, mais il semblait déçu. Vers vingt-deux heures, ma sœur étant très fatiguée, Mathieu et elle nous ont quittés. C'était extrêmement bizarre. C'était la première fois qu'on se retrouvait seuls depuis notre séparation. Mes sentiments étaient clairs. Ils n'avaient pas changé. J'étais toujours amoureuse de lui, même si j'en gardais jalousement le secret !

– Veux-tu que je te ramène chez toi ?

– OK, si tu veux, répondis-je, mal à l'aise.

J'étais extrêmement gênée, me sentant comme une petite fille de quatorze ans qui en est à son premier rendez-vous avec un nouveau prétendant. À la différence près que Charles ne voulait plus rien savoir de moi. Dans la voiture, la discussion est restée assez vague.

– Ça m'a fait drôle de voir ta sœur enceinte... Vous êtes quand même jumelles, alors c'est un peu comme si je te voyais avec une bedaine.

– Oui, je sais. Moi aussi je trouve ça étrange.

Après un moment de silence, j'ai finalement abordé le sujet jusqu'alors tabou.

– Charles, je voulais vraiment m'excuser pour ce que je t'ai fait...

– Ne le prends pas mal, Charlie, mais je n'ai vraiment pas envie d'en discuter. Une autre fois, peut-être.

Ouch. Je ne m'attendais pas à ça. Évidemment, sa dernière phrase a été suivie d'un énième malaise. Heureusement, on était arrivés chez moi.

– Bon ben, bonne soirée... Je suis contente de t'avoir revu.

– Ouais, moi aussi. Alors, euh... À la prochaine.

Je me suis approchée pour l'embrasser sur les joues. C'était plus fort que nous, ces deux petits becs ont vite évolué en un long baiser passionné.

– Désolé, je ne sais pas ce qui m'a pris.

– Tu n'as pas à t'excuser.

– Je veux juste te rappeler que tu as un chum et que tu n'es pas censée faire ça, me reprocha-t-il.

J'ai saisi la petite allusion ! Ce n'était pas très subtil.

– Bon ben, merci de m'avoir ramenée, je vais rentrer, lui dis-je, ignorant son commentaire.

Si seulement je comprenais ce qu'il espérait de moi...

Je ne sais pas si c'est par orgueil ou par gêne, mais on ne s'est pas rappelés de l'été, Charles et moi. De mon côté, je me suis calmée un peu et j'ai décidé de ne plus tromper Olivier. J'ai joué le rôle de la petite blonde parfaite durant toute la saison chaude, par exemple lorsque je l'ai accompagné en camping avec ses amis. Pour être honnête, si je devais dresser un top dix des choses que je déteste le plus dans la vie, le camping serait pas mal en tête de liste. Mais, après m'avoir vue essayer de planter une des tiges de métal pour soutenir la tente alors que je portais des petites sandales toutes mignonnes ou encore m'avoir entendue pester contre les moustiques, la chaleur, le froid, la pluie et le soleil, Olivier a compris qu'il valait mieux nous trouver une autre activité de couple.

Ma sœur a finalement donné naissance à deux beaux petits garçons en santé à la mi-août. Il était temps qu'elle accouche, parce qu'elle semblait sur le point d'exploser ! Elle avait de la difficulté à se déplacer et j'avoue que son humeur commençait à être insupportable ! Le *timing* était parfait, puisqu'elle avait prévu retourner à Washington à la fin septembre.

Quand Mathieu m'a appelée, ils se rendaient à l'hôpital. Je n'ai jamais été aussi énervée de toute ma vie ! Sydney m'a demandé si je voulais être là pour son accouchement, ce que je me suis empressée d'accepter ! Je comprends désormais les pères qui affirment se sentir impuissants en voyant leur blonde souffrir : c'est exactement comme ça que je me sentais ! Au bout d'une vingtaine d'heures de souffrance, j'étais officiellement « matante » – et marraine !

Mathieu aussi était beau à voir. Même s'il n'avait que dix-neuf ans, il avait déjà l'air d'un papa attentionné. J'ai toujours été impressionnée par ses yeux quand il regardait ma sœur. J'avais rarement vu deux personnes aussi amoureuses. Sydney pleurait de joie, Mathieu et moi aussi. Malgré l'épuisement, ma sœur était rayonnante. Sa voix était empreinte de bonheur lorsqu'elle m'a soufflé :

– Merci d'être là, Charlie.

– Je n'en reviens pas, tu es maman !

– Moi non plus je ne me rends pas trop compte, là !

– Papa et maman seraient fiers de toi.

– J'aurais tellement aimé ça qu'ils soient là...

– Je sais...

Il y avait longtemps que je ne m'étais pas arrêtée pour penser à mes parents. Du coup, je me suis dit qu'autant ils seraient fiers de ma sœur, autant je leur ferais honte. Et je m'en voulais.

J'ai passé la journée du lendemain avec Sydney à l'hôpital. Olivier est venu me rejoindre en après-midi. En fait, il y avait pas mal de monde dans cette chambre-là, au grand désarroi des infirmières ! Nos sœurs, leur amoureux, le frère de Mathieu, ses parents. C'est là qu'un visiteur inattendu s'est pointé. Eh oui, Mathieu avait appelé Charles pour lui annoncer la nouvelle, et il est venu voir les petits avant de repartir à Halifax pour la saison. J'ai été très surprise de le voir et c'était surtout très bizarre étant donné qu'Oli était à mes côtés. Il me tenait par le bras et, d'instinct, je l'ai rapidement repoussé.

Charles ne m'a pas tout de suite regardée, il s'est d'abord dirigé vers Mathieu et ma sœur.

— Félicitations, Sydney ! lui lança-t-il, en l'embrassant sur les joues.

— Charles !? Wow, je suis contente que tu sois là ! C'est une belle surprise.

À ces mots, il m'a fixée quelques secondes, subtilement, et nos regards se sont croisés. J'ai ressenti une petite décharge électrique, comme la première fois où je l'ai vu, mais personne ne s'en est rendu compte. Pas même Olivier, heureusement.

— Comment tu vas les appeler ?

— Jacob et Zachary. J'aurais bien aimé Mathis, mais ça ressemble un peu trop au nom de leur père et j'en ai assez d'un ! Veux-tu prendre Zach dans tes bras ?

Charles était tellement beau avec un petit bébé dans les bras. Les larmes me sont immédiatement montées aux yeux. Pourquoi se pointait-il encore une fois dans ma vie sans avertir ? Il a finalement daigné lever les yeux vers moi. Ils étaient brillants, lumineux, conformes au souvenir que j'en gardais. Après qu'un autre visiteur lui eut réclamé Zachary, il s'est tourné vers moi.

– Salut, lui lançai-je, comme si je m'adressais à un commis d'épicerie.

– Salut.

– C'est gentil de ta part de t'être déplacé.

– Ah, ce n'est rien, précisa-t-il en fixant toujours les bébés, je voulais les voir avant de partir.

– Tu repars bientôt ? demandai-je, essayant de dissimuler le trémolo de ma voix, alors que ma cage thoracique menaçait d'exploser.

– Dans deux jours, répondit-il, machinalement.

Voyant que je ne le présentais pas – à vrai dire, je l'ignorais complètement –, Olivier a pris les devants.

– Salut, moi, c'est Olivier.

– Ah ! C'est toi, ça ! s'exclama Charles, le sourire en coin. Moi, c'est Charles, dit-il, en s'avançant pour lui serrer la main.

Comme je n'avais jamais mentionné Charles à mon nouveau chum, il ne savait pas de qui il s'agissait. Il a cru que c'était simplement un ami de Math et je ne l'ai pas contredit. J'espérais d'ailleurs ne pas avoir à le faire – je créais un peu trop de malaises à mon goût.

– Bon, je dois partir, annonça-t-il. J'ai du retard sur mon entraînement.

– OK. Bonne chance à Halifax.

– Merci. Je suis content de t'avoir revue. Prends soin de toi.

Je lui ai souri. Dès qu'il a franchi la porte, j'ai prétexté une envie soudaine et j'ai quitté la pièce moi aussi. Sur un coup de tête, je suis allée le rejoindre dans le corridor.

– Charles ?

Il s'est retourné, l'air surpris, voire un peu embêté. Pensait-il sérieusement que j'allais me contenter de trois phrases ?

– Qu'est-ce qu'il y a ? chuchota-t-il en me dévisageant.

– Euh... Je ne sais pas. J'ai l'impression que tu m'évites et ça me dérange.

– Qu'est-ce que tu voulais que je fasse, tu étais avec ton chum, argua-t-il, en levant les bras.

– Je sais, mais c'est juste que, la dernière fois, on s'est embrassés et..., commençai-je à dire en me rapprochant de lui, tout en me battant contre mon souffle qui était de plus en plus court.

– Et quoi ? soupira-t-il en penchant la tête sur le côté.

– Ah, laisse faire, dis-je en levant la main avec attitude, espérant mettre fin à la discussion.

On a effectivement cessé de parler. Trop occupés à se dévorer du regard.

La tension sexuelle était palpable entre nous. Lentement, il a saisi ma main toujours élevée dans les airs, a déposé son autre main sur ma joue et s'est penché pour m'embrasser. Un baiser tout doux, ravivant le souvenir de notre premier vrai rapprochement, au bar, deux ans auparavant. J'ai ouvert les yeux et pris conscience qu'on bloquait un peu le chemin, en plein milieu du corridor de l'hôpital ! On s'est esclaffés, autant à cause du ridicule de la scène que du malaise grandissant.

– Voudrais-tu souper avec moi avant de repartir pour Halifax ? me risquai-je à lui proposer.

Et là, je me suis souvenue que j'avais un copain, alors j'ai ajouté « en amis ». Il a accepté. On s'est donné rendez-vous le lendemain. Quand je suis retournée à la chambre, c'était assez spécial. Personne ne se doutait que je venais de vivre cette petite incartade. C'est à se demander si quelqu'un s'était rendu compte de mon absence...

Contre toute attente, il semblerait qu'au moins une personne l'ait remarquée : Olivier.

– Le gars qui est venu, tu le connaissais bien ?

– Quel gars ?

– Charles.

– Ah. Oui, assez, répondis-je évasivement.

– C'est qui ?

– Un ami. Pourquoi tu me demandes ça ? demandai-je innocemment, cachant de plus en plus mal ma nervosité.

Il n'avait pas idée à quel point je n'avais aucune envie de parler de Charles avec lui.

– Je ne sais pas, j'ai trouvé étrange ta façon de le regarder.

– Ah oui ? Ah bon.

J'espérais que son interrogatoire se termine au plus vite. Comme s'il avait lu dans mes pensées, il a changé de sujet aussitôt, mine de rien. J'étais sûrement meilleure comédienne que je ne le croyais, finalement...

Le lendemain, Charles m'a appelée pour me proposer de souper chez lui au lieu d'aller au restaurant. Ses parents étaient à l'extérieur de la ville et, comme il n'avait pas un énorme budget, c'était la solution idéale. Cette idée m'effrayait un peu.

J'avais des papillons dans l'estomac une fois sur le seuil de sa porte. Pourquoi lui avais-je proposé de souper avec moi ? Pour me donner une contenance, je tripotais mon pendentif en attendant qu'il vienne m'accueillir. Quand il a ouvert la porte, son regard s'est arrêté sur le bijou, que je tenais encore entre mes mains. J'ai été soulagée qu'il ne passe aucun commentaire à ce sujet.

Il m'avait préparé des pâtes, avec du vin et de la salade en entrée. Assez impressionnant, je dois dire ! Il y avait de petits silences çà et là durant le souper, mais, en général, la discussion se déroulait bien. On s'est rappelé des souvenirs, principalement des bons, et on a jasé de tout et de rien. L'art d'éviter un sujet... À la fin du souper, je l'aidais à débarrasser la table quand il m'a prise par la taille.

– Malie, il y a quelque chose que je veux te dire.

– Tu m'inquiètes...

– On a passé une très belle soirée, mais j'aimerais que ce soit la dernière, déclara-t-il sur un ton beaucoup trop gentil pour les paroles qu'il venait de prononcer.

– Pardon ? m'offusquai-je en retirant ses mains de ma taille.

– Tu as compris. Tu sais, ça s'est mal terminé, nous deux, et j'ai pensé que, si on finissait ça sur une bonne note, on effacerait les mauvais souvenirs. C'est pour cette raison que j'ai accepté qu'on soupe ensemble.

– Tu veux dire que tu ne veux plus jamais me voir ?

– Je pense que c'est la meilleure solution, oui.

J'étais complètement désemparée.

– Tu as un nouveau chum maintenant, et moi, je vais retourner vivre à Halifax. C'est la meilleure chose à faire.

J'ai commencé à pleurer. Comme il l'avait fait tant de fois par le passé, il a mis sa main dans mes cheveux pour ensuite essuyer mes larmes. Sauf que la scène n'a pas connu le même dénouement que les précédentes. J'ai relevé la tête et me suis approchée de lui pour l'embrasser. Charles m'a repoussée, d'un simple « non », en me regardant droit dans les yeux...

– Je pense que ce serait mieux si tu partais maintenant.

J'ai obéi, non sans avoir un gros pincement au cœur. Je ne comprenais pas pourquoi je devais tant partir. Il m'aurait demandé de le suivre à Halifax et je crois que je serais partie sur-le-champ sans même préparer mes valises. J'avais mon cellulaire dans mes mains et j'hésitais à composer son numéro pour le supplier de me reprendre. Je n'en ai jamais eu le courage et je suis rentrée chez moi.

Il est parti comme prévu le lendemain. Sans moi.

Il m'a fallu quelque temps avant de chasser les images de ce souper d'adieu. Je devais faire mon deuil. C'était fini, on en était venus à cette conclusion. Comme Sydney me l'avait dit durant l'été, il était temps que j'en revienne.

J'ai repris mon petit train-train quotidien – la version saine, évidemment. Je suis retournée au cégep en septembre, question d'obtenir enfin mon diplôme d'études collégiales, et j'ai commencé à travailler dans un petit bistro, comme serveuse et barmaid. J'ai mené une petite vie tranquille jusqu'aux fêtes. Bon, je dois avouer que je suivais assidûment la saison de Charles grâce à Internet, mais je n'ai jamais cherché à le contacter. Et j'ai précisé « jusqu'au temps des fêtes », parce qu'une fois la session finie, j'ai recommencé à faire le party.

Par l'entremise d'amis communs, j'ai su que Charles devait sortir dans un bar du centre-ville de Montréal, pendant qu'il était en visite chez ses parents pour Noël. Comme je l'avais encore dans la peau, je me suis arrangée pour y sortir avec des amis. Mes informateurs avaient raison, il était là. Le seul hic, c'est qu'il n'était pas seul. Je ne l'avais pas prévue, celle-là... Il avait rencontré une fille à Halifax et il l'avait emmenée pour la présenter à sa famille. J'ai donc joué la carte de la fille indépendante qui ne l'avait pas vu, en espérant qu'il m'aperçoive.

Il a effectivement fini par me voir et il était déjà un peu éméché, alors il était « super content » de me croiser. Quand je lui ai demandé avec qui il était, il ne m'a pas parlé de la fille. Ce n'est que plus tard dans la soirée que j'ai eu la confirmation que la demoiselle était sa nouvelle flamme. Je me suis alors lancée dans les *shooters*, espérant que l'alcool agisse rapidement et me donne le courage de retourner voir Charles. En fait, je ne l'ai pas affronté directement, mais je suis allée danser près de lui, invitant même un de ses amis que je connaissais un peu à danser avec moi. Mes mouvements étaient volontairement très aguichants et je fixais Charles directement dans les yeux, lui envoyant des signaux on ne peut plus clairs pour attiser sa jalousie. J'ai réussi. Charles est finalement venu danser avec moi. Je ne sais pas où était l'autre fille et, à vrai dire, je m'en balançais complètement.

– À quoi tu joues, Charlie ?

– À absolument rien. Une fille n'a pas le droit de s'amuser ?

– Peut-être, mais là, tu t'arranges pour me faire perdre mes moyens et ce n'est vraiment pas correct, me glissa-t-il à l'oreille, l'air amusé.

– Ah non ? Moi, je ne vois pas ce qu'il y a de mal là-dedans, ajoutai-je en m'éloignant un peu, sans jamais le quitter des yeux.

Je savais exactement quel regard lui lancer pour qu'il craque. Le sourcil un peu relevé, en me mordillant les lèvres... le tour était joué.

– Tu es venu en auto ?

– Oui, mais je vais la laisser ici, j'ai trop bu. Pourquoi ?

– Parce que j'irais y faire un tour avec toi, dans le stationnement... si tu vois ce que je veux dire.

Il a souri un peu, gêné, la tête vers le sol. Il était clairement torturé par mon invitation.

– Charlie, tu sais qu'on ne peut pas faire ça. Et puis... je ne suis pas tout seul...

Il pensait vraiment qu'un argument aussi mauvais me convaincrait d'arrêter ? De toute façon, je voyais bien que j'étais très près du but. Je lui ai donc glissé à l'oreille :

– Tu auras juste à dire que tu as été malade dans les toilettes...

Notre jugement avait définitivement fait faillite ! On est sortis en douce et j'ai adressé un beau petit clin d'œil à son meilleur ami en passant devant lui, en espérant qu'il comprenne le message et qu'il occupe miss Halifax pour un petit moment.

À l'extérieur, ça n'a pas été long qu'on s'est retrouvés sur la banquette arrière de sa voiture et qu'on s'est envoyés en l'air. Rien de moins. Cette fois-ci, c'était une baise, pour lui et moi.

– Il faudrait retourner à l'intérieur maintenant, dit-il en remontant son pantalon. On n'aurait pas dû faire ça, ajouta-t-il, me regardant tout de même me rhabiller à mon tour.

– Veux-tu bien arrêter de toujours dire ça... C'est fait, c'est fait. Ne t'inquiète pas, je n'irai pas le dire à ta blonde.

Je détestais le fait qu'il ait une blonde et je pense que c'est par pure jalousie que j'ai voulu coucher avec lui ce soir-là. Je l'ai d'ailleurs regretté le lendemain. J'ai hésité long-temps, mais je lui ai envoyé un message sur son cellulaire : « Je suis vraiment désolée pour hier, tu avais raison. On n'aurait pas dû. Promis, je ne te relancerai plus ». Il m'a répondu : « Ce serait effectivement mieux si tu ne me draguais plus de la sorte... J'ai une blonde maintenant. Il faut vraiment arrêter de toujours retomber dans nos vieilles habitudes et vivre notre vie chacun de notre côté. »

Ordinaire de clore une histoire comme la nôtre par messagerie texte, mais il fallait couper les ponts... sans se voir. Une fois de plus.

Au tout début de février, un peu plus d'un mois après ma ixième résolution d'oublier Charles, j'ai eu droit à une surprise digne de ma sœur : son chum jouant à l'étranger pour une semaine, Sydney avait pensé venir passer quelques jours au Québec avec les enfants, qui avaient maintenant presque six mois. Nos longues discussions me manquaient, donc je lui ai offert d'aller dîner au resto pour reprendre le temps perdu.

– Je m'ennuie beaucoup de toi, tu sais.

En le disant, je me suis en quelque sorte aperçue à quel point elle me manquait.

– Si tu savais comme je m'ennuie de vous autres, moi aussi, là-bas ! Ce n'est pas toujours évident d'être si loin. Mais je suis contente qu'on soit enfin seules, toi et moi, parce que tu m'inquiètes depuis un bout, m'avoua-t-elle, les sourcils froncés témoignant de son sérieux.

– Pourquoi tu dis ça ?

– Parfois, tu oublies que je peux lire dans tes pensées, Charlie... Et je pense sérieusement que tu as besoin que quelqu'un te dise tes quatre vérités. Ce n'est pas dans mes habitudes de te faire la morale, mais, cette fois-ci, ça vaut la peine.

Bon, moi qui espérais de gentilles petites retrouvailles, on repassera.

— Je suis sérieuse, insista-t-elle devant mon air perplexe. Je sais que tu ne vas pas bien.

Je ne parlais pas. Même à des centaines de kilomètres de distance, Sydney me déchiffrait parfaitement. Je redoutais ce qu'elle allait me dire... J'avais vu juste.

— Tu n'es pas heureuse. Ça n'a pas de sens. Merde, Charlie, tu as dix-neuf ans et tu agis comme une fille condamnée, comme si ta vie était finie.

— Ben là. Tu exagères ! dis-je, me plaçant immédiatement en mode défensif.

— Je t'ai averti que j'allais te dire tes quatre vérités, alors écoute-moi parce que je n'ai même pas encore commencé, m'ordonna-t-elle.

— Bon, OK, vas-y, me résignai-je.

— Premièrement, ton chum...

— Quoi, mon chum ?

— Est-ce que tu es la seule à ne pas voir que tu ne l'aimes pas du tout ?

Je n'ai rien trouvé à répliquer, sachant pertinemment qu'elle avait raison.

– Tu vas avoir vingt ans dans trois mois. C'est le temps de repartir à zéro ! Laisse-le ! Ça presse.

– C'est plus facile à dire qu'à faire.

– Ça suffit, les excuses bidon !

– Sydney, je suis consciente que je dois le laisser, mais j'attends le bon moment.

– Veux-tu bien me dire depuis quand il existe un bon moment pour ça ?

– Je sais, m'empressai-je de répondre, alors que l'impatience me gagnait.

– Maintenant, arrête de dire que tu le sais, et fais-le.

– OK, ce sera tout ?

Elle m'énervait lorsqu'elle croyait toujours détenir la vérité. Et elle m'énervait encore plus quand c'était effectivement le cas.

– Je ne sais pas trop comment te dire ça, sans te faire de la peine... Tu me déçois depuis un certain temps.

J'ai levé les yeux vers elle. Sydney était la personne qui comptait le plus pour moi, alors entendre que je la décevais m'a anéantie.

– Je ne comprends pas... Qu'est-ce que tu as fait des valeurs que papa et maman nous ont inculquées ? Le respect, la joie de vivre... la fidélité...

Elle avait particulièrement mis l'accent sur ce dernier mot.

– J'ignore ce qui s'est passé dans ta tête le soir où tu as couché avec Jérôme, mais il y a quelque chose en toi qui s'est détruit à ce moment-là. Tu as le regard vide depuis... le cœur vide, même. Penses-tu que le fait que tu passes tes soirées dans les bars et que tu couches à gauche et à droite passe inaperçu dans la famille ? Tu fais ce que tu veux de ta vie, mais là, tu fais de la peine aux gens autour de toi.

– Je me suis calmée depuis quelques semaines.

– Oui, peut-être. Mais c'est probablement en attendant ta prochaine rechute. Je sais que tu as vécu des moments difficiles parce qu'imagine-toi que je les ai vécus, moi aussi. Et ne me sors pas le décès de Frédéric... c'est bien après que tu as changé.

– Peut-être que je ne suis juste pas capable d'accepter le fait que j'avais un chum extraordinaire et que j'ai tout gâché avec Charles, clamai-je dans une ultime tentative de défense.

– Heille ! Ça fait deux ans, s'écria-t-elle, en gesticulant brusquement.

Les gens assis près de nous au restaurant nous regardaient d'un drôle d'air.

– Et après ? dis-je, plus bas, pour qu'on cesse d'attirer l'attention.

– Là, ça va faire ! Passe à autre chose, franchement ! J'en ai vraiment assez de toujours entendre le même refrain. Charles, c'est du passé. Du passé, comprends-tu ? Ce n'est pas le seul gars sur la terre, rentre ça dans ta petite tête, dit-elle, exaspérée, en pointant sa propre tête avec son index.

– OK, c'est beau, pas besoin d'être aussi rude, lui dis-je, au bord des larmes.

Ma sœur m'avait brassée et elle en était consciente. S'étant radoucie, elle m'a proposé de l'accompagner à Québec pour aller voir nos sœurs. Selon elle, cette petite escapade me « remettrait les valeurs à la bonne place ».

Alysson était très emballée à l'idée qu'on se retrouve toutes ensemble pour la première fois depuis la naissance des jumeaux, alors elle est venue elle aussi.

Ça m'a fait du bien de les revoir, mais je n'avais pas fini de me faire faire la morale. Mégane n'a même pas eu besoin d'ouvrir la bouche pour me sermonner à son tour. Son regard a suffi à lui seul. Elle a pris ses airs de maman sévère.

– Tu sais exactement ce que je voudrais te dire, mais, comme Sydney s'en est déjà chargée, je vais t'épargner. Mais je veux que tu me promettes une chose. Les conneries, c'est fini, tu m'entends ?

– Je te le jure.

– Bon, une bonne chose de réglée.

Elle nous avait programmé toute une fin de semaine. Soupers au restaurant, journée dans un spa, patinage aux Galeries de la Capitale et, bien évidemment, marathon de magasinage intense ! Le vendredi soir, on s'est toutes réunies au St-Hubert, le restaurant où nos parents nous emmenaient lorsqu'on était toutes petites. On a vraiment eu un plaisir fou durant le souper. C'était comme à l'époque, mais avec quelques bébés de plus ! Tout juste avant que les desserts arrivent, j'ai remarqué que Noémie, qui était devant moi, avait subitement perdu le sourire. Elle était figée, la bouche entrouverte.

– Noémie, qu'est-ce qu'il y a ?

– Charlie, ne t'affole pas, et ne te retourne surtout pas, mais je pense que je viens de voir Charles entrer dans le resto, marmonna-t-elle, en se penchant vers moi.

– Quoi ? Voyons, ça ne se peut pas, on est à... Ah non, ne me dis pas que son équipe joue ici en fin de semaine ! pensai-je tout haut.

Trop tard. J'étais littéralement en mode panique, ayant même du mal à respirer. J'ai plaqué les deux mains sur mon visage. En un rien de temps, toutes mes sœurs s'étaient retournées et m'avaient confirmé que Noémie n'avait pas halluciné. J'étais stupéfaite.

– Non mais, il fait exprès ou quoi ? J'avais quoi, une chance sur mille que ça se produise ? Je fais quoi mainte-nant ???

Toutes les filles y allaient de leurs théories, allant de « fais comme si tu ne l'avais pas vu » à « c'est un signe du destin », en passant par « fais comme d'habitude et va baiser avec lui dans les toilettes ». Cette dernière était une gracieuseté de Kayla et elle lui a valu bon nombre de regards meurtriers de la part des autres.

Mégane m'a demandé si je voulais qu'on parte. J'ai refusé, préférant ignorer sa présence plutôt que de gâcher le moment avec mes sœurs – d'autant plus que je leur avais promis de l'oublier. Une demi-heure et un million de tentatives de chan-gements de sujets plus tard, on s'est rendues à l'évidence : aussi bien abdiquer et partir. Le hic : on devait passer devant la table des joueurs. À part la sortie d'urgence et les cuisines, aucune autre option n'était envisageable. J'ai donc pris une grande respiration et j'ai commencé à marcher vers la sortie, le siège de l'un des jumeaux dans les bras. C'est ça, Charlie, un pas devant l'autre. Tu vois ? C'est pourtant simple. C'est à ce moment que Jacob, le poupon que je trimballais, a décidé de hurler. Bravo pour la discrétion. Un des gars s'est retourné par réflexe et je l'ai entendu s'exclamer : « Wow les gars, regardez les belles filles qu'il y a ici ! » Tous les joueurs l'ont imité, incluant Charles. Je l'ai entendu crier mon nom... J'aurais voulu disparaître dans le plancher.

— Charlie !?!

Pourquoi mon cœur s'arrêtait-il de battre chaque fois que j'entendais sa voix ? Je me suis approchée de lui, surtout pour m'éloigner de mes sœurs. La situation était loin d'être agréable, disons. Vingt gars d'un côté, et ma famille de l'autre. De quoi se sentir observée...

— S... S... Salut, arrivai-je à formuler, les yeux cloués au sol.

Malaise. Partagé, visiblement.

— Je ne m'attendais vraiment pas à te voir ici ! s'étonna-t-il.

— Et moi donc... Tu repars ce soir ?

— Non, juste demain. On s'en va à Drummondville, le départ est prévu en début d'après-midi.

— Ah, dis-je, attendant qu'une idée de génie me vienne en tête et me permette de me sauver de cette conversation.

— Je me trompe ou tu m'avais vu et tu essayais de t'éclipser en douce ?

J'ai pouffé de rire. C'était donc si évident ?

Ne réussissant à trouver aucun argument valable pour ma défense, j'ai laissé sa question en suspens.

Pendant les quelques secondes où on s'est regardés sans prononcer un mot, plus rien n'existait. Le vide total. Je n'entendais plus les gens autour, je ne les voyais plus. Je ne regardais que lui. Charles. L'amour de ma vie que j'avais laissé filer.

– Je... je vais y aller.

Mais je n'en avais pas envie. Mon cœur battait à toute vitesse.

– OK. Ben, bonne fin de semaine, Charlie, dit-il, avec cet éternel petit sourire en coin qui m'avait toujours fait chavirer.

– Merci. À toi aussi, bonne route.

– Merci...

Je ne voulais pas qu'il m'embrasse sur les joues comme je savais qu'il l'aurait normalement fait... Je craignais ma propre réaction. Charles ne m'a pas quittée des yeux – j'ai senti son regard dans mon dos jusqu'à ce que j'aie franchi la porte. Dans la voiture, personne ne parlait. J'imagine que lui, au contraire, a dû expliquer à tous ses coéquipiers que j'étais son ex. En espérant qu'il ne finisse pas la conversation en disant : « Ah oui, et on s'est laissés parce qu'elle a couché avec un autre joueur de l'équipe... »

J'ai décidé moi aussi de ne plus en reparler de la soirée – tout un exploit – et j'ai affiché un beau petit sourire, pas sincère du tout, sur mon visage. Vers minuit, nous étions toutes encore debout. J'ai reçu un message texte sur mon cellulaire : « J'ai besoin de te voir. Viens me rejoindre. » Je l'ai relu trois fois, incrédule. Je me suis discrètement levée pour aller dans la cuisine. J'ai appelé Charles. Évidemment, je savais que c'était lui, même si je l'avais supprimé de mes contacts. Je connaissais encore son numéro par cœur.

– Pourquoi tu m'as envoyé ça ? l'apostrophai-je sans salutations.

– Je ne sais pas, mais je me suis dit que c'était trop bizarre qu'on se croise à l'improviste sans qu'on se parle ou sans...

– Qu'on couche ensemble ? le coupai-je. Écoute, si tu m'appelles juste parce que tu as le goût de baiser, c'est non. Ça ne me tente plus.

– Charlie, j'ai juste envie de te voir. Une dernière fois, me supplia-t-il.

– Ça fait déjà quelques dernières fois qu'on a, Charles. On ne peut pas continuer... C'est d'ailleurs toi qui me l'as demandé...

– Viens, s'il te plaît, insista-t-il de sa voix mielleuse.

– Non, conclus-je d'un ton ferme.

En raccrochant, j'étais tout à l'envers. Et si c'était un signe ? Je croyais plus ou moins au destin, mais là, c'était un trop gros hasard. Je devais en avoir le cœur net. Je l'ai rappelé aussitôt.

– Où et quand ?

– À mon hôtel, dès que tu peux.

– J'arrive.

162

Je me suis un peu sauvée, autant de moi-même que de mes sœurs. Je ne voulais pas avoir à répondre à leurs questions et je savais très bien qu'elles m'auraient empêchée de quitter la maison, surtout avec la tempête qui avait débuté quelques heures plus tôt. Les routes étaient très glissantes et de plus en plus enneigées. Il fallait vraiment que je sois décidée pour sortir par un temps pareil.

Charles m'attendait dans le hall de l'hôtel.

– Tu n'as pas un couvre-feu, toi ? Tu fais ton rebelle ! me moquai-je.

– Oui, c'était il y a une demi-heure. Pour l'instant, c'est le dernier de mes soucis, me répondit-il.

J'étais incapable de lire dans ses pensées, mais son regard fuyant et les mains qu'il gardait enfoncées dans ses poches trahissaient sa nervosité.

– Pourquoi tu voulais me voir ?

– L'occasion de s'expliquer pour de vrai était trop belle. On s'est peut-être fait nos adieux, Charlie, mais on ne s'est jamais reparlé de ce qui s'est passé il y a deux ans.

– Parce que tu n'as jamais voulu, lui rappelai-je.

– Je sais bien, mais...

– Et pourquoi maintenant ? Il me semble qu'on avait tourné la page.

– C'est vrai, mais, à force de te retrouver comme ça sur mon chemin, je commence à croire qu'on est dus pour s'expliquer.

Bon, il était temps qu'il en prenne conscience ! J'ai tout de suite enchaîné, avant qu'il change d'idée.

– On fait ça où ?

– Sûrement pas ici !

– Tu veux que je loue une chambre ? Pour jaser, bien sûr.

– Si ça ne te dérange pas, c'est la meilleure solution. Il ne faut juste pas que je me fasse pincer...

– Ah oui, c'est vrai... Monsieur ne respecte pas son couvre-feu en ce moment ! rigolai-je.

Dans la chambre, le climat était assez étrange. Pour une fois qu'on était assis sur un lit sans autre intention que de discuter !

– Qu'est-ce qu'on fait, Charles ?

– On s'arrange pour tourner la page, définitivement.

Facile à faire, en théorie seulement.

– Tu veux dire : on se vide le cœur ?

– Oui, ce serait fait, une fois pour toutes.

– D'accord. Je vais commencer.

J'ai pris une grande respiration puis je me suis lancée.

– Tu n'as jamais voulu que je m'excuse...

– Je n'étais pas prêt à t'entendre. Tu avais une part de responsabilité dans mon échange et je t'en voulais. Chaque fois que je te voyais, je revoyais aussi la face que Jérôme affichait après votre aventure.

Je ne m'attendais pas à ce qu'il soit aussi honnête...

– Tu as raison sur toute la ligne, avouai-je, la voix enrouée par l'émotion. J'ai été vraiment stupide et méchante.

– Ce n'est pas ce que j'ai voulu dire.

– Mais je ne l'ai pas inventé, ton *french* avec la fille dans le bar, lui rappelai-je.

– Je pense que tu es bien placée pour comprendre que ça arrive, des gaffes, quand on est frustré.

– Oh oui... Je ne sais même pas si je vais pouvoir me le pardonner un jour, murmurai-je les yeux baissés, incapable d'affronter son regard.

– On ne peut pas changer ce qui s'est passé, ajouta-t-il calmement.

– Eh non... Si j'avais pu, j'aurais effacé mon erreur il y a longtemps, admis-je tout bas alors que Charles me regardait tendrement.

J'étais soulagée qu'on mette enfin des mots sur ce qui s'était passé, mais la culpabilité me dévorait.

– Charles, je ne sais pas quoi dire. Je suis désolée. Je m'en veux tellement... Je ne vois pas ce que je peux ajouter d'autre.

– Non, tu as raison. Il n'y a rien à ajouter. Au moins, ça me console de voir que tu as eu autant de peine que moi.

– Tu n'as même pas à en douter, je te l'assure.

– Je m'excuse aussi pour le french avec la fille. C'est sûr que je ne savais pas que tu étais là, alors mon intention n'était pas de te faire de la peine, mais...

– Ce n'est pas de ta faute. On s'était chicanés. Les deux, on était dans un mauvais état d'esprit, avec le résultat qu'on connaît, dis-je en soupirant.

Malgré ce qu'il laissait entendre, je sentais qu'il n'avait toujours pas digéré ma trahison.

– Au moins, on s'est recroisés. Disons que la dernière fois..., entama-t-il en hésitant quelque peu. Je n'aurais pas aimé que notre histoire se termine sur une simple histoire de baise dans une auto.

– Moi non plus, admis-je. Ça n'avait pas mené à grand-chose, sauf à me mélanger davantage sans que j'aie l'occasion de tout mettre au clair avec toi.

– Il faut dire qu'on ne s'était pas vus après mon déménagement...

– D'ailleurs, je me suis sentie vraiment coupable quand tu t'es fait échanger...

– Je t'en ai voulu, je te mentirais si je disais le contraire.

Et un petit couteau s'est inséré dans mon cœur à cet instant...

– En plus, Halifax, on s'entend que ce n'est pas la porte à côté, finis-je par dire, en me tortillant dans l'espoir – vite déçu – de trouver une position confortable sur le lit.

– C'est vrai, mais être aussi loin m'a permis de prendre du recul. Ça t'a fait du bien de déménager à Montréal, toi aussi, non ?

– Bof. Oui et non. Je ne suis malheureusement plus la petite fille parfaite et adorable que j'étais et je me déçois moi-même.

S'il avait su exactement à ce moment tout ce que j'avais à me reprocher, surtout dans ma relation avec Olivier, je ne suis pas certaine qu'il aurait été si convaincu de ma thérapie par le déménagement.

– On vieillit, c'est normal de changer. Je viens d'avoir vingt ans... Tu vas voir, ça frappe, de changer de dizaine ! lança-t-il, dans une tentative de détendre l'atmosphère.

– Heille, merci. J'ai quasiment hâte à ma fête ! dis-je avec un petit sourire, avant de poursuivre plus sérieusement : Charles, tu ne peux pas savoir à quel point je suis contente qu'on fasse la paix.

– Moi aussi. C'est idiot, mais je suis content d'être content de te voir. Je ne sais pas si je suis clair, mais je me comprends !

– Je ne suis pas si sûre de te comprendre, moi ! lui confirmai-je, mi-blagueuse, mi-sérieuse.

– J'avais peur de ne plus être capable de te voir sans vouloir t'arracher la tête..., me confia-t-il, l'air soudainement grave.

– À ce point-là ?

Il ne m'a pas répondu, mais j'ai compris par le petit signe de tête qu'il m'a adressé que c'était effectivement le cas. Mais, comme on s'était réconciliés, il a esquissé un sourire. J'en ai profité pour lui poser une question qui me tracassait depuis quelques mois.

– Charles, quand tu es venu voir ma sœur à l'hôpital, tu savais que j'allais être là ?

– Et toi, dans le temps des fêtes, tu savais que je sortais dans ce bar-là ?

– OK... on est quittes ! admis-je en riant.

On avait réussi à avoir une conversation d'adultes pour la première fois. Puis, les rires se sont estompés et je me suis laissé envoûter par son regard, le même qui me faisait fondre à l'époque.

– Je t'ai beaucoup aimée, commença-t-il, avant de prendre une pause.

– Je n'en ai jamais douté.

– J'aurais fait n'importe quoi pour toi.

– Je le sais, ça aussi. J'ai juste été trop nouille pour l'apprécier.

– Ne dis pas cela.

– C'est vrai. Tu sais, je garde en mémoire toutes les petites attentions que tu as eues. Tu n'as pas idée comme je regrette, dis-je, au même moment où le cellulaire de Charles s'est mis à sonner.

D'un geste rapide, il a simplement éteint son cellulaire. Je n'ai rien dit, peut-être de peur d'avoir raison, mais je commençais à me douter que son cœur était pris par une autre fille.

On était toujours assis sur le lit, côte à côte. Charles a dissipé mes doutes lorsqu'il n'a pu s'empêcher de passer sa main dans mes cheveux, regardant attentivement chacune des petites mèches enroulées autour de ses doigts. J'avais récemment teint mes cheveux d'un blond un peu plus foncé. Je me demandais si ça lui plaisait. Et c'est à ce moment qu'il m'a glissé un petit « tu es belle » à l'oreille.

En passant sa main dans mon cou, il a remarqué la chaîne en or qu'il m'avait offerte.

– Tu la portes encore ? s'étonna-t-il.

– Je n'ai jamais vraiment réussi à l'enlever, admis-je, alors que je sentais mes joues rougir.

La tension sexuelle qui accompagnait habituellement nos rencontres avait fait place à une grande tendresse. Il s'est lentement approché de moi et m'a embrassée, tout doucement. J'en avais des frissons partout. Toutes mes bonnes résolutions avaient quitté le navire. Il me bécotait dans le cou et a commencé à détacher ma veste. Je me suis rapidement retrouvée étendue sous son corps imposant. Ses mains me caressaient et je sentais ses lèvres m'embrasser partout. Je lui ai enlevé son chandail. Tout était doux, intense, parfait. On se fixait du regard.

– Charles, attends... Je ne veux pas qu'on *baise*...

– Moi non plus, Malie, j'ai envie de te faire l'amour. Une dernière fois.

Difficile de refuser une telle proposition. La passion était à son comble. On a continué à s'embrasser et à se déshabiller lentement, puis on a fait l'amour. C'était magique. Je suis même prête à dire que c'est le moment le plus beau et le plus intense que nous avons vécu ensemble.

L'un des plus tristes, aussi, parce que je sentais que cette fois était bel et bien la dernière. On s'était dit tout ce qu'on avait à se dire, on pouvait maintenant tourner la page pour de bon.

Puis, il m'a serrée fort dans ses bras.

– Bon eh bien... Je vais retourner chez moi maintenant, me résignai-je.

J'allais me lever, mais Charles m'a agrippé la main pour m'en empêcher.

– Attends...

– Il faut vraiment que je parte. Sinon je n'en aurai plus la force.

– Et alors ?

– Charles... Adieu, tu sais ce que ça veut dire ?

– Je sais bien. Mais j'ai toujours été incapable de m'y résoudre.

– C'est pour ça que ça fait déjà trois fois qu'on se le dit ?

Il avait le regard triste et songeur à la fois, et j'imagine que le mien l'était tout autant. Pour changer de sujet, je l'ai regardé avec un petit air coquin, en disant :

– Tu diras bonjour à ta blonde de ma part ! me risquai-je afin de vérifier si mon instinct avait eu raison.

– Pourquoi tu... comment tu as su ?

– Ton téléphone... Je me doute bien que tu es toujours avec la fille qui t'accompagnait au bar à Noël...

– Et toi... Olivier va bien ?

– C'est fini, c'est juste qu'il n'est pas encore au courant...

Charles a fait une pause, fixant un point dans le vide. Il était ailleurs pendant quelques instants.

– Sérieusement, Charlie, reprit-il, je sais que je n'aurai pas l'air trop crédible, mais je pense que je suis bien avec ma blonde.

Pourquoi il devait ajouter ça ? Je ne voulais pas le savoir ! Et c'était impossible qu'il soit bien avec une autre fille après ce que l'on venait de vivre...

– Effectivement, tu n'es pas vraiment crédible. Mais ne t'inquiète pas, je n'ai pas l'intention de faire en sorte qu'elle apprenne ce qui vient de se passer.

Un peu honteux d'avoir à cacher un tel secret, il a ressenti le besoin de se justifier.

– C'est juste que je m'aperçois qu'on tourne la page pour de bon et que c'est avec la blonde que j'ai en ce moment que je veux faire un bout, que c'est elle que j'aime maintenant, tu comprends ?

Je n'ai pas cru bon répliquer. Je sais qu'il cherchait mon approbation, mais je n'avais pas l'intention de la lui donner.

Je me suis rhabillée et j'allais quitter la chambre quand il m'a fait un aveu auquel je ne m'attendais plus.

– Je t'ai pardonné, Malie.

Je ne savais pas trop quoi répondre. J'étais bouleversée.

– Ça va me faire quelque chose de ne plus te revoir.

– Moi aussi, c'est sûr.

J'ai déposé un petit baiser sur ses lèvres et je suis partie. Autant j'avais flotté sur un nuage en arrivant, autant j'étais triste sur le chemin du retour. J'aurais aimé lui demander s'il était possible qu'on revienne ensemble un jour, mais ça n'aurait que tourné le fer dans la plaie. Et puis il m'avait clairement dit que son cœur appartenait maintenant à une autre fille, même si je ne voulais pas le croire. L'important, c'est que nous avions fait la paix avec le passé.

Mes sœurs m'attendaient de pied ferme. Je les avais inquiétées un peu, étant partie sans rien dire et n'ayant pas répondu aux douze mille appels reçus sur mon cellulaire. Elles se doutaient bien que j'étais allée rejoindre Charles. Mégane m'a apostrophée dès que j'ai mis le pied dans la maison.

– T'étais où ?

– Où tu penses que j'étais ?

– Avec Charles ? Voyons, Charlie...

– Oui, j'étais avec lui, mais c'est fini maintenant. On s'est expliqués.

Sydney savait bien que je ne disais pas tout.

– C'est tout ?

– Oui, c'est tout, on s'est réconciliés.

– Charlie, je ne te crois pas.

– Les filles, si vous ne voulez pas de mensonges, arrêtez de poser des questions...

– Bon bien moi, je vais me coucher, maintenant que je sais que tu es en vie, dit Mégane, exaspérée comme une mère avec son adolescente.

– Mégane, je suis assez grande pour sortir toute seule...

– Bonne nuit, répondit-elle sèchement, se dirigeant vers sa chambre.

Elles sont toutes parties, sauf Sydney. Je m'en doutais. Elle est bien trop curieuse !

– OK, je veux tout savoir. Je te connais, tu as les yeux brillants, je sais que tu as couché avec lui.

– C'est si évident ?

– Ah, je savais !!! Allez, raconte !

J'étais comme une petite fille qui raconte ses premières expériences à sa meilleure amie. Elle était aussi énervée que moi, jusqu'au « punch final » du récit.

– Donc, c'est fini pour de vrai, récapitula ma sœur, avec une pointe de déception.

– C'est mieux comme ça. On n'est pas faits pour être ensemble... De toute façon, tu oublies qu'il vit à Halifax et qu'il a maintenant quelqu'un d'autre !

– Je sais, mais je dois avouer que vous étiez trop mignons ensemble.

– Et c'est maintenant que tu me dis ça ? lui reprochai-je aussitôt, pensant au long discours auquel j'avais eu droit quelques jours plus tôt.

– Je sais, mais qu'est-ce que tu veux, j'étais là, au resto, moi aussi. J'avais oublié la chimie qui existait entre vous deux...

– N'en mets pas trop, OK ? Quand je vais me rendre compte que c'est vraiment fini et qu'il n'y a plus d'espoir, je ne trouverai pas ça drôle, crois-moi.

Le reste de la fin de semaine, mes sœurs l'ont passé à me tenir occupée pour que je ne pense pas à Charles. Elles ont réussi. Nous avons tout fait ce que Mégane avait prévu, si bien que nous étions complètement épuisées le dimanche soir venu ! Nous sommes reparties vers Montréal en fin de soirée. Sydney devait reprendre l'avion le lendemain matin.

Je savais que le temps était venu de mettre en pratique toutes les belles théories de ma jumelle. Première étape du retour vers le droit chemin : quitter Olivier. J'ai décidé de le faire dès le lundi, ne pouvant me résoudre à poireauter une journée de plus. Le hic, c'est que c'était le jour de la Saint-Valentin.

Je suis débarquée chez lui en après-midi. Il était très surpris. Je n'en avais pas vraiment l'habitude.

– Olivier, il faut qu'on parle !

– OK. Ce n'est jamais bon signe quand tu commences une conversation de cette façon...

– Écoute, je ne passerai pas par quatre chemins. Ça fait longtemps que j'y pense et j'ai finalement pris une décision. Toi et moi, c'est fini, annonçai-je sur le ton d'une réplique de pièce de théâtre ennuyante.

– Quoi ?! s'écria-t-il, stupéfait.

– Je m'excuse, mais je ne t'aime pas, lui dis-je, sans la moindre émotion perceptible dans la voix.

– Ouch. La diplomatie n'a jamais été ton fort, toi !

– Désolée.

J'avoue que ce n'était pas très gentil, mais je l'assume. Olivier n'avait pas l'air de comprendre que la conversation était terminée.

– Après tout ce que j'ai enduré pour toi ?

– Regarde, Oli, je suis consciente de ce que je t'ai fait subir, mais il vaut mieux pour nous deux que l'histoire se termine ici.

– Parle pour toi... Il y a un autre gars, c'est ça ? C'est Charles, le gars de l'hôpital ? Je m'en doutais, aussi, commença-t-il à monologuer.

– Non, il n'y a personne, le coupai-je rapidement. Ne rends pas les choses plus difficiles qu'elles ne le sont déjà. Et ne viens pas me dire que tu ne t'y attendais pas...

– Il me semble que j'ai au moins droit à des explications.

– Je viens de t'en donner, une explication. Je le sais que c'est raide, mais je ne ressens rien pour toi. J'ai besoin de penser à moi un peu.

– Tu n'es rien qu'une égoïste. Tu passes ton temps à penser à toi.

– OK, là, j'en ai assez. Si tu es pour être méchant, je m'en vais.

– C'est ça, va-t'en. Et profites-en donc pour aller coucher avec un autre gars. C'est ce que tu as l'habitude de faire, après tout.

J'ai mis quelque temps à réagir ; même s'il avait un peu raison, je ne pensais pas qu'il était aussi conscient de mes écarts de conduite.

– Ah ben j'ai mon voyage ! crachai-je au bout de quelques secondes. Tu me traites quasiment de petite garce ? Avoir su, je t'aurais trompé plus souvent !

OK, je sais, j'y ai été un peu fort avec mes coups sous la ceinture – dans tous les sens du terme ! –, mais il m'exaspérait royalement. Non mais, quelle partie de « je ne t'aime pas » n'avait-il pas comprise ? Il s'est ensuite mis à pleurer, à s'excuser, à me supplier de rester. Je me sentais plutôt mal, parce que je ne réussissais pas à éprouver la moindre peine. Même pas un début de tristesse. Rien ! Il était grand temps

176

que je finisse cette histoire-là. Je suis partie et je ne l'ai plus jamais rappelé. Je l'ai croisé quelques fois au cégep, mais il détournait le regard.

Bien que je me sois remise à sortir un peu avec la fin de l'hiver, j'étais sur un mode beaucoup plus tranquille que durant les mois précédents. Je n'allais presque plus dans les bars, préférant les sorties au resto et les cinq à sept branchés avec de nouvelles amies rencontrées dans mes cours. Étant toutes célibataires, elles ont été heureuses d'apprendre que je l'étais aussi : nous faisions partie du même clan !

Un peu plus de deux semaines après avoir laissé Olivier, je suis allée rejoindre mes copines dans un petit bistro. Il y avait un concours de musique en début de soirée. Alors que je jasais en partageant un pichet de sangria avec les filles, j'ai cru reconnaître au loin le guitariste de l'un des groupes qui étaient en compétition. Il s'appelait Alexandre. J'étais allée à l'école primaire avec lui, mais je ne l'avais jamais revu. J'ai décidé de l'attendre après le spectacle pour le saluer.

– Alexandre Ferland ?

– Oui, c'est moi.

– Tu te souviens de moi ? Charlie Malia Labelle.

– Ben oui, je me souviens ! Une des jumelles ! Comment tu vas ? demanda-t-il en souriant.

– Je vais bien. J'ai emménagé ici l'an passé avec une de mes sœurs. Toi ? Ça doit bien faire dix ans qu'on ne s'est pas vus !

– Je joue de la musique, comme tu peux le voir. On est en train de préparer un album, et on fait la tournée des bars. Ce n'est pas toujours évident, mais j'aime ce que je fais.

– D'après ce que j'ai entendu, vous êtes vraiment bons.

– Merci, c'est gentil.

Il a fait une pause et m'a regardée de la tête aux pieds. J'avais un look plus « rockeuse » ce soir-là – ça tombait bien – avec mes jeans un peu déchirés et une camisole blanche ample. Je portais aussi de gros anneaux argent et des talons hauts noirs. Un long collier argent cachait un peu ma chaîne.

– Tu es vraiment jolie.

Je n'ai rien trouvé de mieux à faire que de rougir. Il avait très bien vieilli. Il ne ressemblait pas du tout à Charles ou à Olivier, qui étaient tous les deux assez bâtis. Alexandre était à peine plus grand que moi. Il avait les cheveux très foncés, au look dépeigné. Il avait aussi le style d'un musicien. Quelques tatouages visibles, quelques bracelets. Vraiment, je le trouvais très mignon. En plus, il était tellement sympathique !

Il nous a invitées, mes amies et moi, à prendre un verre avec son groupe et lui. On a eu un plaisir fou, comme si toute la bande se connaissait déjà et qu'on se retrouvait après quelque temps. On est finalement restés jusqu'à la fermeture du bar... il y avait longtemps que je n'avais pas fait ça ! Alexandre m'a laissé son numéro de téléphone en me disant qu'il avait été très content de me croiser, et qu'il aimerait bien me revoir. Cette rencontre ne pouvait pas mieux tomber. J'étais sous le charme !

J'ai attendu deux jours et je l'ai rappelé. Il m'a proposé d'aller souper. Il n'était vraiment pas compliqué ; ça faisait changement ! On s'est rappelé des souvenirs et on a jasé un peu de nos vies, rattrapant dix ans de temps perdu. Je me suis dit que ce gars-là avait l'air très bien et que je ne devais pas précipiter les choses avec lui si j'espérais plus. Il y avait de l'intérêt des deux côtés, c'était bien évident, mais nous n'étions pas pressés.

Nos rencontres étaient toutefois de plus en plus fréquentes et, au bout de trois semaines, il y a eu des rapprochements pour la première fois. C'était après un de ses spectacles. On a pris quelques verres, question de se dégêner un peu. On jasait et, en plein milieu d'une phrase, il m'a interrompue en m'embrassant. J'étais surprise, mais ravie. J'attendais cet instant depuis un bon moment, déjà. Il n'a pas insisté, sondant ma réaction. Je n'ai rien dit et je l'ai embrassé à mon tour.

– Veux-tu venir chez moi ? Mon coloc est absent pour la nuit, me demanda-t-il, sans détour.

– Avec grand plaisir...

J'ai passé ma première nuit avec lui. C'était différent d'avec les autres gars. Ce n'était pas aussi intense qu'avec Charles, mais j'ai passé du bon temps.

Alexandre était attentionné, mais surtout toujours joyeux, très énergique et irrésistiblement drôle. On s'est revus plusieurs fois, jusqu'à ce qu'un matin, il prenne les devants.

– Charlie ?

– Oui ?

– Qu'est-ce que tu dirais de te réveiller dans mon lit plus souvent ? me demanda-t-il tout bonnement, en désignant son lit, dans lequel nous étions couchés.

– C'est une proposition ? demandai-je, des étoiles dans les yeux.

– Oui. En fait, j'aimerais que tu sois ma blonde...

– Trop *cute* ! C'est certain que j'en ai envie ! répondis-je aussitôt en lui sautant dans les bras pour l'embrasser.

Enfin, j'étais passée à autre chose ! Et j'étais tombée sur un très bon gars de surcroît. Alex aimait la vie et il profitait de chaque instant. Avec lui, c'était un bonheur brut, à l'état pur. On ne se chicanait jamais et on s'entendait à merveille. Il m'a ramenée à une vie plus simple, plus stable, où le seul fait de me réveiller dans ses bras le matin me comblait. J'allais le voir à ses concerts, aimant le regarder sur scène. J'adorais aussi quand on était seuls et qu'il grattait sa guitare en chantant juste pour moi. On ne s'est pas embarqués trop vite et je sentais que ça pouvait devenir une relation solide. Un soir d'avril, je l'ai officiellement présenté à Alysson et ça s'est très bien passé. De toute façon, j'étais tellement confiante qu'elle aimerait mon nouveau chum que je n'étais pas stressée du tout !

Un matin, je ne me sentais pas trop bien. Tout de suite, Alex s'est inquiété.

– Qu'est-ce que tu as, mon amour ?

– Je ne sais pas, je suis fatiguée et j'ai mal au cœur. Ce n'est sûrement rien, ne t'inquiète pas !

J'avais beau essayer de le rassurer, je sentais la panique dans sa voix.

– Tu as mal au cœur ? Veux-tu que j'aille te chercher la poubelle ?

– Ben non ! Je suis encore capable de me lever ! plaisantai-je en riant.

Mais c'est vrai que je ne me sentais vraiment pas bien. Un genre d'amorce de gastro... Alex est parti pour la journée et je suis restée chez lui. Il avait pris le temps de m'installer confortablement, de me donner des Gravol, de l'eau, bref je n'allais manquer de rien. J'ai été malade le matin, mais ça s'est un peu replacé en fin de journée. Mon estomac était fragile, mais je me suis dit qu'une gastro normale durait environ vingt-quatre heures et qu'il m'en restait donc quelques-unes à passer avant d'aller mieux. Alex m'a appelée presque toutes les heures pour s'assurer de ma santé. Il était vraiment adorable. Mon estomac un peu moins... Le lendemain matin, j'ai encore été malade... et le surlendemain aussi. Alex m'a traînée de force à la clinique au bout de quatre jours. J'étais faible et les nausées ne s'estompaient pas.

Je me sentais un peu mal de lui faire perdre une journée à attendre avec moi à la clinique, mais il n'y avait rien à faire, il ne voulait pas me quitter. Quand est venu mon tour, j'ai quand même insisté pour rencontrer le médecin seule.

Ce dernier m'a regardée d'un drôle d'air quand je lui ai décrit mes symptômes. La première chose qu'il m'a demandée, c'est la date de mes dernières règles.

– Bonne question... En fait, je ne sais pas trop, je ne suis pas très régulière ces derniers temps. Pourquoi ?

– Je vais vous faire passer un test de grossesse.

– Hein ? Ben non, c'est impossible !

J'ai commencé à paniquer, terrorisée à cette idée. Et si jamais j'étais enceinte ? Ça aurait expliqué ma fatigue, mes nausées... Mais je venais tout juste de commencer à fréquenter Alex, ce n'était pas vraiment le temps !

J'ai enduré les trois minutes les plus longues de ma vie ! Je tremblais de tous mes membres quand le médecin est venu m'annoncer le résultat.

– Vous êtes enceinte, ma chère demoiselle, annonça-t-il d'emblée.

J'ai fondu en larmes. Je ne pouvais pas être en train de vivre ça... Je n'étais pas prête du tout ! Pas à ce moment-là en tout cas...

– Vous en êtes sûr ?

– J'ai bien peur que oui, répliqua-t-il, sentant probablement ma détresse.

Il a rajouté à mon malheur après m'avoir examinée de plus près, m'apprenant que j'étais enceinte de... dix semaines. Je n'étais avec Alex que depuis deux mois, trois semaines seulement de façon officielle. Et, dans les derniers moments avec Olivier... Disons qu'on n'avait pas couché ensemble depuis au moins deux mois quand je l'ai laissé. Il me restait donc... Charles. Non, ça ne se pouvait pas. Ça ne devait pas arriver. Je ne pouvais pas croire que cette fameuse soirée d'adieu ait eu une telle conséquence...

Quand je suis sortie de la salle d'examen, Alex a tout de suite vu que j'étais en état de choc et il a pensé au pire. Pour moi, ce l'était effectivement ! Je ne savais pas trop comment lui avouer la vérité. Ce n'est pas trop évident d'annoncer à son nouveau chum qu'on est enceinte de son « ex-ex » qui n'est plus supposé être dans les parages depuis longtemps.

– Euh, qu'est-ce que tu as ? Est-ce que c'est grave ? m'interrogea-t-il en prenant ma main entre les siennes.

– Oui, non... Peut-être. En fait, je ne sais pas trop, on va s'en parler à la maison, OK ?

Je ne le rassurais pas, mais il n'était pas question que je lui annonce une telle nouvelle en public. Je n'ai pas prononcé un mot durant le trajet du retour et je sentais qu'il était très inquiet. Dès qu'on est arrivés chez lui, il m'a prise par les épaules et m'a regardée tendrement.

– Écoute, je ne sais pas ce que tu as, mais je veux que tu saches que je t'aime.

J'ai encore une fois fondu en larmes. Déjà que j'avais les hormones toutes déréglées, il se montrait ultra doux et compréhensif ! J'ai pris mon courage à deux mains et lui ai lancé ce que je considérais comme une bombe.

– Alex, je suis enceinte.

Mais, avant qu'il se réjouisse trop, ou qu'il capote, ou que la Terre explose, j'ai ajouté que je n'étais pas enceinte de lui, que la conception datait d'avant notre rencontre.

– Mais alors... sais-tu qui est le père ?

– Oui, dis-je en hochant la tête et en retenant mes larmes.

Alex était autant sous le choc que moi mais, une fois la nouvelle encaissée, il a retrouvé son aplomb habituel. Je n'avais même pas osé penser à la décision que j'allais devoir prendre que, déjà, il parlait du bébé.

– Au fond, c'est génial, j'aime bien les enfants.

– Euh, tu n'as pas l'air de comprendre à quel point c'est une situation complexe et complètement sautée, là !

– C'est complexe seulement si tu la compliques. Écoute, ne prends pas de décision tout de suite, on va étudier toutes les possibilités ensemble et on verra ce que tu vas décider. Je t'aime pour de vrai, tu sais, je vais t'aider.

Où était l'attrape avec ce gars-là ? Il ne pouvait pas être parfait à ce point ! Je me disais que soit il n'était pas conscient, soit il me mentait et, dès que j'aurais le dos tourné, il se sauverait ! Il s'est pourtant montré très rassurant au cours des jours qui ont suivi, me prouvant que j'avais tort de m'inquiéter à son sujet.

Deux semaines plus tard, je n'avais pas encore appelé Charles, n'en ayant pas eu le courage. Je n'avais annoncé à personne que j'étais enceinte, pas même à mes sœurs, redoutant que la nouvelle vienne aux oreilles de Charles avant que je lui en parle.

Je me cherchais constamment des excuses pour ne rien lui avouer. La meilleure que j'avais trouvée, c'est qu'il était en pleines séries éliminatoires au hockey et que je ne voulais pas le déconcentrer. Le problème, c'est que son équipe s'est fait éliminer rapidement, alors mon excuse ne tenait plus. Alex me l'a rappelé et il m'a fortement suggéré de contacter Charles, par respect pour lui. Le temps passait et je devais prendre une décision. Ce n'était pas comme si le bébé allait arrêter de se développer, le temps que je me décide...

Quelques jours après le retour de Charles à Brossard, j'ai pris une grande respiration et je l'ai appelé.

– Charlie ? Qu'est-ce qui se passe ?

– Charles, il faudrait qu'on se voie. C'est très important et je ne peux pas t'en parler au téléphone, réussis-je à formuler, en tremblant à l'autre bout du fil.

– Est-ce que je devrais être inquiet ?

– Oui et non. Je peux passer te voir ?

– Je t'attends, me répondit-il, sa voix trahissant sa nervosité.

Je suis arrivée chez lui quelques minutes plus tard. Heureusement, Charles était seul. Quand il a ouvert la porte, je suis tout de suite entrée, de peur de changer d'idée. J'étais très nerveuse et je marchais de long en large dans le salon, incapable d'affronter son regard. J'avais beau avoir imaginé cette scène-là des milliers de fois, je ne savais toujours pas comment lui annoncer la nouvelle.

– Je crois que tu ferais mieux de t'asseoir, lui dis-je, l'air grave.

– Est-ce qu'il y a quelqu'un de mort ? Tes sœurs sont correctes ?

– Hein ? Non, non, ce n'est pas ça.

C'est clair qu'il s'attendait à tout, sauf ça. Je ne pouvais l'en blâmer...

– Alors, qu'est-ce qu'il y a ? Tu m'inquiètes vraiment, tu sais.

– Bon, il n'y a pas trente-six façons de dire ça... Je suis enceinte !

Il semblait fâché.

– Quoi ? Et... pourquoi tu me dis ça ?

– Pourquoi tu penses ? Réveille, Charles ! Je suis enceinte... de toi, affirmai-je, comme s'il s'agissait de la chose la plus logique du monde et qu'il était idiot de ne pas avoir compris plus rapidement.

Il était stupéfait. Il ne m'avait pas écoutée quand je lui avais dit de s'asseoir, mais là, c'était fait ; il s'était laissé choir sur le sofa, fixant le vide.

– Tu en es sûre ?

– À cent pour cent.

– Et... tu vas le garder ?

– C'est pour cette raison que je suis ici. Il n'est pas question que je prenne cette décision-là toute seule.

– Tu le sais depuis combien de temps ?

– Une quinzaine de jours.

Je me suis assise à ses côtés. Il ne parlait pas et demeurait immobile tellement il était ébranlé. J'avais vraiment peur de ce qu'il allait dire quand il se déciderait enfin à ouvrir la bouche.

– Ben là, dis quelque chose !

– Désolé, je ne sais vraiment pas quoi dire, murmura-t-il en fixant le mur devant lui.

J'avais le goût de pleurer. Pourtant, j'avais hâte d'avoir un enfant, mais pas dans ces conditions-là. Charles non plus, j'imagine.

– Qu'est-ce qu'on fait ?

– Je ne sais pas, Charles. Je capote en ce moment. Tout va trop vite et rien ne se passe comme je l'avais prévu, admis-je, la voix secouée de sanglots.

Il n'a pu s'empêcher de me prendre dans ses bras.

– C'est vraiment absurde, laissa-t-il échapper, la gorge nouée. Juste quand on décide de tourner la page et qu'on est en couple chacun de notre côté... Tu n'as pas fait exprès, toujours ?

– Es-tu sérieux, Charles Beauvais ? Je te rappelle qu'on s'est revus par HASARD et que c'est TOI qui m'as rappelée, rétorquai-je sèchement.

– Excuse-moi, se reprit-il, je ne sais pas pourquoi j'ai dit ça.

– C'est correct...

– Écoute, je suis vraiment sous le choc en ce moment. J'ai du mal à réfléchir, admit-il.

Je me sentais impuissante. Je vivais la même chose depuis deux semaines.

– Je comprends. Je tenais à te le dire en personne, mais je ne m'attendais pas à ce qu'on prenne une décision aujourd'hui.

– C'est sûr que j'ai besoin de temps... As-tu commencé à penser aux options ?

– Je préfère ne pas en parler tout de suite. Je suis encore un peu dans ma phase du déni.

En fait, j'avais trop peur qu'il me parle d'avortement. Je ne voulais pas qu'il prenne une décision sur un coup de tête. Il avait déjà l'air assez traumatisé comme ça. Alors je lui ai proposé qu'on se laisse quelques jours.

– Oui. Bonne idée, Charlie.

Je suis repartie sans être plus avancée. J'ai dit à Charles que j'attendrais son appel et on s'est donné un maximum d'une semaine pour prendre la décision.

Il m'a finalement rappelée deux jours plus tard. J'ai senti qu'il y avait déjà beaucoup réfléchi – difficile de faire autrement. Il est allé droit au but dès les premières secondes de notre conversation.

– Charlie, comment on s'arrangerait si tu le gardais ?

– Je n'y ai pas vraiment pensé encore, mais une chose est sûre, je ne te demanderais jamais d'argent.

– L'argent, je m'en fiche, je te parle de la garde.

Il m'a un peu déboussolée ; il avait l'air résolu, mais je ne connaissais pas encore la raison de sa détermination. J'étais donc un peu sur mes gardes.

– Euh, tu habites à Halifax...

– Oui, je sais bien, mais je reviens ici l'an prochain, il ne me reste qu'une saison là-bas.

– On pourrait voir en temps et lieu. Je pense que ce serait mieux que je m'en occupe la première année avec Alex. On verrait après.

– Alex ? C'est qui, lui ?

– Euh... Mon nouveau chum. C'est tout récent. Je pensais t'en avoir parlé, répondis-je, parfaitement consciente d'avoir évité de le lui dire.

J'étais convaincue que Charles pouvait m'entendre rougir.

– Non, tu as oublié ce détail. Mon enfant élevé par un autre... Ce n'est vraiment pas ce que j'imaginais.

Je me sentais mal, mais je ne voulais pas qu'il passe pour la victime. Ce n'était pas comme si j'avais le beau rôle dans toute cette histoire.

– Moi non plus, qu'est-ce que tu penses ? J'ai toujours voulu avoir la petite famille parfaite, mais là, visiblement, ce ne sera pas le cas. Cet enfant ne sera quand même pas le premier à naître dans ces conditions...

– Si je comprends bien, l'avortement n'est pas une option.

Je ne savais pas trop si c'était une question ou une affirmation. J'avais peur de ce qui allait suivre, alors j'avais le trémolo dans la voix lorsque je lui ai demandé :

– Quoi, c'est ce que tu choisirais ?

– Non.

Sa réponse était sincère et très sentie. Ça m'a rassurée. Non pas que je sois contre l'avortement, mais j'avais les moyens financiers et le soutien familial nécessaire pour élever un enfant, alors je ne voyais pas pourquoi je l'empêcherais de venir au monde. Bien qu'il n'ait pas été invité...

– Est-ce qu'on prend notre décision maintenant ? lui demandai-je, encore ébranlée par la situation.

– Si tu veux, on peut réfléchir encore quelques jours comme on l'avait dit. Mais je veux que tu saches que j'appuierai ta décision et que je prendrai mes responsabilités. Ce n'est pas comme si tu étais une aventure d'un soir... Ce bébé-là pourra dire que ses parents se sont beaucoup aimés, conclut-il, ému.

Je ne sais pas si on comprenait dans quoi on s'embarquait. En fait, c'est clair qu'on n'en avait aucune idée. On s'apprêtait à signer un contrat à vie. Ce n'est que par la suite que j'ai compris que Charles et moi allions être liés à jamais. Ça me faisait peur. Je craignais qu'il devienne un genre de fantôme dans ma relation avec Alex, que sa présence me rappelle sans cesse notre histoire – incluant mes infidélités – et que tout cela m'empêche d'être heureuse. Parce que oui, j'étais bien. Enfin.

Durant toute la semaine de réflexion, j'ai envisagé ma grossesse dans la perspective d'un avenir avec un bébé. Pour moi, la réponse était de plus en plus claire. Je voulais le garder. Charles m'a appelée à la fin du délai. J'espérais qu'il en soit venu à la même conclusion.

– As-tu pris ta décision, Charlie ?

– Pas officiellement. En fait, je ne sais pas pour toi, mais j'ai passé la semaine à m'imaginer avec ce bébé-là dans les bras...

– Je n'ai pas arrêté d'y penser non plus.

– Et puis ?... poursuivis-je, craignant tout de même sa réponse.

– J'aimerais ça que tu le gardes. Je vais faire tout ce que je peux pour t'aider quand il sera là.

– C'est tellement ce que je voulais entendre, murmurai-je, subjuguée, après un moment de silence durant lequel j'essayais de ne pas éclater en sanglots à l'idée que l'homme que j'avais tant aimé veuille vivre cette aventure avec moi.

– Alors... on va avoir un bébé ?

Je pouvais presque voir son visage s'illuminer à cette seule pensée... Le mien aussi.

– On dirait que oui...

– Wow ! C'est sérieux quand même, hein ?

– Mets-en. Ce ne sera sûrement pas facile, mais on va y aller un jour à la fois.

Un peu à contrecœur, on a convenu que j'allais vivre ma grossesse loin de lui, pour le bien de nos couples respectifs. Au cours des semaines qui ont suivi, on s'est donc seulement parlé au téléphone.

La vraie raison, qu'on ne voulait pas s'avouer, c'est qu'il était difficile de se voir sans que cela soit accompagné d'un tas d'émotions contradictoires qui nous rendaient complètement insensés.

Alex était extraordinaire. Même s'il était conscient que l'enfant n'était pas de lui, il était fier d'annoncer à tout le monde que sa blonde était enceinte. Ses parents étaient un peu perplexes, mais il était tellement heureux qu'il les a convaincus de se réjouir. De mon côté, les réactions étaient plutôt partagées. Autant mes sœurs étaient contentes de savoir qu'elles auraient un autre neveu ou une nièce, autant elles avaient peur que je sois blessée dans cette histoire. Surtout Sydney, qui me surprotégeait plus que quiconque.

– Tu es consciente que tu devras revoir Charles de façon régulière pour le restant de tes jours ?

– Oui.

– Tu sais que ce n'est pas simplement une partie de plaisir, élever un enfant. Encore moins sans son père...

Elle n'avait pas tort. Je prenais un risque. Dans le pire des cas, et surtout pour me rassurer, je me suis dit que je l'élèverais avec ses cinq tantes.

J'appelais Charles toutes les deux semaines pour lui donner les derniers développements. J'avais pris l'habitude de me rendre seule à la piscine publique, un livre à la main, pour effectuer ces appels. J'aimais l'idée qu'on puisse partager ce moment sans que des gens de notre entourage soient à l'écoute. Charles était fasciné par la vitesse à laquelle mon tour de taille augmentait. C'était d'ailleurs toujours la première question qu'il me posait après le traditionnel « Ça va ? » Chaque détail méritait son attention.

Charles m'a avoué que ses parents avaient eu du mal à digérer la nouvelle. Ils m'aimaient beaucoup... jusqu'à ce que je trompe leur fils, et c'était normal. J'aurais réagi de la même façon qu'eux. Je savais que sa mère ne me l'avait pas pardonné. Son père, quant à lui, avait déjà oublié cette histoire, semble-t-il. Il rêvait qu'on revienne ensemble, Charles et moi, et il était très content que je sois la mère du premier de ses petits-enfants. Du moins, c'est ce que Charles m'avait dit, je ne les avais pas revus. Je n'avais pas recroisé Charles non plus, d'ailleurs.

Au bout de cinq mois de grossesse, au début du mois de juillet, je commençais à avoir un beau petit bedon et j'ai cessé de travailler au bistro. J'avais obtenu mon diplôme depuis presque deux mois et je trouvais le temps pas mal long à ne rien faire à la maison. Je suis allée passer ma première échographie en compagnie d'Alex. J'étais très contente qu'il soit avec moi, mais je me sentais aussi un peu mal envers Charles, qui n'était pas réellement témoin des moments importants de ma grossesse. Un peu plus tard dans la journée, je l'ai appelé.

– Salut, c'est Charlie. Ça va ?

– Oui, toi ?

– Oui. Je t'appelais simplement pour te dire que je suis allée passer une échographie aujourd'hui et je t'ai fait imprimer une photo du bébé. J'ai aussi un DVD où on voit un genre de petite grenouille en noir et blanc. J'ai pensé que ça t'intéresserait...

– C'est sûr !

– Bon, alors je passerais te l'apporter si tu veux.

– Oui, ce serait bien. Merci.

La discussion était plutôt platonique et très étrange. Je me sentais toujours un peu mal de lui parler du bébé. Je n'étais même pas capable de dire « notre bébé »... Juste à y penser, j'en avais des frissons. L'absurdité de la situation me sautait aux yeux et, même à cinq mois de grossesse, j'avais du mal à m'y faire. C'était la première fois qu'on allait se revoir depuis qu'on avait décidé de garder l'enfant.

Dès qu'il m'a ouvert la porte, il a fixé mon ventre et je sais qu'il a eu un choc.

– Wow, ça commence à paraître !

– Je sais, je suis même un peu serrée dans mes vêtements.

– Tu es ravissante.

– Merci...

Moment de silence lourd de gêne.

– Je t'ai apporté le DVD de l'échographie.

– Merci. J'aimerais le regarder... avec toi, si tu n'y vois pas d'inconvénient.

– Euh, oui. Pourquoi pas ? approuvai-je.

Considérant qu'il n'avait pas assisté à la vraie échographie, je lui devais bien ça. Il était émerveillé par ce qu'il voyait à l'écran et moi, je le trouvais beau à voir, les yeux remplis d'étincelles.

– Je ne peux pas croire que c'est notre bébé... Sais-tu si c'est un garçon ou une fille ? me demanda-t-il, en cherchant lui-même dans l'image les détails qui pourraient lui donner la réponse.

– Ils n'ont pas été capables de voir le sexe, le médecin va me le confirmer à la prochaine *écho*.

194

– Voudrais-tu me laisser la vidéo quelques jours ? Je suis sûr que mes parents voudront la visionner.

– Tu peux la garder, c'est ta copie, acquiesçai-je en le regardant, le sourire au visage.

Cette rencontre se passait beaucoup mieux que je ne l'avais imaginé. Plus j'y réfléchissais, plus j'étais convaincue d'avoir pris la bonne décision... Charles serait assurément un bon papa.

Pendant que je m'attendrissais, un détail m'est revenu en tête.

– Ah oui, j'ai oublié de te demander, comment elle a pris la nouvelle, ta blonde ?

Il a baissé les yeux.

– Tu veux dire mon ex ? Disons qu'elle ne l'a pas prise du tout. Surtout que j'ai attendu un mois avant de le lui dire. Elle n'est pas idiote. Elle a compris que, si je t'avais mise enceinte, c'était parce que je l'avais trompée. Alors, elle m'a laissé sur-le-champ.

– Désolée.

– Ça va.

– Non, je suis désolée parce que je sème toujours la pagaille dans ta vie. Une vraie tornade... J'arrive toujours sans avertir, je détruis tout et je repars. Ce n'est vraiment pas correct de ma part.

Je m'en voulais d'avoir plus que contribué à ses malheurs au cours des dernières années. Ce ne serait pas évident pour lui de se retrouver une autre blonde, sachant qu'il allait être père quelques mois plus tard. Moi, j'étais chanceuse, j'avais Alex... Il était formidable. Non seulement il me traitait comme une princesse, mais il avait accepté ma situation sans hésiter. Je l'aimais tellement. Je me suis sentie d'autant plus coupable, Charles étant célibataire par ma faute alors que moi, j'allais retrouver mon prince charmant à la fin de la journée.

– Charlie, ce n'est pas grave, je te dis. De toute façon, j'avais déjà pensé la laisser. Contrairement à ce que je croyais, les choses allaient de moins en moins bien entre elle et moi. J'ai pensé mettre fin à notre relation deux ou trois semaines après t'avoir vue à Québec, mais je n'en avais pas eu le courage.

Rien pour m'aider à me déculpabiliser.

– Charles, est-ce que tu m'en veux ?

– T'en vouloir pour quoi ?

– Je ne sais pas, c'est quand même à cause de moi que ta vie va changer, dis-je, envahie par l'émotion en posant ma main sur mon petit ventre tout rond.

– Heille, ma belle... Ne pleure pas ! Je te jure que je ne t'en veux pas. N'oublie pas qu'on l'a fait à deux, ce bébé-là !

Eh bien oui ! Je pleurais encore. Certaines futures mamans mangent des trucs bizarres pendant leur grossesse, moi je pleurais ! Charles riait de moi, et je riais aussi à travers mes larmes. Il m'a prise dans ses bras et j'ai vraiment ressenti que, cette fois, c'était amical.

– Ça va bien aller. C'est sûr que ça va être *rough*, on ne se racontera pas d'histoires. Mais on va être des bons parents... séparés, c'est tout.

Sa voix, attendrie et chaleureuse, m'a aussitôt apaisée.

– Je suis sûre que tu vas être un bon père.

– Et toi, une bonne mère. Ne t'inquiète pas, je te dis.

Ma grossesse se déroulait bien, mais je trouvais difficile de traîner ce ventre grossissant durant l'été. J'étais habituée aux petites jupes et aux bikinis, qui faisaient maintenant place à des vêtements un tantinet plus amples ! Heureusement, Alex ne grognait pas trop ! Je n'avais pas à me plaindre, il se comportait exactement comme s'il était le père, mais sans vouloir prendre la place de Charles. Par contre, on n'habitait pas encore ensemble ; il avait son coloc et je ne voulais pas lui imposer un bébé naissant jour et nuit. En fait, une partie de moi ne voulait pas habiter avec Alex pour la simple raison que ça aurait été injuste pour Charles, qui n'aurait pas pu voir son enfant autant qu'il l'aurait souhaité. Et puis, j'aimais mieux l'idée qu'il vienne le voir chez moi que chez Alex. Alysson acceptait que je reste chez elle avec le bébé.

J'ai eu une deuxième échographie, au tout début du mois d'août, confirmant que j'attendais... une petite fille ! Charles et moi étions aux anges – chacun de notre côté évidemment. Juste avant qu'il ne reparte pour Halifax quelques jours plus tard, il m'a appelée. Il voulait que je passe chez lui pour me montrer quelque chose. J'étais curieuse, c'est sûr, mais je savais surtout que ce serait la dernière fois qu'il me verrait enceinte, alors j'y suis allée sans hésiter.

– Entre, c'est au deuxième étage.

Je l'ai suivi et il m'a emmenée dans sa chambre. Il avait réaménagé l'espace pour y installer un berceau, une commode, une table à langer et un coin rempli de jouets. Je n'en revenais pas. C'était plus fort que moi, j'étais émue et j'ai versé quelques larmes.

– Wow ! C'est beau !

– Merci, je suis pas mal content du résultat.

– La petite va être bien ici...

– Je l'espère ! Voudrais-tu rester pour un café, un verre d'eau, quelque chose ?

– Oui, avec plaisir.

On a passé l'après-midi dans la cour à boire de la limonade. En temps normal, j'aurais pris une bonne bière froide... mais je ne buvais pas, grossesse oblige, et Charles m'a accompagnée dans mon abstinence.

– Tu sais vers quelle date la naissance est prévue ?

– Autour du 1er décembre, répondis-je, en m'assoyant dans la balançoire.

– C'est vraiment dommage que je sois loin. Je vais sûrement la manquer, se résigna-t-il.

– Je vais t'appeler dès que le travail va commencer. Tu viendras me rejoindre quand tu le pourras.

– Ouin. Je vais être vraiment stressé. Je sais qu'on ne se voit pas vraiment ici, mais au moins, s'il t'arrive quelque chose, je suis avec toi en quelques minutes.

– Il ne m'arrivera rien. Je te le promets.

Il avait un regard si attendrissant qu'il me donnait toujours la chair de poule. Je me sentais belle à ses yeux, même si j'avais également l'impression d'être aussi grosse qu'un lutteur sumo.

– Tu veux toucher mon ventre ?

– Oui, je n'osais pas te le demander.

Il est venu me rejoindre sur la balançoire et il a déposé tout doucement une main sur mon ventre. Sa main a déclenché en moi une explosion d'émotions. Ce n'était pas des papillons, mais l'insectarium au complet qui était dans mon estomac. Je suis prête à gager que Charles a lui aussi ressenti quelque chose de spécial. Il caressait mon ventre. Alex avait aussi l'habitude de le faire et de parler au bébé, mais, cette fois, c'était différent.

– As-tu senti ? lui demandai-je, tout énervée.

– Quoi, elle a bougé ?

– Oui ! C'est la première fois que je la sens me frapper avec autant de force.

Il était tellement émerveillé que ses yeux se sont instantanément remplis d'eau.

– Penses-tu qu'elle sait que je suis son père ?

– Je ne sais pas, mais je te jure que je l'ai sentie me donner un coup !

J'étais tellement heureuse d'avoir partagé ce moment-là avec lui ! Un autre petit instant magique entre nous, qui s'est vite transformé en une situation plus… imprévue.

Je me suis levée pour aller à la toilette et, quand je suis revenue, on ne s'est pas parlé, encore ébranlés par le flot d'émotions. J'allais me rasseoir à ses côtés mais, quand je suis arrivée à sa hauteur, il m'a saisi les deux mains et m'a attirée vers lui. Je me suis assise sur ses cuisses, les jambes étendues sur le coussin, et me suis blottie contre lui. Il avait un bras autour de moi, et l'autre sur mon ventre, qu'il caressait. Je l'ai regardé et, toujours sans dire un mot, j'ai mis ma main sur sa joue. Il m'a regardée à son tour et je me suis penchée pour l'embrasser.

Je ne sais pas combien de temps on s'est embrassés, mais je sais que ç'a été long. Et bon. Il caressait mes seins, mon dos, mon ventre, mes joues. Je m'étais retournée, toujours assise sur lui, les jambes de chaque côté de son corps. On passait nos mains sous le chandail de l'autre, mais ni l'un ni l'autre ne faisait le premier geste pour l'enlever.

Puis, je me suis rendu compte de ce que j'étais en train de faire et je me suis raidie. Je me suis mise à penser à Alex et je suis devenue toute mal, avec une douleur qui me traversait la poitrine. Ce devait être des remords, c'était la première fois que j'en éprouvais en embrassant Charles.

– Charles, on ne devrait vraiment pas faire ça, c'est une très mauvaise idée.

– Personne ne va le savoir, je te le promets.

– Non, il ne faut pas. N'insiste pas, s'il te plaît.

– Comme tu veux. Mais je ne t'ai tout de même pas forcée à m'embrasser, me lança-t-il, insulté.

– Je suis désolée, je t'ai envoyé de mauvais signaux.

J'étais quand même encore sur lui et j'ai compris que j'étais peut-être allée un peu trop loin, puisqu'il était... au garde-à-vous, disons. J'étais presque soulagée d'entendre ses parents arriver. Dire que, s'ils s'étaient manifestés ne serait-ce que cinq minutes plus tôt, ils auraient pu nous trouver dans une situation drôlement gênante...

Je me suis rapidement levée et Charles s'est sauvé à la salle de bains. Moi, j'attendais debout sur la terrasse, et je ne pensais qu'à Alexandre. J'avais le goût de pleurer et je n'étais pas du tout subtile quand ses parents sont venus vers moi. La nostalgie m'a envahie en les revoyant, mais un petit malaise planait ; ils devaient se demander ce que je faisais là. Mes joues sûrement écarlates sous l'effet de la gêne n'ont pas dû jouer en ma faveur...

– Charles est à la salle de bains. Je suis simplement venue voir la chambre de la petite et c'est vraiment beau, hein ? Mais bon, je m'en allais, justement.

J'ai enchaîné ces trois phrases-là à la vitesse de l'éclair, l'air on ne peut plus louche. Charles est revenu quelques minutes plus tard, mais on aurait dit une éternité. Je crois bien que son père s'est douté de quelque chose, mais il n'a rien dit. J'ai décidé de partir une quinzaine de minutes plus tard.

Charles m'a accompagnée jusqu'à ma voiture. C'était le temps des adieux, puisqu'on ne devait se revoir qu'à la naissance de notre fille. On avait réussi à ne pas se parler directement depuis qu'on s'était embrassés. C'est finalement moi qui ai brisé la glace.

– Je ne sais pas trop quoi dire.

– Moi non plus... Alors, on ne dira rien, OK ?

On a souri légèrement, tout en fixant le sol tous les deux.

– Bon courage pour l'accouchement. Appelle-moi pour me donner des nouvelles.

– Oui, promis. J'espère que tu vas arriver à temps.

– Moi aussi.

Il s'est penché, a donné un bisou à mon ventre et il a dit : « À bientôt, ma petite. Papa a hâte de te voir ! » Il s'est relevé et m'a embrassée sur chaque joue, puis a pris mon visage dans ses mains. J'ai mis mes mains sur les siennes. On s'est échangé un dernier baiser. Tout petit, celui-là. Mais ô combien intense.

J'étais vraiment à l'envers. Je n'avais pas l'intention de raconter ce qui s'était passé cet après-midi-là à qui que ce soit, surtout pas à Alex ou à mes sœurs. Je ne voulais avoir l'avis de personne ; inutile de m'empêtrer dans les questionnements encore une fois. Je m'en voulais aussi de sourire comme une abrutie en repensant à ses douces lèvres sur les miennes et à ses mains sur mon corps. Non mais, quelle idiote !

Je m'étais juré de ne jamais tromper Alex. Il m'attendait d'ailleurs chez moi, ne sachant même pas que j'étais allée voir Charles. Quand je l'ai vu, mon petit cœur battait très vite. Je me suis giflée intérieurement et me suis promis de ne plus jamais mettre en jeu mon amour pour Alex. Je l'aimais sincèrement. Il m'a accueillie avec un grand sourire, comme d'habitude.

– Allô, mon amour !

– Salut, ça va ?

– Moi oui, mais toi, tu n'as pas l'air d'aller...

– Est-ce que tu voudrais me faire l'amour, là maintenant, sans me poser de question ?

– Pourquoi ?

Je lui ai lancé tout un regard. J'avais pourtant précisé « sans poser de question ».

– Je ne refuserai jamais de faire l'amour à la femme que j'aime, ça c'est sûr ! se reprit-il.

Il m'a soulevée et m'a emmenée dans la chambre pour honorer ma demande. Ça m'a fait du bien. Mais j'ai quand même senti le besoin de lui confier ce qui s'était passé avec Charles. On était couchés tous les deux dans son lit et j'étais appuyée contre son torse. J'ai relevé ma tête et l'ai regardé un long moment. Il était vraiment beau quand on venait de faire l'amour... Les cheveux tout ébouriffés, le front en sueur, les tatouages bien visibles sur ses épaules. Il me souriait.

– Alex, il faut que je te dise quelque chose.

– Vas-y, dit-il, un peu trop enjoué à mon goût en vertu de ce qui l'attendait.

– Je suis allée voir Charles aujourd'hui, il voulait me montrer la chambre qu'il a aménagée pour la petite.

– OK. Pourquoi tu ne me l'as pas dit ? J'y serais allé avec toi.

– Mais ce n'est pas tout... Je l'ai embrassé, laissai-je échapper dans un souffle.

Il s'est relevé d'un trait dans le lit, l'air fâché.

– Embrassé... embrassé ?... Avec la langue et tout ?

– Oui. Mais je ne sais vraiment pas pourquoi, et je me suis sentie vraiment mal, je ne voulais pas, mais je ne sais pas ce qui est arrivé... Je...

– As-tu couché avec lui ? me coupa-t-il.

– Ben non ! Je te le jure. Je ne te ferais pas ça.

Je mentais quelque peu parce que ça m'avait traversé l'esprit. Mais, comme on n'était pas allés jusqu'au bout, il n'avait pas besoin de le savoir. J'ai toujours dit que j'étais une mauvaise menteuse et je crois que cette fois-là n'a pas fait exception parce qu'Alex a poussé un long soupir et il s'est levé. Sans dire un mot, il a commencé à se rhabiller.

– Qu'est-ce que tu fais ?

– Je m'en vais prendre l'air, grogna-t-il en enfilant son pantalon à la vitesse de l'éclair.

– Alex, ne t'en va pas comme ça, s'il te plaît ! le suppliai-je.

– Veux-tu bien me dire pourquoi tu as fait ça ? Et pourquoi maintenant ?

– Il repart bientôt pour Halifax et je ne le reverrai pas avant l'accouchement. Je te l'assure, je ne sais pas ce qui s'est passé. Et je tenais à te le dire parce que je voulais être honnête avec toi. C'est toi que j'aime, Alex.

– Mais tu l'as embrassé, ajouta-t-il, ignorant ma dernière phrase.

– Ça ne voulait rien dire.

J'ai tellement regretté de le lui avoir dit, mais, comme c'était la première fois que j'avais des remords comme ça, je croyais que c'était la chose à faire. Je voyais qu'Alex se retenait pour ne pas exploser, la colère et l'agressivité s'intensifiant à chaque parole. Il s'est retourné après m'avoir lancé un regard glacial. Je me suis levée et l'ai retenu par le bras.

— Alex, je suis désolée, mais je te jure que ce baiser ne veut rien dire. J'ai fait une gaffe, mais, si je te l'ai avoué, c'est vraiment parce que ça ne signifiait rien, non ?

Il ne me répondait pas. J'ai pris ma voix toute douce et je lui ai murmuré : « Je t'aime ». J'étais plus que sincère.

— Ben oui, c'est ça, rétorqua-t-il froidement.

Il est parti, me laissant toute seule en larmes. Je savais que ça ne servait à rien de courir pour essayer de le retenir. Il a claqué la porte et je l'ai entendu faire crisser ses pneus en quittant le stationnement.

Je suis restée figée, les bras ballants d'impuissance. Un grand vide autour de moi. Je me sentais tellement mal... Pourquoi je lui avais dit ça ? Je n'arrêtais pas de pleurer, terrorisée à l'idée qu'Alex me laisse. J'avais besoin de lui. Évidemment, fidèle à moi-même, c'est quand je perds quelqu'un, ou quand c'est sur le point d'arriver, que je prends conscience à quel point je tiens à lui. Et s'il était parti pour toujours ? Est-ce qu'une dizaine de minutes d'embrassades avec Charles valait vraiment la peine de mettre ma relation avec Alex en péril ? Aucunement. Je devais lui faire comprendre à quel point il était important dans ma vie. À quel point je l'aimais.

J'ai essayé de le joindre sur son cellulaire, mais, sans surprise, il n'a pas répondu. J'ai téléphoné si souvent qu'il a dû se lasser, parce qu'il l'a éteint. Je me suis sentie comme une idiote. Je n'ai appelé personne pour me confier : j'avais trop honte de la manière dont j'avais agi, surtout en pensant à ce qui aurait pu se passer si Charles avait insisté un peu plus.

Alex ne m'a pas donné de nouvelles de la soirée. Je n'ai pas non plus eu de signe de vie de sa part au cours de la nuit, que j'ai passée toute seule à pleurer. L'histoire s'est répétée le lendemain. J'étais totalement désemparée. Au bout de quelques jours, j'ai décidé d'aller cogner à sa porte. Je n'avais pas eu le courage d'y aller avant... En fait, j'attendais qu'il se calme, qu'il s'ennuie de moi, dans l'espoir qu'il fasse les premiers pas. Lorsque je suis arrivée à son appartement, il ne s'y trouvait pas, mais, comme j'avais la clé, je suis entrée pour l'attendre.

Envahie par l'angoisse, je tournais en rond en essayant de trouver la bonne phrase pour me faire pardonner... et aimer... à nouveau. Mais mes yeux retombaient constamment sur cette photo de nous deux, heureux, qui trônait sur le foyer dans le salon. Plus le temps passait, plus j'appréhendais sa réaction. Quand il est finalement arrivé, Alex n'était pas très heureux de me voir.

– Qu'est-ce que tu fais ici ?

– Tu penses sérieusement que j'allais te laisser me bouder éternellement ?

– Je ne boude pas, je réfléchis.

– Ben là, il faudra que tu finisses de réfléchir un jour et que tu comprennes que je m'excuse.

C'était un peu abrupt, j'en conviens, et j'ai saisi en regardant l'expression de son visage que j'étais mieux d'adoucir le ton si je ne voulais pas qu'il me mette à la porte.

– Alex, c'est toi que j'aime, c'était juste un petit bec de rien du tout. Et tu le sais.

– Un petit bec ? C'était un *french*...

– Bon OK, c'était plus qu'un petit bec, mais il ne signifiait rien pour autant.

– Écoute, Charlie, la fidélité, c'est quelque chose qui me tient beaucoup à cœur... Tu me jures qu'il ne s'est rien passé d'autre ?

– Oui. Et je m'excuse sincèrement.

– Mets-toi à ma place, ce n'est pas comme si c'était n'importe quel gars, c'est ton ex et, en plus, c'est le père de ta fille. Il va toujours être dans le décor et je ne veux pas avoir à m'inquiéter quand il est là, expliqua-t-il d'un ton ferme.

– Je te comprends, c'était une erreur de parcours, qui n'arrivera plus. Je t'aime, et je me suis beaucoup ennuyée de toi ces derniers jours. Pardonne-moi, s'il te plaît...

– Tu sais, une maudite chance que j'avais un *punching bag* chez moi. Sinon, j'aurais cassé la gueule de ton Charles ce soir-là.

C'était tout sauf drôle, mais je n'ai pu m'empêcher de rire nerveusement, sachant très bien qu'Alex n'était pas du tout du genre à se battre.

– Tu n'auras pas besoin de le faire. Ça ne se reproduira pas, c'est promis.

Après avoir pris une grande respiration en regardant le plancher, comme s'il voulait clore définitivement cet épisode, il s'est approché de moi et m'a embrassée.

Ouf, je l'ai échappé belle ! Mais je m'en voulais encore énormément. Alex était un excellent petit ami et il ne méritait pas que je lui fasse de la peine. Je devais vieillir une fois pour toutes et apprécier ce que je vivais avec lui au lieu de toujours retomber dans les bras de Charles. Mon cas devenait franchement ridicule.

Toute première grossesse nécessite une fête pour l'arrivée du bébé, et je n'ai pas fait exception. Mégane et Noémie se sont occupées de l'organisation. Elles ont fait ça en grand au début de l'automne. Il devait y avoir au moins cent personnes, que mes sœurs ont accueillies à l'extérieur, sur un terrain où se trouvait un petit verger, un endroit hyper chaleureux. J'ai adoré l'idée. Elles avaient aussi invité Charles, évidemment, mais il était déjà à Halifax.

J'ai donc déballé une quantité phénoménale de cadeaux sans lui ! J'étais déjà pas mal équipée grâce à Sydney qui m'avait donné tout ce dont elle n'avait plus besoin avec les jumeaux, déjà âgés d'un an. Mais, pour ajouter à ma collection déjà bien étoffée, j'ai reçu des jouets, des vêtements, des produits pour le bébé et pour moi ainsi qu'une tonne d'accessoires. C'est qu'elle est gâtée, ma petite puce !

Cet événement m'a aussi permis de revoir plein d'amis du secondaire et du cégep que mes sœurs avaient appelés pour l'occasion. C'est dans ces moments-là qu'on se rend compte à quel point le temps passe vite. Trois ans plus tôt, alors que j'étais déjà orpheline, je finissais le secondaire et j'étais en deuil de Frédéric, mon amoureux, et, à vingt ans, j'attendais mon premier enfant. Bon, j'avais sauté l'étape du mariage et celle de la maison... mais, une chose est sûre, ma vie avait beaucoup changé.

Même si j'ai passé une merveilleuse journée avec tout ce beau monde, je n'ai pu m'empêcher d'éprouver de la culpabilité à l'idée que Charles rate la fête à cause de son déménagement forcé. Je lui ai donc téléphoné dès que je me suis retrouvée seule chez moi. J'ai tenu à tout lui raconter en détail, ce qu'il a semblé apprécier. On a jasé près d'une heure et demie au téléphone et je lui ai promis de lui envoyer toutes les photos qu'on avait prises.

Au fond, son absence m'a plus déçue que je ne voulais bien le laisser paraître.

Au mois d'octobre, mon huitième mois de grossesse, j'ai eu une idée.

Je voulais trouver un cadeau spécial pour la fête d'Alex. Il n'arrêtait pas de me dire que j'étais plus belle chaque jour à mesure que mon ventre grossissait, alors j'ai pensé lui offrir une photo artistique de moi et de ma bedaine. Mais, comme chaque bonne idée est toujours accompagnée d'un concept plus douteux dans mon cas, j'ai appelé le père de Charles. C'était le seul photographe que je connaissais et je savais qu'il était très bon. Évidemment, je ne lui ai pas dit que je voulais offrir les photos à mon nouveau chum, prétextant plutôt le simple souvenir de ce moment unique. Michel était très content de faire cette séance avec moi.

J'ai passé un après-midi avec lui en studio. J'ai pris toutes sortes de poses, même des poses plus sensuelles. Au début, j'étais gênée, mais il était d'un professionnalisme incroyable et il ne me voyait pas nue, alors j'étais en confiance. Michel m'a ensuite invitée à regarder les nombreux clichés sur l'ordinateur pour choisir les plus belles photos. Elles étaient vraiment réussies. C'était à l'image de ce qu'on voit dans les magazines ! Pour la première fois, je me percevais comme une belle femme, une belle future maman.

J'en ai choisi quelques-unes, qu'il devait faire développer. Alex allait être content, c'était certain. Après le choix des photos, Michel m'a un peu prise au dépourvu.

– Sens-toi bien à l'aise de dire non, mais est-ce que tu accepterais que j'en envoie quelques-unes à Charles ? Je pense que ça lui ferait du bien de voir ça. Tu es très belle sur les photos.

– Euh, je ne sais pas trop. Si vous pensez que ça lui ferait plaisir... Pourquoi pas ?

Des fois, je m'épate... Je n'avais pas pensé à ça. Pourtant, c'était évident que son fils allait les voir ! C'était quand même son bébé qui prenait toute cette place-là dans mon ventre... J'ai donc accepté, ayant de toute façon toujours été incapable de dire non quand il s'agissait de Charles. J'ai donc choisi une image que j'aimais particulièrement. Michel l'a fait agrandir et l'a envoyée à son fils. Sans vouloir le cacher à Alex, j'ai volontairement omis de lui dire que mon ex avait reçu une copie de son cadeau de fête. Il aurait trouvé ça vraiment ordinaire !

Mes photos ont fait fureur. Alex était littéralement sous le charme en les voyant, mes amies aussi. J'étais très fière du résultat. Je savais que Charles avait reçu la sienne, mais je n'avais pas eu de nouvelles de lui. J'étais un peu déçue, mais soulagée à la fois, ne tenant pas à avoir ses commentaires. Avec mes émotions à fleur de peau, je suis certaine qu'il aurait réussi à me faire pleurer !

D'ailleurs, Alex s'amusait beaucoup du fait que je pleurais pour un rien. Il savait qu'il n'avait qu'à sortir sa guitare et à me chanter une ou deux phrases d'une chanson d'amour pour que mes yeux se remplissent d'eau. Immanquablement, il riait de moi en me disant que je le faisais craquer quand je montrais mon petit côté sensible. J'étais la première étonnée de me voir ainsi, moi qui avais habituellement tout un caractère ! J'aurais voulu arrêter le temps et passer le reste de mes jours à l'écouter me chanter la pomme.

La carrière d'Alex décollait tranquillement. Son groupe avait de plus en plus de contrats pour des spectacles et il devait souvent s'absenter. En novembre, on lui a proposé d'aller présenter quelques spectacles en France, étalés sur deux semaines. Alex a hésité avant d'accepter, l'accouchement approchant à grands pas. Je lui ai ordonné d'y aller, puisque c'était une chance extraordinaire pour son groupe. Il devait revenir le 20 novembre, soit onze jours avant la date prévue de la naissance de la petite. J'espérais vraiment qu'il puisse revenir à temps...

Il m'appelait tous les jours. Tout se passait bien pour moi, mais j'étais vraiment fatiguée et j'avais hâte d'accoucher. Je ne m'endurais plus ! C'était devenu difficile de me déplacer – j'avais l'impression d'être devenue un semi-remorque ! – et j'étais épuisée. La fin de semaine du 16 novembre, l'équipe de Charles était de passage à Drummondville, à Victoriaville et à Trois-Rivières. Il m'a téléphoné quelques jours avant.

– Et comment va ma fille ?

– Bien, elle bouge sans arrêt !

– Elle sera sûrement sportive comme son père, a-t-il blagué, avant d'ajouter, plus sérieusement : J'aurais quelque chose à te demander.

– Vas-y.

– Penses-tu que ce serait possible de se voir en fin de semaine ?

– J'aimerais bien. Je pourrais peut-être aller voir ton match à Drummondville, ce n'est pas très loin. Et prépare-toi mentalement, tu ne peux même pas imaginer comme je suis grosse !

– Ne t'en fais pas, je suis prêt à toute éventualité ! Viendrais-tu avec Alex ?

– Non, il est en Europe avec son groupe, il revient juste la semaine prochaine.

– Voudrais-tu venir avec mes parents dans ce cas ? Je suis sûr qu'ils seraient contents de t'y emmener.

– Ce serait génial, parce que je ne voudrais pas conduire toute cette route-là, ce serait un peu risqué.

– Bon, alors c'est réglé. Je vais appeler mes parents. J'ai hâte de te voir.

– Moi aussi. À vendredi.

C'était vrai, j'avais hâte de le voir. Une chose était sûre, notre rencontre ne se déroulerait pas comme la précédente !

Ses parents, accompagnés de sa sœur, sont venus me chercher en début de soirée le vendredi. Ils n'en revenaient pas de voir à quel point j'étais énorme !

Charles n'ayant pas pu se libérer avant le match, on s'est empressés de se rendre à nos sièges, prêts à encourager notre joueur préféré. Je me suis tellement amusée avec Sophie, mon ancienne belle-sœur ! On a fait les clowns tout le long du match. J'ai toujours trouvé plaisant d'assister à une partie et d'encourager – de manière très peu discrète – l'équipe visiteuse. Mon petit côté arrogant ressort toujours un peu plus dans ce temps-là ! J'ai été choyée, l'équipe de Charles a gagné et il a même marqué un but.

Contrairement à son habitude, Charles a été le premier à sortir du vestiaire. Il courait presque pour venir nous voir. Il a d'abord serré la main de son père, embrassé sa mère et sa sœur et, ensuite, ç'a été mon tour.

– Wow ! Tu es belle.

– Merci.

Il était radieux. Je me suis souvenue de la première fois que je l'avais vu en complet-cravate comme ça et je me suis dit qu'il était toujours aussi beau. Peu importe qu'on s'engueule ou qu'on s'entende bien, il y a une chose que je ne pouvais nier, c'est que je succombais à tout coup à son charme.

Je crois qu'il avait dit à tous ses coéquipiers que je serais là. Ils sont tous venus me voir ! En fait, ils voulaient autant observer mon ventre que mon visage ! J'étais un peu gênée d'avoir autant d'attention. Pendant que Charles parlait avec ses parents, j'étais l'attraction principale du corridor adjacent au vestiaire.

Au bout de quelques minutes, il est venu me rejoindre et m'a traînée à l'écart. Je l'avais rarement vu aussi énervé. Il avait les mains collées sur mon ventre, comme s'il avait peur qu'il se décroche !

– Je suis content de te voir ! déclara-t-il, enjoué.

– Moi aussi.

– C'est fou comme tu as une grosse bedaine ! s'esclaffa-t-il.

– Ben là ! Es-tu en train de me traiter de grosse ?

– Tu sais ce que je veux dire ! Je l'avais vue en photo, mais en vrai c'est encore plus frappant !

J'ai eu un petit sourire gêné quand il a évoqué la photo, puis j'ai fixé le sol tout en lui disant :

– Je pensais que tu m'aurais appelée après avoir reçu la photo.

– Je sais, mais mon père m'avait dit que tu ne semblais pas tout à fait à l'aise, alors je n'ai pas osé. Mais ça ne veut pas dire que je n'étais pas content, au contraire ; tu sais à quel point je te trouve belle. Enceinte, tu l'es encore plus, admit-il, ses mains caressant doucement mon ventre.

La petite a choisi ce moment pour donner un énorme coup de pied. Charles l'a senti.

– Oh ! Ma puce, tu veux de l'attention de ton papa ?

– Oui, mais elle n'est pas obligée de frapper si fort !

On riait. J'étais contente qu'on puisse avoir une conversation amicale, sans arrière-pensée et sans cette damnée tension sexuelle qui avait failli tout gâcher la dernière fois.

Comme après chaque match, Charles était affamé, alors on est allés tous ensemble au resto. Je me suis assise sur la banquette avec lui. Décidément, il n'en avait que pour mon ventre, qu'il fixait sans être capable de détacher son regard !

Je le comprenais, c'était officiellement la dernière fois que Charles me voyait enceinte. Pendant le repas, il a posé sa main sur ma cuisse, par réflexe. Le pire, c'est qu'il m'a fallu du temps avant de m'en apercevoir. Je lui ai gentiment fait signe de l'enlever de là. Il est devenu rouge.

– Oups, désolé... Je ne m'en suis même pas rendu compte...

Tout le monde était de bonne humeur et on a parlé de tout et de rien. Je les adorais tous. Ils faisaient véritablement partie de ma famille et j'étais très contente que, grâce à la petite, ils restent dans ma vie pour toujours. Je ne ressentais plus aucune rancœur chez sa mère, qui m'avait finalement acceptée. Et Sophie m'avait admis qu'elle avait toujours rêvé d'avoir une sœur et qu'elle me considérait désormais comme telle...

Minuit approchait et Charles devait retourner à l'hôtel, son entraîneur lui ayant imposé un couvre-feu. On s'est serrés très fort en se disant au revoir.

– Fais attention à toi, et appelle-moi dès que tu perds tes eaux, OK ?

– Promis, je ne t'oublierai pas !

– À partir de demain, je vais laisser mon cellulaire au soigneur pendant les matchs et, si tu appelles, il va me le dire immédiatement.

– OK... Je commence vraiment à être stressée, tu sais.

C'est vrai que j'étais nerveuse. Surtout parce que j'étais toute seule, sans les « deux hommes de ma vie ». Il ne restait que quelques jours avant le retour d'Alex, mais j'avais peur que tout ne se passe pas comme prévu. Je suis donc repartie en direction de Montréal avec Sophie et ses parents. La sœur de Charles était tellement contente de m'avoir revue qu'elle m'a proposé de passer la journée du lendemain avec moi, ce que je me suis empressée d'accepter, surtout qu'Alysson avait dû partir quelques jours à Québec pour son travail.

Le lendemain, Sophie est arrivée en fin d'après-midi avec quelques films et de quoi concocter un énorme souper. Elle a d'ailleurs refusé systématiquement toute l'aide que je lui ai offerte pour le préparer. Après souper, on s'est installées pour regarder un film. L'histoire d'une fille qui attend un enfant, mais qui ne fréquente plus le père et qui vit un million de situations cocasses. Vraiment, tout pour me changer les idées. Le bébé a d'ailleurs ressenti le besoin de manifester sa présence en bougeant beaucoup plus qu'à l'habitude. Sophie a même commencé à s'inquiéter en me voyant m'agiter en grimaçant.

– Est-ce que ce sont les contractions qui commencent ?

– Non, il est trop tôt, ce doit être normal, avançai-je, même si je n'en étais pas du tout convaincue.

Il n'était pas si tôt pour la naissance, mais ce l'était pour moi ; je n'étais pas prête. Pas sans Alex.

Remarquant mes traits déformés par la douleur qui s'intensifiait à chaque secousse, Sophie me répétait sans cesse : « Tu es sûre que ça va ? » et je répondais toujours oui, mais, en vérité, je souffrais de plus en plus. Elle était partie chercher un verre d'eau quand je me suis levée pour marcher en espérant faire passer mes crampes. Sophie est revenue en courant lorsqu'elle m'a entendue crier.

– *Oh my god*, Sophie !

– Quoi, qu'est-ce qu'il y a ? s'écria-t-elle, arrivant près de moi si rapidement qu'elle a renversé tout le contenu de son verre.

Elle me regardait, très nerveuse et se doutant bien de ce que j'allais lui dire.

– Je pense que je viens de perdre mes eaux.

J'étais debout et je ne bougeais plus, figée. Sophie ne semblait pas en mener large non plus...

On a paniqué. On avait tellement de choses auxquelles penser ! Je n'étais vraiment pas prête à accoucher tout de suite. Alex et Alysson n'étaient pas là, je n'avais pas préparé de valise et je ne savais pas qui prévenir en premier. Sophie a pris les devants et a tout de suite appelé l'ambulance. Elle a été d'une efficacité remarquable. Tout en s'occupant de moi et en parlant constamment avec la personne au bout du fil, elle a préparé ma valise.

En moins de trente minutes, j'étais rendue à l'hôpital. Une fois installée dans la chambre, j'avais des contractions toutes les huit minutes. Le travail était véritablement commencé et il était temps de contacter tous mes proches pour les aviser. Sophie a d'abord essayé de joindre Charles sur son cellulaire. Comme il me l'avait dit la veille, c'est le thérapeute de l'équipe qui a pris l'appel. Il aurait aimé attendre l'entracte pour avertir Charles, mais ce dernier l'avait vu répondre et s'était précipité au vestiaire. Il s'était déjà entendu avec son entraîneur pour pouvoir quitter le match à n'importe quel moment si j'appelais. Sophie a ensuite joint ses parents et mes sœurs. Même si j'étais en avance de deux semaines, le moment était parfait pour Charles. Il n'était qu'à deux heures de route de Montréal, et ses parents étaient au match. Ils sont partis à peine une vingtaine de minutes après l'appel de Sophie.

J'avais prévenu mes sœurs que je ne voulais pas qu'elles soient toutes autour de moi lors de l'accouchement, mais qu'elles pouvaient attendre à l'extérieur. Je n'avais pas envie de me sentir comme un animal de cirque s'offrant en spectacle. Comme il était déjà tard, je leur ai dit de venir me voir le lendemain matin.

Mes contractions étaient de plus en plus rapprochées et c'était une question d'heures avant que je sois maman. Aucun moyen de joindre Alex, par contre... J'étais sincèrement déçue, ne pouvant pas croire que, même avec toute la technologie du monde, j'étais incapable de lui parler. Sophie faisait les cent pas dans la chambre en attendant le reste de sa famille.

Charles est arrivé en coup de vent vers vingt-deux heures quinze, avec ses parents. Il était temps, car le médecin venait de m'annoncer qu'il ne manquait qu'un tout petit centimètre de dilatation avant que je commence à pousser. Je refusais d'accoucher toute seule, mais je n'avais pas réellement de contrôle sur la situation... Charles affichait un sourire légèrement marqué par la nervosité. Il avait couru dans les escaliers, l'ascenseur étant trop lent à son goût. Je me suis mise à pleurer en le voyant. Il s'est assis sur le lit et m'a prise dans ses bras, en larmes lui aussi.

– J'ai peur, admis-je en prenant une grande inspiration.

– Je suis là. Ça va bien aller, me rassura-t-il.

– Je suis tellement contente que tu sois ici ! Tu n'as pas idée ! lui dis-je, alors que la panique, l'excitation et la joie imprégnaient ma voix.

– Elle a sûrement fait exprès pour que son papa soit là ! Je n'en reviens pas moi non plus... J'avais tellement peur de tout manquer !

– Aïe ! hurlai-je en agrippant la main de Charles au moment où une contraction particulièrement intense m'avait frappée.

L'infirmière m'a examinée et m'a dit que c'était le moment. Elle s'est aussitôt précipitée hors de la salle pour aller chercher le médecin. Il n'y avait que Charles, l'équipe médicale et moi dans la pièce. Charles me tenait la main, m'épongeait le visage avec une débarbouillette d'eau froide et m'encourageait, même si je devais être absolument insupportable ! Il n'avait assisté à aucun cours prénatal, mais, étonnamment, il faisait tout ce qu'il fallait. Je le soupçonne d'avoir lu quelques livres et regardé plusieurs films avec des accouchements... Quant à moi, j'ai souffert. Six longues heures à pousser. IN-TER-MI-NA-BLE. Quand ils ont finalement sorti la petite et que je l'ai entendue crier, j'ai vécu le plus beau moment de ma vie. Charles et moi pleurions comme des bébés.

– Félicitations, vous avez une belle fille en santé.

Charles a coupé le cordon ombilical. Il était tellement heureux lui aussi ! Deux jours plus tôt ou plus tard et Charles aurait été à quatorze heures de route de nous.

Quand la jeune infirmière nous a emmené notre bébé dans sa petite couverture, j'étais épuisée, mais je n'avais jamais été aussi heureuse. C'était comme s'il n'y avait pas assez d'espace dans mon cœur pour toute cette joie-là. J'avais l'impression qu'il allait exploser.

– Elle est tellement belle ! m'exclamai-je, incapable de la quitter des yeux.

– Et tu as été extraordinaire, Malie, souffla-t-il, tout en couvant sa fille de son regard le plus tendre.

– Toi aussi... Merci !

J'avais décidé depuis longtemps comment elle s'appellerait, mais je ne l'avais jamais annoncé à Charles. Je savais quel nom il aimait, mais je voulais lui réserver la surprise, alors j'avais constamment évité le sujet avec lui.

– Veux-tu prendre ta fille ?

– Bien sûr !

– Allez, Maéva, va voir ton papa.

Il est resté bouche bée. C'est le nom qu'on avait choisi trois ans plus tôt lorsqu'on parlait de nos hypothétiques enfants. Il pleurait encore plus... et moi aussi !

– Ma petite Maéva. Tu es la plus belle !

Ils formaient un portrait parfait. Maéva était si petite dans les bras de Charles ! Il m'a regardée et c'était plus fort que nous, on s'est embrassés. Un pur baiser de bonheur... Habituellement, c'est à ce moment que les couples se disent : « Je t'aime », mais pas nous. J'ai dû me retenir par contre pour ne pas laisser échapper cette phrase. Non pas que c'est ce que je ressentais, enfin, oui, je savais que je l'aimerais toujours d'une certaine façon, mais plutôt parce que, selon les circonstances, c'était exactement la chose à dire à ce moment... Et il ne fallait pas.

Ses parents et sa sœur sont venus nous rejoindre, avec l'appareil photo, bien sûr. Je ne les ai jamais vus aussi fiers.

– Je vous présente votre petite-fille, Maéva.

Il y en avait, des larmes de joie dans cette pièce ! J'étais épuisée, mais dormir était la dernière de mes préoccupations. Je ne voulais pas rater une seconde des premiers instants de la vie de ma fille. Après quelques heures, je me suis jetée sur le téléphone pour répandre la nouvelle. Inutile de préciser que mes sœurs étaient déjà en route ! Ensuite, la journée a été tellement occupée que j'ai peu de souvenirs de tout ce qui s'est passé !

J'ai réussi à joindre Alexandre en fin d'après-midi. Je n'avais jamais été aussi contente d'entendre sa voix. Je savais qu'il était heureux que tout se soit bien déroulé, mais je sentais qu'il était très déçu d'avoir raté ce moment. Je l'étais aussi, parce qu'on avait imaginé la scène des centaines de fois tous les deux. J'ai également eu l'impression qu'il était un peu jaloux que Charles ait été à mes côtés. Je le comprenais. Pour le rassurer, j'essayais de le convaincre de voir ça du bon côté ; je n'avais pas été toute seule. Je n'ai pas eu trop de succès. Son vol de retour était prévu deux jours plus tard. Je n'ai pas voulu qu'il le devance. C'était une décision difficile et elle m'a déchirée, mais je ne voulais pas qu'il perde un contrat et le regrette. Je lui ai un peu menti en lui assurant que j'étais capable de l'attendre. J'aurais aimé qu'il soit là, près de moi. Près de nous, en fait, désormais.

Charles est resté avec moi toute la journée. Ni l'un ni l'autre n'avions encore dormi. Tout le monde est parti vers dix-neuf heures, et nous nous sommes retrouvés seuls avec la petite, endormie dans son lit, au pied du mien. J'étais contente d'avoir enfin la paix... J'adore ma famille, mais là, j'étais vraiment au bout du rouleau ! J'ai dû avoir les cernes jusqu'en dessous des pieds ! Pauvre Charles, je devais avoir l'air épouvantable ! Pourtant, lorsqu'il est revenu à la chambre après être allé reconduire ses parents à l'ascenseur, il m'a regardée tendrement – le genre de regard qui donne immanquablement des frissons – en s'assoyant sur le lit, complètement épuisé.

On ne parlait plus, un sourire béat au visage. Le bonheur...
Tout simplement.

– Allez, viens t'étendre à côté de moi... Tu l'as bien
mérité !

Je n'ai pas eu besoin de le supplier. Il s'est allongé à mes
côtés et a passé son bras autour de moi. J'ai appuyé ma tête
contre son torse. J'étais bien. En fait, sans rien enlever à
Alex, que j'aimais profondément, c'était quand même dans
les bras de Charles que je me sentais le mieux, le plus en
sécurité. Je ne sais pas trop pourquoi. Peut-être tout simplement parce qu'il est très bâti ou encore parce que j'y ai vécu
des moments des plus intenses...

Il m'a donné un baiser sur le front. J'ai levé les yeux, lui
ai souri et me suis simplement blottie encore plus.

– Je voudrais que le temps s'arrête là. Je suis trop bien.
Même si j'ai encore très mal à mes... points de suture,
mettons.

– Veux-tu que j'aille chercher l'infirmière ? Tes médicaments ne font peut-être plus effet...

– Non, c'est correct. Je vais attendre qu'elle revienne
tantôt. Je ne veux pas bouger, je suis trop bien.

– Malie ?

– Quoi ?

– Je suis vraiment fier de toi.

– Il n'y a pas vraiment de quoi être fier ! Ce n'est pas
comme si j'avais eu le choix ! Elle allait sortir, de toute façon !

– Eh que tu es nouille !

Il me faisait toujours rire quand il me disait ça. Ce n'était jamais méchant ; ces taquineries sortaient spontanément, mais elles étaient toujours accompagnées d'un rire. Charles a pris ma main et nos doigts s'entremêlaient, comme le font souvent ceux des amoureux. Il a porté ma main jusqu'à ses lèvres pour y déposer un baiser. Moi, je lui ai donné un tout petit bec sur l'épaule, par-dessus son chandail. J'ai soudainement été triste quand j'ai pris conscience qu'il repartait pour Halifax et que je ne le reverrais pas avant Noël. C'était loin...

– Tu repars quand ?

– J'ai parlé à mon entraîneur et, comme on joue seulement vendredi, je peux rester jusqu'à mercredi soir. Je dois être à l'entraînement jeudi matin, dit-il à contrecœur.

– OK, me contentai-je de répondre, triste à l'idée de le voir repartir si rapidement.

– Si tu savais à quel point je n'ai pas le goût d'y retourner... Je voudrais ne jamais te quitter.

– Tu n'as pas le choix : c'est ta vie, le hockey, notai-je, la voix nouée.

– Peut-être, mais maintenant, ma vie, c'est aussi Maéva et toi ! Même si tu n'es pas *vraiment* dans ma vie, précisa-t-il avec regret.

– Je vais toujours être là. Mais pas comme avant, c'est tout.

– C'est justement ce qui me fait le plus mal, finit-il par admettre, en jetant un coup d'œil par la fenêtre, sûrement pour éviter mon regard.

L'infirmière est entrée. J'étais très contente qu'elle arrive, ne sachant pas quoi répondre à l'aveu de Charles. Si je n'avais pas eu Alex dans ma vie, je pense que je lui aurais demandé de me ramener avec lui, tellement j'étais émotive. Mais ce n'était pas la chose à faire... Le temps nous avait prouvé qu'on était incapables de former un couple sans que tout explose.

On a vite dû changer de sujet : il était temps que j'allaite mon bébé. C'était compliqué, je n'avais vraiment pas le tour ! L'infirmière me donnait des trucs et moi, j'étais surtout gênée parce que je ne voulais pas que Charles me voie faire ça. C'est idiot, mais j'avais peur que cette image le hante. Pas très sexy, une fille qui vient d'accoucher et qui a l'air d'une vache nourrissant ses petits...

En temps normal, les visites étaient déjà terminées, mais, avec un petit tour de passe-passe, Charles a pu rester à coucher. Deux jours de suite sur l'espèce de grosse chaise dans la chambre, ce n'était pas l'idéal. C'est pourquoi je lui ai proposé de venir dormir avec moi dans mon tout petit lit d'hôpital. De toute façon, il était absolument impossible qu'il se passe quoi que ce soit entre nous ! On en a profité pour se remémorer des souvenirs.

– Ça me rappelle les premières fois où tu as dormi chez moi, avant qu'on sorte ensemble...

– C'est vrai. On a quand même vécu de belles choses ensemble, essayai-je de relativiser, pour ne pas me laisser emporter par la nostalgie.

– Oui... et, avec la petite, c'est loin d'être fini, ma belle, murmura-t-il doucement.

Avec la fatigue et toutes les émotions que j'avais vécues durant la journée, j'ai fondu en larmes. Pourquoi était-il aussi craquant ? Je me sentais comme lorsque j'étais en amour avec lui. Et là, j'ai pensé à mon chum qui était à l'autre bout du monde et qui serait tellement fâché s'il me voyait dormir avec lui. J'ai pensé au futur, qui ne serait pas aussi rose qu'on pouvait l'imaginer, avec un père absent bien malgré lui. Je réfléchissais à trop de choses en même temps ! Je n'étais même pas capable de lui dire pourquoi je pleurais.

– Ne pleure pas, Malie ! Tout va bien aller. Je te le promets.

Comme il l'a fait tant de fois auparavant, Charles m'a prise dans ses bras et m'a consolée. J'ai fini par m'endormir contre lui.

Le lendemain matin, je me suis dit que, si les nuits des prochains mois étaient le reflet de celle que je venais de vivre, j'étais loin de pouvoir me débarrasser de mes cernes ! Maéva s'est réveillée souvent pour son boire. Même après quelques fois, je n'étais pas très à l'aise et Charles s'amusait à mes dépens.

La journée du lundi a été un copié/collé de la veille, c'est-à-dire beaucoup de visites ! C'est à peine si j'ai pu avoir ma fille dans mes bras ! Charles m'a quittée quelques heures, le temps d'aller prendre une douche et de faire une sieste dans un vrai lit. Il est revenu avec un gros bouquet de fleurs et deux toutous. Un pour le bébé, et un pour moi. Moi qui suis tellement « gaga », je suis tombée complètement amoureuse de mon ourson en peluche ! Et, comme Charles avait l'intention de dormir encore une fois à l'hôpital, il s'était apporté des oreillers et des couvertures. Il voulait lui aussi savourer chaque instant qu'il pouvait passer avec sa fille, sachant que mon chum arriverait le lendemain. Ça me brisait le cœur de penser que j'allais briser le sien à mon tour, encore une fois. Je savais qu'Alex voulait occuper une place importante dans la vie de Maéva, mais j'avais peur que cela crée des frictions, que l'un des deux se sente menacé par l'autre. Il y aurait évidemment des accrochages et, même si j'essayais de considérer les points positifs, j'étais aussi consciente que je ne pourrais pas éviter les flammèches.

On a moins eu le temps de se parler cette journée-là. Le soir, il y a eu un petit moment de gêne quand on s'est retrouvés seuls. C'était notre dernière nuit à l'hôpital, je devais sortir le lendemain en fin d'avant-midi. Charles était beau à voir avec Maéva dans ses bras. Il lui faisait tellement attention, il la cajolait et la regardait avec de vrais yeux de papa. Il avait peut-être juste vingt ans, mais il possédait déjà la fibre paternelle. J'ai promis à Charles de lui envoyer au moins une photo ou une vidéo par jour pour qu'il voie sa fille grandir.

— C'est notre dernière petite soirée en famille, constata Charles, émotif.

— Oui. Mais tu sais que, même si Alex est là, tu seras toujours le bienvenu pour venir voir Maéva, si jamais tu as des journées de congé de temps en temps.

— C'est gentil, mais c'est loin, Halifax. Je vais vraiment m'ennuyer, dit-il avant de déposer un bisou sur la tête de la petite.

— C'est juste quelques mois. Après, tu reviens t'installer dans la région, non ?

— Oui, je ne veux plus m'éloigner. Et, justement, je songe à m'inscrire à l'université à Montréal l'an prochain.

— Toi ? À l'université ?

— Pourquoi pas ?

– Je ne sais pas, c'est juste que tu n'as jamais aimé l'école et qu'il t'a fallu quatre ans pour faire ton cégep...

– Tu sauras que ce n'est pas évident avec le hockey... Mais j'ai une belle motivation maintenant. J'ai l'intention que ma fille soit fière de moi.

– Ah, tu es mignon ! Moi, je suis fière de toi, en tout cas.

J'ai alors compris pourquoi certaines filles disent que la venue d'un bébé a changé leur chum. Il n'était pas papa depuis deux jours que, déjà, il était différent.

Le lendemain, j'ai ramassé mes effets personnels et tous les cadeaux avec Charles. Il était assis sur mon lit et j'étais debout à ses côtés, face à la porte. Il m'a surprise en prenant mes deux mains et en me tirant vers lui. Je suis restée sans voix pendant un temps, une impression de déjà-vu m'envahissant soudain, mais j'étais très curieuse de savoir ce qu'il voulait me dire.

– Qu'est-ce qu'il y a ?

– Tu ne trouves pas que ça va bien nous deux dernièrement ? commença-t-il, me serrant les mains encore plus fort.

– Oui, mais... euh...

– Malie, je...

Charles a pris une grande respiration. Je me doutais très bien que la suite serait... « je t'aime encore » ou quelque chose du genre. Mais il n'a pas eu le temps de trouver le courage de terminer sa phrase, parce qu'Alex est arrivé à ce moment-là.

– Mon amour ! Je suis tellement content de te voir ! s'est-il exclamé sans remarquer qu'il brisait un moment assez intense.

Un des moments les plus étranges de mon existence. Si quelqu'un m'avait obligée à choisir entre les deux à cet instant précis, je n'aurais jamais pu me décider. Alex s'est jeté sur moi et m'a embrassée. Voyant Charles du coin de l'œil, je me sentais très mal. Je l'ai repoussé gentiment en lui faisant comprendre qu'on n'était pas seuls dans la chambre.

– Alex, tu te souviens de Charles ? les présentai-je, mal à l'aise et encore surprise de la présence de mon amoureux.

– Oui, salut ! Félicitations, dit-il sincèrement, en lui serrant la main.

– Merci, se contenta de répondre Charles.

Comme je le connaissais par cœur, je savais que Charles avait beaucoup de peine, même s'il le cachait bien. Et ce n'est qu'à cet instant qu'Alex s'est rendu compte qu'il y avait un tout petit lit dans ma chambre, dans lequel était couchée la petite.

J'ai cru voir passer un tas d'émotions dans les yeux d'Alex lorsqu'il a vu Maéva pour la première fois. Autant il avait l'air heureux, autant je le sentais incommodé par la présence de Charles. Il était évident que ce petit être humain venait de créer un lien particulier entre mon ex et moi, et j'avais l'impression qu'Alex en était troublé. Mais, à l'hôpital, il n'a rien dit et s'est contenté de m'annoncer – même si je le savais déjà – que c'était la plus belle petite fille du monde.

On a finalement signé les papiers officiels pour partir avec notre bébé. Sur son bracelet d'hôpital, il était écrit Maéva Labelle-Beauvais, mais je trouvais ça beaucoup trop long et le jeu de mot poche avec « belle » et « beau » n'était pas vraiment nécessaire. J'avais l'intention de raccourcir le tout, en utilisant seulement le nom de son père.

C'est justement lui qui avait notre fille dans les bras au moment où ses parents, qui avaient installé un siège d'enfant dans leur voiture, sont venus nous chercher. C'était tellement bizarre de la ramener à la maison ! J'avais de la difficulté à croire que je n'allais plus jamais vivre sans elle et que ce siège d'enfant allait me suivre durant des mois ! Le bonheur total et des millions de craintes se disputaient une place en moi.

Mégane et Alysson avaient préparé un gros repas pour tout le monde. Tous avaient l'air de s'amuser, mais Charles et Alex s'ignoraient. Je suis sans doute la seule à avoir remarqué la friction et la jalousie – somme toute assez subtiles – entre les deux. Mon intuition a été confirmée quand Alex est venu me rejoindre dans la chambre pendant que j'allaitais.

– Je peux te parler deux minutes ?

– Ben oui, qu'est-ce qu'il y a ?

– Est-ce que ton ex et sa famille vont rester ici encore longtemps ?

– Franchement, Alex, soupirai-je.

– Ben quoi ? rétorqua-t-il innocemment.

– Charles repart demain. Laisse-lui le peu de temps qu'il a avec sa fille...

– Et avec toi, s'empressa-t-il d'ajouter.

– De quoi tu parles ? L'air de la France ne t'a pas fait ? Parce que tu t'imagines des choses.

– Ce n'est pas ça, se défendit-il d'un air trahissant son amertume. C'est juste que je voulais vivre ça avec toi, et je reviens quand tout est fini. Pire, c'est lui qui était là.

– Ce n'est pas comme si Charles était un parfait inconnu. Maéva est aussi son enfant.

– Je sais, mais...

– Alex, ne commence pas, s'il te plaît. La petite a seulement deux jours. Tu es mieux de t'habituer, parce que ça va être le cas au moins pour les dix-huit prochaines années...

J'ai ajouté un petit « je t'aime », parce que j'ai pensé qu'il en avait besoin. Ce n'était sûrement pas agréable pour lui, mais c'était le risque à prendre avec sa tournée. Il a peut-être vécu les six derniers mois de ma grossesse avec moi, mais il est revenu trop tard pour l'instant crucial. Un peu comme quelqu'un qui arrive dans un party quand tout le monde est déjà saoul...

Charles est reparti vers vingt heures, mais je lui ai dit qu'il pouvait revenir tôt le lendemain pour profiter pleinement de sa dernière journée en ville. C'est ce qu'il a fait. Il a eu Maéva dans les bras de neuf heures le matin... jusqu'à son départ ! Alex a dû, bien malgré lui, nous laisser seuls en après-midi, car il avait un tas de rencontres avec son groupe et son gérant.

Je voulais que tout soit planifié à la lettre avant que Charles reparte pour ne pas avoir de disputes ou de mauvaises surprises. On a donc établi un calendrier de garde partagée. J'ai trouvé l'exercice très difficile. L'organisation, le transport, l'argent que Charles voulait m'offrir en dépit de mon héritage, les vacances des fêtes... Pas évident de s'entendre.

Puis est venu le temps de parler parrain et marraine. On avait complètement oublié d'en parler auparavant.

On avait trop de choix, côté marraine. Quant au parrain, ce n'était pas évident non plus. Pour ma part, j'avais un nom en tête, mais ma proposition n'a pas été bien reçue.

– Si on demandait à Alex ? Après tout, il va être très présent, proposai-je en tentant de faire passer cette idée comme géniale.

– Non, riposta-t-il en une fraction de seconde.

– Mais pourquoi ? Le vrai rôle d'un parrain, c'est exactement ça.

– Je ne veux pas, rétorqua-t-il.

– Ce n'est pas un argument.

– Pas besoin d'argument, c'est juste non.

On s'est obstinés durant une heure. Il a fini par céder. En échange, je sacrifiais le rôle de marraine en acceptant qu'il revienne à sa sœur. N'empêche qu'il avait raison sur un point : si jamais Alex et moi, c'était fini, Maéva n'aurait plus de parrain. J'étais prête à prendre le risque.

J'avais hâte de l'annoncer à mon chum, mais j'ai décidé d'attendre d'être seule avec lui. Il serait très touché et je voulais que ce soit notre petit moment à nous deux.

Ensuite, ce fut l'heure des adieux. C'était vraiment déchirant. En l'absence d'Alex, je me suis permis d'être plus émotive, sans retenue. Charles a embrassé la petite et il a versé quelques larmes. Il m'a ensuite donné une grosse accolade qui ne finissait plus et m'a embrassée sur les joues. Jusque-là, tout allait bien. Il a évidemment fallu que j'aie une mauvaise idée. J'ai mis ma main sur sa joue et je l'ai embrassé tendrement. J'en avais envie depuis des jours. Je me suis dit que j'étais mieux de le faire et de passer à autre chose que d'y penser des jours et des semaines encore. J'ai été égoïste. Je n'ai pas pensé à lui.

– Désolée, je ne sais pas ce qui m'a pris.

– Je dois y aller. On s'appelle.

Et il est parti en coup de vent. Il a croisé Alex à l'extérieur. S'il savait à quel point il avait le don d'arriver juste quelques secondes trop tard... ou trop tôt. Je sais, mon attitude n'était pas vraiment correcte envers Alex, mais c'était plus fort que moi. Autant je l'aimais à la folie, autant j'étais incapable de ne pas me rapprocher de Charles quand l'occasion se présentait.

Je me suis installée dans une petite routine avec Maéva. Je la trimbalais à l'épicerie, au centre commercial affichant son décor des fêtes et un peu partout en ville pour la présenter à mes anciens camarades de classe. Je profitais du fait que l'hiver était à nos portes pour me promener le plus possible avec elle, avant que nos déplacements deviennent plus difficiles. Ma nouvelle vie avec la petite me plaisait beaucoup.

Alex venait dormir à la maison tous les deux ou trois jours, surtout lorsque ma sœur Alysson s'absentait – je commençais d'ailleurs à me douter qu'elle n'était plus célibataire... Il trouvait difficile que Maéva ne dorme presque pas, mais il faisait beaucoup d'efforts pour m'aider. C'était un amour. Je ne peux même pas compter combien de fois il s'est levé à ma place durant la nuit pour aller la bercer ou lui donner le biberon. Il préférait que je sois plus en forme le jour, alors que, de son côté, il était habitué à dormir très tard en raison de ses spectacles.

On a aussi établi une routine avec les parents de Charles. Ils venaient la chercher pour quelques heures tous les dimanches. J'appréciais grandement ce petit répit, qui me permettait non seulement de faire du ménage, du lavage et d'autres tâches tout aussi « palpitantes », mais aussi d'en profiter pour relaxer avec mon chum, quand il le pouvait.

Maéva n'avait toujours pas revu son père quand elle a eu un mois. Charles avait une semaine de vacances et, dès qu'il est débarqué de l'avion, quatre jours avant Noël, il est venu la voir. Ce n'était certainement pas la première tempête de neige de la saison qui allait l'arrêter ! Il s'était beaucoup ennuyé. Maéva n'a pas pleuré lorsqu'il l'a prise. Bon, OK, c'est en grande partie parce qu'elle dormait, mais c'était au moins ça de pris !

– Wow, elle a tellement grandi ! s'est étonné Charles.

– Je sais, c'est fou !

– C'est encore la plus belle des petites filles ! dit-il en lui caressant doucement la joue.

Il avait les yeux fixés sur elle, hypnotisé. Je me demande même s'il arrivait à cligner des yeux.

– Normal, elle me ressemble !

– Elle me ressemble aussi, tu sauras ! Pourvu qu'elle n'ait pas ton caractère, on devrait être corrects !

– Ah, et tu te trouves drôle en plus !

– Je te taquine, tu le sais bien ! précisa-t-il, m'adressant un large sourire.

Je souhaitais aussi qu'elle hérite davantage du caractère de son père ! Sinon, elle allait en baver, la pauvre !

Charles était en pleine forme ; j'étais contente de le voir ainsi. J'avais eu très peu de contacts directs avec lui depuis la naissance de notre fille. Je lui envoyais des photos et des vidéos par Internet, comme je le lui avais promis, mais c'est tout. C'est qu'un bébé demande un tantinet d'attention...

C'est quand même avec un peu de tristesse et d'inquiétude que je les ai regardés partir. Comme on l'avait prévu, Charles avait la garde une journée sur deux. Maéva était avec moi la veille de Noël pour le réveillon, mais le 25, elle était dans la famille de Charles. Il repartait pour Halifax très tôt le matin du 26.

Il avait le tour avec elle et elle lui faisait toujours de beaux sourires. Ses parents l'aidaient aussi à veiller sur elle, alors je me sentais rassurée. Enfin, presque : la première nuit loin de ma fille, j'ai eu de la difficulté à dormir. Je me retenais pour ne pas l'appeler à chaque heure !

La veille de Noël a été géniale. Sydney et Mathieu nous ont fait la surprise d'un aller-retour à Montréal. Un saut d'à peine vingt-quatre heures, mais c'était la première fois qu'on réussissait à nous réunir, les six sœurs Labelle, avec nos chums et nos enfants. Mémorable !

Sydney ne connaissait pas très bien Alex, puisqu'elle était déjà partie quand je l'ai rencontré. Je la soupçonnais d'être du côté de Charles dans toute cette histoire, alors je l'ai suppliée de donner une chance à mon nouvel amoureux. Ce qu'elle a fait, à mon plus grand bonheur. Et il l'a totalement charmée, autant par son attitude envers Maéva que dans sa manière d'interagir avec mes sœurs. Mais la cerise sur le gâteau, ça a incontestablement été quand il a sorti sa guitare. Tout le monde l'a accompagné pour chanter des classiques de Noël et il a par la suite enchaîné avec des chansons de son groupe. Puis, à ma grande surprise, il a chanté sa dernière composition, une « exclusivité », composée spécialement pour Maéva et moi. Nul besoin de préciser qu'on a toutes versé des larmes et que j'ai sauté dans les bras de mon beau musicien pour l'embrasser avant même qu'il ait joué sa dernière note.

Charles est venu prendre la petite le matin de Noël. J'avais du mal à accepter qu'elle ne soit pas avec moi pour son premier Noël. Voilà la garde partagée dans toute sa splendeur : la moitié des moments importants de la vie de l'enfant se fait sans la présence de l'un des deux parents.

Charles, au contraire, était on ne peut plus heureux. Il allait chez sa grand-mère, à la même soirée où il m'avait invitée lors de notre première année de cégep. Ça ne me laissait pas indifférente. J'avais tellement eu de plaisir avec sa famille ; jamais je n'aurais pensé qu'un jour ma fille vivrait cette expérience festive sans moi. J'aurais aimé les accompagner pour revoir toute la famille de Charles, y présenter notre fille, voir les réactions. Mais tous ces instants – l'enfant en moins – faisaient désormais partie de mon ancienne vie.

S'il y a plusieurs inconvénients pour un enfant de grandir avec des parents séparés, la quantité de cadeaux reçus à Noël représente tout un avantage ! C'est fou comme Maéva a été gâtée ! Ma famille, celles de Charles et d'Alex ont toutes exagéré sur le nombre de cadeaux !

De mon côté, j'ai aussi été très choyée. Alex m'a offert un bracelet d'un designer français très à la mode, qu'il avait acheté à Paris. Il a dû payer une fortune ! Ce n'était pas dans mes habitudes de porter un tel bijou, mais il était magnifique et m'allait à merveille.

J'étais très heureuse d'avoir l'occasion de passer du temps de qualité avec mon homme. J'ai regretté d'avoir embrassé Charles à la naissance de la petite et, après cet incident, je me suis jetée corps et âme dans ma relation avec Alex. On a eu droit à des soirées cinéma, à quelques soupers aux chandelles et à des promenades en amoureux, avec la petite dans la poussette, et j'avais la sincère intention que nous deux, ce soit du solide. Le temps des fêtes a confirmé la force de nos sentiments.

Charles est reparti au bout de quelques jours et tout s'est passé normalement, c'est-à-dire qu'on a réussi à garder nos distances comme deux adultes responsables. Il a ramené la petite chez moi en vitesse, car ses parents l'attendaient dans la voiture pour le reconduire à l'aéroport. On a donc simplement eu droit aux salutations d'usage.

– Merci de me l'avoir laissée.

– Ce n'est rien. C'est la période des fêtes pour toi aussi !

– Je dois y aller. Je suis content que tout se soit bien déroulé entre nous, qu'il n'y ait pas eu de malaise cette fois !

– C'est vrai, moi aussi, je suis contente. Bon, allez, il ne faudrait pas que tu rates ton avion !

– Oui, tu as raison.

Il s'est penché et a donné un bisou à Maéva.

– Bye, ma petite puce. Papa a hâte de te revoir, dit-il en essuyant rapidement la petite larme qui venait d'apparaître au coin de son œil.

Il s'est relevé et m'a dit au revoir, sans baiser sur les joues. C'était mieux ainsi.

C'était la fête de Charles le 23 janvier. Il allait avoir vingt et un ans. C'était quand même un moment important dans sa vie et j'ai voulu qu'il fête son anniversaire avec sa fille. Et, comme elle n'avait que deux mois, je n'avais pas vraiment le choix de l'accompagner pour lui faire la surprise !

J'aurais bien invité Alex à venir avec moi, mais il avait une série de spectacles au Saguenay cette fin de semaine là. J'étais un peu stressée à l'idée de prendre l'avion toute seule avec un bébé, alors j'ai demandé à Sophie, la sœur de Charles, de m'accompagner. J'aurais un chaperon qui m'empêcherait de faire des idioties.

Je suis arrivée en fin d'avant-midi et me suis rendue directement à l'aréna, sachant qu'il s'entraînait. Grâce à la complicité du gardien de sécurité, j'ai pu entrer avec la petite. J'avais confectionné à Maéva un chandail aux couleurs de l'équipe de son papa et elle était belle à croquer ! Étant donné que les vêtements de hockey pour bébés de neuf semaines sont assez rares, j'ai découpé le logo de l'équipe sur un de mes chandails et je l'ai cousu sur le sien.

Je me suis approchée de la patinoire en catimini et j'ai tenu Maéva sur le bord de la bande près du banc des joueurs. Charles ne nous a pas vues tout de suite. C'est un de ses coéquipiers anglophones qui m'a reconnue.

– Hey, Charly ! I think there's a little girl waiting for you there !

Charles était tellement surpris qu'il a arrêté de patiner. L'entraîneur a sifflé et tous les joueurs se sont dirigés vers nous. Tout ému, il s'est tranquillement approché d'elle et a enlevé ses gants et son casque.

– Bonjour, ma belle ! Qu'est-ce que tu fais ici ?

– Ta fille voulait te souhaiter bonne fête.

– Wow. Vous êtes trop gentilles ! Je n'en reviens pas !

Charles avait vraiment l'air du gars qui ne savait pas trop s'il se trouvait dans un rêve ou non...

– Veux-tu venir voir papa ?

Il a pris Maéva délicatement dans ses bras. Le contraste de ses attentions avec tout son équipement était frappant ! Tous les joueurs voulaient voir notre petite fille.

Une chance qu'elle était mignonne, parce que j'ai fait avorter l'entraînement !

L'équipe jouait le soir même ainsi que le lendemain. Sophie et moi devions assister aux deux matchs et repartir le dimanche soir.

J'ai eu un petit pincement au cœur en assistant à un des matchs de Charles avec notre fille. Je m'étais souvent imaginé la scène, lorsque nous formions un couple. Je me voyais dans les estrades, en compagnie de deux ou trois enfants portant un petit chandail avec le numéro de leur père et leur prénom à l'arrière. Je m'imaginais en train de leur expliquer patiemment les règles du jeu, parce qu'ils ne comprendraient pas vraiment ce que fait leur papa sur la glace...

Maéva était encore trop jeune pour son premier cours de Hockey 101, mais je la voyais déjà, un peu plus vieille, crier et encourager Charles. Disons que je devrais attendre encore quelques années avant de lui enseigner les hors-jeu, puisqu'elle a dormi pendant tout le match !

Moi qui ai toujours détesté attendre Charles dans les corridors des arénas une fois ses rencontres terminées, j'ai eu tout un plaisir cette fois-ci à observer la réaction de ses quelques admiratrices qui l'attendaient pour un autographe. Elles ont été assez surprises de constater que le beau Charles avait une fille ! Je n'ai pas pu m'empêcher de penser que, si nous étions encore ensemble, j'aurais droit à tout ce petit cirque à chaque partie. Arghhhh ! Je me détestais quand j'avais ce genre de réflexion ! J'étais décidément incapable de me contenter de ce que j'avais... Honte à moi !

Le lendemain, Charles n'avait pas d'entraînement et on a pu passer la journée ensemble. Il a offert à Maéva tous les souvenir imaginables pour enfants aux couleurs de son équipe.

— C'est ta fête, et c'est toi qui dépenses ! Ce n'est pas correct, ça !

— Il n'y a rien de trop beau pour ma fille !

— Elle est chanceuse d'avoir un papa comme toi.

Il rougissait chaque fois que je lui faisais un compliment comme celui-là.

Je ne sais même pas pourquoi j'avais apporté la poussette, elle était inutile ! Charles avait constamment Maéva dans les bras ! Je ne lui ai peut-être pas donné de cadeau matériel pour son anniversaire, mais j'avais frappé dans le mille.

– C'est vraiment le plus beau cadeau que tu pouvais me faire. Merci beaucoup, Charlie.

J'étais contente qu'il m'appelle Charlie au lieu de Malie ou ma belle, mais, en même temps, je n'arrivais pas à m'y habituer. La cohérence n'était pas une de mes forces, je sais.

Déjà, notre petit voyage tirait à sa fin. On a repris l'avion le dimanche après-midi.

– J'ai passé mon plus beau week-end depuis que j'ai emménagé ici. Merci.

– Tant mieux, c'était le but. C'est quelque chose, avoir vingt et un ans : tu es officiellement un adulte !

– Je sais. Le temps passe vite. On l'a conçue il y a presque un an, cette petite princesse-là !

– Si quelqu'un m'avait dit ça l'an passé, je l'aurais sûrement envoyé promener !

– Oui, moi aussi ! On s'était promis de ne plus jamais se revoir, ajouta-t-il, la voix un peu plus posée.

– On n'a jamais su tenir nos promesses toi et moi, tu le sais, reconnus-je, utilisant le même ton qu'à l'époque où je me perdais dans ses yeux et lui disais qu'il était l'homme de ma vie.

J'ai terminé avec un petit clin d'œil pour ne pas laisser place à une mauvaise interprétation. Cette fois, Charles n'a pas versé de larmes et moi non plus. Il était si heureux que c'était contagieux. Il m'a donné des becs sur les joues et une grosse caresse. Rien de plus. On commençait à être bons !

Pour le reste de la saison, je ne suis pas souvent allée voir Charles jouer mais, lorsqu'il était près de Montréal, ses parents venaient chercher Maéva pour l'emmener voir ses matchs. Elle en a vu, des arénas partout au Québec, avant d'avoir un an, cette petite-là ! Chaque fois, Michel, le père de Charles, me disait à quel point son fils était heureux de la voir et à quel point elle pouvait attirer l'attention d'une bande de jeunes adultes ! Michel prenait tellement de photos que c'était comme si j'y étais.

J'étais surtout contente que Charles puisse voir son enfant le plus souvent possible... Qu'il la voie grandir, lui aussi.

La saison de Charles s'est terminée vers la mi-avril et il n'est pas resté à Halifax très longtemps après. Une période d'adaptation a été nécessaire, parce qu'il voulait une véritable garde partagée. Je ne pouvais pas vraiment la lui refuser, mais le concept du « une semaine sur deux » sonnait mal à mon oreille, d'autant plus que Maéva me semblait jeune pour cette formule. Et le traditionnel « une fin de semaine sur deux » n'était absolument pas envisageable, Charles ayant déjà passé trop de temps loin d'elle. On a donc opté pour quatre jours chez moi, quatre jours chez lui, avec quelques exceptions. De cette façon, ce n'était pas toujours le même horaire et on pouvait profiter de quelques fins de semaine de repos chacun notre tour.

Alex m'avait réservé une surprise au cours d'une de ces fins de semaine. Il m'a emmenée passer trois jours à New York ! Je n'y étais jamais allée. On a passé des vraies vacances en amoureux et elles nous ont fait le plus grand bien. Je me suis ennuyée de Maéva, mais Alex nous avait planifié un programme à la minute près, alors je n'ai pas eu beaucoup de temps pour y penser.

Je n'avais pas beaucoup touché à l'héritage de mes parents, alors j'ai pigé un peu dans mon coussin. Les grands restos, les bars les plus branchés, les boutiques de designers, on a tout essayé ! Un vrai trip *jet-set* !

Alex s'est même forcé à assister à une comédie musicale hyper quétaine pour me faire plaisir. Alors, le lendemain soir, j'ai accepté de l'accompagner dans un concert rock d'un de ses groupes préférés... le genre de groupe que seuls les fans connaissent. Je n'en faisais évidemment pas partie, mais bon, c'était à mon tour de lui accorder une faveur.

On est aussi allés se promener dans Central Park. Je me sentais libre et heureuse. C'était fantastique de m'y promener au bras d'Alex, de pouvoir l'embrasser comme je le voulais.

– Merci, mon amour, pour cette belle fin de semaine !

– Je t'emmène où tu veux, quand tu veux, bébé.

– Quand je veux ?

– Bon OK, quand mon horaire me le permet, se ravisa-t-il.

– Ah, il me semblait, aussi !

– Je t'aime !

Même avec cette belle promesse, je savais que ce serait difficile de se planifier une autre escapade de ce genre, sa carrière prenant de plus en plus de place dans nos vies. Mais pourquoi s'enliser dans des pensées négatives quand on vient de vivre un voyage si romantique ?

I♥
NY

Le temps a filé à la vitesse de l'éclair, Maéva grandissant beaucoup trop vite. Elle était tout simplement adorable, ayant les yeux et le nez de son père, mais ma bouche et mes cheveux blonds. Ils étaient fins et légèrement bouclés. Une vraie petite princesse ! Septembre est arrivé et ma fille allait avoir un an dans deux petits mois – le 18 novembre.

Quant à son père et moi, on ne se voyait que pour la garde partagée. Sans que je puisse expliquer pourquoi, plus le temps passait, moins on avait de contacts et moins ils étaient agréables. Alex et lui ne s'adressaient tout simplement pas la parole et je commençais à trouver la situation un peu lourde. C'était mille fois pire que ce que j'avais redouté. Je ne voulais pas que mon enfant soit élevé dans un climat de chicane. Mais, comme je n'avais pas vraiment eu l'occasion d'en parler avec Charles, qu'Alex refusait de mettre de l'eau dans son vin et que j'avais perdu espoir de le faire changer d'avis, je gardais toutes ces réflexions pour moi, et la situation ne faisait qu'empirer.

Charles et moi, on s'engueulait sur à peu près tout. De l'heure d'échange de la petite aux couleurs de ses vêtements. C'était devenu r-i-d-i-c-u-l-e. Il m'exaspérait et je crois que l'inverse était aussi vrai. Je ne savais même pas d'où provenait cette amertume, mais c'était loin d'être beau à voir.

Au cours de l'été, je me souviens qu'il a piqué une crise parce que j'avais inscrit Maéva à des cours de natation pour bébés sans l'en aviser. On avait tellement haussé le ton que les voisins étaient venus cogner à ma porte pour voir si tout était correct... Pourtant, c'était vraiment un détail anodin. De mon côté, je n'avais pas apprécié que Charles emmène notre fille au chalet de ses grands-parents dans les Laurentides sans me le dire d'avance. Cette visite familiale ne changeait absolument rien, je sais, mais j'étais irritée qu'il me le dise la journée même. Notre niveau de maturité baissait à vue d'œil quand on se disputait mais, même si j'espérais que la situation se règle, j'avoue que je ne faisais rien pour atténuer cette petite guerre enfantine.

Cette tension constante a fait ombrage à tous les beaux moments de la première année de notre fille. Ses premiers pas, qui sont censés être l'un des plus beaux moments de son enfance, elle les a faits avec Alex et moi. Je sais que Charles a été peiné de les avoir manqués... Comme Maéva a toujours eu le don d'être équitable, c'est toutefois en compagnie de son père qu'elle a prononcé son premier mot... « maman ». Charles aurait sans doute davantage apprécié qu'elle dise « papa » ! Dieu merci, elle n'a pas dit « Alex » !

À l'automne, Charles, qui habitait chez ses parents à Brossard, s'était inscrit à l'Université McGill, où il avait obtenu une bourse pour jouer au hockey. Moi, j'ai décidé d'attendre encore un peu avant de m'inscrire à l'université. Je venais de prendre une année sabbatique, me voyant mal accoucher en pleine mi-session, et je n'avais tout simplement pas eu de temps à consacrer à mes études lors de la session d'hiver. Et je n'avais pas envie de quitter ma fille trop souvent en m'inscrivant à quatre ou cinq cours, en plus du fait qu'on ne s'entendait pas du tout sur une garderie, Charles et moi. J'ai donc mis mon projet de retour aux études à temps plein en veilleuse jusqu'au mois de janvier. Une étape à la fois !

J'avais un certain complexe d'infériorité envers Charles, puisqu'il était à l'université à temps plein et pas moi. Pour la première fois, j'avais peur de passer pour une minable.

Vers la fin de septembre, je commençais sérieusement à en avoir assez d'être confinée à la maison. Je suis sortie un soir dans un bar avec des amies, le Baby's, et j'ai tellement eu de plaisir qu'après une petite discussion avec le gérant de l'endroit, j'ai décidé d'y travailler. Il avait l'air vraiment gentil et il a même accepté que mon horaire soit flexible, pour que je travaille seulement quand ma fille était chez son père. J'allais enfin sortir de chez moi et m'amuser en travaillant : la vie était belle !

Durant une fin de semaine d'octobre, un peu plus d'un mois avant la fête de la petite, mon patron m'a proposé de prendre congé. Il m'a dit d'en profiter pour m'offrir du temps pour moi – je n'avais pas la garde de Maéva – avant le gros *rush* de la fin de session et du temps des fêtes, deux des périodes les plus occupées de l'année au bar. Je n'étais pas retournée à Québec depuis un bon moment déjà et j'ai décidé de saisir l'occasion de voir mes sœurs. Alex ne m'a pas accompagnée, étant en studio d'enregistrement avec son groupe.

On a voulu sortir pour fêter un peu, sans Mégane, qui venait tout juste d'apprendre qu'elle était enceinte. Kayla, elle, n'avait aucune objection à sortir, c'était son passe-temps favori. Elle avait bien vieilli, ma petite sœur. Elle fréquentait un gars depuis quelque temps, Kevin, mais rien n'était officiel. Elle l'a invité à se joindre à nous avec quelques-uns de ses amis. Pour me rappeler des bons souvenirs, on est allés au bar où je sortais souvent dans le temps du cégep.

On a commencé à boire assez tôt alors, à minuit, on était pas mal tous éméchés ! Les amis de Kevin me draguaient sans arrêt. Le fait que j'avais un chum et un bébé n'avait pas l'air de les déranger. Ils perdaient leur temps.

Vers une heure du matin, j'étais assise au bar avec ma sœur quand je me suis soudain étouffée avec ma bière, que j'ai recrachée en partie. Kayla m'a regardée avec un certain dégoût.

– Qu'est-ce que tu fais là ?

– Charles.

– Quoi, Charles ?

– Je viens de le voir entrer ici.

– Ben voyons, c'est impossible. Tu as trop bu, tu commences à halluciner...

Il était dans le même bar que moi... à plus de deux heures de route de nos maisons respectives. OK, après l'épisode où j'ai croisé son équipe dans un restaurant, quelles étaient les chances qu'une telle chose arrive – encore ? Qui pouvait bien s'occuper de notre fille pendant qu'on était tous les deux en train de faire la fête ? Je suis devenue bleue. Les yeux rageurs, je me suis élancée vers lui.

– Charles Beauvais, qu'est-ce que tu fais ici ?

– Charlie ? Toi, qu'est-ce que tu fais ici ?

– Où est ma fille ?

– Ne t'inquiète pas...

– Je répète : où est ma fille ? hurlai-je, ne faisant aucun effort pour écouter ce qu'il essayait de me dire.

– Elle est chez Diane et François, à mon ancienne pension.

– Et qu'est-ce qu'elle fait là ?

– Je suis venu les visiter et, comme la petite dormait, Diane m'a proposé de veiller sur elle pendant que j'allais voir des amis, tenta-t-il de m'expliquer.

– Non mais, tu es tellement irresponsable ! l'accusai-je, frustrée de voir qu'il délaissait tout bonnement Maéva.

– Calme-toi, je ne l'ai pas laissée à n'importe qui !

– Peut-être, mais tu ne t'en occupes quand même pas. Elle a besoin d'être avec ses parents ! Je m'en vais la chercher.

– Tu ne t'en vas nulle part, protesta-t-il, m'attrapant le bras pour me retenir.

À force de crier, j'avais attiré l'attention des portiers, qui me surveillaient du coin de l'œil.

– Tu me lâches immédiatement, lui ordonnai-je tout bas, les dents serrées.

– Non, pas avant que tu m'aies écouté, insista-t-il.

– Je ne le répéterai pas deux fois. Lâche-moi !

J'avais rarement été aussi furieuse.

– Heille, c'est quoi, ton problème ? Toi, tu as le droit d'être ici pis de te péter la face, mais pas moi ? hurla Charles, me tenant maintenant par les deux bras sous l'effet de la colère.

À ce moment, les portiers sont intervenus. En fait, ils nous ont carrément mis dehors.

– Allez régler vos niaiseries et vous reviendrez quand vous vous serez calmés. On ne veut pas de trouble ici !

247

J'étais encore plus frustrée. J'avais beau dire que c'était de sa faute, le portier s'en fichait. Une fois à l'extérieur, j'ai réussi à monter le ton. Je ne pensais même pas que j'aurais pu, j'arrivais déjà à enterrer la musique dans le bar...

– C'est ça que tu fais quand tu as la garde ? Tu payes une gardienne et tu sors t'amuser ?

– Tu ne m'écoutes vraiment pas quand je te parle, hein ? Tu sautes pas mal vite aux conclusions.

– Peut-être parce que la conclusion, c'est que tu es dans un bar pendant que ma fille est je ne sais pas où !!!

Je sais, je sais, j'étais un peu *drama queen*.

– Arrête de crier. Tu sais très bien que je m'occupe parfaitement de ma fille quand elle est avec moi. Jamais je ne l'aurais laissée avec quelqu'un en qui je n'ai pas confiance.

– Ça m'écœure quand même.

Difficile de cacher que j'étais à court d'arguments pour en sortir un mauvais comme celui-là.

– Bon là, c'est assez ! Ça fait des mois qu'on s'engueule. C'est quoi, ton problème ?

– Comment ça, MON problème ? Je n'en ai pas, moi. Toi, c'est quoi, ton problème ?

On frappait chacun notre tour et il fallait afficher le plus d'attitude possible pour déterminer qui était le plus fort. On se rapprochait dangereusement du « Mon père est plus fort que le tien »...

– À part toi ? Non, je n'en ai pas moi non plus.

– Pardon ? JE suis un problème ? Contente de le savoir. Je peux m'arranger pour que tu ne nous voies plus si c'est si dérangeant pour toi.

La menace classique. Je ne pensais jamais que j'allais m'abaisser à l'utiliser...

– Heille, tu es rendue folle ou quoi ?

Et là, à mon plus grand étonnement, je n'ai rien répondu, complètement bouche bée. Il avait raison, j'étais devenue folle. J'avais tort de crier comme je le faisais. Et cette espèce de tension sexuelle qui s'était évaporée depuis longtemps a subitement refait surface. On s'est lancés l'un sur l'autre et on a commencé à s'embrasser. Je n'avais plus rien dans la tête : plus de haine, de rancune, juste un désir immense de lui. C'était intense, presque animal. On se trouvait dans une petite ruelle et il m'avait poussée contre le mur. Il m'a soulevée et j'ai mis mes jambes autour de sa taille. Même si la température frôlait presque le point de congélation ce soir-là, j'avais chaud, très chaud.

On arrêtait par moments et on se regardait dans les yeux. Chaque fois que cela se reproduisait, c'était comme si un autre esprit prenait possession de mon corps. En temps normal, jamais je n'aurais osé faire une telle chose. Quelques minutes avant de le voir, je m'ennuyais même d'Alex. Dans la ruelle, je ne me souvenais même plus de son existence.

Charles m'embrassait sur la bouche, dans le cou, près de l'oreille. Il avait une main tantôt sous mes vêtements dans mon dos, tantôt sur mes fesses ou dans mes cheveux. Moi, je le tenais par le cou. J'y étais agrippée. Rien ne serait parvenu à m'y arracher.

Il avait déjà soulevé ma jupe et moi, j'allais lui déboucler sa ceinture quand mon cellulaire a sonné. Nous sommes revenus sur terre instantanément...

Kayla me cherchait. Je lui ai dit que je rentrais dans le bar et j'ai rapidement raccroché. Charles me tenait encore dans ses bras, mais je me sentais tellement mal d'être dans une telle position que, lorsqu'il s'est penché pour m'embrasser à nouveau, je l'ai frappé. Pour la deuxième fois de ma vie, j'ai giflé un gars ! Et le père de ma fille en plus !

– Ouch ! C'était quoi, ça ? s'écria-t-il en posant la main sur sa joue, semblant réellement souffrir.

– Oh mon Dieu. Je suis désolée ! Je ne sais pas ce qui m'a pris !

– Ayoye ! Tu es vraiment dure à suivre, toi !

J'ai constaté la rougeur de sa peau. Le froid n'avait pas aidé. Je continuais à m'excuser en lui caressant la joue. J'espérais faire disparaître la douleur, mais je savais aussi que je ne l'avais pas juste blessé au visage, j'avais atteint son cœur.

– Charles, je m'en veux tellement, je m'excuse ! Je ne sais pas pourquoi j'ai fait ça !

– Je vais aller rejoindre mes chums. On se verra à Montréal lundi.

– Mais... Charles ! tentai-je de le retenir.

Il est rentré, me laissant seule derrière lui, rongée par la culpabilité. Comment pouvait-on entretenir une relation amour-haine aussi intense ? Comment passer du baiser passionné à la claque ?

Je n'ai presque pas dormi de la nuit, me sentant bien seule dans mon lit de la maison familiale et, comme je ne pouvais pas laisser les choses ainsi, je suis allée voir Charles le lendemain matin. Diane était très surprise de me voir et elle m'a appris que Charles dormait parce qu'il était rentré très tard la veille. Elle n'était visiblement au courant de rien.

– Je sais qu'il dort, mais je dois absolument lui parler. Est-ce que tu me laisserais l'attendre ici ?

– Il n'y a pas de problème, ma belle Charlie. Je suis contente que tu sois là ! Si tu savais comme j'étais heureuse de voir votre bébé !

Charles ne m'avait pas menti. C'est elle qui l'avait poussé à sortir avec ses amis. Elle a insisté pour s'occuper de Maéva, qui a dormi à poings fermés tout ce temps. Tout pour rajouter à ma culpabilité.

– Qu'est-ce qui s'est passé hier soir, Charlie ? s'inquiéta-t-elle.

– Rien, mentis-je – mal, évidemment.

– Charlie, s'il ne s'était rien passé, tu ne serais pas ici ce matin. Raconte-moi ce qui est arrivé.

– En fait, j'ai euh... J'ai fait une grosse gaffe... Encore !

Je lui ai tout avoué. Elle m'a écoutée en silence puis, lorsque j'ai eu fini, elle m'a posé une seule question, mais ô combien significative :

– L'aimes-tu encore ?

– Hein ? Euh, non... Enfin, je ne pense pas... Je... Je ne peux pas.

Elle allait répondre lorsque la porte qui mène au sous-sol s'est ouverte. Charles venait de se lever. Sa bonne humeur a disparu quand il m'a vue.

– Qu'est-ce que tu fais ici ?

– Il faut que je te parle.

– Je n'ai rien à te dire ! rétorqua-t-il.

– Charles, s'il te plaît. Laisse-moi te parler.

– Laisse-lui donc une chance, intervint Diane en ma faveur. Elle n'est pas venue ici pour que tu la renvoies chez elle. Tiens, je vais aller chercher des croissants à l'épicerie et j'espère que, quand je vais revenir, vous aurez fait la paix. Charlie, tu es invitée à déjeuner.

Elle est partie avec Maéva sans attendre. Les traits de Charles trahissaient encore sa colère.

– Je voulais m'excuser.

– Tu l'as déjà fait.

– Peut-être, mais tu ne m'as pas pardonné.

– Je n'en ai pas envie, répliqua-t-il en se grattant la tête.

– Tu ne pourras pas m'en vouloir éternellement.

– Et si je t'en voulais aussi de m'avoir laissé t'embrasser ? rétorqua-t-il, me regardant enfin.

– Ben là ! Tu aurais voulu que je me sauve en courant ?

– Pourquoi tu m'as laissé faire, alors ?

– Je ne sais pas. C'est quoi, cette question-là ? On avait bu, la nostalgie était dans l'air, je ne sais pas, moi !

– Et si je te demandais de m'embrasser, là, maintenant ? Tu le ferais ou tu me frapperais encore ? poursuivit-il en gesticulant plus qu'à l'habitude.

– Je ne te frapperais sûrement pas.

Il s'est approché et a posé ses lèvres sur les miennes. Sur le coup, je l'ai encore laissé faire, mais, au bout de quelques secondes, je l'ai repoussé.

– Qu'est-ce que tu fais là ?

– Tu vois, c'est ce que tu aurais dû faire hier, me répondit-il, pointant son index sur moi.

– Franchement ! Moi, j'ai une solution encore plus simple. Et si tu ne m'avais pas embrassée du tout ?

Il a eu le culot de m'embrasser encore une fois. Malgré moi, j'ai résisté encore moins longtemps. Tout en étant incapable de laisser complètement ses lèvres et en me battant contre moi-même pour ne pas perdre le contrôle, je lui ai demandé tout bas :

– À quoi tu joues ?

– Je ne sais pas. Si on ne peut pas se retenir, il y a peut-être une raison...

– Non, je ne pense pas.

J'étais auparavant assise sur un petit banc au comptoir de la cuisine, j'avais changé de place avec lui pendant ce dernier baiser. Il était assis, et moi, j'étais debout, les jambes entre les siennes, qui me serraient fort. Ça m'a demandé beaucoup d'efforts, mais je me suis finalement enlevée de là.

– OK, Charles, ce n'est plus drôle. Il faut arrêter. Maintenant. Ça n'a aucun sens.

– Je vais te pardonner à une condition.

– Laquelle ?

– À partir de maintenant, tu me fais entièrement confiance quand je suis avec la petite. J'en ai marre que tu penses que je ne suis pas capable de m'en occuper.

– D'accord, c'est promis. Mais toi, arrête de m'embrasser.

– Je suis célibataire, moi ! Et en manque aussi !

J'ai éclaté de rire. Il n'avait aucune difficulté à se trouver des filles pour subvenir à ses besoins ! Quand Diane est arrivée, Charles était en train de mettre la table. On avait changé de sujet. C'était une bonne chose, je devais me changer les idées.

On a déjeuné ensemble tous les quatre. Je suis repartie le cœur léger parce que Charles m'avait pardonné, mais en même temps très lourd parce que j'avais encore une fois joué dans le dos d'Alex et je n'en étais pas fière.

À mon retour à la maison, Alex était tellement attentionné que je n'ai pas eu le courage de lui raconter ma fin de semaine en détail. Tout ce qui comptait pour lui, c'était que je sois là. Il s'était ennuyé. Il avait aussi une très bonne nouvelle à m'apprendre : l'album de son groupe sortirait à temps pour Noël. J'étais vraiment fière de lui ! Malgré mes petites incartades, notre couple allait si bien que j'ai cru que c'était la vie qui m'envoyait de gros signes pour que je tourne la page sur Charles une fois pour toutes.

Une ou deux semaines plus tard, j'ai décidé de changer un peu d'air. La grisaille de novembre commençait à miner mon humeur. Cette fois, Alex ne pouvait pas se libérer, alors je suis partie dans le Sud avec ma sœur Noémie. J'avais vraiment un patron compréhensif, lui qui m'accordait tous ces congés !

Charles a accepté de prendre notre fille pour la semaine ; c'était à mon tour de penser à moi. Je me sentais un peu mal de la laisser si longtemps pour la première fois, et un début de fièvre de Maéva n'avait rien pour faire disparaître mes remords. Malgré tout, comme ce n'était pas sa première poussée de fièvre et que cela durait habituellement entre vingt-quatre et quarante-huit heures, j'ai décidé de ne pas trop m'en faire.

J'ai pris l'avion, direction Cancún et ses nombreux bars. Noémie et moi avions prévu faire seulement quatre choses durant toute la semaine : dormir, manger, boire – de l'alcool de préférence – et se faire bronzer. C'était le plan. Nous l'avons respecté à la lettre les deux premières journées. La troisième, j'ai appelé Charles pour m'assurer que tout allait bien. Je suis tombée sur le répondeur et j'ai laissé un bref message.

J'étais fâchée de constater qu'il ne me rappelait pas. Après deux jours sans réponse, j'ai sérieusement commencé à m'inquiéter. Ce n'était absolument pas normal que son cellulaire soit fermé en tout temps.

Noémie croyait que je m'inquiétais pour rien. Ce n'est que le cinquième jour que j'ai reçu un appel de Charles.

– Non mais, tu en as mis du temps à me rappeler ! Ce n'est pas très sympathique, tu sauras.

– Écoute, euh... Je ne sais pas trop comment te le dire, mais..., s'arrêta-t-il, la voix très grave et l'air extrêmement fatigué.

– Charles, qu'est-ce qui se passe ? Tu m'inquiètes vraiment...

– Je suis désolé de ne pas t'avoir appelée avant, mais...

– Mais quoi ? Qu'est-ce qu'il y a ?

– Ne t'inquiète pas trop, mais la petite est à l'hôpital.

– QUOI ? hurlai-je, en état de panique totale, avant d'éclater en sanglots.

J'avais l'impression d'être tellement impuissante et coupable à l'autre bout du monde...

– C'est sa fièvre, elle ne baissait pas... Je l'ai emmenée ici pour être sûr que c'était normal, mais les médecins ont décidé de la garder.

– Et ? Qu'est-ce qu'elle a ?

– Ils ne le savent pas encore. Elle a plein de symptômes différents... Des petites taches sur les jambes aussi... Ils lui font passer une batterie de tests pour voir si c'est grave ou pas.

Je ne savais pas quoi dire ni quoi faire, je pleurais sans cesse. J'étais seule sur ma chaise de plage, Noémie étant partie nager. Je promenais mon regard à la ronde, comme si j'espérais trouver un truc à quoi me raccrocher... En vain.

– Ne pleure pas, Malie... Elle va être correcte. Je te le promets.

– Je n'aurais jamais dû partir... Dès que Noémie revient, on s'en va. Pourquoi tu ne m'as pas appelée avant ?

– Je ne sais pas, je ne voulais pas trop t'inquiéter.

– C'est raté, dis-je, sèchement.

– Je trouve ça aussi difficile que toi, tu sauras. C'est aussi ma fille qui est à l'hôpital.

– Je sais. Je m'excuse...

– C'est correct. On est tous les deux sur les nerfs...

– Je vais être là dès que je le peux.

– OK, je t'attends.

Je devais partir dans les prochaines heures. J'allais dépenser sans compter, mais il n'était pas question que je reste dans un autre pays une journée de plus.

J'ai causé des maux de tête à la dame de l'agence de voyages et au représentant de la compagnie aérienne, mais quelques centaines de dollars et une crise d'hystérie à la réception de l'hôtel plus tard, j'ai finalement réussi à me trouver un vol le soir même. Noémie n'a pas hésité deux secondes et elle a également écourté son voyage. Elle était aussi stressée que moi, mais elle passait son temps à tenter – je dis bien «tenter» – de me rassurer en me disant que ce n'était sûrement pas grave.

L'angoisse ne m'a pas quittée de tout le vol de retour. J'avais chaud, froid et terriblement mal au cœur et à la tête, sans compter, évidemment, les millions de questions et d'inquiétudes qui se disputaient une place dans mon esprit. Bref, j'ai vécu les heures les plus pénibles de mon existence. J'attendais que l'avion touche le sol pour pouvoir enfin me servir de mon cellulaire et appeler Charles. Quand on est finalement arrivées à Montréal, je n'avais pas dormi depuis une vingtaine d'heures. Mais qu'importe, je n'avais qu'une seule idée en tête : me rendre à l'hôpital.

Quand je suis arrivée, j'ai eu un choc. Je n'avais jamais vu Charles dans un tel état. Il était blême, épuisé et il avait les yeux rougis. Il s'est mis à pleurer en m'apercevant et j'ai fondu en larmes moi aussi.

– Ah, si tu savais comme je suis content de te voir, s'est-il empressé de dire en me prenant dans ses bras.

– Elle est où ? Qu'est-ce que les médecins t'ont dit ? demandai-je en essuyant mes larmes avec mes deux mains, alors que Charles avait toujours ses bras autour de ma taille.

– Elle est aux soins intensifs, en observation.

– Je peux la voir ?

– Je ne pense pas... Mais le médecin devrait être ici d'une minute à l'autre pour me dire ce qu'il en est...

– J'ai tellement peur...

– Moi aussi... Ça va bien aller, chuchota-t-il en me regardant dans les yeux et en replaçant mes mèches derrière mes oreilles.

Il n'était pas très convaincant, mais je m'efforçais de le croire. L'espoir était la seule chose à laquelle nous pouvions nous accrocher.

Je n'avais même pas pensé appeler Alex pour lui dire que j'étais rentrée au pays plus tôt. De toute façon, j'avais perdu toute notion du temps. Honnêtement, j'avais des choses plus importantes en tête que d'essayer de le joindre.

Le médecin est venu nous voir quelques minutes plus tard.

– Vous êtes la mère ?

– Oui. Avez-vous des nouvelles ?

– On a écarté plusieurs maladies avec les derniers tests, mais on n'est pas encore certains à cent pour cent.

– Mais... est-ce que c'est grave ? intervint Charles, paniqué.

– Il est trop tôt pour se prononcer... En fait, je venais vous demander votre accord pour effectuer un examen qui pourrait confirmer notre hypothèse.

– C'est quoi, votre hypothèse ?

– Nous pensons qu'il s'agit d'une méningite.

– Une méningite ?! criai-je.

Ce mot a eu l'effet d'une bombe. Comme si j'avais reçu un coup de barre dans les jambes, j'ai complètement perdu l'équilibre. Charles m'a retenue juste à temps. Il me tenait par la taille, très près de lui. Il m'a donné un petit bec sur l'épaule, probablement pour me rassurer.

– C'est quoi, l'examen ? demandai-je d'une voix blanche.

– Il faudrait lui faire une ponction lombaire.

– Et ça consiste en quoi au juste ? interrogea Charles.

– On introduit une petite aiguille entre deux vertèbres pour récupérer du liquide céphalo-rachidien, ce qui va nous aider à établir notre diagnostic, expliqua-t-il calmement.

– Ben voyons ! C'est tellement souffrant... Elle est toute petite...

– Nous n'avons pas vraiment le choix, madame. J'ajouterais même qu'il faut agir assez rapidement.

Maéva devait absolument passer cet examen, mais j'avais le cœur brisé à l'idée de ce qu'elle aurait à subir.

On a évidemment donné notre accord, en dépit de nos craintes. L'infirmière nous a expliqué en détail l'intervention, puis les risques, les sortes de méningites... Elle a essayé de nous rassurer, sans succès !

On était assis en silence dans la petite salle d'attente. On ne se touchait pas non plus, ayant laissé une chaise libre entre nous deux. Ce silence et l'attente étaient très pénibles.

J'ai regardé le père de ma fille du coin de l'œil, et il me lorgnait lui aussi, le regard dévasté.

– Charlie, je peux te demander quelque chose ?

– Oui.

– Est-ce que je peux te prendre dans mes bras s'il te plaît ? J'en ai vraiment besoin en ce moment.

Je me suis mise à pleurer de plus belle en lui ouvrant les bras. Il s'est approché et m'a serrée très fort.

– Merci d'être revenue, je ne savais plus quoi faire.

– C'était la moindre des choses. C'est fou comme nos chicanes des derniers mois me semblent futiles maintenant, constatai-je.

– Je sais. Même si on n'est plus ensemble, on est quand même des parents... Il faut qu'on se tienne.

– C'est toi qui l'as dit, tout va bien aller.

– Si elle a le quart de ton caractère, il n'y a pas une maladie qui va lui résister...

J'ai esquissé un sourire à travers mes larmes, pour la première fois depuis près de vingt-quatre heures.

Les résultats sont arrivés très rapidement. Les médecins pouvaient établir un diagnostic précis simplement en examinant la couleur du fameux liquide.

– C'est effectivement une méningite, de type céphalo-rachidien. C'est le résultat d'une infection par une bactérie appelée méningocoque. C'est ce qui a causé les fortes fièvres, les vomissements, les bleus, expliqua le médecin.

– C'est grave ?

– Plus maintenant, rassurez-vous. Nous avons identifié le problème à temps et nous avons déjà administré à Maéva les antibiotiques nécessaires.

– Est-ce qu'il y aura des séquelles ? s'informa Charles.

– On ne le saura pas tout de suite. Mais ça se guérit habituellement très bien lorsque l'enfant est pris en charge très rapidement, ce qui est le cas de votre fille. Par contre, vous devrez également recevoir un traitement, à titre préventif.

Quel soulagement ! Avec autant d'émotions en une journée et le manque de sommeil en prime, j'ai senti que les larmes coulaient encore abondamment sur mes joues, mais, cette fois, c'était de joie. Depuis qu'il m'avait prise dans ses bras, Charles ne m'avait pas lâchée. Son bras était enroulé autour de moi tout au long de la discussion avec le médecin, qui nous a dit que Maéva resterait encore quelques jours à l'hôpital.

– Mais ne vous inquiétez pas, nous allons en prendre bien soin, a-t-il ajouté en souriant.

– Merci. Est-ce qu'on peut la voir, s'il vous plaît ?

– D'accord, mais brièvement. Elle a besoin de repos.

– Merci, c'est très gentil.

Quel choc de la voir, si minuscule et démunie ! Une chance que je savais à ce moment qu'elle allait guérir parce que, sinon, j'en aurais fait des cauchemars pendant des semaines. Elle dormait profondément à cause des médicaments, les petits poings fermés et l'air paisible. Le médecin nous a laissés quelques minutes seuls avec elle. Nous étions chacun de notre côté du lit et je lui caressais les cheveux.

— Maman t'aime tellement, ma puce... Tout va bien aller.

— Papa aussi est là et il va toujours être près de toi maintenant...

— Dire qu'elle vient de subir une ponction lombaire...

— Elle est faite forte, je te l'ai dit.

— C'est fou comme j'ai eu peur. Je ne sais pas ce que j'aurais fait si...

— Il ne faut pas penser au pire, ma belle. L'important, c'est qu'elle va aller mieux très bientôt.

J'ai souri. Il a senti que ce n'était pas à cause de la petite, alors il m'a demandé pourquoi.

— Ce n'est rien, c'est juste que tu viens de m'appeler « ma belle » sans t'en rendre compte, et ça doit faire des mois que tu ne m'as pas appelée ainsi.

— Ah, c'est sorti tout seul ! J'espère que ça ne te dérange pas !

— Pas du tout. Même que ça me fait toujours un petit velours...

L'infirmière est alors venue nous dire qu'il était temps de partir. Mais, avant que nous quittions l'hôpital, elle nous a expliqué tout ce à quoi l'équipe médicale allait procéder ainsi que le traitement que nous devions suivre, soit la prise d'antibiotiques précis. Elle nous a aussi parlé des différentes séquelles possibles. Heureusement, elle nous a répété que le risque était très faible.

On était totalement épuisés. Puisque j'habitais beaucoup plus près de l'hôpital que lui, j'ai proposé à Charles de venir se reposer chez moi quelques heures avant qu'on y retourne le lendemain matin, d'autant plus que ma sœur ne dormait presque plus jamais à la maison. Il a accepté et on est allés à mon condo. Dans la voiture, on se tenait la main. Même si cette épreuve a été relativement courte, elle n'en était pas moins difficile. La santé de notre fille était la chose la plus importante à nos yeux et, malgré tous nos différends, on savait qu'on était les deux seules personnes à savoir exactement comment l'autre se sentait à ce moment-là.

Chez moi, je n'ai pas voulu provoquer de malaise entre nous en demandant où nous allions dormir. J'ai gonflé un matelas.

– Laisse, je vais m'en occuper, dit-il en amorçant le geste de tirer le matelas vers lui.

– C'est correct, Charles, va plutôt prendre une douche ou un bain, tu mérites de pouvoir relaxer un peu. Je vais préparer ton lit.

– Si tu insistes... Merci.

J'ai vite dû chasser de mon esprit des images pas très catholiques de lui et moi dans le bain... Nos corps collés, à relaxer dans un tas de bulles... Je me décevais de penser à ça alors que ma fille était à l'hôpital. Je sais, j'étais pathétique, encore une fois ! Quand il est sorti de la salle de bains, tout était prêt pour que Charles puisse se coucher. J'ai ensuite sauté dans la douche à mon tour et, puisqu'on était épuisés, on s'est rapidement endormis chacun de notre côté.

Le lendemain matin, je me suis fait réveiller par les pas d'Alex. Lui aussi a été surpris de me voir.

– Charlie ? Mais qu'est-ce que tu fais ici ?

– Allô, mon amour, dis-je machinalement, pas encore tout à fait éveillée.

– Tu n'es pas supposée être au Mexique, toi ?

Il y avait un genre de reproche dans sa phrase. J'avoue que ça semblait louche, mais ce n'était pas comme si j'avais menti sur mon voyage, il était venu me conduire lui-même à l'aéroport !

– Oui, je m'excuse, j'aurais dû te contacter, je suis revenue hier d'urgence, Maéva a été hospitalisée.

– Quoi ? Mais pourquoi tu ne m'as pas appelé ? Je serais allé te chercher à l'aéroport, voyons !

– Désolée, j'étais tellement sur les nerfs, je n'étais pas capable de penser clairement, ça m'est complètement sorti de la tête. Et on est revenus super tard hier soir, Charles et moi.

– Charles et toi ? Quoi, il est ici, celui-là ?

Oh que je venais de toucher une corde sensible. Charles. Un mot et Alex perdait son sang-froid.

– Alex, pas si fort !

– Quoi, je n'ai pas le droit de ne pas aimer le fait que ton ex dorme chez toi pendant que je pense que tu es au Mexique ? se fâcha-t-il.

– Veux-tu, s'il te plaît, me laisser finir ? C'était juste logique qu'il vienne dormir ici, parce que c'est plus proche de l'hôpital, lui dis-je, m'efforçant de chuchoter malgré la colère qui s'était emparée de moi.

– OK, c'est beau, pas besoin d'être bête.

– Alex, qu'est-ce que tu n'as pas compris dans le fait que ma fille est à l'hôpital et que je n'en ai rien à faire, de tes enfantillages ? Il ne s'est absolument rien passé avec Charles. Enlève cette idée stupide de ta tête immédiatement.

Je n'étais pas sympathique, j'en conviens, mais j'étais très déçue de sa réaction d'enfant de cinq ans.

– OK, désolé. Et qu'est-ce qu'elle a, la petite ?

Non mais, il était temps qu'il s'en informe !

– Une méningite, mais elle est maintenant hors de danger. Charles l'a emmenée à l'hôpital à temps.

– Bon. Tant mieux. Écoute, je ne savais pas que tu serais ici et je suis vraiment pressé, je passais juste chercher des partitions de nouvelles chansons que j'ai oubliées ici... On se voit ce soir ?

– Tu m'appelleras. On verra.

– OK, je t'aime, bye ! fit Alex en quittant rapidement la chambre, ignorant ma mauvaise humeur.

– C'est ça. Bye, répondis-je, estomaquée par son attitude.

Je n'avais pas envie de répondre le traditionnel « moi aussi » à son « je t'aime ». Je l'ai trouvé froid et, surtout, je n'ai pas vraiment apprécié qu'il ne s'inquiète pas plus de l'état de santé de ma fille. Tout ce qu'il a retenu, c'est que j'avais oublié de lui dire que j'étais rentrée au pays plus tôt et qu'en plus, j'avais invité mon ex à venir coucher chez moi. J'avais l'impression qu'il avait compris juste ce qu'il voulait de toute cette histoire. Je n'avais pas l'énergie pour l'affronter et lui dire réellement le fond de ma pensée. Comme d'habitude, je n'ai rien dit et j'ai passé l'éponge.

Charles s'est réveillé pendant qu'Alex et moi discutions. Il faut dire qu'on parlait relativement fort par moments. Il a sagement attendu que mon chum reparte avant de se lever, puis il est venu me voir à la cuisine.

– Il est fâché que je sois resté dormir ici ?

– Honnêtement, je m'en fiche. Premièrement, c'est mon condo. Deuxièmement, il n'avait même pas l'air de comprendre que la petite a été très malade.

– J'imagine que, tant que tu ne le vis pas, tu ne peux pas comprendre.

– Pourtant, il n'arrête pas de dire que Maéva est comme sa fille. J'ai de plus en plus l'impression que ce sont juste des belles paroles en l'air, ajoutai-je en me servant un verre de jus d'orange et en en offrant un à Charles d'un signe de la main.

– Ne saute pas aux conclusions tout de suite, il était surpris de te voir et il n'a sûrement pas compris ce que tu lui as dit, le défendit-il entre deux gorgées de jus.

– Quoi, tu penses qu'il y avait quelque chose de pas clair dans : « urgence », « hospitalisée » et « méningite » ? soulignai-je avec mon éternelle arrogance.

– Ouin... Tu as un point là-dessus.

– Bon, assez parlé de lui. Dans combien de temps tu veux partir ?

– Je suis prêt dans cinq minutes.

– Parfait, répondis-je, pressée d'aller voir ma fille.

J'espérais qu'elle puisse sortir de l'hôpital en fin de journée, mais je savais aussi que ce n'était pas très réaliste. Les médecins nous avaient parlé de deux ou trois jours, afin de s'assurer qu'il n'y ait plus aucun risque de complications.

On a passé la journée à l'hôpital, jusqu'à ce que les heures de visites soient terminées. Tout allait pour le mieux et les résultats des derniers tests étaient très encourageants.

À part un petit sandwich pas très bon de la cafétéria de l'hôpital, on n'avait rien mangé de la journée. C'est pourquoi on a décidé d'aller dans un petit resto italien du centre-ville, en fin de soirée, question de se changer les idées et de se rassasier un peu.

– Ça fait du bien de pouvoir enfin relaxer ! souffla-t-il en se calant dans la banquette.

– Mets-en ! Quoiqu'il y a à peine deux jours, j'avais les deux fesses dans le sable...

– Je m'excuse de t'avoir fait rater tes vacances...

– Ben voyons, au contraire ! Je ne te l'aurais jamais pardonné, si tu m'avais caché que Maéva était malade.

— Je suis content qu'on ait réussi à passer à travers cette épreuve sans...

Il a fait une pause, semblant peser ses mots en enroulant sans cesse son spaghetti autour de sa fourchette.

— Sans s'engueuler, termina-t-il, guettant ma réaction.

— Ouin, j'avoue qu'on n'a pas donné notre place de ce côté depuis quelques mois.

— Je sais.

Puis, j'ai souri en me rappelant un soir d'automne en particulier.

— À part peut-être dans une certaine ruelle...

— Et encore, je me serais passé de ta claque !

— Il me semblait que tu m'avais pardonné !

— Ben oui, dit-il, sourire en coin. Malie, tu ne penses pas qu'il serait temps qu'on agisse comme deux adultes ?

— Les adultes divorcés qui se partagent la garde de leur enfant s'engueulent souvent pas mal plus que nous, tu sauras !

— Nounoune, me taquina-t-il.

Il était la seule personne au monde qui ne me faisait pas sortir de mes gonds en me traitant de la sorte. Et il en profitait amplement !

— Charles, peut-être qu'on va simplement tirer une leçon de toute cette histoire, tu ne penses pas ?

– Laquelle ?

– Que, peu importe si on se déteste ou pas, on va toujours devoir composer avec la présence et surtout l'opinion de l'autre, c'est immanquable.

– Tu as raison.

Au moins, tout ce stress et cette peur pour Maéva auront eu ce petit point positif. On a décidé d'enterrer la hache de guerre définitivement... Du moins, on allait faire notre possible.

À peine une semaine plus tard, Maéva a fêté son premier anniversaire. Il était doublement important à nos yeux, parce que, durant quelques heures, nous avions imaginé le pire pour elle. Si elle avait été moins chanceuse, elle ne se serait peut-être pas rendue là. On a décidé de la célébrer en grand ! La petite a eu droit à deux fêtes d'anniversaire, une chez sa mère et une chez son père. C'est elle qui en a profité : deux gâteaux et une tonne de cadeaux...

Alex, qui avait pris conscience de sa gaffe, a promis d'être beaucoup plus présent dans nos vies et de faire des efforts pour être gentil avec Charles, à mon grand soulagement. Il a dû s'excuser pendant des jours... tellement que je l'ai supplié de tourner la page ! Il a réduit le nombre de ses engagements à venir pour pouvoir passer un peu plus de temps avec nous, ce que j'appréciais énormément.

Il a composé une chanson pour l'anniversaire de Maéva et lui a même offert quelques instruments de musique pour enfant. C'était très mignon, mais ce l'était un peu moins quand elle s'amusait avec ses nouveaux « jouets » durant des heures... Le mal de tête venait en prime ! Peu importe, je profitais pleinement de tous les instants que je passais avec mes deux amours. Quand Maéva était chez son père, je planifiais des soirées en amoureux pour Alex et moi, question de ne pas nous éloigner encore une fois.

Après la frousse de la maladie et l'effervescence entourant le premier anniversaire de Maéva, on a eu droit à une accalmie avant la période des fêtes. Alex, fidèle à sa promesse, a donné quelques concerts et quelques entrevues, mais sans plus. Il nous a aidées, ma sœur et moi, à décorer le condo et il m'a suivie dans tous les centres commerciaux de la ville pour le magasinage de Noël. Même s'il ne l'avouera jamais, j'ai presque eu l'impression qu'il s'est amusé !

Charles ramenait Maéva chez lui après ses quatre jours passés avec moi. Depuis l'anniversaire de la petite, il paraissait un peu plus distant, plus préoccupé. Il ne voulait peut-être pas provoquer Alex en me regardant avec trop d'insistance ou en m'embrassant trop longtemps sur la joue. Son changement d'attitude envers lui était d'ailleurs frappant ; il souriait davantage en sa présence et ils ne se lançaient plus d'insultes sous-entendues. Bon, ils ne se parlaient pas beaucoup plus, mais tout de même ! Je trouvais le progrès énorme. Charles semblait content de ce relatif accord de paix ; je ne m'en faisais donc pas trop avec la distance polie qu'il s'efforçait de maintenir entre lui et moi.

Pour être heureux, il l'était... Et j'ai bien vite compris que je n'y étais pour rien.

Quand il est venu chercher Maéva pour le réveillon de Noël, Charles était accompagné de... sa nouvelle blonde.

Il ne m'avait pas avertie et je lui en voulais. Quant à elle, je l'ai détestée dès qu'on me l'a présentée. Elle avait l'air très gentille et très heureuse de rencontrer la petite. Trop, justement. La jalousie s'est emparée de moi, mais j'ai fait mon possible pour garder ma dignité...

271

Je ne sais pas ce qui m'agaçait le plus entre savoir qu'une nouvelle femme s'occuperait de ma fille, ou encore le fait que Charles avait l'air très amoureux d'elle et heureux comme jamais.

Elle s'appelait Émilie. Il l'avait rencontrée à l'université. Ils étaient ensemble depuis déjà quelques semaines, ce qui expliquait son comportement bizarre. Et moi qui le félicitais mentalement de son attitude « améliorée » pour le bien de mon couple... Il avait voulu attendre avant de me la présenter ; il aurait bien pu attendre encore quelques années. Je refusais d'admettre que, si moi j'avais Alex, il était normal que Charles ait quelqu'un lui aussi. J'aurais aimé les avoir les deux pour moi toute seule. Le pire, c'est que je sentais qu'Émilie aurait voulu être mon amie. Euh, non merci ! Inconcevable !

Après quelques rencontres, Charles n'a pu s'empêcher de commenter mon attitude :

– Pourquoi tu es toujours bête avec Émilie ?

– Je pourrais te répondre en te demandant pourquoi tu ne parles pas à Alex ? l'attaquai-je, satisfaite qu'il comprenne enfin comment je me sentais dans cette situation.

– Ce n'est pas pareil, il ne m'aime pas, se justifia-t-il. Émilie, elle, aimerait être ton amie.

J'avais envie de crier : « NON, VRAIMENT PAS. ARK ! » Mais je me suis retenue.

– J'ai assez d'amis comme ça, je n'en cherche pas de nouveaux, merci.

– Tu as vraiment la tête dure quand tu veux !

– Je ne fais pas exprès pour être froide, c'est juste que je ne la connais pas... et je ne tiens pas vraiment à la connaître non plus, lançai-je sur un ton arrogant, en bougeant la tête de côté et en levant la main à la hauteur de son visage.

– Tu as intérêt à t'habituer parce que j'ai l'intention que ça marche avec elle.

Ouch.

J'étais beaucoup plus atteinte que je ne l'ai laissé paraître. Quoi, je pensais vraiment que ce gars-là allait m'attendre toute sa vie ? Que j'étais naïve ! Je devenais folle quand c'était *elle* qui venait chercher la petite pour les quatre jours de garde de Charles. Ça m'insultait. Le pire, c'est que je n'avais absolument rien à lui reprocher. Non seulement elle avait le tour avec les enfants, mais elle était belle, polie, intelligente... Bref, je souhaitais de tout cœur qu'elle se trouve un stage de mille ans... quelque part dans un village cannibale en Afrique, tiens.

En janvier, il y a eu plusieurs changements dans ma vie. D'abord, j'ai racheté à Alysson sa part du condo, étant donné qu'elle partait s'installer avec Christopher, le copain anglophone qu'elle fréquentait depuis quelque temps déjà – et qu'elle venait à peine de nous présenter. Je pouvais donc enfin offrir une vraie chambre à Maéva. Alysson se sentait un peu mal de me laisser toute seule mais elle était certaine que j'offrirais à Alex d'emménager avec moi. J'ai pourtant préféré rester seule.

Les premières semaines ont été difficiles, car je devais me faire à l'idée que je n'avais plus personne à qui parler en rentrant à la maison. Alysson était souvent absente, avant son départ, mais au moins je savais que, lorsqu'elle était là, je n'avais qu'à cogner à sa porte pour me confier. Le téléphone a donc servi de remplaçant à la présence de ma colocataire. Je présume que Sydney devenait blasée à force de m'entendre, mais elle s'ennuyait aussi, alors elle me laissait parler !

Je me suis inscrite à deux cours à l'université – assez complexes à mon goût - en administration, pour me remettre dans le bain, mais aussi pour voir si j'allais aimer ce domaine. Charles et moi avons réussi à trouver une garderie près de l'université et, avec nos horaires, on n'avait besoin de faire garder Maéva que deux jours par semaine.

J'ai trouvé pénible de la laisser les premiers jours, surtout que j'ai eu droit à quelques crises de larmes, mais je me suis vite habituée, si bien que la garderie est devenue essentielle au bon fonctionnement de nos vies respectives. On avait ainsi le temps d'étudier sans avoir à stresser pour préparer une collation ou encore changer des couches.

Côté couple, je vivais mes premiers moments difficiles avec Alex. Il accumulait les contrats, alors je le voyais de moins en moins. Il était toujours parti en tournée de promotion. On ne pouvait pas se chicaner, on ne se voyait pas assez pour ça... Pour la première fois depuis la naissance de ma fille, je me suis sentie vraiment seule. J'étais monoparentale la majorité du temps. Alex était plein de bonnes intentions, mais il n'était jamais là et il ne pouvait pas m'aider à m'occuper de Maéva. Sa promesse n'a pas fait long feu...

Vers la mi-mars, la fatigue s'accumulait et je commençais à en arracher. Je ne sais pas sur quelle planète vivait tout le monde, mais seul Charles s'en est aperçu. Un soir, j'ai complètement oublié qu'il devait venir chercher la petite. La maison était en bordel et, évidemment, je n'avais pas préparé le sac de Maéva. Je suis même restée très perplexe quand j'ai ouvert la porte et que je l'ai vu.

– Charles ? Qu'est-ce que tu fais là ?

– Ben... Je viens chercher ma petite princesse...

– Pour de vrai ? Ah mon Dieu. J'ai complètement oublié ! dis-je en posant ma main sur mon front et cherchant dans ma mémoire quelle date on était.

– Ça va ? s'inquiéta Charles en se faufilant pour entrer.

– Oui, oui.

– Je te connais, Charlie, tu n'as pas l'air d'aller du tout...

– Je suis juste un peu débordée. Ça arrive à tout le monde, poursuivis-je en essayant tant bien que mal de ramasser un peu ce qui traînait, alors qu'il me regardait d'un drôle d'air.

Il s'est approché de moi et a commencé à ramasser les jouets par terre.

– Laisse faire ça, lui dis-je. Je vais avoir le temps quand vous serez partis.

– Il n'est pas question que je te laisse comme ça, voyons ! s'exclama-t-il en se redressant, les bras encombrés d'animaux en peluche.

– Je suis capable de me débrouiller.

– Ne sois pas orgueilleuse. Écoute, je n'avais rien prévu ce soir, alors qu'est-ce que tu dirais si je restais avec toi un peu et que je t'aidais à ranger tout ce bordel ?

– Tu n'as pas à le faire, c'est ta soirée avec ta fille.

– Et j'ai le goût de la passer avec vous deux. C'est décidé, je reste, dit-il en se dirigeant vers le coffre à jouets.

J'ai souri, plus que ravie de son offre. J'avais besoin de repos, mais aussi de compagnie. De la vraie compagnie, pas juste des collègues de travail ou de classe. J'adore ma fille, mais les conversations sont rares à dix-sept mois...

– Merci, lui dis-je d'une toute petite voix.

– Ça me fait plaisir, dit-il en se tournant vers moi.

Il y a eu un petit silence gênant. On était plantés tous les deux dans le salon, les mains pleines de jouets, et on se regardait tendrement. Le malaise a duré quelques secondes avant que Charles brise le silence.

– Bon, on ramasse tout, on se fait un bon petit souper et on termine la soirée avec un film. Qu'est-ce que tu penses de mon plan ?

– Vendu !

À deux, on a tout nettoyé en un rien de temps. Charles m'a même aidée à plier et à ranger mes vêtements ! Il était vraiment devenu un bon « homme de maison ». Il a ri quand je le lui ai fait remarquer. Une fois que tout a été terminé, on s'est assis au salon.

– Comment ça va avec Alex ?

– Bof, j'ai déjà vu mieux, disons. Mais ce n'est pas de sa faute, c'est le début de sa carrière et c'est normal qu'il soit occupé à ce point, tentai-je de le défendre, peut-être pour m'en convaincre du même coup.

– N'empêche qu'il devrait faire attention à toi. Et toi aussi... tu devrais prendre soin de toi, dit-il en me tapotant amicalement la cuisse.

– Ne t'inquiète pas pour moi, tout va bien, je te dis, le rassurai-je en tapant à mon tour sur sa cuisse pour le taquiner.

– Oui, oui, capitula-t-il, sachant que je n'en parlerais pas davantage. As-tu de la bouffe ou on commande ?

Je n'avais rien de trop inspirant dans ma cuisine, alors on a opté pour la livraison. On a commandé des mets chinois, qu'on n'avait pas mangés depuis une éternité. En attendant les plats, Charles m'aidait à préparer la table pendant que la petite faisait une sieste. Je pense que j'étais en manque d'affection parce que la seule chose à laquelle je pensais, c'était de le coller. En plus, je le trouvais tellement beau cette journée-là... Il dégageait quelque chose de spécial, un petit je-ne-sais-quoi.

Charles était en train de se laver les mains dans l'évier de l'îlot de la cuisine. Sans trop savoir pourquoi, je me suis approchée de lui. En théorie, j'avais l'air de la fille qui se lave les mains avant de manger. En pratique, c'était un beau prétexte pour être près de lui et mieux sentir son parfum.

Mon bras frôlait le sien et je sentais mon cœur battre à tout rompre. Je devais me concentrer très fort pour ne pas me laisser aller en me jetant sur lui pour l'embrasser. Je crois qu'il l'a ressenti. Après tout, j'ai rarement été capable de lui cacher mes états d'âme. Nous étions encore là, à laisser couler l'eau sur nos mains, sans dire un mot. J'ai fait semblant d'entendre Maéva pleurnicher et je me suis sauvée dans sa chambre. Elle dormait à poings fermés, mais je suis restée appuyée sur le côté de son lit. Charles m'avait suivie et il me regardait, du seuil de la chambre.

Il est venu à mes côtés, toujours sans dire un mot. Et il s'est mis à glisser ses doigts doucement sur le visage de notre fille, le regard plein d'admiration.

– Ma petite princesse. Je l'aime tellement. Elle a l'air de dormir profondément, tu es certaine de l'avoir entendue pleurer ?

Je lui ai souri : j'étais démasquée. Je me suis relevée et il a fait de même. Sauf que nous avons manqué de synchronisme et je me suis frappée contre son torse. Par réflexe, il m'a retenue. Au lieu de reculer comme j'aurais dû le faire, je n'ai pas bougé et je suis restée près de lui. Il s'est rapproché encore davantage et je sentais son souffle dans mon cou. Il ne me touchait pas, mais c'était tout comme. Je le sentais déchiré. Je l'étais tout autant. J'avais l'impression de marcher sur un fil très mince et qu'il en fallait de peu pour que tout bascule, que je retombe dans mes vieilles habitudes, d'autant plus que je ne vivais pas mes meilleurs moments avec Alex.

Ma joue a frôlé celle de Charles. J'avais les yeux fermés et je prenais de grandes respirations, ayant besoin de tout mon petit change pour me convaincre de me sortir de cette situation au plus vite. C'est Charles qui a pris la parole en premier, me chuchotant :

– Ça devient très dangereux, tout ça.

– Je sais, acquiesçai-je en me mordillant la lèvre inférieure.

– Je ne devrais pas te laisser m'approcher comme tu le fais présentement. Tu vas me rendre fou, admit-il, alors que je voyais son torse se bomber comme sa respiration s'accélérait.

J'ai relevé la tête et une idée – mauvaise, évidemment – m'est venue à l'esprit.

– Peut-être que, si on se donne juste un tout petit baiser, cette tension va disparaître ?

Et Charles, pas plus brillant, m'a demandé si j'en étais certaine. Ben non, voyons, ce n'est pas comme si j'avais les idées claires...

Il s'est donc penché pour m'embrasser tendrement, déposant simplement ses lèvres contre les miennes.

J'ai tenu la promesse que je venais de me faire et, après avoir savouré ses lèvres pendant quelques secondes, je me suis reculée et j'ai quitté la chambre sans dire un mot.

Le livreur a sonné à ma porte avec notre repas. Une fois de retour dans la cuisine avec les sacs, assez pour nourrir une famille de douze, Charles a proposé qu'on réveille la petite pour qu'elle soupe avec nous, ce que je suis allée faire pendant qu'il préparait les plats. Maéva n'avait pas l'air de trop comprendre pourquoi elle devait absolument se lever.

– Viens, ma belle, tu vas passer la soirée avec ton papa et ta maman. Il faut en profiter, tu sais, c'est rare.

Non, elle ne savait pas, c'est sûr, mais j'avais au moins la conscience de le lui avoir dit !

Durant le souper, toute notre concentration est allée vers la petite. J'aimais beaucoup la voir en compagnie de Charles. Je pense que c'était la même chose de son côté. On a également un peu jasé de nos vies, se mettant à jour parce qu'il y avait longtemps qu'on avait réussi à se parler calmement. Cette discussion nous a fait du bien. Je me suis rendu compte à quel point je m'ennuyais de lui comme ami. Après tout, il avait été mon confident et mon meilleur ami avant d'être mon chum... puis mon ex.

Après souper, on a écouté un film comme prévu. Et pas n'importe lequel... *Les 101 dalmatiens* ! Maéva capotait sur ce film-là et elle riait chaque fois qu'elle voyait les petits chiens. Et, comme il y en avait constamment, on était certains de la voir sourire toute la soirée.

On s'est installés sur le sofa, sous les couvertures, avec un gros plat de pop-corn. La petite était assise entre nous deux. Elle nous a bien fait rire avec toutes ses réactions. Vers la moitié du film, elle a commencé à somnoler. Je glissais ma main dans ses petits cheveux blonds bouclés pendant qu'elle cognait des clous. Elle s'est finalement endormie, la tête sur les genoux de son père et les jambes sur moi.

– Elle est tellement adorable, chuchotai-je de peur de la réveiller.

– C'est fou, répondit-il, un petit sourire en coin. Elle te ressemble de plus en plus, Malie.

– Oui, mais elle a tes yeux, lui dis-je alors qu'il relevait la tête vers moi, le regard pétillant.

– Je vais aller la coucher dans son lit, je la reprendrai avant de partir... Euh... À moins que tu veuilles que je parte tout de suite ?

– Ben non, reste ! Il est juste vingt heures... Tu peux bien rester encore un peu...

Je ne sais pas vraiment ce que j'espérais en lui demandant de rester...

De vrais adolescents... C'est l'image qui me vient en tête quand j'y repense. J'étais toute stressée pendant qu'il la bordait. Je me sentais vraiment comme quand j'avais quinze ans et que je voyais mon chum en cachette dans le sous-sol de la maison familiale. Quand il est revenu, Charles paraissait aussi gêné que moi.

– As-tu de la bière ?

– Oui, dans le frigo, sers-toi.

– En veux-tu une ?

– Oui, s'il te plaît.

Je ne savais pas trop comment m'installer sur le sofa. Charles est revenu s'asseoir à mes côtés et on a porté un toast à la soirée. Au moment où je trouvais que nos regards se croisaient un peu trop longtemps pour que ce soit sain – et sécuritaire –, je lui ai demandé :

– Veux-tu qu'on finisse *Les 101 dalmatiens* ou on met un autre film ?

– J'aime bien les chiens, mais je vote pour un autre film.

– Ah, merci ! Je suis soulagée ! Je commence à le connaître un peu trop par cœur !

– Et moi, je ne suis plus capable d'entendre les chansons du *Roi lion* ! rigola-t-il, détendant ainsi un peu l'atmosphère.

J'ai ensuite amorcé le geste de me lever pour aller changer le DVD, mais Charles m'a retenue par le bras.

– À bien y penser, on n'est pas nécessairement obligés de regarder un film...

– Ah bon... Tu as autre chose en tête ?

Il n'a pas répondu, mais j'ai très bien compris ce qu'il voulait lorsqu'il m'a tirée vers lui. Il était toujours assis sur le sofa et moi, j'étais debout, penchée vers lui. Je l'ai embrassé. Cette fois, ce baiser avait un léger arrière-goût sexuel, contrairement à celui du début de la soirée.

– J'ai le goût de toi, Malie...

– Moi aussi, mais on ne peut pas...

J'ai réussi à me sortir de ses bras et à reculer. Mais, avec les yeux qu'il m'a faits, je n'ai pas été capable de résister plus longtemps et je suis retournée vers lui. Un vrai aimant ! Je me suis d'abord assise sur lui, puis il m'a projetée sur le divan. Il était sur moi, la main sur ma cuisse. On plongeait dans le regard de l'autre entre chaque baiser.

– Pourquoi je ne suis pas capable de te résister ? me susurra-t-il à l'oreille.

– Je ne sais pas... mais je sais qu'on ne devrait pas faire ce qu'on fait !

Mais mon corps n'écoutait pas ma conscience.

– Chhuuutttt... Laisse-toi aller, m'implora Charles.

Sur ces mots, il a commencé à me déshabiller, doucement. La scène m'évoquait de très beaux souvenirs, la nostalgie et le désir s'entremêlant au même rythme que nos corps...

Je lui ai enlevé ses vêtements à mon tour, un à un, en profitant de chaque instant. Charles m'embrassait le ventre et me caressait tendrement, me donnant la chair de poule. J'étais si bien... Puis, juste au moment où les choses devenaient plus sérieuses, son cellulaire a sonné. Pour briser un moment magique, il n'y a rien de tel... Je commence à croire qu'il y a quelqu'un quelque part qui ne veut pas que ça arrive !

À voir son visage regarder l'afficheur, j'ai compris.

– C'est Émilie...

– Prends-le, sinon elle va se poser des questions.

Nous étions à moitié nus dans mon salon et il était en train d'expliquer à sa blonde qu'il avait soupé chez moi, mais qu'il partait bientôt...

– Je vais y aller.

– C'est correct. De toute façon, on aurait commis une erreur si on avait continué.

– Ouais. Tu as peut-être raison, concéda-t-il, les yeux fixés sur son téléphone. N'empêche que... je ne sais pas... tu ne penses pas que c'est encore possible, nous deux ?

– Ce n'est pas le bon moment pour en discuter, c'est l'émotion et les circonstances qui te font parler, me repris-je d'un ton plus froid dans l'espoir de calmer ses ardeurs – et les miennes, par la même occasion.

– Si tu le dis... Je vais aller récupérer la petite et on va s'en aller. Émilie m'attend chez moi.

– OK, laissai-je tomber, fixant le vide.

On s'est rhabillés chacun de notre côté sans prononcer un mot. J'ai préparé le sac de Maéva et lui, il lui a enfilé son habit de neige. Toujours en silence, comme si on avait peur de laisser s'échapper des paroles irréversibles. On a attendu qu'il soit dans le cadre de la porte, notre bébé dans les bras, avant de se dire quoi que ce soit.

– Merci d'être resté avec moi ce soir.

– J'ai passé une belle soirée.

Je lui ai donné un petit bec sur les lèvres avant de lui dire de s'en aller, le tout avec mon plus beau sourire. J'ai aussi donné un bisou à ma fille, de qui je m'ennuyais déjà.

Dès que j'ai refermé la porte derrière Charles, je me suis adossée contre celle-ci et me suis laissée tomber par terre. Et là, j'ai pleuré. À chaudes larmes. C'est fou comme il réussissait toujours à me virer à l'envers. Je me suis jetée sur le téléphone et j'ai appelé Sydney, qui n'en revenait pas, encore une fois.

– Voyons, Charlie, c'est insensé !

– Je sais. Mais il n'y avait rien de prévu, je te le jure !

– Je le sais, mais ça n'a quand même pas de bon sens. C'est toujours la même chose entre vous deux. Il faudrait vraiment vous décider.

– Il a Émilie et j'ai Alex... Il me semble qu'elle est là, la décision.

– Et qui te dit que c'est la bonne ?

Elle marquait un point. Sauf que, si je continuais à vivre dans le doute et dans le passé encore et toujours, j'allais être malheureuse. J'éprouvais encore des sentiments pour Alex, même si nous nous éloignions un peu plus chaque jour.

La fin de semaine suivante, j'étais vraiment épuisée et je devais travailler quatre jours de suite jusqu'aux petites heures du matin.

– J'aurais quelque chose pour toi, m'a proposé Mélodie, la barmaid avec qui je travaillais, quand elle a vu que j'en arrachais. En fait, c'est un truc que je fais toujours, mais tu n'es pas obligée d'accepter.

– C'est quoi ?

– Des *peanuts*, me chuchota-t-elle à l'oreille.

– Hein ? De quoi tu parles ?

– Du *speed*, finit-elle par marmonner pour s'assurer que personne n'entende.

– Non merci, je ne touche pas à ça.

– Je ne te dis pas d'en prendre tous les jours, je te dis simplement que tu devrais l'essayer ce soir. Tu n'as rien à perdre, ce n'est pas comme si tu pouvais en devenir dépendante, et tu ne reverras pas ta fille avant quelques jours, tu as le temps de t'en remettre.

– Ouin, comme tu dis, hésitai-je. Ce n'est pas comme si j'avais quelque chose à perdre, me résignai-je finalement au bout de quelques instants.

Oui, je sais, bravo à moi. Mais j'étais totalement découragée et j'avais de la misère à me traîner. J'étais brûlée, autant physiquement qu'émotionnellement. J'ai donc pris un comprimé avec elle.

Pour marcher, ça a marché. On a connu une soirée d'enfer ! Même que nous avons battu des records de pourboires et de ventes. Toute ma fatigue avait disparu pour faire place à une humeur éclatante. À la fin de la soirée, Mélo m'a demandé ce que j'avais pensé de mon expérience.

– C'était ben cool, Mélo, mais c'était seulement pour une soirée.

– On verra, mais, si tu changes d'idée, j'en ai toujours avec moi. C'est très pratique quand on travaille jusqu'à quatre heures du matin...

J'avais vraiment l'intention de ne plus en reprendre, mais... la tentation était trop forte. J'ai tellement eu de plaisir à travailler avec un surplus d'énergie qu'on a décidé de le refaire le lendemain... et le surlendemain.

Comme une « bonne » idée n'arrive évidemment jamais seule, Mélo m'a aussi fait part de son truc pour retrouver le sommeil après une soirée comme celle-là. Donc, le principe était simple : on finissait de travailler et on fumait un joint. Je ne sais pas si c'est un truc qui fonctionne pour tout le monde, mais, dans notre cas, ça faisait l'affaire. On retrouvait ainsi le sommeil et notre appétit, et on pouvait passer une journée à peu près normale le lendemain.

J'étais consciente que ce mode de vie n'était pas sain, mais, en même temps, le *speed* m'aidait à maintenir la cadence. Je menais une double vie. La moitié de la semaine, j'étais une maman et une étudiante à temps plein et, l'autre moitié, je vivais au rythme trépidant d'une serveuse de vingt et un ans qui travaille dans un des bars les plus branchés de Montréal... Assez paradoxal merci !

Je savais aussi que Mélodie n'avait pas une très bonne influence sur moi, mais c'était ma seule amie au bar et on s'entendait à merveille. Avec elle, il n'y avait rien de compliqué et, pendant que je travaillais, je ne pensais pas à mon chum, qui était plutôt un fantôme depuis quelques mois, ni à mon ex, que j'avais encore dans la peau bien malgré moi.

Je me faisais draguer sans arrêt derrière mon bar, mais jamais je n'aurais osé repartir avec un client. Déjà que je n'étais pas très fidèle à mes principes en prenant de la drogue de temps à autre, je voulais au moins rester fidèle à mon chum.

Néanmoins, résister aux avances des beaux gars me demandait tout un effort. Puisque les engagements d'Alex faisaient en sorte que je ne le voyais jamais, je me sentais plus comme une maîtresse que comme une blonde. La seule activité qu'on avait désormais en commun, c'était le sexe. On ne se parlait presque plus, je n'assistais plus à ses spectacles parce que je n'en avais pas le temps et, pour sa part, il avait encore moins de temps à consacrer à ma fille.

Toutes ses absences contribuaient à mon grand besoin d'évasion les soirs où je travaillais.

J'aurais aimé en parler avec Alex, mais on s'était tellement perdus de vue au cours de l'année précédente que je n'osais même pas. Je sentais que notre couple allait éclater à la moindre petite chicane et je n'étais pas prête à faire face à une telle situation.

Un soir vers la fin mars, j'étais enfin décidée à lui avouer que j'aurais aimé qu'il prête un peu plus attention à nous deux. J'avais préparé mentalement mon petit discours pour qu'il sonne bien... Mais Alex était tellement énervé quand il est arrivé chez moi que je n'ai pas pu placer un mot.

– Mon amour, tu n'imagineras jamais ce que j'ai à t'annoncer !

– Effectivement, je n'en ai aucune idée...

– On est en nomination pour quelques prix au gala des artistes !

– Wow.

J'essayais d'être contente, mais la connexion entre mon souhait et mon visage ne s'est pas faite, alors j'avais l'air bête.

– Euh, allô ? C'est comme la meilleure nouvelle de tous les temps !

– Oui, je sais. Félicitations, dis-je, en essayant de sourire.

– Bébé, c'est quoi, le problème ?

– Il n'y en a pas. Donc, si je comprends bien, tu vas être encore plus absent, grognai-je.

– OK, moi, j'arrive ici super heureux et toi, la seule chose à laquelle tu penses, c'est ton petit bonheur, pesta-t-il.

Là, il dépassait les bornes ! J'ai perdu patience. Et mon calme.

– Mon petit bonheur ? Non, mon cher, j'essaie de penser à notre couple, moi, aboyai-je.

– Peut-être, mais c'est normal que je sois absent, ma carrière est en train de décoller. J'ai d'autres choses à faire que de rester à la maison, moi.

— Es-tu en train d'insinuer que je me tourne les pouces à la maison ? rétorquai-je en haussant encore plus le ton – si c'était possible.

— Ce n'est pas ce que...

— Alexandre Ferland ! l'interrompis-je, hors de moi. Le jour où tu vas aller à l'université, t'occuper d'un bébé et travailler trente heures par semaine, on s'en reparlera !

— Parce que tu appelles ça travailler, se péter la face quatre soirs par semaine ?

— Va-t'en, lui ordonnai-je tout bas, les dents serrées de rage.

— Pourquoi ?

— Va-t'en avant que je dise quelque chose que je pourrais regretter, répétai-je en montrant la porte du doigt.

Il m'a écoutée, il est parti. Il avait tellement changé ! Où était le gars qui aurait donné sa vie pour moi à peine deux ans auparavant ? Je ne le reconnaissais plus du tout. Si c'était ce qu'apporte le succès, j'aurais préféré que sa carrière ne fonctionne jamais. C'était égoïste de ma part, je sais, mais c'est la gloire qui m'a volé mon chum.

Je suis restée chez moi à ruminer toute la soirée. J'avais congé et la petite était chez son père. Pour une fois qu'on aurait pu passer un bon moment... J'étais en train de me préparer à souper quand on a cogné à la porte. C'était Alex, caché derrière un bouquet de fleurs. J'ai hésité une fraction de seconde entre lui claquer la porte au nez et lui permettre d'entrer. J'ai finalement laissé la porte ouverte, puis je suis retournée à la cuisine sans rien dire.

– Bébé, je m'excuse, commença-t-il d'un ton suppliant.

– C'est tout ?

Son air piteux était loin de suffire pour m'amadouer.

– Je suis sérieux, je m'excuse. Je n'ai vraiment pas été correct avec toi. Mes paroles ont dépassé ma pensée.

– C'est facile à dire après coup.

– Je sais, mais je le pense pour de vrai.

Bon, OK, mon attitude glaciale commençait à fondre. Mais j'en avais encore gros sur le cœur.

– Il faut vraiment que ça change, parce qu'on ne peut pas continuer ainsi.

– Je sais. Je ne le montre peut-être pas beaucoup dernièrement, mais je t'aime, tu sais.

– Ça faisait longtemps que tu ne me l'avais pas dit, remarquai-je, le trémolo dans la voix.

– J'aurais dû te le dire tous les jours. Si tu veux, je peux passer la prochaine heure à te le dire pour compenser.

J'ai souri, sachant qu'il était sincère. Il m'a demandé de m'approcher et m'a serrée très fort dans ses bras.

– Je suis contente pour ton groupe, lui assurai-je en me libérant de ses bras pour plonger mon regard dans le sien.

– Je le sais bien. Voudrais-tu venir célébrer avec moi au resto ? Je t'invite.

– Avec plaisir.

Après un doux « Je t'aime », suivi d'un long baiser, Alex m'a conduite à un chic restaurant du boulevard Saint-Laurent ; je me suis laissé gâter. On a finalement passé une agréable soirée. Heureusement, car j'en avais besoin.

Comme je le craignais, toutes ses bonnes intentions n'ont pas duré. Dès la semaine suivante, il était à nouveau en studio presque vingt-quatre heures sur vingt-quatre. Le pire, c'est que j'ai abdiqué parce que je n'avais ni le temps ni la force de me battre pour mon couple.

Retour à la case départ. Une fois de plus.

À mon grand désespoir, Charles était toujours avec Émilie. Ils ont même décidé d'emménager ensemble le 1er juillet. Quand il me l'a annoncé, j'ai failli m'évanouir ! C'était un cauchemar. Comme si je m'apercevais qu'il était vraiment trop tard pour espérer qu'il retombe amoureux de moi. J'avais raté ma chance, officiellement. Je le trouvais aussi pas mal vite en affaires avec elle, mais j'ai encore une fois gardé tous ces beaux commentaires pour moi. Ils ont trouvé un logement près de l'université et, par le fait même, à moins de dix minutes de chez moi. C'est sûr que la garde partagée en serait facilitée, mais je ne pouvais pas me résigner à les voir habiter ensemble.

Malgré tout, je ne sais pas si c'est mon imagination, mais, quand il m'a annoncé qu'il déménageait avec elle, j'ai vraiment eu l'impression qu'il s'attendait à ce que je m'y oppose. Comme si je n'aurais eu qu'un seul mot à dire pour qu'il annule tout.

J'aurais peut-être dû dire quelque chose. Mais je n'ai pas osé, fidèle à moi-même.

Cette accumulation de bonnes nouvelles m'a poussée à me « défoncer » encore plus au travail. Je me consolais en me disant qu'au moins, je gagnais de l'argent facilement. L'aspect financier était le seul qui fonctionnait pour moi !

J'ai eu la surprise de voir Charles et quelques-uns de ses amis venir à mon bar un samedi soir au début d'avril.

– Charles ? Wow, quelle surprise !

– Salut ! Tu es tout en beauté ce soir...

– Il le faut si je veux faire de l'argent !

– On se cherchait une place pour faire le party ce soir et j'ai pensé à toi, alors on est là !

– Génial ! Je vais te payer la traite !

J'étais contente de le voir. En plus, et c'est un hasard, j'avais particulièrement soigné mon apparence ce soir-là et je me sentais très belle. Sexy, même.

J'ai tenu ma promesse, je leur ai payé la traite. Mélo et moi leur avons offert plusieurs tournées de *shooters*, certaines en versant l'alcool dans leur bouche, à même la bouteille. J'étais devenue experte avec la bouteille, jonglant avec elle en concoctant mes *drinks*.

Je n'avais pas l'intention d'arrêter mon petit numéro là. J'ai profité d'une accalmie au bar pour l'inviter sur le plancher de danse tout près.

– Tu veux danser ?

– Danser, moi ? Tu es malade ?

– Je dis ça comme ça, mais, si tu refuses, je ne pense pas que je vais avoir de la misère à trouver un autre volontaire...

– OK, mais juste parce que c'est toi !

Charles n'était pas au bout de ses peines. Je lui ai réservé une danse tellement sexy... Je n'avais jamais agi de la sorte, mais je m'amusais à ses dépens, l'alcool et l'ambiance me faisant un peu perdre la tête. Je dansais de plus en plus près de lui et j'ai même frôlé rapidement ses lèvres avant de me retourner pour poursuivre ma chorégraphie légèrement aguichante.

On a tous maintenu la cadence jusqu'à la fermeture et je dois avouer – sans grande fierté – que je n'avais jamais été aussi saoule au travail. Je ne pouvais pas compter sur Mélo pour m'aider avec la caisse et le ménage, elle était encore plus finie que moi ! Même qu'elle était en très bonne compagnie... Avec Gabriel, un des amis de Charles.

Vers trois heures et quart, les portiers ont commencé à vider le bar. Charles et ses amis devaient s'en aller. C'était prévisible, on s'est embrassés quand il est venu me dire au revoir. Et, cette fois, aucune hésitation. Mais ce qui n'était au début qu'un vrai gros *french* assumé entre deux personnes totalement saoules s'est tranquillement transformé en baiser plus doux, entrecoupé de quelques regards qui me coupaient le souffle. Je me sentais dans une autre dimension, littéralement. Ce n'est que lorsque Charles m'a dit qu'il devait partir que je suis revenue à la raison. J'ai laissé tomber un petit « dommage », en lui souriant, espérant masquer mon malaise.

– J'ai vraiment eu du plaisir ce soir, Charlie. Merci.

– Moi aussi, ça m'a fait du bien de tout oublier l'instant d'une soirée ! Tu reviens quand tu veux...

On s'est encore embrassés, jusqu'à la porte, où je suis allée le reconduire. Gabriel et Mélodie nous ont imités. Ce n'est qu'après le départ de Charles que j'ai pris conscience que ce qu'on venait de faire était totalement déplacé et qu'il ne fallait absolument pas que ça se rende aux oreilles d'Alex ou d'Émilie. La culpabilité s'est rapidement frayé un chemin dans ma tête.

C'est Mélodie qui m'a sortie de mes pensées, alors que nous nous apprêtions à compter notre caisse.

– Toi aussi, Charlie, tu vas chez le gars ? lança-t-elle, me confirmant qu'elle poursuivrait la soirée avec Gabriel.

– Non.

– Pourtant, tu avais l'air de le trouver de ton goût, c'est la première fois que je te vois agir de la sorte avec un client !

– Mélo, tu me fais marcher, là ? dis-je en la regardant d'un drôle d'air, la main appuyée sur le tiroir-caisse.

– Quoi ? répondit-elle innocemment.

– Tu n'as pas compris quand je t'ai dit que c'était mon ex ?

– Ton ex ? répéta-t-elle en écarquillant les yeux de surprise.

– Oui, c'est lui, le père de ma fille... J'étais sûre que tu le savais.

– Non ! Mais la seule chose que j'ai à dire, c'est qu'il te voulait ce gars-là, ça sautait aux yeux !

– Je sais, c'est justement le problème... Je veux tellement plus de lui, murmurai-je, plus pour moi-même que pour Mélo. En tout cas, va rejoindre ton gars, je vais m'occuper du reste...

– Merci ! me lança-t-elle en se précipitant dehors.

Je suis partie à mon tour une vingtaine de minutes plus tard, toute seule. Une fois chez moi, je n'ai pas réussi à m'endormir. J'étais encore sous l'effet du *speed* et rien n'a contribué à m'aider à retrouver le sommeil.

Comme j'étais incapable de chasser les images de la soirée, j'ai décidé de faire du ménage ! De cinq à neuf heures du matin, j'en ai frotté un coup ! J'ai finalement réussi à m'endormir en fin d'après-midi. Je n'ai pas eu de nouvelles de Charles de la journée. Même Alex ne m'a pas donné signe de vie. Tant mieux, je n'aurais pas su quoi lui dire.

Le mardi, j'ai croisé Charles quand je suis allée chercher Maéva, mais on a évité de reparler de notre soirée au bar. Il faut dire qu'Émilie était chez lui.

Jusqu'au vendredi, je suis restée à la maison avec la petite à finaliser mes travaux de fin de session. Étonnamment, Alex avait du temps libre ces jours-là, alors il les a passés avec nous. Je ne me souvenais plus de la dernière fois où il s'était occupé de Maéva. J'avais presque peur qu'elle ne le reconnaisse pas ! Je m'inquiétais pour rien. Elle lui a sauté au cou en le voyant. C'était fou de voir à quel point il y avait un méga contraste entre ma soirée du samedi précédent et ma petite vie familiale on ne peut plus tranquille du reste de la semaine.

Peut-être parce que je me sentais un peu coupable, j'étais très affectueuse avec Alex dans les semaines suivantes. Il avait une petite pause entre l'enregistrement en studio et sa tournée de festivals, qui commençait en juin et durait tout l'été. Au moins, je savais à quoi m'attendre ; je ne le verrais pas très souvent. Sauf si, bien sûr, je choisissais de le suivre, mais rien n'avait encore été décidé.

Trois semaines après notre soirée arrosée au bar, je me suis présentée au travail de très mauvais poil ; Alex et moi avions encore eu une chicane au téléphone quelques heures auparavant. Il devait revenir le lendemain d'un spectacle en Outaouais, mais les gars de son groupe l'avaient convaincu d'aller passer quelques jours en Ontario. Leur (mauvais) argument ? Ils étaient déjà à la frontière et avaient besoin d'un peu de repos. J'étais vraiment fâchée qu'il préfère ses amis.

La seule solution que Mélo a trouvée pour m'accrocher un sourire aux lèvres dans les circonstances a été de me fournir une petite *peanut*, comme nous en avions désormais l'habitude avant de commencer notre quart de travail. C'était mieux que rien. Surtout parce que ça pouvait difficilement être pire.

Vers minuit, j'ai aperçu Charles et ses amis dans l'entrée du bar. Sur le coup, j'ai cru que mon cœur allait lâcher. Déjà qu'il battait un peu plus rapidement qu'à l'habitude à cause de mon surplus d'énergie, c'était encore plus fou quand je voyais Charles !

Il a remarqué que je n'étais pas comme d'habitude. Moi, je me suis demandé comment il avait fait pour ne pas le voir la fois précédente...

– Ça va, Charlie ?

– Super, toi ? répondis-je, avec autant de crédibilité qu'un poisson rouge.

– Oui... Tu es sûre que ça va ?

– Oui, je me suis chicanée avec mon chum tantôt, c'est tout !

– Pourtant, tu as quelque chose de bizarre...

– C'est dans ta tête, je t'assure... Je t'offre une bière ?

– Si tu me prends par les sentiments !

J'ai cru que le sujet était clos, mais, un peu plus tard dans la soirée, il m'a redemandé ce que j'avais. Je commençais à le trouver un peu agaçant.

– Arrête avec tes questions.

– Qu'est-ce que tu me caches ?

– Charles, on est sur le party, c'est ce qui compte, OK ?

– Qu'est-ce que tu as pris ?

Désespérée de trouver un moyen de le faire taire, j'ai décidé de m'élancer vers lui pour l'embrasser ! Il est resté bête, mais au moins il m'a laissée tranquille avec ses questions.

Je suis retournée derrière le bar avec un petit sourire en coin, en touchant mes lèvres du bout des doigts. J'avais l'impression que les siennes y étaient encore imprégnées.

Après plusieurs verres, je me suis surprise à fixer Charles, qui s'amusait avec ses amis un peu plus loin. Je le trouvais si beau, si attirant... Je devais me secouer la tête pour penser à autre chose qu'à lui, qu'à son corps... Puisque la soirée n'était pas très occupée, mon gérant m'a offert de prendre une vingtaine de minutes de pause pour aller tenir compagnie à Charles et à ses amis. Et c'est là que j'ai un peu – beaucoup – perdu la tête. Je ne sais pas ce qui m'a pris, mais j'étais en mode « vengeance d'Alex ». Je me suis dirigée vers Charles et je lui ai tapé sur l'épaule. Je me suis penchée et lui ai glissé à l'oreille de me suivre. Il s'est immédiatement levé et j'ai agrippé sa main, l'entraînant dans l'arrière-boutique. Il n'avait pas l'air de trop comprendre ce qui se passait. Je pense que je ne le savais pas moi-même.

– Qu'est-ce que tu fais ?

– J'ai envie de toi, ici, maintenant.

– Là ? Tu es sérieuse ? me dit-il, alors que ses yeux indiquaient clairement qu'il en désirait plus.

– D'après toi ?

Le désir semblant avoir pris le dessus sur sa raison, il a cédé à l'impulsion du moment... On a commencé à s'embrasser et je me suis tout de suite occupée de lui enlever son pantalon. Je ne pensais plus à rien, comme si quelqu'un d'autre s'était emparé de mon corps et de mes pensées. Charles m'a soulevée et je me suis retrouvée assise sur une caisse de bière. Sans même que je prenne pleinement conscience de l'instant, il m'a rapidement envoyée au septième ciel. Le simple fait de me trouver dans ses bras y jouait pour beaucoup...

On avait chaud, je sentais son cœur battre contre ma poitrine. Une parfaite symbiose.

Après, la réalité m'a frappée et j'ai paniqué. Je venais vraiment de faire ça ? Sur mon lieu de travail en plus ?! Non mais, on a fait l'amour dans un bar... Déjà là, ce n'était pas moi. Et je n'avais même pas pensé à l'éventualité que quelqu'un nous surprenne en pleine action !

En même temps, c'était tellement bon... J'avais l'impression d'avoir attendu ce moment depuis des lunes... La passion était tout simplement trop intense pour qu'on soit en mesure de la contenir. C'est probablement pour cette raison qu'on pensait qu'il était impossible d'être en couple, lui et moi.

Charles rattachait sa ceinture en silence. Il tremblait, se secouait la tête, comme pour se remettre les idées en place et reprendre la maîtrise de lui-même. Moi, je cherchais à me sauver... Pour reprendre mon poste avant d'éveiller trop de soupçons, mais peut-être aussi pour ne pas avoir à lui faire face.

– Vite, il faut retourner à l'avant ! le brusquai-je.

– OK, mais c'est tout, là ? Bang et on fait comme si de rien n'était ? lança Charles, visiblement sous le choc lui aussi.

J'aurais tant souhaité retourner une heure en arrière pour tout effacer. Je ne voulais même pas qu'il me parle de ce qui venait de se passer, comme si on allait se réveiller le lendemain sans aucun souvenir de cet instant.

– Je dois y aller. On n'aurait pas dû, conclus-je, me tournant rapidement pour qu'il ne voie pas que des larmes commençaient à couler sur mon visage.

Quand j'ai compris que je venais de tromper Alex, c'est comme si j'avais reçu une gifle en plein visage. D'un côté, j'étais contente d'avoir enfin refait l'amour avec Charles, depuis le temps que j'y pensais... Mais, de l'autre, je m'en voulais énormément. Si j'avais réussi à résister aussi long-temps, j'aurais sûrement pu me retenir encore.

Le reste de la soirée, on s'est lancés dans les *shooters*, chacun de notre côté, un mur de malaise érigé entre nous. On n'osait même pas se regarder.

Tout comme ils l'avaient fait la première fois, Charles et ses amis ont fermé le bar avec Mélo et moi. Avant de partir, j'essayais de l'éviter et je n'avais surtout pas l'intention de l'embrasser. J'avais trop de remords pour ça. Il m'a prise par le bras et m'a fixée dans les yeux. Cette fois, ce n'était pas du tout pour me séduire. Il avait de la difficulté à bien s'expri-mer tellement il avait bu, mais je voyais qu'il n'était pas de très bonne humeur.

– Je sais ce que tu as pris.

– De quoi tu parles ? répondis-je, en tentant de fuir son regard.

– Ton amie Mélo... Elle l'a dit à Gabriel.

– Quoi ?

– Charlie, as-tu pris du *speed* ?

– Je ne vois pas de quoi tu parles.

– Heille, je n'ai peut-être pas toute ma tête, mais je l'ai bien vu que tu n'étais pas dans ton état normal...

– Gabriel a dû mal comprendre. Laisse faire ça, tu veux ?

Il m'agaçait et je le trouvais présomptueux de me parler comme ça. Je voulais simplement qu'il se mêle de ses affaires.

– On en reparlera, mais, si c'est vrai, je suis vraiment déçu...

Puis, plus bas, pour être certain que personne ne nous entende, Charles a ajouté :

– J'espère sérieusement que ce n'est pas à cause de la drogue que tu as couché avec moi... Je ne sais pas ce qui nous a pris, et je suis conscient de te devoir des excuses... mais, fouille-moi pourquoi, malgré tout je ne réussis pas à être désolé...

Puis il m'a dit un « bonne soirée » sans aucune sincérité et m'a donné un bec sur le front. Je suis tellement restée bouche bée que je n'ai pas amorcé le moindre geste. Qu'est-ce que sa dernière phrase signifiait, au juste ? Et pourquoi se permettait-il de me faire la morale ? Je n'ai pas du tout apprécié... surtout parce qu'il avait raison.

Je ne me sentais pas bien du tout, comme si j'étais en plein cauchemar. J'avais l'impression d'être en chute libre, j'avais la tête qui tournait et les idées filaient à une vitesse infernale dans ma tête. J'ai été incapable de cacher mon état et Mélo s'est empressée de me questionner.

– Ça va, Charlie ?

– Honnêtement, pas vraiment.

– Qu'est-ce que tu as ? C'est à cause de ton ex ?

– Oui... encore et toujours lui, soupirai-je.

– C'est avec lui que tu es allée prendre ta pause ?

– Ouin, dis-je, hésitant à raconter la suite.

– Il t'a dit quelque chose qui t'a fait de la peine ?

– Pas vraiment, en fait on n'a pas réellement jasé, si tu vois ce que je veux dire...

– Vous avez...

– Oui, la coupai-je, comme si je ne voulais pas que quelqu'un mette des mots sur ce que je venais de faire.

– Et... c'était comment ? demanda-t-elle, l'air amusé, visiblement inconsciente de la tempête d'émotions qui m'attaquait à ce moment.

– Parfait, laissai-je tomber.

– Alors, où est le problème ?

– J'ai un chum et il a une blonde... on n'aurait pas dû. En plus, avant de partir, il avait l'air très déçu de moi parce qu'il l'a su, pour notre petit remontant, lui expliquai-je, en omettant volontairement certaines confidences. Disons que tu aurais pu tenir ta langue.

– Ce n'est pas de ses affaires ! s'insurgea-t-elle.

– Je suis quand même la mère de sa fille et ça me fait quelque chose qu'il pense que je suis une droguée. Je me sens trop bizarre en ce moment, comme si je vivais tout plein d'émotions différentes en même temps. Il réussit toujours à me chambouler...

– Ça vous arrive souvent de recoucher ensemble ?

– C'était la première fois. Avant aujourd'hui, ça remonte à quand je suis tombée enceinte, il y a deux ans. On s'est embrassés et on a failli le faire quelques fois, mais on a toujours réussi à se retenir.

– Et si c'était juste une baise sous l'impulsion du moment ? Tourne la page et n'y pense plus. C'est tout.

– Non, ce n'était pas qu'une baise, pas avec lui, la corrigeai-je immédiatement. Notre histoire est beaucoup trop complexe pour ça.

Poursuivre la conversation n'aurait servi à rien, elle ne comprenait pas. Elle était bien gentille, mais, comme conseillère, j'avais déjà vu mieux. À mon retour à la maison, j'avais besoin de parler à quelqu'un. Je ne pouvais pas appeler Sydney à cette heure-là, elle m'aurait arraché la tête. J'ai envoyé un message texte à Kayla. Elle était probablement sortie elle aussi alors j'ai pris une chance. En moins de deux minutes, elle me rappelait.

– Charlie, qu'est-ce qu'il y a ? demanda-t-elle d'une voix inquiète.

– J'ai couché avec Charles.

– Quoi ? Et tu me le dis comme ça, sans m'avertir ?

– Ce n'est pas comme s'il y avait trente-six façons de le dire.

– C'est beau, j'ai juste été sous le choc. Qu'est-ce qui s'est passé ?

– Il est venu au bar, on a bu et on s'est retrouvés dans le dépôt. Tu peux facilement imaginer la suite.

– OK, tu résumes vite, toi ! Mais... où est le problème ?

– Alex, Émilie, ces noms te disent quelque chose ?

– Émilie, on s'en fout, ce n'est pas de tes affaires, puis Alex... Ben, euh...

– Je me sens tellement mal...

– Premièrement, tu ne le lui diras pas, là.

– Je ne sais pas...

J'étais pétrifiée à l'idée de l'avouer à Alex, mais je me voyais mal lui cacher un tel secret.

– Ce n'était pas une question, c'était un ordre. Si tu veux le garder, tu te tais.

– Tu es donc ben trop directe, toi !

– C'est toi qui es trop compliquée...

– Alors, je fais quoi ?

– Rien. Tu verras la prochaine fois, se contenta-t-elle de dire, à mon grand désarroi.

– Prochaine fois de quoi ?

– Que tu vois Charles, mais, en attendant, tu ne fais rien.

– Rien, tu es sûre ?

– Penses-tu que vous vous aimez encore ?

– Alex et moi ?

– Ben non, c'est de Charles qu'on est en train de parler ; heille, m'écoutes-tu ?

– Oui, baragouinai-je.

J'avais très bien compris sa question. Je ne voulais simplement pas y répondre. Je pensais que c'était évident dans ma voix, mais il faut croire que non.

– Alors, réponds, est-ce que vous vous aimez encore ?

– Euh... Je ne sais pas. Peut-être, peut-être pas.

N'importe quoi...

– Charlie, es-tu consciente de ce que tu t'inventes pour te protéger de tes sentiments ? Je me suis toujours demandé pourquoi vous vous entêtiez à faire votre vie chacun de votre côté. Vous êtes toujours en amour, il me semble que c'est évident. Sinon, tu ne retomberais pas dans ses bras chaque fois... En plus, vous avez un enfant ensemble, ce serait juste logique !

J'avais le goût de lui répondre d'arrêter de se prendre pour une psychologue. Mais je l'avais quand même dérangée en plein milieu de la nuit, alors elle avait le droit de me donner son opinion.

– Ce n'est pas si simple.

– Et pourquoi ce serait compliqué ?

– Peut-être qu'au fond j'ai peur...

En fait, j'étais terrifiée.

– Peur de quoi ?

– Que de revenir en couple avec Charles ne soit pas aussi parfait que je l'imagine. C'est tellement magique, tous les petits moments qu'on a ensemble, que je ne vois pas comment ils pourraient se traduire dans une relation à long terme.

– OK, et toi, tu préfères ne pas essayer et te poser cette question-là toute ta vie ? dit-elle brusquement pour me faire réagir.

– Ouin, tu as raison. On verra, je pense que je vais juste laisser aller les choses. Merci d'être là...

Bon, je n'étais pas plus avancée, mais au moins je m'étais confiée. J'ai réussi à m'endormir, mais après de très longues minutes à me retourner dans mon lit.

Le lendemain, je n'ai pas pu m'empêcher d'appeler Charles. Je craignais qu'il soit avec Émilie, mais je devais absolument lui parler.

– Allô.

– C'est Charlie, ça va ?

– Oui, toi ?

– Euh, ouais.

– Pourquoi tu m'appelles ?

Il avait déjà été plus courtois, disons.

– En fait, j'aurais aimé te parler d'hier, dis-je après avoir amassé tout mon courage.

– Ça fait longtemps que tu fais du *speed* pour travailler ? me lança-t-il sans avertissement.

– Euh, ce n'est pas vraiment la raison de mon appel, là...

– Je m'en doute, mais moi, c'est ce dont j'ai envie de parler.

– Ne t'inquiète pas, je n'en ai pas fait une habitude.

– Je le sais quand tu me mens.

– Écoute, ce n'est absolument rien, mais, au cas où tu ne te rappellerais pas, on a couché ensemble hier et c'est ce dont j'aurais aimé discuter.

Il a baissé le ton et j'ai compris qu'il n'était pas seul.

– Je ne peux pas en parler maintenant.

– OK, Émilie est avec toi ? dis-je assez fort pour qu'elle l'entende elle-même à travers le combiné.

– Oui.

– Et là, elle vient d'apprendre que j'ai pris du *speed* hier ; merci, c'est vraiment agréable.

On repassera pour la discrétion, merci.

– Je n'y ai pas pensé.

– Il ne faudrait pas que je m'échappe sur autre chose devant elle moi aussi !

– Ne dis pas de bêtises...

– Bon ben, désolée de t'avoir dérangé, tu diras à ta blonde que je voulais juste savoir à quelle heure j'allais chercher la petite demain, si jamais elle te demande pourquoi j'ai téléphoné... Ça va t'éviter de trouver un mensonge.

– Oui, c'est ça, à seize heures. On se voit demain, répondit-il, profitant pleinement de l'alibi que je venais de lui fournir.

Pour une conversation inutile, c'en était toute une ! C'était sûrement un signe que Mélodie avait raison et que notre aventure n'avait aucune signification ; peut-être était-ce ce qu'il voulait insinuer par « je ne réussis pas à être désolé »... Je devais arrêter d'y penser.

Dès que j'ai raccroché, Alex m'a appelée pour m'inviter à passer la journée avec lui. Il avait l'air de très bonne humeur et son invitation arrivait à point.

Il avait organisé une petite journée en plein air. J'étais vraiment surprise. On est allés pique-niquer sur le bord de l'eau. C'était à la fois simple et extrêmement romantique. Histoire de ne rien gâcher, j'ai suivi le conseil de ma petite sœur et je ne lui ai rien avoué des événements de la veille. Il ne s'est douté de rien, ce qui m'a facilité la vie.

Sans le savoir, mon chum avait fait exactement ce qu'il devait pour me faire oublier ma gaffe de la veille. Sauf que, du coup, il me faisait sentir excessivement coupable.

– Charlie, je m'ennuie de toi, on ne se voit pas assez, me souffla-t-il tendrement.

– On est pas mal occupés...

– Je sais bien, admit-il. On devrait se réserver au moins une journée par semaine juste tous les deux parce que je sens qu'on s'éloigne.

– Moi aussi, j'ai cette impression-là, approuvai-je en baissant les yeux. Mais ce n'est surtout pas ce que je souhaite, je veux que tu le saches, ajoutai-je sincèrement. Il faut qu'on « travaille » sur notre couple !

– Je vais commencer tout de suite...

– Ah ouais ?

– Je t'aime, ma belle.

On s'est embrassés doucement, dans l'herbe, comme dans les films ! Ce soir-là, il est venu dormir chez moi, et on aurait dit que plus rien d'autre n'existait.

Quand je suis allée chercher Maéva chez son père, le lendemain après-midi, Charles n'était pas là. Je le soupçonne d'avoir fait exprès. C'est sa mère qui était à la maison. J'étais un peu fâchée contre lui de ne pas m'avoir reparlé ni ce jour-là ni les jours qui ont suivi.

Deux semaines après notre aventure devenue taboue, comme j'étais toujours sans nouvelles de Charles, j'ai décidé d'aller lui faire une visite-surprise après être allée au parc avec Maéva. Il faisait super beau, une vraie journée de printemps. Je suis bien tombée ; il était seul lorsqu'il est venu m'ouvrir.

– Qu'est-ce que tu fais ici ? me lança-t-il abruptement, en guise d'accueil.

– Il faut qu'on se parle, répondis-je, sans mettre de gants blancs.

– Tu aurais pu m'appeler.

– Tu te moques de moi ? Ça fait deux semaines que tu envoies ta mère chercher la petite pour ne pas me voir !

– C'est juste un hasard, j'étais très occupé, argua-t-il, avec une piètre performance de menteur.

– Charles, j'ai besoin qu'on en parle.

– Il n'y a pas grand-chose à dire...

– Le regrettes-tu ?

– Je me sens mal pour Émilie, mais non, je n'ai pas de regrets, finit-il par avouer.

– Au moins... Est-ce qu'on peut entrer ou tu nous laisses dehors ?

N'ayant pas vraiment le choix, il m'a invitée à entrer en prenant Maéva dans ses bras. Elle pensait sûrement qu'elle revenait chez son père, car elle s'est tout de suite dirigée vers ses jouets.

– En passant, j'étais sérieux pour la drogue, je veux que tu me jures de ne plus en prendre.

– Tu y vas fort, je ne suis pas une droguée...

– Malie !

– Ne m'appelle pas Malie, s'il te plaît.

– Désolé. Donc, Charlie, je me doute bien que tu en prends souvent. C'est impossible de maintenir ton rythme de vie sans cela...

– Qu'est-ce que tu en sais ?

– Laisse-moi parler.

– OK, c'est beau.

– On a passé de très belles soirées à ton bar, mais la fille qui faisait ce show-là, ce n'était pas toi.

– Ben là...

– Je n'ai pas fini. Tu as perdu du poids aussi et je m'inquiète pour ta santé.

– J'ai perdu une dizaine de livres, mais je ne vois pas le rapport.

– Arrête de me prendre pour un épais. Là, je suis gentil, mais je ne voudrais pas être obligé de t'enlever la garde de Maéva à cause de ta consommation.

– QUOI ? Est-ce que j'ai bien entendu ? criai-je, consternée par ses menaces, que je ne trouvais pas drôles du tout.

– C'est de la drogue, c'est du chimique. As-tu pensé deux minutes à ce qui arriverait si elle en trouvait et qu'elle mettait un comprimé dans sa bouche ?

– Tu exagères ! m'indignai-je. Jamais je n'en laisserais traîner chez nous ! Je ne suis pas stupide !

On a levé le ton. Maéva s'est alors mise à pleurer.

– Je suis capable de faire la différence entre une soirée de travail dans un bar et mon rôle de mère. Je ne mélangerai jamais ça.

Je ne sais pas qui de nous deux j'essayais le plus de convaincre. Puis, le ton de Charles s'est adouci.

– Je suis inquiet pour toi, dit-il en prenant mon visage entre ses mains. Promets-moi que tu n'en reprendras plus, s'il te plaît, m'implora-t-il, l'air réellement soucieux.

– Bon, OK. C'est promis.

Il avait toujours ses mains sur mes joues. Nos visages étaient très près l'un de l'autre. Il s'est penché vers moi pour m'embrasser, je sentais presque ses lèvres sur les miennes quand il a reculé.

– Désolé... On arrête là, souffla-t-il en se reculant.

– OK, je m'en vais.

Je me dirigeais vers Maéva pour la reprendre quand il a ajouté, avec un genre de découragement dans la voix :

– Non, Charlie, je veux dire on arrête tout.

– Donc, si je comprends bien, on tourne la page et on oublie l'épisode du bar ?

– Ce serait difficile de l'oublier, j'y pense chaque jour...

– Tu y penses ? Dans quel sens ? Tu ne me dis jamais ce que tu penses vraiment, Charles !

– Charlie, n'en rajoute pas, je t'en prie.

– Alors, tu ne veux vraiment plus qu'on se voie... Du tout ? répétai-je, en souhaitant qu'il change d'idée.

Mes vœux n'ont pas été exaucés.

– Il vaut mieux, se contenta-t-il de me dire, une fois de plus.

Jugeant inutile de rester plus longtemps, je suis repartie. Pour le bien de ma fille, j'allais tenir ma promesse. J'étais capable de bien faire mon travail avant et je le serais encore sans consommer. J'étais décidée. Je ne m'en serais jamais remise si Charles m'avait retiré la garde de Maéva...

Il avait le droit de me planter là sans explications, mais pas sans ma fille.

Le gala des artistes approchait à grands pas et Alex était hyper stressé. J'essayais tant bien que mal de l'appuyer, mais il devenait vite insupportable ! Il commençait à être un peu connu, parce que la musique de son groupe jouait à la radio et que les vidéos étaient diffusées à la télévision. Je ne m'en étais pas vraiment rendu compte jusqu'à ce que les gens l'arrêtent dans la rue, à l'épicerie, au restaurant. Je me sentais toujours observée et jugée quand j'étais avec lui, et je ne pouvais pas dire que j'appréciais particulièrement cette impression ! Malgré tout, j'étais impatiente d'aller au gala, ne serait-ce que pour porter la super belle robe d'un designer québécois qu'Alex m'avait achetée pour l'occasion.

C'était la fin de semaine juste avant mon anniversaire, à la mi-mai. Son gérant avait mis le paquet. Limousine, grand restaurant pour souper, tapis rouge, plein de photographes et de journalistes... Je me sentais comme une princesse. N'empêche qu'il était bizarre d'être sous les feux de la rampe avec mon chum !

Lorsqu'est venu le temps de la catégorie de la révélation de l'année, Alex m'a serré la main tellement fort que j'ai cru qu'il allait me la casser ! Quand le maître de cérémonie a annoncé : « Vice caché », le nom de leur groupe, tous les membres se sont levés d'un bond ! Voir leur sourire n'avait pas de prix. J'ai même versé une larme quand, sur la scène, Alex m'a incluse dans ses remerciements en disant : « Merci, Charlie Malia, d'endurer mon horaire de fou et d'être encore là. Je t'aime. » Une belle déclaration d'amour en direct à la télé, que demander de mieux pour son anniversaire ? Alors pourquoi n'arrivais-je pas à l'apprécier ? J'imagine que l'impression de mener une double vie depuis quelques mois, à cause de mes écarts de conduite avec Charles, y était pour quelque chose...

La célébration après gala m'a toutefois permis de me changer les idées et elle s'est étirée jusqu'au petit matin.

C'était bien beau sur le coup, mais ce prix a marqué un tournant dans notre relation. Dès le lendemain, Alex a été encore plus sollicité qu'avant... À mon grand désespoir.

– J'ai une mauvaise nouvelle, mon amour... Je ne pourrai pas être avec toi pour ton anniversaire, m'annonça-t-il, avec un air de chien battu.

– Pourquoi ? lui demandai-je, attendant une vraiment très, très bonne raison.

– Un spectacle de dernière minute vient d'être ajouté en Beauce. Je serai parti quelques jours.

– Ah. (Excuse merdique, pensai-je.)

– Je suis désolé. J'aurais aimé être avec toi.

Bon. Peu importe ma réponse, rien n'aurait changé. Il fallait bien que je m'y fasse, j'étais maintenant la blonde d'un musicien populaire.

J'avais tout de même l'intention de fêter mon anniversaire en grand ! Ma jumelle était revenue au Québec depuis peu, alors on a pu célébrer ensemble nos vingt-deux ans. On a laissé l'organisation de la soirée à nos autres sœurs, qui nous ont planifié un gros souper de fête au restaurant. Tous nos amis étaient là, nos sœurs étaient avec leur chum et même la famille de Mathieu était présente. Elles avaient aussi invité Charles qui, pour je ne sais quelle raison, a eu la brillante idée de venir avec sa blonde. En tout, on était une quarantaine.

Maéva, dans sa robe de princesse, et les jumeaux de Sydney, avec leur chemise et leur cravate, étaient les petites vedettes de la soirée. Tout le monde se les arrachait.

La soirée était réussie sur tous les plans ! Au moins, Alex m'a appelée pour voir comment se passait mon anniversaire en « célibataire ». Il n'a pu que constater que je profitais pleinement de la fête. Je lui en voulais encore, mais je m'étais résignée à ne pas lui en parler, du moins pas ce soir-là. C'était son problème s'il était dans une autre ville, pas le mien. Je ne voulais surtout pas pénaliser les dizaines de personnes qui avaient pris la peine de se déplacer pour venir fêter avec moi.

En fin de soirée, on a décidé de sortir dans un bar, sans les enfants. Il y avait un excellent D.J. et on s'est donc pas mal tous déhanchés à fond sur le plancher de danse ! C'était vraiment une soirée au-delà de mes espérances ; j'étais comblée, malgré l'absence d'Alex.

Émilie aussi s'amusait beaucoup et c'est la seule chose qui me dérangeait un peu. Principalement parce que son plaisir, elle l'avait avec Charles... Pauvre elle, je ne l'aimais vraiment pas, mais elle faisait tout pour devenir mon amie. Je commençais même à me sentir méchante et sans-cœur, sachant bien qu'elle ne méritait pas que je la déteste à ce point simplement parce qu'elle avait choisi de jeter son dévolu sur Charles. Pendant qu'elle dansait avec Alysson, Charles est justement venu me voir. C'était la première fois de la soirée qu'on se parlait, à part bien sûr pour les salutations d'usage à son arrivée.

– Bonne fête, Charlie.

– Merci. C'est gentil d'être venu, dis-je, un peu mal à l'aise, ne pouvant cesser de penser au fait... qu'il ne voulait plus me voir.

– Je ne pouvais pas manquer ton anniversaire !

– Ouais, Émilie non plus, d'ailleurs...

– Ouch ! Tu as toujours autant de tact ! Sérieusement, je sais que tu ne l'aimes pas beaucoup, mais elle tenait à être ici. Je ne pouvais pas lui dire non...

– C'est correct. C'est ta blonde après tout.

– Eh oui... Je voulais aussi te dire que tu es particulièrement séduisante ce soir.

– D'après moi, on ne devrait pas s'embarquer là-dedans, tu ne penses pas ?

– Mmm... Tu as raison. Tu veux quelque chose à boire ?
C'est ma tournée.

– Euh... Charles, je... Enfin, je voulais te dire merci de
t'être inquiété pour moi.

– C'était normal.

– Tu m'as donné tout un coup de pied aux fesses !

– Tant mieux. Alors, c'est terminé, cette habitude ?

– Oui. Je n'y ai pas retouché, je te le jure.

– Tu sais, Charlie, peu importe ce qui va arriver dans
nos vies, je vais toujours être là pour veiller sur toi...

– Tu es vraiment gentil. Je l'apprécie... Émilie est vraiment chanceuse.

Et, juste comme notre regard devenait un peu trop intense
à mon goût, la chanceuse en question est arrivée, avec son
éternel sourire aux lèvres, pour se commander un verre, elle
aussi. Sans savoir qu'elle s'apprêtait à me rentrer un petit
couteau dans le cœur, elle s'est mise à bécoter Charles sous
mes yeux. Si elle avait su à quel point j'aurais tué pour être
à sa place...

Je pense qu'à partir de ce moment, j'ai eu un peu de
tristesse dans les yeux. Alex aurait dû être à mes côtés. Je
commençais à trouver ses absences plutôt pénibles.

Pour une fois, j'ai bu, mais de manière responsable ! La
soirée était trop belle pour que je ne m'en souvienne pas.
Entre parenthèses, j'avais aussi un peu peur de faire une
connerie ou de m'échapper devant Émilie. Elle était gentille

– malgré tout – et ne méritait pas de savoir que son chum l'avait trompée. C'était en partie de ma faute si elle était cocue et j'en avais honte.

Bref, en dépit de l'absence de la personne la plus importante – mon chum – et de la présence de celle qui en avait le moins à mes yeux – Émilie –, j'ai tout de même réussi à passer une agréable soirée.

Peu de temps après ma fête, j'ai commencé à trouver Alex particulièrement bizarre et distant. Il avait souvent la tête ailleurs et semblait préoccupé. J'ai pris les devants pour en avoir enfin le cœur net :

– Alex, quelque chose ne va pas ?

– Pas vraiment, pourquoi ? me répondit-il, tout en regardant ses feuilles de musique, un crayon dans la bouche.

– J'ai l'impression que tu es toujours dans la lune. Tu penses à quoi ?

– Ne t'inquiète pas. C'est probablement juste le stress de la tournée qui commence à embarquer, m'assura-t-il en déposant ses notes et en prenant sa guitare.

– Pourtant, tout se passe bien jusqu'à présent, non ?

– Oui. Mais c'est quand même ma première grosse tournée.

– Je comprends, dis-je en m'assoyant à ses côtés pour le regarder gratter sa guitare.

OK, je m'en faisais pour rien.

– En fait, j'avais pensé que, pour les prochaines semaines, je pourrais dormir un peu plus souvent chez moi, ajouta-t-il sans me regarder.

Euh... Attends, quoi ? Il n'en avait pas l'habitude, alors pourquoi commencer maintenant, alors qu'on s'éloignait de plus en plus ?

Ça, c'est ce que j'aurais voulu lui demander, mais ce que j'ai finalement réussi à formuler, le choc passé, ressemblait plutôt à :

– Pourquoi, Alex ?

– C'est juste que j'ai besoin de me reposer. La tournée va être exigeante physiquement, et il me reste seulement un mois pour faire le plein.

– Et pourquoi tu ne pourrais pas te reposer tout en dormant avec moi ?

– J'aime mieux être dans mes affaires. Et, tu sais, la petite se lève tôt parfois...

– Ben là, elle ne t'a jamais dérangé avant !

Je perds habituellement mon sang-froid quand on reproche à mon bébé de ne pas se réveiller aussi tard qu'un adulte...

– Je sais, ce n'est rien de grave. Je veux simplement mettre toutes les chances de mon côté. Tu sais, notre gérant nous a bien expliqué l'importance de cette tournée-là. En gros, ça passe ou ça casse pour nous cet été.

– C'est correct, je comprends, lui ai-je dit tout gentiment.

Il y a cru. J'étais devenue une bonne comédienne à force de ne pas dire exactement ce que je pensais... Je me serais attendue à ce qu'il veuille profiter du dernier mois qu'il nous restait avant de partir donner des spectacles aux quatre coins de la province. Mais non...

Je l'ai laissé faire, ne voulant être ni jalouse ni accaparante... Ce qui fait que je me suis retrouvée seule la plupart du temps. C'est à peine si on se voyait deux ou trois fois par semaine. Je commençais à me poser de sérieuses questions sur notre relation. Est-ce que c'était vraiment ce que je souhaitais, une relation « à distance » comme celle-là ? Comme on n'était qu'au début du mois de juin, je me suis donné l'été pour y penser et évaluer la situation.

Quelques jours avant qu'Alex parte en tournée, une mésaventure plutôt grave est survenue.

C'était en plein mois de juin, après une journée passée à la plage avec des amies. Je travaillais, et la soirée s'annonçait ordinaire, comme les autres. Vers minuit, je me suis soudainement sentie très faible. Je n'avais pas toute ma tête et j'ai accepté le petit comprimé que Mélo m'a tendu, pensant que c'était pour mon mal de crâne. Ce qui devait me soulager a plutôt eu l'effet contraire. Tout ce dont je me souviens, c'est d'avoir eu une nausée incroyable. Après, plus rien. Ce que je sais du reste de la soirée, c'est ce qui m'en a été raconté.

J'ai perdu connaissance. Je me suis effondrée derrière le bar et devant tous les clients. La panique s'est rapidement installée, les gens constatant aussitôt qu'il se passait quelque chose d'anormal. Mélo a crié à l'aide et les gars de la sécurité m'ont rapidement entourée. Lorsqu'ils ont vu que je ne me réveillais pas, ils ont appelé l'ambulance. C'est mon gérant qui m'a accompagnée à l'hôpital. Heureusement qu'il était là, ce soir-là.

Les médecins ont fini par déduire que j'avais été victime de la drogue du viol, mais à très forte dose. Ils m'ont fait passer des examens sanguins et ont dû procéder à un lavage d'estomac. Comme mon état ne s'améliorait pas, j'ai passé la nuit aux soins intensifs. J'ai su plus tard qu'il y avait eu quelques complications...

Je ne me suis réveillée que vers sept heures. L'infirmière m'a alors dit que « quelqu'un » serait très soulagé de l'apprendre. Je ne comprenais pas de qui elle parlait, jusqu'à ce que Charles arrive près de moi. Non, c'est faux, je comprenais encore moins ce qui se passait. Il s'est jeté sur moi et il était évident qu'il avait pleuré. Je ne bougeais pas, ayant l'impression d'être dans un autre monde, et je n'attendais que les explications.

– Qu'est-ce qui s'est passé ? Pourquoi je suis ici... Et pourquoi tu es là ?

– Quelqu'un a mis du GHB dans ton verre.

– Hein ?

– Tu t'es évanouie au bar. Tu es arrivée ici en ambulance.

– Quand ça ? Au bar ? répétai-je, confuse.

– Oui. Pendant que tu travaillais. C'est arrivé il y a quelques heures. Tu étais dans le coma... je pensais que tu ne te réveillerais jamais, ajouta-t-il, à la fois anxieux et soulagé.

– Et toi, qu'est-ce que tu fais ici ? Je ne comprends pas.

– Un de mes amis était au bar. Il m'a appelé dès que c'est arrivé et je suis immédiatement venu te rejoindre ici. J'étais tellement inquiet, si tu savais !

Je ne parlais pas trop, parce que c'était tout mêlé dans ma tête. Charles a poursuivi ses explications.

– Mais je n'ai pas été capable de joindre Alex. Il ne répond pas à son cellulaire.

– Alex ?

– Ton chum...

– Ah, oui... oui.

– Mais moi, je suis là. L'important, c'est que tu ne sois pas seule, non ?

J'ai acquiescé d'un petit signe de tête.

– Ma belle, j'ai eu tellement peur !

Il caressait mon bras d'une main et il passait l'autre dans mes cheveux tout en me parlant doucement. Il n'y avait que lui qui réussissait à me calmer ainsi. Cette fois, même si je n'étais pas tout à fait consciente, j'ai eu le réflexe de passer ma main dans ses cheveux moi aussi. Il avait besoin d'être rassuré autant que moi.

– Charles, pourquoi je suis aux soins intensifs ?

– Je ne sais pas trop. Le médecin m'a dit qu'il y avait eu un petit problème, mais de ne pas m'inquiéter. En passant, j'espère que ça ne te dérange pas, mais... j'ai dit que j'étais ton chum, parce que... sinon, je n'aurais pas pu avoir ces informations.

– Tu aurais même pu dire qu'on était mariés. Je m'en fiche pas mal en ce moment. Je suis contente que tu sois là. Merci.

Il a souri, soulagé de voir que je ne semblais pas avoir de séquelles. Le médecin est arrivé et a demandé à lui parler, derrière le rideau. Je trouvais ce ton de confidence un peu louche.

– M. Beauvais ?

– Oui.

– J'ai une bonne et une mauvaise nouvelle, lui dit le médecin.

– Allez-y.

– La bonne nouvelle, c'est que votre conjointe est hors de danger et qu'elle pourra sortir de l'hôpital demain.

– OK. Et la mauvaise ?

– Vous savez, on a retrouvé tout un cocktail dans son sang... Alcool, GHB, méthamphétamine... C'était trop pour le fœtus. Il n'a pas survécu.

– Le fœtus ? répéta-t-il, ne comprenant plus rien.

– Oui. Je suis vraiment désolé. Sans vouloir faire la morale, ce n'est pas un style de vie pour une femme enceinte.

– Vous en êtes sûr ? Elle était enceinte ? voulut-il valider à nouveau, complètement dépassé par les événements.

Je le voyais les mains sur la tête, à travers le rideau. Je savais que ce non-verbal n'augurait rien de bon.

– Ah, je croyais que vous étiez au courant...

– Euh non, en fait, je suis un peu sous le choc, admit-il, plaçant ses deux mains derrière sa tête.

– J'imagine. C'est donc sa grossesse qui a causé les complications. Elle était enceinte d'environ neuf semaines. Je suis désolé de vous l'apprendre dans ces conditions.

– C'est correct. L'important, c'est qu'elle aille bien, fit-il machinalement.

– Oui, mais il lui faudra beaucoup de repos et... si vous me le permettez, un autre emploi serait aussi très bénéfique pour sa santé.

– Merci, docteur, dit Charles, avant de s'appuyer contre le mur, le regard au plafond.

Quand il est revenu me voir, il avait la mine très basse. Je n'avais entendu que des bribes de conversation, alors j'étais impatiente de savoir ce que le médecin lui avait dit. Mais, avant qu'il puisse me parler, on m'a transférée dans une chambre. Comme je n'étais plus en danger et que l'urgence débordait, ils devaient me faire sortir au plus vite pour céder la place à un autre patient. J'avais les moyens de m'offrir une chambre individuelle et c'est ce que j'ai fait, histoire de me reposer sans être constamment dérangée.

Une fois installée dans la chambre, j'ai commencé à reprendre mes esprits. J'avais très mal à la tête, au ventre et à l'estomac. J'étais aussi un peu vexée que personne ne m'explique ce que j'avais eu exactement. L'infirmière m'a donné de quoi me soulager et m'endormir. Toutefois, je tenais à savoir en détail ce qui s'était passé, avant de tomber dans un profond sommeil.

– Qu'est-ce que t'a dit le médecin ? m'enquis-je, incapable d'attendre plus longtemps.

– Que tu allais être correcte, répondit-il d'une voix blanche.

– Charles, je sais que tu me caches quelque chose, dis-je, voyant bien qu'il hésitait à tout me dévoiler.

Il avait même l'air un peu fâché et je ne voyais pas du tout pourquoi.

– Ils ont retrouvé pas mal de choses dans ton sang.

– Comme quoi ?

– Tu as encore pris du *speed* ? me reprocha-t-il en fronçant les sourcils.

– Non, j'ai tenu ma promesse, je n'y ai pas retouché...

En le disant, j'ai compris. Je me suis souvenue que Mélo m'avait donné un cachet. Moi qui pensais que c'était un comprimé de Tylenol...

– Malie, tu en avais dans le sang... Les résultats ne mentent pas, argua-t-il, déçu.

– C'est flou dans ma tête, mais Mélo m'a donné quelque chose juste un peu avant que je m'effondre. Je pensais que c'était pour mon mal de tête...

– Peu importe, tu en as pris.

– Charles, crois-moi. J'avoue que ça semble tiré par les cheveux, mais c'est la vérité. Je te jure que ce n'était pas volontaire. C'est important pour moi que tu le saches.

– Au bout du compte, le résultat est le même. Et le *speed*, mélangé avec la drogue du viol et l'alcool, ça donne un mélange assez explosif.

– OK... Je comprends pourquoi je ne me souviens de rien...

– Ma belle, j'ai une mauvaise nouvelle à t'annoncer, poursuivit-il, sur un ton plus grave.

J'ai simplement levé les yeux vers lui, redoutant affreusement la suite.

– Tu as perdu ton bébé, laissa-t-il échapper le plus doucement possible.

– Mon bébé ? Quel bébé ?

– Tu étais enceinte.

– Ben non, je l'aurais su...

– De neuf semaines.

– Non ! C'est impossible ! Voyons donc ! insistai-je, totalement abasourdie.

– Tu n'étais pas au courant ?

– Pas du tout ! dis-je avant d'éclater en sanglots, alors que Charles s'assoyait sur le lit pour me prendre dans ses bras.

– Ça veut dire que j'ai tué mon bébé ?

– Mais non. Ce n'est pas de ta faute.

– Oui, ce l'est ! Je n'aurais pas dû boire, ce ne serait jamais arrivé sinon.

– Tu ne pouvais pas savoir. Ne pleure pas...

Je me sentais coupable à l'os. À cause de mes folies et de mon irresponsabilité, un petit être vivant était mort.

– Tu ne pouvais rien y faire, Malie. Tu ne pouvais pas savoir qu'un imbécile allait mettre une cochonnerie pareille dans ton verre.

– Veux-tu me dire comment j'ai fait pour ne pas me rendre compte que j'étais enceinte ?

– Tu n'avais aucun symptôme ?

– Non. Je te le jure...

– Je te crois. Tu n'as pas à t'en vouloir.

Encore une fois, c'est sur son épaule que je pleurais. Ce qui n'était pas tout à fait normal étant donné que ce n'était pas lui, mon chum... Parlant d'Alex, il était introuvable. Charles m'a dit qu'il avait essayé de l'appeler plusieurs fois et qu'il avait laissé quelques messages sur sa boîte vocale.

– Je n'ai pas osé appeler tes sœurs. J'espère que tu ne m'en voudras pas... Honnêtement, dans le feu de l'action, je n'y ai pas vraiment pensé. J'étais trop inquiet.

– C'est correct. Tu as bien fait.

– Veux-tu que je les appelle maintenant ?

– Il est quelle heure ?

– Huit heures du matin, dit-il en jetant un coup d'œil à sa montre.

– On va attendre encore un peu. Je ne veux pas les réveiller. Je vais bien, alors ce n'est plus aussi urgent. Mais toi, tu n'as pas dormi de la nuit ?

– Ne t'en fais pas pour moi, je vais m'en remettre. Il n'était pas question que je te laisse toute seule.

– Merci. Tu es vraiment un amour.

Son cellulaire a sonné. Normalement, ils sont interdits dans les hôpitaux, mais, comme Charles attendait le retour d'appel d'Alex, il faisait son rebelle...

Ce n'était pas lui. C'était Émilie qui voulait des nouvelles. C'était bien le comble de l'insulte. Ma rivale, qui ignorait qu'elle l'était, s'inquiétait plus de moi que mon propre chum. Je commençais d'ailleurs à trouver très étrange qu'il ne soit pas joignable. Habituellement, il dormait avec son cellulaire...

– Émilie veut savoir si tu as besoin de quelque chose ; elle viendrait te le porter.

– Non, merci, ça va aller. Mais dis-lui que je l'apprécie.

Est-ce que quelqu'un peut me dire comment elle faisait pour être aussi gentille ?

Les médicaments commençaient à faire effet et je me suis endormie. Charles est resté à mes côtés tout l'avant-midi. Il s'est occupé d'appeler chacune de mes sœurs pour les rassurer. Je me réveillais de temps à autre. Chaque fois, il arrêtait ce qu'il faisait pour venir vérifier comment je me sentais. J'étais heureuse de l'avoir près de moi.

Ce n'est qu'en fin d'après-midi qu'il a finalement réussi à joindre Alex. Je ne sais pas trop ce qu'ils se sont dit au téléphone, mais je sais que Charles est sorti de ma chambre pour lui parler et j'ai l'impression, à entendre l'écho de sa voix, que Charles s'est permis de lui dire sa façon de penser. Sa petite crise a porté ses fruits parce qu'Alex s'est pointé à l'hôpital en moins d'une demi-heure.

Quand il est entré dans ma chambre, je somnolais. Il avait l'air très inquiet. Moi, je lui en voulais. J'avais besoin de savoir où il avait passé la nuit, et il était mieux d'avoir de bonnes explications...

– Mon amour, ça va ?

– Ça va aller.

– J'étais tellement inquiet quand j'ai eu le message ! dit-il en s'approchant de moi pour déposer un baiser sur ma joue.

Lorsqu'il est arrivé à ma hauteur, je me suis retournée, n'ayant pas envie d'un tel rapprochement.

– Qu'est-ce que tu as ?

– Tu étais où ?

– J'étais chez nous, je n'ai juste pas entendu le téléphone. Je suis désolé.

– Ben oui, c'est ça, lâchai-je en le fixant dans les yeux.

– C'est vrai ! J'ai fêté un peu fort hier soir et j'étais saoul mort. Je viens juste de me réveiller.

– Écoute, ce n'est pas que je ne veux pas te voir, mais je suis fatiguée et j'ai besoin de repos.

– C'est correct, je vais attendre que tu ailles mieux.

– Je préférerais être seule.

– OK, tu veux que je parte ?

– Tu reviendras me voir plus tard.

– Si c'est ce que tu veux, acquiesça-t-il, la mine pas mal déconfite, avant de sortir de ma chambre.

– Bye, dis-je froidement en me retournant dans mon lit pour lui tourner le dos.

Il a recroisé Charles dans le corridor et je l'ai entendu lui dire de partir parce que j'avais besoin de me reposer toute seule. Charles lui a répondu qu'il attendrait que je le lui dise moi-même. Alex n'a même pas répondu avant de quitter ; soit il était trop insulté pour rétorquer quoi que ce soit, soit il lui a adressé un geste sûrement peu sympathique.

– Tu veux que je m'en aille moi aussi ? me demanda Charles en revenant dans la chambre.

– Non.

– Tu viens de lui dire que tu voulais être toute seule...

– Je n'avais pas envie de le voir, c'est tout.

– Ce n'est pas le moment d'être fâchée contre lui, ça va te gruger de l'énergie pour rien.

– Justement, c'était mieux qu'il parte. Je sais qu'il m'a menti et qu'il n'était pas chez lui hier soir.

– Pourquoi tu dis ça ?

– Parce que j'ai essayé de l'appeler un peu avant de tomber, je ne me sentais déjà pas très bien, et son colocataire m'a dit qu'il ne savait pas où il était. Et, de toute façon, je l'ai déjà vu saoul mort et ce n'est jamais arrivé qu'il n'entende pas le téléphone. Il l'a toujours sur lui.

– Il est peut-être rentré tard et il ne s'attendait surtout pas à ce que sa blonde se retrouve à l'hôpital en plein milieu de la nuit.

Il essayait de le défendre pour que je sois moins fâchée, mais ça ne fonctionnait pas du tout. Je me créais tout plein de scénarios, dans lesquels il incarnait rarement le héros.

– J'ai l'impression qu'il était avec une autre fille...

– Ne dis pas une telle chose. Tu te fais des idées. Souris un peu ! Je suis là, moi, je vais m'occuper de toi.

– Tu n'es pas obligé...

– J'insiste. C'est déjà décidé, je reste avec toi. Tu ne me feras pas changer d'idée, jura-t-il, me soutirant un premier sourire depuis mon réveil.

– Je peux te demander quelque chose ?

– Tout ce que tu désire.

– Voudrais-tu venir t'étendre avec moi, un peu comme quand la petite est née ? J'en ai besoin.

Charles a fait le tour du lit, a enlevé ses souliers et est venu s'étendre à mes côtés. C'était exactement comme la dernière fois. Il a mis son bras autour de moi et je me suis collée.

– Charles, tu sais ce qui me fait le plus capoter dans toute cette histoire ?

– Non, quoi ?

– Si je ne m'étais pas évanouie tout de suite, la personne qui a mis le GHB dans mon verre aurait peut-être réussi à me...

Je n'ai pas été capable de finir ma phrase sans pleurer. Des images atroces défilaient dans mon esprit. Charles m'a serrée encore plus fort et m'a embrassée sur le front.

– N'y pense plus, ma belle... Tout est fini maintenant, m'assura-t-il.

Je l'ai regardé dans les yeux, puis j'ai fermé les miens. Il m'a donné un autre petit bec sur le front, encore plus doux que le premier. La caresse qui l'a accompagné était aussi plus tendre.

– J'ai vraiment eu peur, Malie. J'ai pensé au pire, tu sais.

– Tu es toujours là quand vient le temps de s'inquiéter pour moi, dis-je en souriant.

– Il faut bien que quelqu'un le fasse, glissa-t-il, sachant très bien que mon chum brillait par son absence la plupart du temps.

– Tu ne peux pas savoir à quel point j'ai été soulagée de te voir quand je me suis réveillée.

– Je te l'ai déjà dit, je vais toujours être là pour veiller sur toi. Toujours.

On a arrêté de parler. Ses bras m'apportaient un tel réconfort que je m'y suis endormie. Je n'ai pas eu d'autre visite de la soirée. Je n'en voulais tout simplement pas. Je pense que je voulais aussi profiter de ce petit moment, seule avec Charles. Pour une fois, j'étais contente que Maéva soit avec Émilie...

J'ai finalement reçu mon congé de l'hôpital en fin de soirée. Charles était toujours là. Il est venu me reconduire chez moi et a insisté pour y passer la nuit. Ne croyant pas que c'était une bonne idée, je lui ai dit que j'étais capable d'être toute seule, mais il n'a pas voulu prendre de risque. Même sa blonde lui a donné son accord. Je sais qu'elle aurait bien aimé venir elle aussi, mais Charles lui a dit que j'avais besoin de repos et qu'il serait stressant pour moi de la savoir chez moi. Bon, je n'ai jamais dit ça, mais ce petit mensonge faisait bien mon affaire.

D'ailleurs, j'ai également menti à Alex lorsque je lui ai téléphoné, en lui disant que Sydney passait la nuit avec moi et que je préférais qu'il ne vienne pas. Ce n'est pas que j'avais une mauvaise intention, mais je voulais simplement m'éviter une chicane. De toute façon, il avait plein de trucs à faire le lendemain matin et je ne voulais pas le déranger dans la préparation de sa tournée.

Charles m'a cuisiné une bonne soupe et a installé un tas d'oreillers et de couvertures sur mon lit. Il m'a aussi fait couler un bon bain chaud rempli de mousse en prenant même soin d'allumer des chandelles. Je me demandais comment interpréter toute cette attention, parce que, dans une autre situation, elle aurait été ultra romantique et cette ambiance ne me laissait évidemment pas du tout indifférente.

Mon cœur battait à une vitesse folle et ce n'était pas la meilleure des choses dans mon état – il résonnait jusque dans mon crâne.

Je me déplaçais très lentement, puisant dans mes dernières réserves d'énergie. Charles m'a donc reconduite jusqu'à la salle de bains, de peur que je m'affale en chemin. Il était tellement adorable... J'aurais voulu qu'il reste près de moi. Maintenant... Et pour longtemps.

– Tu entres ? lui demandai-je d'une petite voix pleine d'espoir.

– Non, je vais te laisser tranquille.

– Tu peux me tenir compagnie si tu veux.

– Non, je n'aime mieux pas... Je ne sais pas si tu es au courant, mais, habituellement, tu dois enlever tes vêtements avant d'entrer dans le bain...

– Et ?

– Allez, vas-y avant que ton eau refroidisse, dit-il en me poussant gentiment dans la salle de bains, un sourire gêné aux lèvres.

– Ben là, ce n'est pas comme si tu ne m'avais jamais vue toute nue ! Et il y a plein de mousse... Tu ne verras rien. On pourrait juste jaser...

– C'est sûr que ça me tente, mais c'est aussi très dangereux, tu comprends ?

– Oui, je vois.

– Appelle-moi si tu as besoin de quelque chose.

– OK.

Je n'ai pas vraiment relaxé. Trop de choses se bousculaient dans ma tête. Quand je pensais à Alex, je sentais la colère monter en moi. Je savais qu'il m'avait menti et je n'étais plus certaine de connaître toute la vérité sur sa nouvelle vie de tournée... Au contraire, quand je pensais à Charles, je faisais mon possible pour me rappeler qu'il avait une blonde, qu'il n'était pas disponible et qu'il s'occupait de moi simplement pour être gentil, en ami. En plus, j'avais des images de la soirée qui revenaient sans cesse dans mes pensées. Je revoyais le visage de chaque client, sans savoir quel salaud avait eu l'intention d'abuser de moi.

Après de longues minutes à ratatiner dans le bain, je suis sortie. Charles regardait la télé dans le salon.

– Attends, Malie, j'ai quelque chose pour toi.

Il avait mis ma grosse robe de chambre dans la sécheuse pour qu'elle soit toute chaude quand je m'emmitouflerais dedans.

– Wow, tu es fin !

– Voyons, ce n'est rien... Veux-tu aller te coucher tout de suite ?

– Oui.

– Ton lit est prêt. Moi, c'est correct si je dors sur le sofa ?

– C'est comme tu veux, mais il n'est vraiment pas confortable...

– Bah, il ne doit pas être si pire ! lança-t-il en me suivant vers ma chambre pour me border.

Il était parfait ! Qu'est-ce qu'il avait fait avec tous ses défauts ? Je ne les voyais plus du tout !

– Bonne nuit. Je vais être là demain matin.

– Merci pour tout.

– Ça me fait vraiment plaisir.

Il allait partir quand je lui ai saisi la main. Ce n'était pas une blague quand je disais que le sofa n'était pas confortable du tout. La deuxième option, c'était le lit de la chambre de Maéva, mais il était trop petit pour lui ! Sinon, il restait...

– Je le dis vraiment juste pour ton confort, mais... pourquoi tu ne dors pas avec moi ?

Comme je voyais qu'il hésitait, j'ai tout de suite voulu le rassurer :

– Écoute, je ne suis pas en état pour qu'il se passe quoi que ce soit entre nous deux et je porte un gros pyjama. On est capables de dormir dans le même lit en amis. On l'a déjà fait avant de sortir ensemble... Sinon je te connais, tu ne dormiras pas de la nuit et tu vas avoir mal au dos.

– Tu as peut-être raison. Écoute, je vais aller prendre ma douche, et je verrai après. Si tu dors déjà quand je serai de retour, ça va peut-être me faciliter la vie...

– Je vais essayer.

Pendant qu'il était sous la douche, j'ai déployé tous les efforts du monde pour m'endormir, mais j'étais trop stressée de penser qu'on allait dormir ensemble. Je sais, j'étais *encore* incohérente dans mes affaires, surtout que j'avais moi-même lancé la proposition...

Quand il est revenu, j'ai fait semblant de dormir, mais je le regardais du coin de l'œil. Il était en sous-vêtements... Et il était tellement trop beau ! Alex aussi était beau, mais disons que leur musculature ne se comparait pas vraiment. Entre un musicien et un hockeyeur, la marge est grande !

Je le sentais mal à l'aise. C'est peut-être pour cette raison qu'il avait mis un t-shirt. Il n'avait pas l'habitude d'en porter un pour dormir, d'après mes souvenirs. Charles bougeait beaucoup, probablement par stress lui aussi et, même si j'avais été endormie pour de vrai, il m'aurait réveillée.

– Ça va aller, Charles ? finis-je par dire au bout d'un moment, remerciant le ciel que les lits d'eau ne soient plus à la mode !

– Je t'ai réveillée ?

– Je dormais à moitié, disons, lui dis-je en me retournant tranquillement vers lui, ravivant ainsi la douleur dans mon ventre.

– Ça va ? Tu as mal ? s'inquiéta Charles.

– J'ai juste bougé trop vite. Ça va passer.

– Trop vite ? Tu as mis un bon dix minutes pour te retourner ! Un escargot serait plus vite que toi !

– Ne me fais pas rire, c'est pire !

– Désolé.

Je lui ai souri. Maintenant qu'il était tout près de moi, je me sentais à nouveau en confiance et j'ai voulu lui confier mes états d'âme. Quelque chose me tracassait.

– Est-ce que... je peux te faire un aveu ?

On était maintenant face à face, un peu trop proches pour une discussion entre amis. Il m'a répondu d'un signe de tête, appréhendant la suite.

– J'y ai pensé toute la journée et je me sens vraiment mal, mais je ne sais pas ce que j'aurais décidé si je l'avais su... pour le bébé.

– Tu veux dire que tu te serais peut-être fait avorter ? demanda-t-il en mettant l'accent sur le mot « avorter », le dédain et la surprise s'emmêlant dans sa voix.

– Je n'en sais rien, mais je me dis que c'est peut-être une bonne chose que je l'aie perdu.

– Pourquoi ? Tu ne veux pas d'autres enfants ?

– Oui, j'en veux au moins un autre, c'est sûr... Mais... Je ne suis plus convaincue que c'est avec Alex que j'aimerais le concevoir.

– Ça va si mal entre vous ? demanda-t-il, paraissant sincèrement déçu.

– C'est difficile d'aller mal quand on ne se voit pas... Mais c'est encore plus difficile d'aller bien.

– Pas évident, la vie de tournée, hein ?

– Ce n'est pas vraiment ça... j'étais habituée avec toi dans le temps, tu étais souvent parti. Là, c'est différent. On dirait qu'il ne s'ennuie pas de moi quand il est loin.

– Ce doit être parce qu'il n'est pas conscient du trésor qu'il a entre les mains.

Je suis devenue écarlate de gêne à ce moment.

– Arrête d'être aussi gentil, tu ne m'aides pas du tout, dis-je en me retournant sur le dos, n'étant plus capable de l'avoir devant moi sans avoir le goût de l'embrasser.

Il n'a pas répondu. Je pense qu'il ne s'aidait pas non plus, en fait. Puis, il a ri et je lui ai demandé pourquoi.

– Tu vas me trouver niaiseux, mais je me retiens depuis tantôt pour ne pas t'embrasser.

J'ai eu un petit rire gêné. Je ne m'attendais pas du tout à une telle révélation ! Surtout que j'aurais pu lui faire la même !

– Je ne sais pas comment je faisais avant pour t'avoir aussi près de moi sans tenter quoi que ce soit ! Ça me rend fou !

– C'est peut-être parce qu'on ne s'était encore jamais embrassés dans ce temps-là... Tu ne savais pas trop ce que tu manquais !

Il a souri et s'est mis à chuchoter.

– Est-ce que je peux t'embrasser ? Juste un petit bec, sans conséquence.

– Sans conséquence ?

On avait véritablement des mémoires de poisson rouge tous les deux. Les « sans conséquence » n'ont jamais vraiment existé dans notre relation...

– Oui, juste comme ça.

– Depuis quand tu me demandes la permission ?

Le désir entre nous deux était tellement palpable ! On s'est approchés lentement, n'osant pas vraiment s'avancer. Puis, nos lèvres se sont frôlées une première fois. Mon corps entier était parcouru de frissons. Elles se sont touchées une deuxième fois, puis une troisième et on s'est embrassés tendrement. Il n'y avait rien de brusque, surtout parce que je ne pouvais pas bouger beaucoup. Le temps s'est arrêté pendant ce baiser. Une chance que je n'étais pas en mesure d'aller plus loin, parce que je ne répondais plus de moi.

Quand nos lèvres se sont finalement décollées, il a baissé les yeux et a laissé échapper un petit rire qui cachait mal son malaise.

– Pourquoi tu ris ?

– C'est juste que pour le « pas de conséquence »... on repassera !

Je l'ai regardé d'un air très interrogateur. J'ai compris tout de suite quand il a soulevé les couvertures.

– Je constate que tu me fais encore pas mal d'effet !

On n'a pu faire autrement que de pouffer de rire ; c'était effectivement difficile à nier...

– Veux-tu qu'on érige un mur d'oreillers entre nous pour la nuit ? Au cas où tu aurais des pulsions nocturnes ?

– Je suis capable de me retenir, franchement ! Mais... je pense quand même que je vais aller à la salle de bains... Question d'épuiser toutes mes réserves, tu comprends ?

J'étais crampée. Même dans mon état, j'étais moi aussi très, très excitée et attirée par Charles, mais je le cachais mieux que lui. De toute façon, ce n'était absolument pas le moment et nous le savions très bien tous les deux. Mais bon, ces choses-là ne se contrôlent pas vraiment...

Quand il est revenu quelques minutes plus tard, je l'ai accueilli avec un petit sourire légèrement triomphant.

– Alors, Charles, ça t'a fait du bien ? me moquai-je, avant de rire de plus belle.

– Ah, je m'excuse ! Je me sens mal... Ce n'est pas drôle, arrête de rire !

– Viens te coucher... Veux-tu que je mette un habit de neige ?

– Nounoune !

Je le trouvais adorable : il était très gêné. Ses joues rouges le trahissaient, d'ailleurs !

– Il me semblait que rire te faisait mal, toi ?

– Oui, mais ça en vaut la peine !

– OK, arrête, là ! m'ordonna-t-il sur un ton qu'il espérait autoritaire, mais qui ne faisait que déclencher de nouvelles vagues de rire.

– Charles... Prends-le du bon côté, tu me changes les idées !

– Très drôle. Bon, c'est le temps de dormir maintenant...

– Bonne nuit, alors. Si ça ne te dérange pas, je ne t'embrasserai pas, même pas sur la joue pour te souhaiter bonne nuit, ajoutai-je en m'esclaffant.

– Ah, et tu te trouves comique, en plus !

– Oh oui ! Bonne nuit !

– Bonne nuit, ma belle.

On s'est couchés chacun de notre côté du lit, le sourire aux lèvres, mais, au bout de seulement dix minutes, les réflexes ont pris le dessus et Charles a passé son bras autour de moi. On a dormi collés, simplement, toute la nuit.

Le lendemain matin, Charles n'était pas dans mon lit quand je me suis réveillée ; je l'entendais faire du bruit au loin. Je me suis levée pour aller voir ce qu'il faisait mais, quand je suis arrivée dans la cuisine, il m'a rapidement dit de regagner mon lit parce qu'il avait une surprise pour moi.

– Une autre surprise ? Tu commences à trop me gâter ! Je pourrais y prendre goût...

– Allez, retourne te coucher tout de suite !

Quelques minutes plus tard, il est entré dans ma chambre avec un cabaret supportant un énorme déjeuner.

– Et voilà le petit-déjeuner au lit de mademoiselle, annonça-t-il d'un air majestueux.

– Ben voyons ! m'exclamai-je, ravie.

– Il y a aussi tes médicaments... Je me suis dit qu'ils passeraient mieux dans une belle assiette.

– Tu es vraiment rendu bon en cuisine à ce que je vois !

– Tu n'as jamais su apprécier mon talent à sa juste valeur ! déplora-t-il d'un ton faussement dramatique.

Il m'avait préparé des œufs brouillés. Sans doute parce qu'il les avait crevés en les cassant, mais bon, je n'allais quand même pas faire ma difficile ! Il avait même pris la peine de couper des fruits et d'y ajouter un peu de yogourt. Il y en avait pour deux, alors il a mangé à mes côtés.

– Wow. Tu n'arrêtes pas de m'impressionner depuis quelque temps !

– Je te l'ai dit, c'est la paternité qui m'a transformé ! Tu as devant toi le Charles, version améliorée ! blagua-t-il.

– Tant mieux, je suis rassurée de savoir que ma fille ne mangera pas que des plats surgelés quand tu seras déménagé !

– Ne t'inquiète pas, elle aura droit au traitement royal ! Et toi, comment tu te sens ce matin ?

– Mieux. Tu vas pouvoir rentrer chez toi. Tu en as assez fait, dis-je, mal à l'aise d'avoir été si gâtée... et par un autre homme que mon amoureux.

– C'était la moindre des choses. Malie, vas-tu dire à Alex que tu étais enceinte ? me lança-t-il sans avertissement, passant près de me faire avaler ma bouchée de travers.

– Je n'en ai pas trop envie... Mais ce serait vraiment malhonnête de ne pas le lui dire. Je vais attendre de me défâcher avant.

– C'est une bonne idée parce que ton beau petit caractère ne s'est pas atténué avec le temps ! me nargua-t-il.

– Merci, c'est trop gentil ! raillai-je, sarcastique, avant de lui lancer un raisin en signe de « colère ».

Charles s'est aussitôt vengé en m'étendant du yogourt sur le visage. Je lui ai rendu la pareille, si bien que notre petit jeu a vite dégénéré en bataille de nourriture. On en était couverts... Vraiment aucune classe. Je ne sais pas trop comment c'est arrivé, mais, en une fraction de seconde, on s'est retrouvés en train de s'embrasser. Ça goûtait le yogourt ! Le cabaret a pris le bord rapidement et la main de Charles s'est aussitôt faufilée sous mon chandail, puis s'est baladée plus bas. Juste comme on commençait à avoir un peu plus de plaisir, j'ai eu une douleur intense au bas du ventre, ce qui nous a rappelé que le médecin m'avait strictement interdit tout contact pour quelques jours...

– Je m'excuse ! Je n'y ai pas pensé, je t'ai fait mal ? s'inquiéta-t-il, en se propulsant le plus loin possible de moi pour éviter de me frôler à nouveau.

– Non, ça va, je ne sais pas ce qui nous a pris, je...

Charles s'est assis au bord du lit et a pris sa tête dans ses mains. Il avait l'air aussi confus que moi.

– OK, Charlie... là, ça n'a plus de sens.

– Je sais, admis-je en me relevant à mon tour, avant de fermer les yeux.

– Il faut qu'on arrête tout. On n'est même plus capables de se contrôler.

– Je sais. Tu as raison.

– Penses-tu être correcte si je m'en vais maintenant ? J'ai peur de faire une autre connerie et Émilie va m'attendre.

– Oui, va-t'en. C'est mieux ainsi.

– OK.

Et, à contrecœur, j'ai ajouté ce que j'aurais dû dire bien avant.

– Même que ce serait peut-être mieux qu'on ne se voie pas pour un bout, tu ne penses pas ?

– C'est probablement la meilleure solution.

– Je ne voudrais pas que ta blonde commence à se douter de quelque chose...

Parce qu'il n'était pas le seul à blâmer dans cette histoire, il a précisé :

– Toi aussi, tu as un chum, en passant.

À partir de ce moment, tout s'est déroulé très vite et Charles est reparti en un rien de temps. L'ambiance n'était pas particulièrement agréable. Je me demandais si j'avais pris la bonne décision. En plus, on n'en avait pas vraiment discuté – fidèles à nos habitudes – et c'était pas mal un coup de tête, une vive réaction à notre énième gaffe.

– Promets-moi de faire attention à toi, prit-il soin de dire avant de me quitter.

– Promis. Merci pour tout.

– De rien. Je vais demander à ma mère de ramener la petite. Si tu as besoin de quelques jours de plus de repos, tu me le diras.

– Je ne pense pas. J'ai hâte de la voir ; elle me manque.

– Bon ben, bonne journée.

– À toi aussi.

Il a fait une pause, comme s'il cherchait ses mots.

– On se donne quelques semaines ?

– Je vais te laisser le temps de t'installer comme il le faut dans ton nouvel appart et on verra après, réussis-je à dire malgré la nausée qui me tenaillait à l'idée de son nouveau nid d'amour avec Émilie.

– C'est bon.

– Bye, Charles.

– Bye.

Des « bye » du bout des lèvres, comme si on se disait adieu à jamais.

Charles s'est instinctivement penché pour m'embrasser et je lui ai plutôt maladroitement tendu la joue. Puis il est parti pendant que je fixais le plancher.

Je n'avais le goût de voir personne après son départ, mais, en même temps, j'avais besoin d'un certain réconfort. J'ai finalement appelé Alex. Je me sentais un peu mal de l'avoir sauvagement renvoyé de l'hôpital la veille. Après tout, j'avais peut-être sauté aux conclusions un peu trop rapidement.

– Alex ? Ça va ? demandai-je sur un ton que j'espérais léger.

– Oui, toi ? dit-il, un peu craintif.

– Oui, ça va mieux.

– Ta sœur est repartie ?

Ah oui, j'avais oublié ce petit mensonge. Une chance que j'étais au téléphone, il n'a pas pu voir mon visage surpris.

– Oui, elle vient tout juste. Euh... Je voulais sincèrement m'excuser pour hier. Je n'ai pas été très sympathique avec toi.

– C'est vrai que je n'ai pas apprécié, mais c'est correct.

– Alex, tu me jures que tu étais chez toi quand c'est arrivé ? lui demandai-je, en faisant les cent pas dans ma cuisine.

– Oui. Pourquoi je te mentirais ?

– C'est justement ce que je me demande.

– Je m'excuse tellement de ne pas être là avec toi, dit-il d'une petite voix tendre. Je ne pensais pas être aussi occupé... Je me sens dans un gros tourbillon en ce moment.

– Ça va, je comprends, lui assurai-je, plus que soulagée de l'entendre.

– Si tu veux, je peux me libérer après dîner. Veux-tu que j'aille chez toi ?

– Oui, j'aimerais bien. En plus, j'ai quelque chose d'assez important à te dire.

– Est-ce qu'il faut que je m'inquiète ?

– Non. Je t'attends.

– OK. Je t'aime.

– Moi aussi... À tantôt, lui répondis-je doucement avant de raccrocher.

Quand Alex est arrivé, j'étais avec Alysson et Christopher, qui étaient venus prendre de mes nouvelles – mais qui ignoraient toutefois qu'en plus d'avoir ingéré de la drogue, j'avais aussi perdu un bébé... Je voulais d'abord l'avouer à Alex, même si j'étais envahie par la honte. Cette fausse couche était entièrement de ma faute...

Alex m'a offert un énorme bouquet de fleurs, me faisant sentir doublement coupable. Même s'il n'avait pas été très présent au cours des derniers mois, c'était quand même moi qui l'avais trompé. Mais ce n'était pas ce que j'avais l'intention de lui dire. Une chose à la fois !

Christopher et Alysson ne sont pas restés très longtemps. Ils ont bien vu qu'on avait besoin d'être seuls.

Je ne suis pas passée par quatre chemins et je lui ai tout de suite demandé de s'asseoir pour écouter ce que j'avais à lui dire. Il avait l'air très inquiet.

– Alex, comme tu le sais déjà, j'ai fait une intoxication au GHB. Mais ce n'est pas tout. Les médecins m'ont appris que j'étais enceinte.

Bon, je sais, c'est beaucoup d'informations dans la même phrase.

– Quoi ? répondit-il machinalement, sans avoir l'air de réellement comprendre tout ce que je venais de lui dire.

– Mais... je l'ai perdu, précisai-je immédiatement, m'apercevant que j'avais omis un détail primordial.

– Attends, tu étais enceinte ?

– Il semblerait que oui.

– De moi ?

– C'est quoi, cette question-là, ben oui, de qui d'autre ? répondis-je, plus sèchement que je ne l'aurais voulu.

– Excuse-moi, je ne sais pas pourquoi j'ai dit ça, c'est le choc...

– Si tu savais comme je me sens coupable, avouai-je, les yeux pleins d'eau, encore une fois.

– Pourquoi ? me demanda-t-il en déposant doucement une main sur mon épaule.

– Parce que j'ai bu pas mal d'alcool ces derniers temps, ce qui n'a pas dû aider le bébé à se sentir désiré... Il n'a pas survécu...

– Voyons, mon amour, ce n'est absolument pas de ta faute ! me murmura-t-il à l'oreille en me serrant très fort dans ses bras.

J'ai pleuré. Je retrouvais enfin le Alex que j'avais rencontré. Celui qui prenait soin de moi...

– Tu ne m'en veux pas ?

– Pourquoi je t'en voudrais ?

– Parce que j'ai perdu notre bébé, laissai-je tomber dans un souffle.

– Enlève-toi cette idée de la tête immédiatement. Oui, c'est triste, mais on ne le savait pas, et ce n'est pas de ta faute. Ce n'était peut-être tout simplement pas le bon moment. On fera un petit frère ou une petite sœur à Maéva une autre fois. Rien ne presse, termina-t-il doucement.

J'ai relevé la tête, plongeant mon regard dans le sien. J'avais tellement peur qu'il soit fâché, mais non... Il se montrait vraiment compréhensif.

– Je m'ennuie tellement de toi, Alex...

– Je vais essayer d'être plus présent. Je te le promets.

Le reste de la journée, je l'ai passé dans ses bras. Il m'a tellement traitée aux petits oignons que je n'ai pas du tout pensé à Charles. Du moins, pas durant ces quelques heures.

Alex a tenu sa promesse cette semaine-là. Il a annulé plusieurs de ses engagements pour rester à mes côtés. Je n'ai plus posé de question sur la fameuse nuit où il n'avait pas été joignable, choisissant de lui faire confiance. Après tout, il me faisait confiance, lui aussi...

J'étais en congé toute la semaine et j'ai repris le travail la semaine suivante. Ce n'était que temporaire, par contre, car j'en avais assez de me coucher à des heures de fou et, surtout, j'étais encore traumatisée par mon expérience. Je ne buvais absolument rien d'autre que de l'eau en bouteille, que je gardais dans le frigo, toujours fermée. Il n'était pas question que je me fasse prendre une deuxième fois.

Charles et moi avons aussi tenu notre promesse. Nous ne nous sommes pas vus du reste du mois de juin.

Je savais que son déménagement approchait à grands pas et j'étais plus atteinte que je le laissais paraître. Ce n'était quand même pas rien... Dans ma tête, le fait qu'il vive avec Émilie officialisait son amour avec elle.

Quelques jours avant le 1er juillet, c'est justement elle qui est venue chercher Maéva. Charles trouvait toujours des excuses pour qu'on ne se croise pas et je pense qu'on avait bien réussi à cacher notre petit jeu à tout le monde. Personne ne s'était rendu compte qu'on s'évitait.

Dès que j'ai ouvert la porte, j'ai senti qu'Émilie n'était pas comme d'habitude, comme si elle n'osait pas me dire quelque chose.

– Ça va, Émilie ?

– Ouais... En fait, je ne sais pas trop, lança-t-elle d'un ton désespéré.

– Est-ce que je peux faire quelque chose pour toi ?

– As-tu deux minutes ? me demanda-t-elle, gênée.

– Oui, entre.

On s'est assises à la table de la cuisine. J'ai installé Maéva dans sa chaise haute avec un biscuit et un verre de lait, pour qu'elle nous tienne compagnie... Et pour éviter de me retrouver seule avec Émilie. Je me demandais bien ce qu'elle allait me dire.

– Est-ce que tu trouves que Charles est bizarre dernièrement ?

– Ah, tu sais, c'est à peine si je l'ai vu depuis mon « overdose », dis-je tout bonnement, souhaitant avoir l'air le plus naturel possible.

Je croisais les doigts pour qu'elle ne me pose pas certaines questions embarrassantes...

– Pour de vrai ? Je pensais que vous étiez plus proches que ça.

– Ah, ben... non... Mais pourquoi tu le trouves bizarre ?

Ça aurait été un bon moment pour me taire.

– Je ne sais pas trop. C'est probablement moi qui suis paranoïaque, mais j'ai peur qu'il me trompe.

J'ai failli m'étouffer avec mon café.

– Pourquoi tu dis ça ?

– C'est une impression que j'ai, tout simplement. C'est plein de petits détails. Par exemple, on déménage dans trois jours et il n'a même pas encore commencé à faire ses boîtes. Comme s'il n'en avait plus envie.

Je devais cacher ma joie.

– Ça ne veut rien dire, il n'a peut-être juste pas eu le temps. Et c'est un gars. C'est tout à fait normal qu'il ne soit pas organisé ! Trois jours, c'est une éternité pour lui !

– Peut-être, mais ce n'est pas tout. Je ne sais pas trop comment dire ça... En fait, il ne me touche presque plus... Je ne me souviens pas de la dernière fois qu'on a fait l'amour.

Je le sens souvent ailleurs. J'ai peur qu'il pense à une autre fille, se confia-t-elle, en brassant sans arrêt sa cuillère dans son café.

– Je ne sais pas quoi te dire. Je ne suis tellement pas bonne dans ces choses-là ! dis-je en priant pour que cette réponse la contente.

– Mais toi, est-ce que tu sais s'il voit une autre fille ?

Malaise, malaise, malaise.

– Je suis probablement la dernière personne qui le saurait si c'était le cas. Ne t'en fais pas.

– Il y a autre chose aussi, poursuivit-elle.

– Quoi ?

– J'ai quelque chose de pas trop évident à te demander...

– Euh, ben vas-y, on verra.

En fait, je n'étais pas du tout certaine de vouloir entendre sa question.

– Entre vous deux, est-ce qu'il s'est passé quelque chose après la naissance de la petite ?

– Euh... On s'est embrassés une couple de fois... Mais ça ne voulait rien dire. Et c'était dans une autre vie, me justifiai-je, l'air zéro crédible.

Je déteste mentir ! Je suis certaine que c'était évident, mon affaire ! Mais je n'avais pas le choix. Émilie m'avait prise au dépourvu et je ne voulais surtout pas lui faire de peine.

Oui, Charles et moi, on lui avait joué dans le dos, mais tout était fini et je ne voulais pas briser leur couple. À un certain point, j'éprouvais un peu de pitié pour elle.

– Penses-tu qu'il t'aime encore ? se risqua-t-elle à me demander.

– Émilie... Charles et moi, ce n'est pas de l'amour, c'est de l'amitié, de l'affection... On a quand même eu un enfant ensemble, c'est sûr qu'il va toujours y avoir quelque chose de spécial entre nous deux, mais tu n'as pas à t'en faire.

– C'est juste que je suis stressée, avec l'appart et tout...

– Peut-être qu'il est nerveux lui aussi. C'est la première fois de sa vie qu'il emménage avec sa blonde... je pense que ça veut dire gros et que tu n'es pas n'importe qui pour lui, non ?

– Ouin, tu as sûrement raison. Je m'excuse de t'embêter avec mes problèmes...

– Ben non, tu ne m'embêtes pas. Je sais que je n'ai pas toujours été très gentille avec toi, je te dois bien ça...

Je me sentais hypocrite. Je me dégoûtais, même. Ce n'était pas du tout dans mes habitudes de déguiser la vérité ; j'ai plutôt la réputation d'être trop franche... sauf quand vient le temps de parler de ce que je ressens envers Charles, je sais. Malgré tout, cette surprenante conversation m'a permis de découvrir que notre « séparation » affectait Charles autant que moi.

Quand Émilie est repartie, je me suis lancée sur le téléphone pour appeler Charles et lui faire part des inquiétudes de sa blonde. Il était très surpris de mon appel, mais il l'était encore plus quand il en a su la raison.

– Est-ce qu'elle se doute de quelque chose ? s'enquit-il immédiatement, paniqué.

– Oui et non. Elle sent que tu l'as trompée, mais elle ne sait pas que c'est avec moi. Je me suis sentie tellement mal, tu n'as pas idée !

– J'imagine. Je suis désolé, je ne pensais pas qu'elle irait te voir...

– C'est normal ; pour elle, je suis la personne la plus proche de toi, celle qui te connaît le plus...

– Je vais lui parler.

– Surtout pas ! Si elle sait que je t'ai appelé, là elle va se douter de quelque chose...

– Alors, je fais quoi ?

– Tu t'arranges pour que ton couple fonctionne, c'est tout...

Il a fallu que je m'arrache le cœur pour lui dire ça. Ah, ce que je pouvais l'envier, cette Émilie...

– OK, et je fais comment ?

– Je ne peux pas t'aider, mais je te dirais...Tout le contraire de toi et moi ?

– Ouin...

Charles et Émilie ont finalement emménagé ensemble au cours de la semaine suivante, mais je n'ai pas voulu aller visiter leur appartement. Je n'étais pas encore prête à faire face à cette réalité. Je sais par contre que leur couple allait beaucoup mieux. Émilie m'a appelée pour me remercier de l'avoir écoutée et conseillée, parce que « ça va vraiment bien avec Charles maintenant ». Ah ben... tout le *plaisir* est pour moi...

Au fond, moi aussi, j'étais un peu plus heureuse avec Alex... Il était toujours aussi absent, mais j'imagine que je commençais à m'habituer.

Vers la fin juillet, Alex avait quelques concerts dans la région de Québec. Il devait y aller deux fins de semaine de suite. Je lui ai offert de l'accompagner, histoire d'en profiter pour aller voir ma famille. D'autant plus que je savais que Mégane devait accoucher d'une journée à l'autre.

Il m'a répondu que je pouvais bien y aller avec lui, mais qu'il n'aurait pas le temps pour les visites familiales. Je l'ai trouvé un peu abrupt, alors je n'ai pas insisté. Il est parti du jeudi au dimanche et c'est à peine si j'ai eu de ses nouvelles.

C'est le jeudi suivant que ma grande sœur a donné naissance au petit William. J'étais impatiente de voir mon nouveau neveu, alors j'ai décidé de prendre la route le samedi matin pour faire sa connaissance, prévoyant aussi surprendre Alex en allant le voir en spectacle à son insu.

Après avoir passé la journée avec ma sœur et son A-DO-RA-BLE bébé, j'ai assisté au spectacle avec Kayla, qui, soit dit en passant, était encore avec Kevin, son « pas-chum ». Ils refusaient toujours de dire qu'ils formaient un couple, même après plus d'un an de fréquentation. Décidément, j'avais de la compétition dans la catégorie « indécise en amour ».

356

Pendant le spectacle, j'admirais Alex, le regard rempli d'étoiles. J'étais fière de me dire que j'étais la chanceuse qui partageait la vie du beau guitariste qui était sur la scène !

Quand le spectacle s'est terminé, Kayla et moi nous sommes dirigées vers la sortie des coulisses. J'étais énervée à l'idée de faire une surprise à Alex. Finalement, la surprise, c'est moi qui l'ai eue. Et en plein visage.

Quand il a ouvert la porte, il avait le bras autour d'une fille qui, elle, lui mordillait l'oreille. Et ils riaient... jusqu'à ce qu'ils m'aperçoivent. C'est habituellement à ce moment-là dans les films que ceux qui se font prendre sur le fait disent le traditionnel « Ce n'est pas ce que tu penses ! » Là, c'était impossible d'imaginer autre chose que la pure réalité. J'étais dégoûtée.

– Charlie ?!

Alex a fait connaissance avec mes cordes vocales... Aussitôt, tous les gens qui se trouvaient à un kilomètre à la ronde ont su que c'était un salaud.

– Là je comprends pourquoi tu ne voulais pas que je vienne avec toi...

– Bébé, ce n'est pas...

– Je t'avertis, Alexandre Ferland, si tu oses me dire que ce n'est pas ce que je pense, je ne réponds plus de moi.

– Mais...

– En fait, pour le bien de ta santé, je pense que tu es mieux de te taire. Tu me répugnes.

– Charlie...

– Bonne soirée. Tu viendras ramasser tes affaires chez moi. Je ne veux plus jamais te voir. C'est clair ?

Bon, c'était peut-être une question, mais je n'avais pas du tout envie d'entendre sa réponse. Je me suis retournée et je suis partie. Heureusement que ce n'est pas moi qui conduisais, parce que je n'étais pas du tout en état. C'est une fois assise dans la voiture que je me suis mise à pleurer. Kayla a bien essayé de me consoler, mais tous ses efforts ne donnaient pas grand-chose.

– C'est peut-être juste une fille qu'il vient de rencontrer, ce n'est pas dit qu'il allait te tromper...

– C'est déjà fait.

– Pourquoi tu dis ça ?

– La fille, c'est son ex. On l'avait déjà croisée par hasard et il me l'avait présentée. C'est loin d'être une fille de Québec, dis-je, la voix tremblotante.

J'avais de la difficulté à contenir mes émotions. J'étais fâchée, enragée, triste et humiliée.

– Tu veux dire qu'il l'a emmenée de Montréal jusqu'ici ?

– Oui. Si ce n'était pas dans le but de me tromper... Je me demande bien ce que c'était.

– Ah l'écœurant !!! Veux-tu qu'on y retourne et que je lui mette mon poing dans la face ?

On était maintenant deux à être enragées.

– Ben non...

– Pauvre cocotte... Je suis tellement désolée pour toi !

Ce doit être ce qu'on appelle le juste retour du balancier. Après tout, je lui avais fait subir la même chose...

Kayla m'a proposé de sortir, d'aller au resto, d'aller marcher... elle a tout essayé. J'ai refusé, préférant retourner chez elle et me coucher tôt. Je savais que je ne dormirais pas, mais je n'avais envie de voir personne. Le pire, c'est que plus j'y pensais, plus je me trouvais idiote de n'avoir rien vu venir.

Une fois dans mon lit – ou plutôt sur le pas du tout confortable futon de ma sœur –, alors que les larmes coulaient à flots, j'ai pris le téléphone et composé le numéro du cellulaire de Charles.

– Allô.

– Charles ? C'est Charlie.

– Ça va ? Est-ce qu'il y a un problème ? demanda-t-il, une pointe d'inquiétude dans la voix.

– Alex et moi, c'est fini.

– Quoi ?!

– Il me trompe avec son ex.

– Tu n'es pas sérieuse ?

– J'ai tellement mal, tu ne peux pas savoir, poursuivis-je, la tête sur le point d'exploser tellement j'avais pleuré.

– Tu es où, là ? Veux-tu que j'aille te voir ?

– Tu ne peux pas, je suis chez Kayla.

– Ce ne sont pas deux heures de route qui vont m'arrêter. Veux-tu que je vienne te voir ? insista-t-il.

– Non, c'est correct. J'avais juste besoin d'entendre ta voix.

– Si j'étais là, je te ferais un gros câlin, ma belle.

– J'en aurais vraiment besoin en ce moment. Je n'en peux plus ! sanglotai-je.

– Tu ne voudrais pas lui laisser une chance ? On est bien placés pour savoir que n'importe qui commet des erreurs, hein ?

– Je sais bien, mais... Il me disait qu'il la voyait encore en amis... En amis, mon œil... Le pire, c'est que je me dis que je le mérite.

– Euh, c'est quoi cette niaiserie-là qui vient juste de sortir de ta bouche ?

– C'est vrai ! J'ai tellement été infidèle avant lui que c'est normal qu'on me le fasse subir en retour. Je pense que j'ai besoin d'être toute seule pour un bout. Je ne suis peut-être pas faite pour être en couple.

– Laisse la poussière retomber. Tu viens de l'apprendre... Quand est-ce que tu reviens ?

– Demain.

– Veux-tu qu'on aille souper ensemble ?

Je parlais comme une petite enfant à qui on vient d'enlever son jouet. En me mouchant toutes les deux phrases. Pas très charmant.

– OK, mais avec notre fille.

– Elle sera là. Maintenant, repose-toi et donne-moi un coup de fil demain. OK ?

– OK. Je m'excuse de t'avoir téléphoné à cette heure-là.

– Tu peux m'appeler quand tu veux.

J'étais plus calme après avoir entendu sa voix. En plus, j'étais tellement épuisée d'avoir pleuré que je me suis endormie très rapidement.

Je suis repartie dès le lendemain midi. Pour ne pas penser pendant les deux heures de route au fait que j'étais cocue, j'ai fait jouer de la musique à tue-tête et j'ai chanté à en perdre la voix. Alex a appelé huit fois sur mon cellulaire et il a laissé autant de messages. Je les ai effacés sans même les écouter.

Ma priorité en arrivant chez moi a été de mettre toutes ses choses dans une boîte. J'étais même prête à les lui envoyer par messager. Je ne voulais plus voir une seule trace de lui chez moi.

J'ai appelé Charles pour lui dire que j'annulais le souper. Il était très surpris. En fait, je ne voulais pas le voir parce que ça m'aurait juste rappelé que j'avais finalement fait le mauvais choix deux ans et demi plus tôt. Il a dit respecter ma décision, même s'il ne comprenait pas trop. Il s'est même offert pour aller redonner ses effets personnels à Alex. J'ai dit que j'allais y penser. C'était vraiment baveux... alors, je trouvais que c'était une bonne idée.

Finalement, je me suis un peu calmée. Je suis allée récupérer Maéva et j'ai passé quelques jours à faire des activités avec elle, entre filles. On a bricolé, on est allées au parc, au cinéma, au resto, au centre commercial. Une bonne thérapie.

Pour ce qui est d'Alex, je n'avais pas changé d'idée : je ne voulais plus le revoir. J'ai mandaté Christopher, le chum d'Alysson, pour lui remettre la boîte avec ses affaires et je lui ai interdit de me ramener toute lettre d'excuses, fleurs ou autre message. Je ne lui ai pas demandé comment la livraison s'était passée et je ne voulais pas savoir comment Alex allait. Le moins j'en savais, le mieux je me portais. Tout ce que je souhaitais, c'était de ne pas tomber sur un article dans un magazine à potins dans lequel il présenterait la nouvelle femme dans sa vie, ou encore où il pleurerait sa peine d'amour. S'il avait donné une telle entrevue, je pense que j'aurais acheté tous les exemplaires, j'aurais brûlé son visage sur chacun d'eux et lui aurais envoyé le résultat de ma pyromanie par courrier express à sa porte ! Heureusement pour ma santé mentale, je n'ai pas eu à le faire.

Cette semaine-là, j'ai décidé de démissionner du bar. Le meilleur moyen d'oublier, c'est de changer sa routine. C'est ce que j'ai fait.

Mon patron n'était pas du tout content. J'étais son chouchou et aussi sa meilleure vendeuse. C'est là qu'il m'a prise par surprise.

– Ma belle Charlie, depuis déjà quelque temps je pense à te faire une proposition, mais là je crois que c'est le bon moment.

– Une proposition ?

J'étais prête à sortir en courant si c'était indécent.

– Je sais que tu n'as pas vraiment besoin de travailler et que tu le faisais pour le plaisir, pas pour l'argent.

– Oui... et ?

– Il y a dix pour cent des actions du bar qui se libèrent et j'aimerais que tu deviennes associée.

OK, j'étais dans le champ avec mes idées croches !

– Moi ? Associée ? Ben voyons ! Je n'ai pas les compétences pour le devenir !

– Au contraire. Tu as du leadership, tu as le sens des affaires, je sais que le bar te tient à cœur... Tu serais une partenaire idéale !

– Je n'y avais jamais songé... Je ne sais pas trop quoi te dire, bredouillai-je, un peu sous le choc, mais grandement flattée de l'offre.

– J'aimerais t'avoir comme gérante du personnel. Je ne peux pas t'assurer que tu ferais autant d'argent qu'en tant que barmaid au début, mais c'est assez payant à la longue.

– C'est sûr que je vais y réfléchir sérieusement... On parle d'un investissement de combien ?

– Autour de 250 000 $...

– Ouin, c'est beaucoup d'argent !

– Je sais, mais tu m'as déjà dit que tu avais reçu un gros héritage et que tu ne savais pas quoi en faire. C'est peut-être la solution... Je pense que tes parents seraient fiers de voir que tu te lances en affaires.

J'étais toujours gênée quand on évoquait mes finances. Mais je souriais aussi à l'idée de devenir propriétaire... Et, pour la première fois depuis longtemps, mes parents auraient effectivement raison d'être fiers de moi.

En fait, mon patron était la seule personne de mon entourage à qui j'avais parlé de mon héritage. Nos parents avaient déjà beaucoup de placements et, en plus, mes sœurs et moi avions reçu les assurances et un dédommagement de la compagnie aérienne, ce qui totalisait un montant énorme à mes yeux – j'avais du mal à m'y faire – ; mon avenir financier était amplement assuré. Malgré tout, excepté pour mon condo et mes voyages à New York et au Mexique – avec les résultats qu'on connaît –, je n'avais jamais osé m'en servir parce que, pour moi, cet argent était associé à mes parents. C'est niaiseux mais, si je dépensais mon argent, je sentais que c'était comme si mes parents n'étaient plus là pour de vrai... De là mon besoin de travailler.

Plus j'y pensais, plus l'offre m'intéressait. Après tout, j'étudiais en administration et j'avais comme rêve secret de posséder ma propre entreprise. J'ai demandé une semaine à mon patron pour vérifier mes affaires. J'en ai parlé à mon comptable et, après avoir étudié les états financiers du bar, il m'a donné le feu vert.

En quelques semaines, tout était réglé ! J'étais une des actionnaires de l'endroit et j'en étais particulièrement fière.

En plus, je m'occupais des horaires, alors je travaillais encore autant, mais je ne finissais plus à des heures de fou. Au début, c'était bizarre avec les employés, parce que je passais de collègue à patronne, mais je me suis arrangée pour les avoir de mon côté, m'efforçant d'être la gérante que j'aurais toujours voulu avoir. Je souhaitais qu'ils comprennent que c'était moi qui décidais, mais que j'allais toujours être là pour les écouter.

Mes nouvelles fonctions m'aidaient aussi à surmonter ma peine d'amour. Et il n'y avait pas que mon travail qui me changeait les idées ; un certain Charles se dévouait pour prendre soin de moi. Je pense qu'il s'était donné comme mission de redevenir mon meilleur ami. On s'entendait super bien... peut-être même un peu trop.

Émilie s'était trouvé un emploi d'été et elle travaillait de neuf à dix-sept heures, du lundi au vendredi. Quant à Charles, il n'occupait pas d'emploi, ce qui lui laissait amplement le temps de s'entraîner. Comme j'avais mes journées libres moi aussi, on a commencé à aller s'entraîner ensemble en déposant Maéva à la garderie du gym – une vraie petite sortie en famille !

Charles riait de moi parce que je n'étais pas particulièrement en forme... J'en arrachais pendant le cardio ! C'était encore pire aux poids et haltères. Il pouvait lever des charges au moins vingt fois plus lourdes que les miennes ! Mais je ne pouvais pas me plaindre ; j'avais mon entraîneur personnel ! Je sentais que, peu à peu, on retrouvait l'amitié qu'on avait perdue.

Pendant des semaines, on a véritablement fait des activités « en amis », ce qui nous a beaucoup rapprochés. On a passé tout le mois d'août ensemble, à s'entraîner, à dîner au restaurant... et même à faire l'épicerie ! On allait souvent au cinéma, aussi, prenant l'habitude d'aller voir les projections poupon avec Maéva. C'était incroyable à quel point elle était tranquille durant les deux heures du film. Je sentais que notre amitié commençait à énerver un peu Émilie, alors on ne l'informait tout simplement pas de toutes nos sorties... On n'avait rien à cacher, elle se serait inquiétée pour rien.

J'avais aussi réussi à tourner la page sur Alex. Mon seul regret, c'était pour la petite. Elle s'était quand même attachée à celui qui avait été son deuxième père à temps partiel durant presque les deux premières années de sa vie. Une fois, elle a demandé à le voir. Ça m'a virée à l'envers. Comment expliquer à une enfant d'à peine vingt-deux mois qu'elle ne reverrait plus jamais celui qu'elle appelait « papa Alex » ou plutôt « papa'lesse » ? J'ai fait du mieux que j'ai pu, mais je savais qu'elle me reposerait la question à un moment ou à un autre. Tout ce que je souhaitais, c'était qu'elle l'oublie, comme je l'avais fait.

En septembre, je me suis encore une fois inscrite à deux cours à l'université. Après tout, je voulais être compétente pour gérer mon entreprise. Tout allait bien pour moi, mais j'étais tellement occupée à jongler avec mes études, mon nouvel emploi et ma fille que j'étais toujours célibataire. La seule personne de sexe masculin qui faisait partie de ma vie, c'était Charles...

Un après-midi d'octobre, je broyais du noir. Après notre entraînement, j'avais besoin de parler. Charles m'a invitée à entrer chez lui. On a couché Maéva dans son lit pour sa sieste et on s'est installés sur le balcon pour prendre un café, le temps étant encore très doux pour une journée d'automne. On a longuement jasé. Il m'a dit qu'il était très fier de moi depuis que j'étais devenue propriétaire du bar.

Il me surnommait sa « petite femme d'affaires préférée ». J'allais partir quand, juste avant de m'offrir mes becs sur les joues, il m'a donné une grosse caresse pour me réconforter. Je suis restée longtemps dans ses bras... peut-être un peu trop. Une fois de plus.

On était tellement dans notre monde qu'on n'a pas entendu Émilie entrer. Elle avait fini plus tôt cette journée-là et elle avait trop hâte de venir retrouver son amoureux.

Je dois avouer que la scène pouvait paraître louche. Un câlin, ça peut passer en temps normal, mais ce qu'elle a aperçu, c'est son chum en train d'enlacer son ex. On avait les yeux fermés et j'entourais son cou de mes bras, alors qu'il me tenait par la taille, me caressant le dos d'une main... Difficile, dans ces circonstances, d'expliquer qu'on ne faisait rien de mal. Pourtant, il n'y avait vraiment rien de plus.

– Euh, est-ce que je dérange ? dit-elle, outrée, nous faisant sursauter, Charles et moi.

– Non, euh... Je m'en allais justement, dis-je, la tête baissée en enfilant mon foulard le plus rapidement possible.

– Attends, me lança-t-elle d'un ton décidé.

Je sentais que je n'allais pas vraiment adorer ce pourquoi elle voulait que je reste. Je ne me suis pas trompée.

– J'attends un moment comme celui-là depuis longtemps, pour en avoir le cœur net.

– De quoi tu parles, mon amour ? se risqua Charles.

– De vous deux.

Émilie avait des couteaux dans les yeux et Charles patinait en tentant de les éviter. J'ai voulu me justifier, en étant la plus douce possible, question de ne pas éveiller le dragon qui semblait sommeiller en elle.

– Émilie, je te jure, je m'en allais et c'était une simple caresse pour lui dire au revoir. J'avais juste besoin de réconfort... Ne t'en fais pas avec ça...

– J'ai toujours l'impression d'être de trop entre vous deux !

À ce moment, c'est beaucoup plus moi qui me sentais de trop !

– Ben non, pas du tout, ma chérie ! tenta Charles en espérant la rassurer.

– Charles, tu fais plus d'activités avec elle qu'avec moi ! lui reprocha-t-elle, les larmes aux yeux.

– C'est juste parce que nos horaires concordent mieux, ce n'est rien contre toi...

– Je pense que je vais y aller, essayai-je de me faufiler, rêvant secrètement de disparaître dans le plancher.

En vain. Pas moyen de m'en sortir. Émilie avait décidé qu'elle réglerait toute la question. Elle a continué à se vider le cœur.

– Charlie, je t'aime bien, mais là, je commence à trouver que tu es trop présente et que tu nuis à mon couple.

J'avais l'impression d'être dans une de ces émissions américaines où on invite des gens à parler de leur vie privée et qu'on en profite pour leur dire leurs quatre vérités devant un public. J'avais le rôle de la méchante dans l'histoire, et je sentais qu'il ne manquerait pas d'être souligné au feutre noir.

– Je suis désolée, ce n'est tellement pas mon intention, me justifiai-je.

– Je suis certaine que vous me cachez quelque chose.

– Non !

– Non, pas du tout ! s'écria Charles au même moment.

– Êtes-vous prêts à le jurer sur la tête de votre fille ? nous défia Émilie, qui avait définitivement perdu tout son côté innocent et gentil.

– Ne mêle pas la petite à notre discussion, s'il te plaît.

Cette réponse de Charles n'a pas aidé notre cause. Déjà qu'on avait l'air coupable...

– Réponds, Charles... Es-tu capable de me regarder dans les yeux et de me dire que tu ne ressens rien pour Charlie et qu'il ne s'est jamais rien passé depuis qu'on est ensemble ?

Je n'en pouvais plus. J'ai pris mon sac à main et me suis dirigée vers la sortie. Émilie m'a crié, entre deux crises de larmes, de répondre moi aussi. J'ai pris une grande respiration et, d'un ton direct, je lui ai dit :

– Écoute, Émilie, je t'ai déjà avoué que Charles et moi, on s'était embrassés. Pour le reste, je pense que c'est évident qu'il t'a choisie. C'est toi sa blonde et c'est toi qui habites avec lui, alors arrête avec tes questions et profite de ce que tu as.

Je suis partie, mais, comme j'étais trop curieuse de connaître l'issue de la discussion, j'ai continué à écouter un peu à la porte... De toute façon, c'était facile à faire, Émilie criait. Je ne l'avais jamais vue si fâchée. Je pense qu'elle accumulait les frustrations depuis longtemps et que là, elle avait explosé.

– Charles, est-ce que tu l'aimes encore ? Sois honnête avec moi.

– Je... Je ne sais pas.

– Tu ne sais pas ?

Oh, cette phrase est sortie très aiguë de sa bouche ! J'ai sursauté.

– C'est quoi, cette réponse-là ? On répond par oui ou par non. Il n'y a pas de peut-être...

– Je... euh... c'est sorti tout seul...

– Et moi ? M'aimes-tu encore ? se risqua-t-elle à demander, d'une voix altérée par l'émotion.

– C'est sûr que je t'aime... Voyons, chérie...

– As-tu couché avec elle ?

– Ben là, comment tu penses qu'on a réussi à faire un bébé ?

– Tu as très bien compris ma question. M'as-tu déjà trompée avec elle ?

Silence.

– Pas de réponse, j'imagine que je dois l'interpréter comme un oui...

– Je suis désolé, c'est arrivé juste une fois, et c'était il y a longtemps... je n'ai jamais voulu te faire de peine.

– Je le savais... Vous êtes deux beaux hypocrites !

Je n'avais jamais entendu quelqu'un crier avec autant de rage. Mais, à cet instant, j'ai aussi eu peur qu'elle ouvre la porte et qu'elle me trouve là, alors je me suis dépêchée de quitter les lieux.

Je n'en revenais pas qu'il le lui ait avoué. Ce n'est pourtant pas si dur de mentir, il me semble ! Malgré tout, je me sentais très coupable. Elle m'avait fait confiance et je lui avais joué dans le dos. Je savais qu'à partir de ce moment, elle allait me détester, et c'était totalement légitime de sa part.

Je n'ai pas osé appeler Charles pour connaître le reste de la discussion. Il ne m'a pas appelée non plus. Ce n'est que trois jours plus tard que j'ai eu de ses nouvelles.

Il devait être trois ou quatre heures du matin quand on a sonné à ma porte. J'ai d'abord eu très peur, puis j'ai pensé au pire. S'il fallait que ce soit la police pour m'annoncer une mauvaise nouvelle... Mais non. J'ai regardé par l'œil magique et c'était Charles, complètement ivre.

– Charles ? Qu'est-ce que tu fais ici ?

– Est-ce... est-ce que... je peux dormir ici ? baragouina-t-il.

– Mon Dieu ! Veux-tu bien me dire d'où est-ce que tu arrives ? Je t'ai rarement vu aussi fini...

– J'ai pris... une couple de b-bières avec... avec mes chums ! réussit-il à articuler, le regard complètement vide et la tête vacillant d'un côté et de l'autre.

On n'a certainement pas la même définition d'« une couple ».

– Entre, et parle moins fort, tu vas réveiller la petite !

– Oups, chuchota-t-il en pouffant de rire.

– Tu n'es même pas capable de te tenir debout... alors pourquoi tu débarques ici ?

– Euh... Je ne savais pas où aller...

– OK, euh, tu ne t'en souviens peut-être pas, mais tu as un appart... Avec Émilie.

Non, je ne suis pas particulièrement sympathique quand je me fais réveiller par un ivrogne en pleine nuit.

– Ah... elle ? Non... Elle m'a mis dehors ! m'expliqua-t-il en faisant de grands gestes avec ses bras.

– Quoi ? Quand ça ?

– Quand tu es venue.

– C'était il y a trois jours... Qu'est-ce que tu as fait depuis trois jours ?

– Je... je te l'ai dit... J'étais avec mes chums, soutint-il, comme s'il s'agissait d'une évidence et que c'était moi qui ne comprenais pas vite.

– Bon, on en parlera plus tard. On va aller prendre une bonne douche, OK ? Ça va peut-être te dégriser un peu...

Je ne l'avais jamais vu aussi démuni ! D'après ce que j'avais compris, Charles était sur le party depuis trois jours et il avait dû dormir chez des amis... ou des filles, c'était toujours une possibilité.

Je l'ai traîné jusque dans la salle de bains et ce n'était franchement pas évident : non seulement il ne s'aidait pas, mais, en plus, il n'arrêtait pas de me dire à quel point j'étais belle, fine, et blablabla. Le genre de discours qu'un gars saoul dit à son ex. J'ai donc dû déployer beaucoup d'efforts pour le déshabiller et le pousser dans la douche. Il a tout essayé pour que je le suive, mais je n'ai pas voulu. Il était trop saoul et je ne voulais pas qu'il commence à me faire des petites visites nocturnes après des soirées trop arrosées. Au moins, l'eau froide – je lui rendais la monnaie de sa pièce pour ce qu'il m'avait fait quelques années plus tôt – l'a fait un peu dessaouler. Charles articulait un peu plus quand il parlait – entre deux claquements de dents.

J'espérais surtout qu'il ne soit pas malade : je n'avais pas du tout envie d'avoir ces images-là en mémoire, surtout que mes tripes voudraient par solidarité rejoindre les siennes. Heureusement, Charles avait l'estomac solide.

Je l'ai traîné dans ma chambre et l'ai installé dans mon lit. Moi, j'allais dormir dans la chambre de Maéva, sur un petit matelas. C'était une situation assez étrange. J'avais hâte au lendemain pour savoir exactement ce qui s'était passé, mais je me sentais aussi responsable, encore une fois, du malheur de Charles. C'était en partie à cause de moi qu'Émilie l'avait mis dehors. C'est en pensant à ce qui s'était passé au cours des derniers jours que j'ai essayé de m'endormir. Avec peine, disons-le. Surtout que Charles ronflait fort !

Le lendemain, Maéva s'est réveillée très tôt, alors je n'ai pas eu le choix de me lever aussi. Charles, lui, est sorti de son coma vers treize heures. Il avait l'air très surpris d'être chez moi et, à lui voir le visage, j'ai compris que c'était une urgence Advil !

– Salut, comment tu vas ce matin ?

– Ayoye... je m'excuse, Charlie, je ne sais même pas comment je me suis rendu ici. Est-ce que j'ai fait des conneries hier soir ? se risqua-t-il à demander, craignant la réponse.

– À part sonner à ma porte, saoul mort en plein milieu de la nuit, non.

– Je m'excuse... Aïe ! J'ai mal à la tête... J'ai bu tant que ça ? s'informa-t-il, en se massant le front d'une main.

– Je n'étais pas avec toi, mais, si je me fie à ce que j'ai vu, oui, tu t'es donné à fond.

– Est-ce qu'on a...

– Non, l'interrompis-je. Je n'aurais pas osé abuser de toi comme ça, voyons !

J'aurais pu le faire marcher, mais j'ai préféré me moquer de lui. Il avait l'air de souffrir, se tenant la tête à deux mains et grimaçant au moindre mouvement... Pauvre petit chou ! Je n'avais pas l'intention de le ménager. Je lui ai préparé son déjeuner, mais j'avais un tas de questions et il avait intérêt à me répondre.

– Qu'est-ce qui s'est passé avec Émilie ?

– Elle ne veut plus rien savoir de moi, admit-il, les yeux baissés.

– Tu lui as dit qu'on avait couché ensemble, c'est ça ?

– Elle a deviné. Elle m'a pété une crise et m'a lancé ma valise en me disant de partir, raconta-t-il en fixant sa tasse de café, avant de laisser échapper un soupir à fendre l'âme.

– Tu ne lui as pas reparlé depuis ?

– Non. Elle ne veut rien savoir. Ça explique pourquoi je bois comme un trou depuis trois jours...

– Bon. Premièrement, pas de boisson pour toi aujourd'hui. Et, deuxièmement, il faut que tu règles cette chicane avec elle, déclarai-je en allant chercher d'autre café.

Puis il a ajouté, pendant que je lui tournais le dos :

– Honnêtement, je ne sais pas si c'est ce que je veux.

– De quoi ? demandai-je en me retournant, n'étant pas certaine d'avoir bien compris.

– Me remettre en couple avec elle.

– Pourquoi tu dis ça ?

– Je ne sais pas, je suis tout mélangé. J'ai besoin de prendre une pause pour penser à ce que je veux vraiment.

– Je comprends.

Charles a levé les yeux pour la première fois de la conversation et, très timidement, il m'a dit :

– Je me sens mal de te demander ça, mais est-ce que je peux rester ici quelques jours ? Je n'ai rien dit à mes parents, et je n'ai pas non plus envie de les voir et de me faire faire la morale. Je n'ai nulle part où aller.

– C'est correct. Je te dois bien ça...

Qui aurait dit que Charles viendrait se réfugier chez moi après tous les problèmes qu'on s'était causés l'un à l'autre ?

Il n'était pas au sommet de sa forme durant toute la journée, alors il a joué tranquillement avec la petite et a regardé la télé avec elle. Le soir venu, je lui ai encore offert de dormir dans mon lit pendant que moi, je me contenterais d'un matelas gonflable que je réservais pour la visite. Charles ne voulait pas. On a donc décidé de dormir chacun son tour sur le petit matelas qui, heureusement, était assez confortable.

En quelques jours, donc, en plein mois d'octobre et sans m'y attendre, je me suis retrouvée avec un nouveau colocataire. La situation était si inconcevable que j'avais peine à y croire. Je ne voulais pas me faire d'illusions de peur de vivre une deuxième peine d'amour en deux mois. De toute façon, la situation était temporaire ; je ne faisais que le dépanner.

On a donc cohabité, mais sans vraiment se parler. J'évitais de prononcer les mots « Émilie », « amour », « futur », etc. Étonnamment, il n'y a eu aucun rapprochement entre nous au cours de cette semaine-là. Même qu'on était plus distants qu'avant que Charles se fasse larguer. On a simplement maintenu notre petite routine, entraînement, école, travail, garderie...

Heureusement, l'arrivée de l'Halloween, que Maéva a pu vivre avec ses deux parents pour la première fois, a brisé ce petit train-train quotidien le temps d'une soirée. Maéva a insisté pour s'habiller en princesse, parce que c'est ainsi que son père la surnommait. On a donc joué le jeu et on s'est rendus dans le quartier des parents de Charles, qui tenaient absolument à voir leur petite-fille déguisée. Bon, j'avais aussi appelé mon ancienne belle-mère pour lui dire qu'elle ne pouvait pas manquer son beau Charles avec la couronne et la cape ! Je pensais que notre réserve de bonbons amassés ce soir-là ne s'épuiserait jamais.

Au début de novembre, Émilie ne s'était toujours pas défâchée. Elle ne répondait pas au téléphone et envoyait à Charles des messages textes pour lui dire à quel moment il pouvait aller récupérer ses affaires à l'appartement. Comme il n'avait toujours pas décidé s'il retournait chez ses parents ou se louait un appartement, il avait laissé ses meubles là-bas. Cela la frustrait davantage, parce que son désir le plus cher était qu'il disparaisse de sa vie pour de bon.

N'ayant pas la conscience tranquille, je souhaitais discuter de la situation avec Émilie, tout en sachant qu'il y avait de fortes chances qu'elle m'envoie carrément promener. J'aurais agi de la même façon à sa place. Peut-être pire.

Je savais qu'Émilie ne répondrait pas à son téléphone si elle reconnaissait mon numéro et que, si je l'appelais à partir d'un autre téléphone, elle raccrocherait dès qu'elle m'aurait reconnue.

Je devais donc aller la voir directement, sans faire part de mes intentions à Charles. J'ai pris mon courage à deux mains et je me suis rendue chez elle un après-midi. J'étais stressée, incapable d'aligner mes pensées dans un ordre à peu près logique. J'ai inspiré profondément en sonnant à sa porte. Quand elle l'a ouverte et qu'elle m'a aperçue, Émilie a aussitôt commencé à la refermer, le regard lourd de haine.

D'un mouvement décidé, j'ai repoussé la porte du bout du pied et agrippé la poignée pour l'empêcher de poursuivre son geste.

– Émilie, attends ! Je veux te parler.

– On n'a rien à se dire.

– S'il te plaît. Je tiens à m'excuser, l'implorai-je presque, en espérant la convaincre de mes bonnes intentions.

– Bon, c'est fait. Maintenant tu peux partir.

Elle essayait de refermer la porte, mais je la bloquais toujours. J'ai pris ma petite voix toute gentille pour l'amadouer.

– Émilie... J'avoue que tu as toutes les raisons du monde de m'en vouloir, mais laisse-moi entrer, s'il te plaît.

Puisqu'elle était d'une gentillesse remarquable, elle a rouvert la porte. Cependant, l'expression « avoir des couteaux dans les yeux » était particulièrement applicable dans son cas. Celle d'être « bête comme ses pieds » aussi...

– Vas-y, je t'écoute. Tu as deux minutes, dit-elle en pointant sa montre.

– Je ne sais pas trop comment te le dire, mais, même si tu as totalement le droit de ne pas me croire, je veux que tu saches que je n'ai jamais voulu te faire de mal.

– Je te faisais confiance, Charlie, fit-elle d'un air attristé.

– Je le sais. Et je me sens d'autant plus mal pour cette raison. Crois-moi, si je pouvais retourner en arrière, j'effacerais tout sans hésiter parce que tu ne méritais pas notre trahison.

D'un ton adouci, elle m'a finalement invitée à entrer et à m'asseoir. Elle a dû se dire que, tant qu'à avoir des excuses, aussi bien avoir tous les détails de ce que j'avais à me reprocher. Ce n'était pas facile pour autant. Elle avait du mal à retenir ses larmes en me parlant. Moi aussi.

– Quand je suis allée te voir chez toi pour te dire que je pensais que Charles me trompait, c'était avec toi qu'il l'avait fait, hein ?

– Ce n'est pas exactement ce qui s'est passé, mais... oui, on avait couché ensemble un peu avant, admis-je en grimaçant, de peur de me faire gifler.

Parce que c'est ce que j'aurais fait. Difficile de ne pas me détester en entendant ça.

– Et moi, comme une idiote, c'est toi que je vais voir pour me confier. Tu as dû être fière de ton coup, hein ?

– Non ! Pas du tout, voyons ! Je te l'ai dit que je ne voulais pas te faire de peine. Au contraire, je me suis tellement sentie mal que, dès que tu es partie, j'ai appelé Charles pour lui dire de faire quelque chose pour régler la situation avec toi.

– Me semble, oui, rétorqua-t-elle, incrédule, en se calant dans sa chaise les bras croisés.

– Je peux te le jurer sur la tête de ma fille.

– C'est arrivé combien de fois ?

– Juste une fois. C'est arrivé à l'improviste et je sais que ce n'est pas une excuse, mais on avait bu tous les deux.

– Tu as raison, ce n'est pas une excuse. Pourquoi vous avez couché ensemble ?

– Émilie, ces choses-là ne s'expliquent pas, tu le sais autant que moi, dis-je en fixant le plafond dans l'espoir d'empêcher les larmes de couler sur mes joues.

– J'aurais dû m'en douter, comment j'ai fait pour être aussi aveugle ? Je n'aurais jamais dû accepter que tu fasses encore autant partie de sa vie quand j'ai emménagé avec lui.

– Mais c'est normal que je sois là...

– Vous n'êtes pas le premier couple à avoir un enfant en garde partagée. Mais les autres, d'habitude, ne couchent pas ensemble quand ils sont en couple chacun de son côté.

– Émilie, je ne sais pas quoi dire d'autre que... je suis désolée. Sincèrement.

Je me suis rarement sentie aussi mal à l'aise dans ma vie. Je ne savais plus trop si je devais m'en aller et si cette conversation allait m'aider à apaiser ma conscience. J'allais me décider à partir, quand Émilie m'a posé la maudite question que tout le monde s'amusait à me poser pour clore les conversations ayant Charles comme sujet principal :

– L'aimes-tu encore ?

– ... Euh...

J'étais incapable de dire non. Et aussi incapable de dire oui. Aidez-moi, quelqu'un !

– Charlie. Réponds-moi. J'ai besoin de savoir, m'implora-t-elle en s'avançant vers moi pour saisir mon bras, la détresse dans le regard.

– Je ne sais pas si c'est de l'amour. Mais c'est sûr que j'ai toujours ressenti quelque chose pour lui. Tu sais, notre histoire n'est quand même pas banale...

– Je ne pourrais pas te dire... je ne pense pas avoir eu tous les détails de cette histoire-là... Moi, je peux te dire que je l'aime. Beaucoup. Mais je n'accepterai jamais de partager l'homme que j'aime avec son ex.

– Je te comprends. Comme je te l'ai dit, c'est parfaitement normal que tu sois fâchée contre moi, et contre Charles aussi. Je voulais juste que tu saches que tu ne dois pas te sentir visée. J'ai été égoïste dans toute cette histoire. Je suis désolée que ce soit toi qui en aies payé le prix.

– Il est chez toi maintenant, j'imagine ?

– Euh... Oui... Mais comme ami, je le dépanne.

– J'étais sûre qu'il irait chez toi, laissa-t-elle échapper en un soupir, levant les yeux au ciel.

– Écoute, je ne m'attendais pas du tout à ce qu'il débarque chez moi. J'en suis la première surprise et je te jure qu'il ne s'est rien passé. Il est vraiment mélangé en ce moment.

– Ça tombe bien, moi aussi.

– On est trois, admis-je en baissant les yeux.

En vérité, il était plus que temps que je clarifie mes sentiments envers Charles, avant que la planète décide d'arrêter de tourner pour nous jeter par-dessus bord...

– Je vais y aller, lui dis-je, pour enrayer le malaise déjà bien installé.

– OK. Quand est-ce qu'il va venir chercher ses affaires ?

– Tu n'aimerais pas mieux que vous vous parliez avant ?

– Non.

– Comme tu veux.

J'aurais voulu lui dire qu'elle pouvait compter sur moi si elle avait besoin de quoi que ce soit, mais je me suis dit qu'il était trop tard pour être gentille avec elle et essayer d'être son amie. De toute façon, c'est plutôt à cause de mes remords que j'avais de telles idées en tête.

Charles et moi, on ne s'est pas beaucoup croisés durant la semaine. Je pense surtout que je voulais l'éviter, chamboulée à l'idée qu'il soit chez moi et ne sachant pas trop comment réagir face à tous mes sentiments.

On s'est finalement retrouvés au condo en même temps un lundi soir. La petite était couchée et on était assis sur le sofa. La télé était allumée, mais on ne la regardait pas. On avait plein de lectures à faire à l'approche de la fin de session, alors on s'est installés chacun de notre côté du divan, les jambes se rejoignant au milieu. On ne disait rien, trop concentrés sur nos livres.

Au bout d'une heure, je n'arrivais plus à fournir le moindre effort de concentration ; il était temps qu'on aille une discussion sérieuse.

– Charles, dis-moi, as-tu commencé à penser à la suite des choses ?

– Oui, un peu. D'ailleurs, j'ai oublié de te dire que je l'ai annoncé à ma mère ce matin.

– Qu'est-ce qu'elle t'a dit ?

– Elle a eu de la peine. Elle m'a proposé de retourner à la maison et c'est sûrement ce que je vais faire. C'est nul, mais c'est pas mal à la dernière minute pour me trouver un appart...

– Et toi, es-tu triste ?

Il a hésité quelques secondes, en prenant soin de fermer son livre. J'ai fait la même chose.

– Pas vraiment. C'est bizarre... Quand j'étais avec elle, je me sentais très amoureux, mais, maintenant qu'elle n'est plus là, je ne m'ennuie même pas. C'est dur à expliquer, et je ne m'attendais pas tellement à ça non plus.

– J'ai encore réussi à mettre le bordel dans ta vie, on dirait...

– C'est de ma faute à moi aussi. Tu sais, ce n'est pas comme si tu m'avais agressé, ce soir-là...

Je n'ai pu m'empêcher de sourire, certaines images obscènes – et tellement délicieuses – me revenant en tête.

– Ouin... en effet, on était deux si je me rappelle bien, dis-je en me mordillant la lèvre, déclenchant automatiquement un petit rire chez Charles.

Tout le désir que j'essayais de refouler depuis que Charles était chez moi a rejailli. J'ai tout de même tenté de le dissimuler, considérant qu'il aurait été déplacé de lui faire des avances en pleine peine d'amour et intense période de réflexion. Sauf que, sans trop m'en rendre compte, je m'étais relevée et un peu rapprochée de lui. Il avait amorcé le même geste, puis il a posé ses mains sur mes jambes.

– On n'a jamais eu de *timing*, toi et moi, hein ? lui fis-je remarquer.

– C'est toi qui as toujours été en couple quand ce n'était pas le temps ! rectifia-t-il en riant.

– Tu n'as pas souvent été célibataire non plus.

– Attends un peu, Malie...

– Quoi ?

– Tu *es* célibataire, souligna-t-il en relevant un peu les sourcils, signe qu'il avait une petite idée en tête – et je me doutais où il voulait en venir.

– Et...

– Moi aussi... Ce qui veut dire que je pourrais te sauter dessus et arracher tes vêtements immédiatement et, pour la première fois, on ne tromperait personne...

– C'est une idée qui me plaît bien...

Il n'avait pas idée à quel point.

En moins de deux secondes, ses lèvres avaient rejoint les miennes. On s'embrassait, toujours aussi intensément, mais c'était comme si on avait plein de temps à rattraper, donc on n'en avait pas à perdre. Charles a joint le geste à la parole : je n'ai pas gardé mes vêtements très longtemps. En fait, on s'est donnés l'un à l'autre directement sur le sofa. C'était différent des autres fois, parce qu'on était complètement libres... On a fait une prise deux, il m'a soulevée dans ses bras et m'a transportée jusqu'à mon lit. Je peux dire que nous n'avons pas dormi de la nuit. Comme deux nouveaux amants, on a fait l'amour jusqu'au petit matin, terminant le tout dans la douche, à peine une ou deux heures avant que notre fille se réveille. La totale.

On n'a pratiquement pas dit un mot. C'était inutile, pour une fois. Je me contentais de le regarder, de le toucher, de l'embrasser. Il faisait la même chose. On voulait profiter de l'instant présent au maximum.

Même si le réveil a sonné beaucoup trop rapidement à notre goût, j'avais le sourire aux lèvres. Il y avait longtemps que je ne m'étais pas sentie aussi bien, aussi comblée. Je ne voulais pas me lever, de peur que ce moment magique prenne fin.

Mais la deuxième sonnerie du réveille-matin nous a finalement ramenés à la réalité.

– Déjà ?

– Arghhh ! Je n'ai pas envie de me lever ! chignai-je.

– Moi non plus !

– J'ai vraiment passé une belle nuit, Charles, déclarai-je.

– Moi aussi...

– Si tu veux, tu peux dormir dans mon lit plutôt que sur le matelas la nuit prochaine...

Il n'a pas répondu, mais il m'a embrassée, alors j'ai pris cette réaction pour un oui.

Nous n'avions pas beaucoup de temps pour nous prélasser au lit, la journée étant très chargée. J'avais un cours, je devais passer au travail et il fallait conduire Maéva à la garderie. Charles a proposé de s'occuper d'elle. Quand il est parti, on s'est donné un léger baiser en se souhaitant une bonne journée.

J'étais totalement sur mon nuage. Je n'ai pas pu me concentrer de la journée. Je ne pensais qu'à lui. J'avais juste hâte de revenir à la maison. La journée m'a semblé interminable !

Je suis finalement arrivée la première au condo, avec la petite. J'étais en train de préparer le souper quand il est arrivé à son tour. Il a d'abord cajolé notre fille, puis il est venu derrière moi pendant que j'avais les mains dans la salade.

– Salut, ma belle, me dit-il en passant ses bras autour de ma taille.

– Salut. Tu as passé une belle journée ?

– Oui... Je n'ai pas arrêté de penser à notre nuit folle, me susurra-t-il à l'oreille, entrecoupant ses mots de doux baisers.

Moi, j'avais les mains toutes sales, alors je les brandissais dans les airs sans trop savoir quoi faire d'elles. Je n'ai pas dû avoir l'air trop brillante !

– Arrête, je ne pourrai pas me concentrer sur le souper...

– Tu n'as pas besoin de te concentrer...

Il me rendait complètement folle.

– Charles... Tu sais que je ne pourrai pas résister longtemps, alors lâche-moi !

– OK, si tu insistes... Je vais aller poursuivre mes lectures, puisque je ne suis pas désiré ici ! me taquina-t-il, en m'adressant un petit clin d'œil avant de s'éloigner à reculons.

– C'est bien, va t'instruire un peu, ça va peut-être calmer tes hormones avant souper !

Il m'a écoutée et est allé s'installer au salon pendant que je finissais de préparer le repas.

On a mangé ensemble, comme une vraie petite famille, en discutant de tout et de rien. J'étais contente et j'espérais du plus profond de mon cœur qu'on allait se retrouver tous les trois plus souvent.

Pendant la soirée, j'avais un tas de paperasse à régler pour le bar, alors je me suis enfermée dans le bureau quelques heures dès que Maéva s'est endormie. Charles en a profité pour s'avancer dans ses travaux. Vers vingt-deux heures, me considérant comme assez avancée, je suis allée le rejoindre au salon. Je le trouvais beau quand il avait son petit look intellectuel, le nez dans ses livres.

– Charles, je m'en vais me coucher. As-tu fini bientôt ?

– Oui, j'ai presque fini. Je vais te rejoindre dans quelques minutes.

– OK. À tantôt.

Je lui ai donné un tout petit bec, sachant très bien qu'il aurait droit à un peu plus quand il aurait achevé sa période d'étude.

En l'attendant, je faisais moi aussi un peu de lecture dans mon lit. Il se passait plein de choses extraordinaires dans ma vie, mais les travaux d'université s'accumulaient quand même !

Je devinais très bien le dénouement de la soirée. Ce n'était pas imprévu comme la veille et il y avait même un peu de gêne dans l'air. C'était totalement ridicule, ce n'était pourtant pas comme si on n'avait jamais fait l'amour ensemble !

Mais on a dû patienter un peu parce que, juste comme Charles entrait dans la chambre et qu'il enlevait son pantalon, Maéva s'est réveillée.

– Je vais y aller, reste couchée. Je reviens.

Heureusement, il n'a eu besoin que de quelques minutes pour la rendormir. Quand il est revenu, j'ai déposé mon livre sur la table de chevet. J'étais toujours assise, les genoux repliés sous les couvertures. Charles m'a regardée et il s'est avancé vers moi. Il est entré dans le lit, tout contre moi, et on s'est embrassés tendrement, prenant le temps d'enlever nos vêtements. On se caressait en se regardant dans les yeux. C'est ce que j'aimais quand j'étais avec lui. Tout passait par le regard. Ce soir-là, nous avons fait l'amour, passionnément. Tout ce que je me suis dit après, c'est que je ne pouvais plus me le cacher. J'étais toujours amoureuse de lui, et même encore plus qu'avant.

Le reste de la semaine a été à l'image de cette journée. Même si on agissait exactement comme un couple, on n'en était pas un pour autant. Jamais on ne s'est dit qu'on s'aimait ou qu'on allait revenir ensemble. On ne se posait pas de questions. Du moins, on n'en parlait pas, parce que, pour ce qui est des questions, je me les posais sans cesse !

Ce n'est qu'à la mi-novembre que Charles s'est décidé à aller chercher toutes ses choses chez Émilie. Il a entreposé ses meubles chez ses parents, où il était retourné, en théorie. Je dis en théorie, parce qu'en pratique, il continuait à dormir chez moi quatre ou cinq soirs par semaine...

J'avais toujours peur que notre relation sans nom s'arrête, alors je n'osais en parler à qui que ce soit. C'est Sydney qui s'est doutée de quelque chose la première. Elle trouvait que je ne donnais pas trop de nouvelles et que j'étais trop floue quand elle me posait des questions sur ce que je faisais, qui je voyais, etc. Elle a alors décidé de percer mon mystère. Et, quand elle a quelque chose en tête, impossible de lui résister, elle est vraiment déterminée !

– Bon, je sais que tu me caches quelque chose. Alors soit je t'achale jusqu'à ce que tu me le dises, soit on sauve du temps et tu me le dis tout de suite.

– Je... je ne sais pas quoi te dire...

– Tu as rencontré quelqu'un, je me trompe ?

– On peut dire que... oui.

J'étais gênée sans bon sens.

– Ah ! C'est cool ! Pourquoi tu ne me l'as pas dit ? Tu es drôle, toi ! Je le connais ?

J'avais peur de la faire descendre de son nuage très rapidement en mentionnant le nom de Charles.

– C'est possible.

– Un gars de tes cours ?

– En fait, il n'y a rien de concret, c'est pour ça que je ne veux pas trop en parler.

– C'est qui ?

– Je viens de te dire que je ne voulais pas en parler parce qu'il n'y a rien de sûr.

– Je répète, c'est qui ?

Quand je dis qu'elle est déterminée...

– Ah, tu es fatigante ! OK, je vais te le dire... En fait, Charles passe pas mal de temps chez moi depuis quelques semaines...

– Charles ? LE Charles ? Et tu ne me l'as pas dit avant ? hurla-t-elle, l'air d'être au moins cent fois plus énervée que moi.

– Je sais, j'aurais dû t'appeler, mais, comme je te dis, je préfère ne pas me faire d'illusions pour l'instant.

– Mets-en, que tu aurais dû m'appeler ! Mais on réglera cette question-là plus tard. Parlons plutôt de lui ! S'il est chez toi, ce n'est sûrement pas par hasard...

– J'imagine. Je l'espère...

– Et notre chère amie Émilie dans tout ça ?

– C'est elle qui l'a laissé. Et il s'est réfugié chez moi depuis.

– Est-ce que tu penses que c'est sérieux, vous deux ? demanda-t-elle en laissant tomber son ton de fille qui suit une téléréalité avec trop de passion.

– Je n'en sais rien. J'avais justement l'intention de lui en parler cette semaine pour en avoir le cœur net. Je te promets que tu vas être la première à le savoir.

– J'espère bien ! Franchement, me cacher quelque chose d'aussi gros !

– Je sais, je m'excuse ! rétorquai-je en riant.

– Alors fonce, Charlie ! Je suis sûre qu'il t'aime encore. Je te l'ai toujours dit.

– Je t'en reparle cette semaine, promis.

Elle avait raison. Je devais avoir une discussion avec lui, même si j'avais peur que mon petit cœur soit brisé une autre fois.

Dès le lendemain, j'ai attendu qu'on soit seuls, Charles et moi, et que la petite soit couchée pour lui parler. En fin de soirée, il étudiait dans la cuisine et je suis allée le rejoindre. J'étais trop stressée pour m'asseoir, alors je suis restée debout, plantée devant lui. J'ai pris une grande respiration et ma phrase s'est échappée en un seul souffle :

– Charles, il faudrait que je te parle.

– Euh... OK, vas-y.

– On passe des super beaux moments toi et moi derniè-rement, mais je pense qu'il serait temps de définir où on va... Ce qu'on est l'un pour l'autre...

Je ne lui ai pas laissé le temps de répondre quoi que ce soit. J'étais sur ma lancée, je devais finir.

– Tu sais, je commence sérieusement à m'attacher et à prendre goût à tout ça, et je ne voudrais surtout pas être ton « bouche-trou » après Émilie ou, pire, une fille « avec qui tu aimes coucher ». Ce n'est pas ce que je veux.

Il a souri, ne semblant pas du tout surpris de mes paroles. Sur un ton très calme et posé, il m'a répondu :

– Tu crois vraiment que c'est ce que je pense de toi ?

Son petit sourire en coin ne m'aidait pas à rester concentrée sur le but de la discussion. Ma voix aiguë trahissait ma nervosité – d'autant plus que je gesticulais tellement qu'il ne pouvait s'empêcher de rire :

– Je ne sais pas, je n'ai aucune idée de ce que tu penses et c'est ce qui me fait capoter !

– Malie, viens ici, dit-il doucement en m'attirant vers lui.

Je me suis assise sur ses genoux ; Charles avait l'air un peu amusé de la scène.

– Tu sais, pour moi, ce sont toutes les autres filles qui ont été des « bouche-trous », comme tu dis, après toi...

Il a poursuivi.

– C'est niaiseux, mais j'avais peur, moi aussi, de l'être pour toi.

– Sérieusement ?

– Ben oui. C'est un peu la raison pour laquelle je n'osais pas t'en parler...

J'avais promis à ma sœur de foncer, c'est ce que j'ai fait.

– Et si je te disais que j'étais toujours amoureuse de toi, tu répondrais quoi ?

– Que je n'ai jamais été aussi amoureux de toi.

– Pour de vrai ?

– Ma belle... Pourquoi tu penses que je reviens toujours vers toi ?

Il était si serein, il m'a jetée à terre. C'était sincère, ce qu'il disait. J'en avais des frissons.

– Je t'aime tellement, Charles, lui soufflai-je à mi-voix.

– Moi aussi je t'aime, Malie.

C'est bien évident qu'on s'est embrassés, très longtemps. Notre premier vrai baiser en tant que couple officiel, prise deux. Je ne prenais toujours pas conscience de l'impact de tout ce qu'on venait de se dire. J'y pensais depuis tellement longtemps que j'avais vraiment l'impression d'être dans un rêve ! J'ai pris le visage de Charles entre mes mains et lui ai affirmé, le plus sérieusement du monde :

– Je ne veux pas qu'on manque notre coup cette fois-ci.

– Moi non plus.

– Sincèrement. Je veux qu'on se promette qu'on va toujours tout faire pour se garder, même quand ce sera plus difficile.

– Promis. Je t'ai attendue trop longtemps pour te perdre une autre fois...

Ces derniers mots m'ont coupé le souffle le temps d'un instant. Je ne l'attendais plus, cet aveu !

– Si tu savais comme tu m'as manqué, finis-je par dire en l'enlaçant si fort que j'avais l'impression que mon corps resterait enchâssé dans le sien !

On a fait l'amour comme jamais, ce soir-là... On ne se lâchait pas une seconde. Ensuite, on a dormi collés toute la nuit. Et moi qui m'étais mise à l'envers pendant des semaines, et qui craignais ce moment ! Avoir su, je lui aurais parlé bien avant et j'aurais évité les maux de tête et les ulcères d'estomac !

Le lendemain, j'étais contente de me réveiller et de me rendre compte que je n'avais pas rêvé. Les bras de Charles étaient incontestablement l'endroit le plus confortable à mes yeux.

– Bon matin, la plus belle fille du monde.

– Je m'ennuyais de ça... Entendre ta voix me souhaiter bon matin, répondis-je, complètement dans les vapes.

– Et si j'ajoutais un petit bec avec ça ?

– C'est encore mieux... C'est signe que je vais passer une très belle journée ! approuvai-je, avant de me laisser embrasser tendrement.

J'ai passé la plus belle des journées. J'étais radieuse. Ce n'est pas moi qui le dis, ce sont tous mes collègues ! Je n'ai pas pu le cacher très longtemps, ils se doutaient bien qu'il y avait un homme là-dessous...

J'étais tellement fière de leur dire que j'étais finalement revenue en couple avec le père de ma fille ! Je ne voyais pas encore tout ce que cette décision impliquait, mais je planais, carrément. Après les années que j'ai passées à souhaiter le retour de Charles, il était enfin là. J'aurais voulu le crier au monde entier !

Pour ajouter à mon bonheur, Charles n'avait rien perdu de son romantisme. Le soir même, j'ai reçu une douzaine de roses à mon travail. Toutes les filles étaient jalouses !

Comme je le lui avais promis, j'ai appelé Sydney en arrivant chez moi pour lui annoncer la nouvelle. Bon, elle n'était pas la première au courant, mais je plaide non coupable : ce sont mes yeux qui m'ont trahie !

– Charles est officiellement ton nouveau beau-frère.

Elle a hurlé dans le téléphone ! Je pense bien qu'elle était contente...

– Je le savais ! Mais vous en avez mis, du temps, avant d'en arriver là, ça n'a pas de sens ! Je suis trop contente pour toi !

Ce ne fut pas très long avant que toute ma famille soit au courant. En fait, il semblerait que nous étions les deux dernières personnes sur terre à ne pas savoir que nous étions toujours amoureux... C'est comme si tous nos proches avaient poussé un soupir de soulagement. Enfin, la saga Charles et Charlie était terminée !

Le *timing* était bon, car c'était l'anniversaire de Maéva dans quelques jours. Pour la première fois de sa jeune existence, elle allait avoir ses deux familles réunies.

On lui a organisé une énorme fête chez les parents de Charles. Ils étaient si heureux de nous voir à nouveau ensemble qu'ils ont insisté pour nous accueillir, tout préparer et s'assurer d'inviter la famille au grand complet !

Ma jumelle est venue directement de Washington avec ses deux fils, mais sans son chum. Sa carrière de hockeyeur le rendait non disponible pour toute activité entre septembre et mai...

Sydney est d'ailleurs arrivée deux jours avant la fête pour passer un peu de temps avec les parents de Mathieu et moi. De plus, elle nous avait réservé toute une surprise...

Je suis allée la chercher à l'aéroport, mais elle a attendu qu'on arrive chez moi pour m'annoncer qu'elle avait quelque chose à me montrer. J'étais tout énervée parce que je sentais que c'était une grande nouvelle...

Elle a enlevé ses mitaines (je n'avais même pas remarqué qu'elle les avait gardées depuis sa sortie de l'avion...) et elle m'a montré la bague qu'elle portait à l'annulaire gauche.

– Mathieu m'a demandée en mariage !!!

On a toutes les deux crié de joie en sautillant comme des hystériques. Je voulais tout savoir : comment il avait fait sa demande, comment elle avait réagi, quand ils prévoyaient se marier, etc. Elle m'a évidemment raconté en détail comment ça s'était passé, à mon plus grand bonheur. J'avais l'impression d'assister à un film d'amour en direct !

Leur mariage n'était une surprise pour personne, ils étaient ensemble depuis presque huit ans déjà ; pour nous, c'est comme s'ils étaient déjà mariés depuis longtemps !

L'anniversaire de Maéva a été un franc succès. Elle a été un ange toute la journée et elle était adorable avec du gâteau partout sur la figure. Mon moment préféré, c'est quand elle a soufflé ses deux petites chandelles. Charles était à sa droite, et moi à sa gauche. Le père de Charles a pris une superbe photo de cet instant. Ils étaient rares, les clichés de nous trois. Mais j'ai personnellement mandaté mon beau-père pour qu'il remédie à la situation et garnisse nos albums de photos !

De retour chez moi, on était épuisés ! Maéva aussi, si bien qu'elle s'est tout de suite endormie. Charles et moi, on s'est laissé choir sur le sofa. On n'avait plus d'énergie, mais c'était le bonheur total.

– Si tu savais à quel point je suis heureuse, Charles...

– Moi aussi je le suis !

– C'était vraiment une superbe journée. Tes parents ont été extraordinaires ! Ça m'a rappelé les fêtes de famille que j'avais avec les miens, dans le temps.

Il m'a souri. Je ne parle pas souvent de mes parents, alors il ne savait pas trop comment réagir. Mais il a bien vu que je n'étais pas tout à l'envers, alors il a simplement ajouté :

– Je sais, mes parents sont tellement heureux qu'on soit revenus ensemble, dit-il en me regardant dans les yeux, me donnant des papillons dans l'estomac comme au premier jour.

– Je t'aime tellement...

– Moi aussi je t'aime.

Je me suis collée contre lui. C'était ça, le bonheur. Une journée en famille et une fin de soirée en amoureux.

Au tout début du mois de décembre, j'ai offert à Charles d'emménager officiellement chez moi, même si ce n'était plus qu'une formalité. En fait, il avait dormi à la maison tous les jours depuis qu'on s'était à nouveau déclaré notre amour. Malgré tout, j'étais nerveuse de le lui demander. Et lui, il m'a bien fait rire en étant « étonné » de ma proposition.

– Tu es sérieuse ? Tu veux vraiment qu'on habite ensemble ?

– Pourquoi pas ? Tu sais, comme une famille normale... De toute façon, tu es ici presque à temps plein depuis déjà deux mois.

– C'est oui, j'accepte !

– Oui ? répétai-je, en souriant tellement intensément que j'en avais mal aux joues.

– Ben oui ! confirma-t-il, surexcité lui aussi, en se ruant vers moi pour me soulever et me faire tournoyer.

Ce n'était pas aussi compliqué que je l'imaginais, finalement !

On a donc décidé de faire les choses en grand. Comme on marquait un nouveau départ dans notre vie, on a décidé de redécorer mon condo et de tout choisir ensemble. Le premier pas dans cette direction a été d'acheter un nouveau sofa.

Ça me faisait tout drôle d'être dans un magasin de meubles avec Charles ! On avait des activités de vrai couple et j'avais encore un peu de misère à m'y habituer ! Pour ce qui est de notre magasinage, on avait sensiblement les mêmes goûts, alors il n'y a pas eu trop de séances d'arrachage de cheveux sur le choix du style. On a évidemment dépassé le budget de départ, mais le résultat en valait la peine ; il était tout simplement digne des magazines de décoration (!) et on se sentait vraiment chez nous.

En plus, on a eu un plaisir fou à peindre toutes les pièces. Une chance que personne ne nous a vus, on avait l'air de deux grands enfants, habillés en « peintres », c'est-à-dire avec les vêtements les plus laids de notre garde-robe. Dès qu'il en avait l'occasion, Charles ne se gênait pas pour me mettre de la peinture partout dans la figure ! On aurait pu faire pas mal de dégâts avec nos enfantillages !

Si plusieurs disent que les rénovations sont une source de chicane dans un couple, c'est parce qu'ils ne nous ont pas vus ! J'avais toujours le sourire aux lèvres. C'était difficile de se concentrer sur ce qu'on avait à faire. Je trouvais mon homme trop sexy en tenue de peintre alors je passais mon temps à le déranger... La suite est facile à imaginer ! On n'a pas trop respecté nos échéances !

À Noël, tout était fini et on était très bien installés. On pouvait officiellement dire que c'était notre maison, notre petit nid d'amour.

C'était notre deuxième temps des fêtes ensemble... en cinq ans ! On a un peu exagéré sur les décorations, mais on voulait que Maéva, même si elle n'avait que deux ans, ressente la magie de cette période féerique. Surtout que c'était son premier 25 décembre avec ses deux parents. On a décoré l'arbre en famille, montrant à notre fille comment accrocher les boules dans le sapin. On s'est aussi amusés à mettre un tas de feuilles de gui un peu partout, alors on passait notre temps à s'embrasser !

C'est Mégane qui a organisé le réveillon chez elle, dans la grande maison où nous avions grandi. C'était un Noël tout spécial pour elle parce que sa petite famille comptait un nouveau membre avec la naissance du petit William, quelques mois plus tôt – qui est encore plus mignon que lors de ma visite à Québec, soit dit en passant !

Comme Jonathan et elle habitaient la grande maison familiale, ils ont invité tout le monde. Et, quand je dis tout le monde, je n'exagère pas ! Déjà que nous étions dix-sept personnes en comptant seulement les six sœurs, les conjoints et les enfants, Mégane y a ajouté toutes les belles-familles ! On était plus d'une soixantaine. Ce Noël-là a dépassé tous les autres que j'avais vécus jusque-là. C'était vraiment magique de voir autant de familles réunies. Pendant la soirée, je me suis installée dans un coin de la pièce puis j'ai observé ces gens qui ne se connaissaient pas et qui s'entendaient à merveille. Je trouvais ça fou qu'on soit réunis grâce au fait que, près de trente ans plus tôt, mes parents étaient tombés amoureux l'un de l'autre et avaient décidé de fonder une grande famille... Comme j'aurais aimé qu'ils voient ça...

Côté cadeau, je m'étais promis de surprendre Charles. C'était mon tour d'être imaginative. J'ai longtemps pensé à ce que j'allais lui offrir et j'ai finalement trouvé. J'avais hâte que mon amour le développe ! En fait, son cadeau ne se développait pas vraiment, mais il allait comprendre assez vite.

– Tiens, c'est pour toi, mon amour.

– Merci, ma belle...

C'était une enveloppe. À l'intérieur, il y avait un certificat-cadeau bien particulier.

– Un saut en parachute ?

– Oui, mon cher. Je t'emmène sauter avec moi.

– Wow, c'est trop *hot* ! s'exclama-t-il, l'air d'un enfant qui recevait exactement ce qu'il avait demandé dans sa lettre au père Noël.

– Tu es content ?

– Ben c'est sûr ! dit-il avant de me sauter au cou.

Mais ce n'était pas tout. Il y avait aussi une signification derrière ce cadeau.

– En fait, je savais que tu en rêvais depuis longtemps, mais c'est plus que juste un saut.

– Ah oui ?

– C'est un peu comme une métaphore de notre amour.

Charles a ri de moi.

– Une métaphore ? Tu sors les grands mots, chérie ! J'ai hâte d'entendre la suite...

– Nono ! Bon, laisse-moi parler ! Et attention, je t'avertis, je vais être ultra quétaine !

– OK, OK. Je t'écoute.

– Alors, non seulement je veux t'amener au septième ciel... Mais je veux aussi qu'on se lance dans le vide, toi et moi. Notre relation a été digne d'un sport extrême depuis le début et j'ai le goût de *tripper* avec toi à l'avenir, en t'aimant encore plus chaque jour. Les papillons que je vais ressentir en haut avant de sauter, je veux les avoir dans mon estomac encore longtemps à tes côtés.

Il avait les larmes aux yeux, mon bel homme sensible ! Moi aussi, d'ailleurs...

– Est-ce que je t'ai déjà dit à quel point je te trouvais extraordinaire ? me demanda Charles, ému.

– Peut-être une ou deux fois...

Faire comme si je ne m'en souvenais pas pour qu'il en rajoute... Tactique de fille amoureuse.

– C'est une super belle métaphore. Sans blague, je suis vraiment touché !

– Tant mieux, j'ai réussi alors !

– Oh oui. Je t'aime, toi ! déclara-t-il avant de m'embrasser tendrement.

J'étais contente que tout ce beau monde voie à quel point on était en amour ! Ah, ce que je pouvais être fière de notre couple !

Quant à Charles, il m'a également surprise avec son cadeau. Il ne pouvait pas me l'emballer lui non plus... Alors, il m'a dit de fermer les yeux le temps qu'il aille le chercher. Quand il est revenu, j'ai entendu des « ah ! » et des « oh ! », et j'avais bien hâte de savoir ce que c'était.

– OK, tu peux ouvrir !

– Aaaahhhh !!!!!

C'était un petit chiot !

– Il est trop mignon ! Merci, mon amour !

– Moi aussi je voulais quelque chose de significatif. Bon, OK, on a déjà une fille, ce qui l'est déjà assez en ce sens, mais le chien, c'est un ajout à notre famille. L'aimes-tu ?

– Si je l'aime ? Je suis déjà follement en amour avec lui, c'est le plus beau !

C'était un adorable petit Shih Tzu. J'étais étonnée que Charles se souvienne que c'était le chien que j'aimais le plus. Je me rappelais vaguement le lui avoir mentionné lorsqu'on était au cégep, pendant un party où j'avais passé la soirée à jouer avec le chien de son ami. C'est fou comme il avait une bonne mémoire et comme il m'impressionnait d'en avoir pris note au fil des ans.

Nul besoin de préciser que je n'aurais pu imaginer mieux comme temps des fêtes...

Évidemment, tout ne pouvait pas toujours être rose. C'était prévisible. Au retour des fêtes en janvier, Charles a rapidement été débordé de travaux à l'université. Moi, je n'étudiais toujours pas à temps plein – même si je savais qu'à ce rythme, j'allais être bachelière à quarante ans ! –, deux cours étant suffisants avec la gestion du bar.

Charles avait beaucoup de travaux d'équipe à faire et il voyait souvent le même petit groupe. Je ne voulais pas être jalouse ni paraître trop possessive, mais c'était plus fort que moi. Ça me dérangeait qu'il passe son temps avec d'autres gens... Ou, plutôt, avec d'autres filles. Je ne sais pas s'ils ont fait exprès, mais ils n'ont recruté que des pétards pour se joindre à eux.

Les rencontres se multipliaient, même après seulement deux semaines de cours. Je lui ai subtilement demandé pour quelle raison ils avaient besoin d'autant de temps ensemble.

– Mon amour, c'est le principe du cours...

– Quoi, de toujours être en troupeau ?

Je me cachais derrière mon sarcasme, mais il y avait tout de même un véritable fond de frustration et d'agacement de mon côté !

– Je te l'ai déjà dit, le titre du cours, c'est Équipe, collecticiels et gestion de la connaissance... C'est juste normal qu'on ait des travaux d'équipe à faire durant toute la session.

– Ah bon. Je ne m'en souvenais pas. De toute façon, je ne sais même pas ce que ça veut dire, moi, collecti-quelque chose...

Mon attitude faisait bien rire Charles, à mon grand dam.

– Ne sois pas de mauvaise foi, ma belle ! En plus, ils sont super gentils ! Tu le saurais si tu acceptais de les rencontrer...

– Je sais, je sais, dis-je en utilisant mon ton « fin de la discussion » – garni d'un sourire.

Ce n'est pas que je ne voulais pas les rencontrer, c'est qu'ils – surtout elles – me tapaient déjà sur les nerfs et je trouvais que je n'avais pas d'affaire là. J'étais la blonde de l'un... pas une collègue de classe.

Ils se voyaient à l'université durant le cours, mais aussi au moins deux fois par semaine. Un jeudi soir, pendant que j'étais à l'université, Charles et ses coéquipiers ont tenu leur réunion à notre condo. J'avais donné mon accord, mais c'était beaucoup plus pour ne pas avoir l'air de la blonde méchante que parce que j'avais envie qu'un groupe d'étrangers vienne s'installer dans mon salon.

Ils étaient cinq. Deux gars et trois filles. Je ne les ai pas croisés, mais je savais qu'ils se commanderaient de la pizza une fois le travail rédigé et qu'ils en profiteraient pour regarder le match de hockey à la télé. J'en avais donc déduit qu'il y aurait également de la bière. Oui, je sais, ils travaillent fort dans leur programme...

J'étais jalouse. Je n'en étais pas très fière, d'ailleurs. Tout au long de mon cours, je n'ai pu m'empêcher de les imaginer boire et avoir un plaisir fou. J'avais peur que l'une des filles veuille tenter le coup avec mon chum. Non pas que je n'avais pas confiance en lui, mais c'était plutôt elles qui me faisaient peur. Je savais très bien ce que c'était de se défier de séduire un gars « casé »... Disons que j'avais pas mal donné dans ce domaine par le passé.

J'ai appelé à la maison durant ma pause pour m'assurer que tout était correct.

– Oui, ma belle, tout va bien. La petite est couchée depuis un bout et les filles l'ont adorée !

– Ah, c'est bien.

Je devais me forcer pour contenir ma « joie ».

– Mon Dieu que j'aime quand tu débordes d'enthousiasme...

Heureusement qu'il était de bonne humeur et que tout cela l'amusait. Ça en faisait au moins un des deux.

– Je m'excuse, je ne fais pas exprès.

– Ne t'inquiète pas, tout est correct, je te dis. Et personne n'a échappé de bière sur notre plancher !

– C'est beau. Je te vois tantôt alors.

– Oui. Je t'embrasse, ma belle.

Je me trouvais doublement pathétique parce que Charles était toujours aussi gentil avec moi et je savais que je m'en faisais pour rien. Mais « chassez le naturel et il revient au galop », dit l'expression... Je n'avais qu'une idée en tête : revenir à la maison.

Ils étaient tous au salon à mon arrivée. Il y avait deux filles assises un peu trop près de Charles, mais ce n'était pas le bon moment pour leur faire savoir, je n'avais pas envie de passer pour une folle !

Je n'avais même pas enlevé mon manteau que, déjà, Charles était venu me voir à la porte pour m'embrasser. Je me sentais, comment dire... « Triplement pathétique » ?

– Tu as fini plus tôt ?

– Ouais. J'avais hâte de te voir.

J'étais toujours ravie de le retrouver, même si on n'avait été séparés que quelques heures.

– Viens, je vais te présenter officiellement à mes amis.

Un vrai gentleman. Déjà qu'il était très affectueux, il l'était encore plus sous l'effet de l'alcool, ce qui était le cas. J'avais toutefois raison sur un point : les « coéquipières » étaient très belles. L'une d'elles avait même l'air d'une déesse grecque avec ses longs cheveux bruns et ses yeux brillants... Elle s'appelait Azurya. Il fallait qu'elle ait un nom exotique en plus ! C'est clair qu'on va la voir à la télévision un de ces jours, dans une téléréalité bas de gamme. D'ailleurs, elle était la moins sympathique. Le tout dit en toute objectivité, évidemment !

Les joyeux lurons sont repartis vers minuit. Il était temps, j'avais hâte de les voir passer le seuil de la porte. Mais j'ai joué à la belle petite blonde gentille. En partant, les représentantes de la gent féminine ont bien entendu embrassé Charles sur les joues. C'était correct, je pouvais vivre avec, mais les grosses caresses de filles saoules, j'aurais pu m'en passer !

– Et puis, ils ne sont pas si pires que tu pensais, non ?

– Ils sont corrects.

– Toi, tu es jalouse, je me trompe ?

– Moi ? Pas du tout.

– Ben voyons. Tu t'en fais pour rien !

– Je le sais, je m'excuse. C'est juste que c'est avec des travaux scolaires que notre histoire d'amour a commencé... Et on s'entend que tu n'as pas choisi des filles hideuses..., affirmai-je, espérant secrètement qu'il avoue ne pas les trouver jolies.

Bien que je l'aurais difficilement cru.

– Peut-être, mais je serais étonné qu'elles soient assez stupides pour me sauter dessus alors que je viens de les inviter dans le condo que je partage avec ma blonde et que je viens de leur présenter notre enfant... et même notre chien !

J'avais justement notre chien, qu'on a simplement baptisé Maxou, dans les bras et, pour me taquiner, Charles a flatté le dessus de la tête du chien avant de faire la même chose avec mes cheveux ! Je l'ai trouvé drôle et ça m'a calmée.

– OK, j'ai compris, c'est encore moi qui capote pour rien...

– Exactement !

Je me détestais quand je laissais parler ma jalousie, mais j'avais peur de perdre mon homme. Je savais aussi que je ne m'y prenais pas de la bonne manière pour le garder, alors je m'en voulais encore plus... Si quelqu'un a une solution pour me sortir de ce foutu cercle vicieux, je suis même prête à offrir une récompense !

Je n'ai pas reparlé de la déesse grecque, mais je laissais quand même échapper un long soupir chaque fois qu'elle téléphonait à la maison. Parce que c'était écrit dans le ciel que ça arriverait – sans mauvais jeu de mots impliquant les dieux et le ciel –, c'est elle qui appelait le plus souvent.

– Arrête de soupirer chaque fois, franchement !

– Elle appelle souvent, c'est tout. Ils ne l'ont pas, en Grèce, Internet, pour passer des messages ?

– Combien de fois je dois te dire qu'elle ne vient pas de la Grèce, que ce n'est pas une déesse et qu'elle appelle seulement pour l'université, énuméra-t-il en soulignant chaque argument sur le bout de ses doigts pendant que je levais les yeux au plafond, les bras croisés.

– Je ne me rappelle jamais son nom alors « déesse grecque », c'est plus facile à retenir, dis-je, faisant mine de bouder comme le faisait souvent Maéva.

Charles se retenait pour ne pas éclater de rire, parce que, même s'il me trouvait comique, il était aussi agacé par mon attitude. Mais il était tellement naïf ! Plus la session avançait, plus elle le voyait dans sa soupe et lui, il ne se rendait compte de rien.

Un soir, j'ai essayé de lui faire prendre conscience qu'elle le draguait de façon évidente.

– Ben voyons donc, de quoi tu parles ?

– Tu fais exprès ou quoi ? lui lançai-je en levant les bras d'exaspération.

– Malie, c'est peut-être parce que je ne suis pas du tout intéressé que je ne vois pas les « signes », comme tu dis ? argua-t-il, prenant soin de mimer des guillemets avec ses mains.

Je ne répondais pas, mais je n'avais pas l'air d'une fille absolument convaincue.

– Écoute, je vais te le dire une dernière fois. Je me fiche d'elle et de toutes les autres filles, OK ?

– Mais...

– Je n'ai pas fini. Ce n'est pas parce qu'on a déjà été infidèles qu'on va l'être toute notre vie. Rentre-toi ça dans la tête, compris ?

C'était la première fois qu'il se permettait d'être plus direct dans cette histoire et ça m'a saisie. Après un autre long soupir, j'ai dit « OK ».

– Il me reste encore quelques années à l'université, et après ce sera la même chose au travail. Si tu commences à te méfier de toutes les filles qui m'entourent, tu n'as pas fini !

– Je sais, rétorquai-je – totalement mature –, à peu près comme une adolescente.

– Et moi ? Penses-tu que je ne le sais pas que tous les gars que tu engages au bar sont des dieux, eux aussi ?

– Peut-être, mais ils ne sont pas grecs, rétorquai-je avec un petit sourire coquin.

Charles lâcha un soupir d'agacement, puis il me prit dans ses bras en me chatouillant jusqu'à ce que je ne puisse plus m'endurer.

– Charles, je m'excuse, repris-je plus sérieusement, une fois calmée.

– Il faut se faire confiance, c'est tout. D'accord ?

– OK, je vais faire des efforts, c'est promis.

J'ai tenu ma promesse, même si ce n'était pas toujours évident, et tout allait pour le mieux après quelques semaines de cohabitation et de vie de famille « normale ». En fait, tout... sauf un léger détail. C'est bête, mais, depuis la naissance de la petite, je ne l'avais jamais vraiment eue avec moi sept jours sur sept et j'ai eu du mal à m'adapter. Quand Charles était à Halifax, ses parents s'en occupaient tous les dimanches et, lorsqu'il est revenu, je l'avais quatre jours sur huit. Ma fille est ce que j'ai de plus précieux au monde, j'en suis certaine, mais j'ai été habituée à avoir une vie de famille avec elle, et une vie de couple avec Alex. Je ne les mélangeais pas souvent. Avec Charles, c'était différent. Mes vies amoureuse et familiale étaient intimement liées... comme celles de toutes les familles ordinaires, je sais. Mais c'était une situation que je n'avais jamais connue. Je n'osais pas en parler avec Charles parce que cette idée me faisait sentir extrêmement coupable et égoïste : je craignais que les gens pensent que je n'aimais pas mon enfant. Je commençais tout simplement à être épuisée. C'était quand même une toute nouvelle relation que nous avions, Charles et moi... après près de cinq ans de séparation. L'adaptation nous demandait beaucoup de temps et d'efforts, on voulait que tout soit parfait.

À la Saint-Valentin, notre première ensemble, la mère de Charles nous a proposé de garder Maéva une fin de semaine complète pour qu'on se retrouve en amoureux. Elle n'avait pas idée à quel point elle me faisait plaisir !

On a loué une chambre luxueuse dans un chic hôtel du centre-ville et on a établi une règle pour le week-end : on n'en sortait pas ! On s'est payé du luxe. On avait même un spa dans notre chambre ! Et, comme on était très paresseux, on s'est fait livrer chacun de nos repas.

Le premier soir, on s'est habillés chic et on s'est fait un souper aux chandelles hyper romantique. En regardant l'homme de ma vie, je fondais littéralement.

– Tu es tellement belle ! s'exclama-t-il en me voyant sortir de la salle de bains, où j'avais fait exception et passé plus de dix minutes pour me préparer.

– Et toi, tu es encore plus beau en vieillissant !

– Comme si j'étais super vieux !

Mais je savais très bien que ça l'agaçait réellement. Et je profitais des quelques mois où il était officiellement plus vieux que moi pour le lui rappeler.

– Ben... Tu viens quand même d'avoir vingt-trois ans mon amour... Tu approches le quart de siècle !

– Tu sauras que c'est ton tour dans trois mois, alors ne commence pas à me traiter de vieux, parce que tu n'auras pas fini d'en entendre parler !

En fin de soirée, on a décidé de terminer la bouteille de vin (bon, je l'avoue, la deuxième bouteille de vin !) en profitant du spa. On a porté un toast à notre couple, qui s'était reformé pour de bon.

– Tu sais quoi ? m'annonça Charles, verre à la main. Je crois que le destin existe vraiment.

– Pourquoi tu dis ça ?

– Je ne sais pas. Je me suis toujours dit que, si on devait revenir ensemble, c'est la vie qui s'en chargerait.

– C'est vrai qu'on a eu un million de signes en cinq ans... Et il nous a fallu un temps fou pour les comprendre !

Il a approuvé d'un signe de tête, avant de prendre un air plus songeur.

– Penses-tu qu'on s'est aimés trop fort, trop tôt dans nos vies ?

– Tu penses que ça nous a fait peur ?

– Peut-être.

– Ouf, on est philosophes ce soir !

– Ouin, je ne sais pas pourquoi, ce doit être le vin !

On aurait dit qu'on était un peu gênés d'en discuter. C'était quand même tout un constat... J'ai donc à nouveau levé mon verre en le regardant amoureusement.

– À notre première Saint-Valentin ensemble.

– La première d'une longue série.

– D'une *très* longue série. Je t'aime.

– Je t'aime aussi, répéta-t-il, en passant sa main pleine de bulles de bain sur mon visage.

On a ensuite laissé de côté la philosophie et le destin pour profiter du moment présent. On se collait sans cesse et on se bécotait, comme deux nouveaux tourtereaux, et on avait retrouvé notre côté plutôt... quétaine ! Assumons-le !

Alors que l'ambiance ne pouvait être plus romantique, j'ai déposé mon verre de vin et j'ai fait la même chose avec le sien. Je me suis approchée de lui et il a mis ses bras autour de ma taille. C'était super sensuel dans le spa... On s'est embrassés... et on a fait l'amour, avec passion. J'étais trop bien avec lui.

Le reste du week-end a été tout aussi parfait. Mine de rien, c'était la première fois qu'on passait du temps juste nous deux et ce petit moment magique nous a fait plus que du bien. Je ne comptais même plus le nombre de fois où Charles m'a complimentée et où il m'a dit : « Je t'aime ». J'étais comblée.

Quand on est allés récupérer la petite chez ses grands-parents, la mère de Charles nous a fait part d'une idée qui semblait germer dans son esprit depuis longtemps :

– Qu'est-ce que vous diriez si je la prenais avec moi une ou deux journées par semaine comme avant ? Je m'ennuie d'elle !

Charles et moi nous sommes regardés d'un air complice, autant étonnés qu'intéressés par cette belle proposition. Mon amoureux savait que je pouvais difficilement dire non à un peu de répit.

– Wow, maman ! C'est très gentil, mais tu n'es pas obligée...

– Non, non, non. J'insiste ! Vous me feriez plaisir, ajouta-t-elle dans une explosion de joie.

– C'est sûr qu'un peu de repos de temps à autre, c'est tentant ! admis-je.

– Et puis je sais que vous avez besoin de temps pour vous deux. Vous n'êtes pas les seuls à vouloir que ça marche !

Francine était adorable. Par contre, je ne pense pas qu'elle m'aurait crue si je lui avais dit après notre rupture, cinq ans auparavant, qu'un jour elle m'apprécierait autant !

Je n'ai jamais eu de signe de vie d'Alexandre après notre séparation. Bien sûr, j'ai eu des nouvelles de son groupe par les médias, mais il n'a jamais osé me rappeler et moi non plus d'ailleurs. Je n'en étais pas si affectée, mais je trouvais dommage que ma fille n'ait plus de parrain. C'était un pari risqué et je l'avais perdu.

Au début de mai, les terrasses ont commencé à ouvrir. Charles et moi avons profité d'une journée de garde de sa mère pour aller prendre un verre rue Saint-Denis. On venait de fêter nos six mois de couple officiel et tout allait pour le mieux. En plein milieu d'une phrase, Charles a changé de ton et il m'a dit :

– Ne te retourne pas tout de suite, ma belle, mais je pense que ton ex est là.

– Quoi ?

On s'est penchés l'un vers l'autre et on chuchotait, comme si on discutait d'un dossier top secret.

– C'est Alex, confirma-t-il. Il se cherche une place sur la terrasse.

– Tu es sûr que c'est lui ?

– Ben là, je suis capable de le reconnaître...

Je ne voulais pas me retourner, alors je le bombardais de questions. Le couple à côté de nous nous regardait d'un drôle d'air.

– Il est seul ?

– Mmmm... Non. Il est avec une fille.

– Ah, laissai-je tomber, sans trop savoir quelle émotion j'aurais dû avoir.

– Ça te dérange ?

– Ben non. Pas du tout.

C'était vrai que ça ne me dérangeait pas, mais j'étais surtout très curieuse de savoir s'il était encore avec son « ancienne-ex », celle avec qui il m'avait trompée.

– Elle a l'air de quoi ?

– Tu jugeras par toi-même, il va passer à côté de toi, dit-il tout bas, en levant subtilement son menu pour cacher son visage.

Quelques secondes plus tard, j'ai entendu quelqu'un dire mon nom.

– Charlie ?

– Alex ? Salut.

J'ai poursuivi la phrase dans ma tête et elle allait à peu près comme suit : « Salut ; maintenant, tu peux partir. »

– Ça va ? me demanda-t-il, un peu mal à l'aise.

– Oui, toi ?

– Oui.

À ce moment, Charles n'a pas vraiment eu le choix de se montrer et il a déposé le menu sur la table. J'ai remarqué un peu de jalousie dans le regard surpris d'Alex et, évidemment, j'ai ressenti un petit velours.

– Charles ? Ah... Salut.

– Allô, le salua Charles, faux sourire au visage, tout aussi sympathique que moi.

– Euh, Charlie, tu te souviens de Magali ?

– Comment l'oublier ? répondis-je d'un ton légèrement baveux – mais tout à fait légal.

Alex n'est pas passé par quatre chemins et il nous a tout de suite demandé si nous avions recommencé à nous fréquenter.

– Oui. Et, en fait, je te remercie de m'avoir trompée. Tu m'as fait prendre conscience que j'aimais encore Charles et que c'était avec lui que j'avais envie de passer le reste de ma vie, et pas avec toi.

J'ai fait exprès pour le dire juste assez fort pour que les tables voisines l'entendent, sans que ce soit déplacé. Charles se retenait pour ne pas sourire, bien amusé de la scène.

– Tu n'as rien perdu de ta franchise...

– Désolée... Mais c'est la vérité.

– Bon, alors, content de voir que vous allez bien.

– Et moi de même.

Simple politesse, évidemment.

– Bon ben, on va y aller, nous...

Et, comme Alex commençait à s'éloigner, j'en ai rajouté :

– Ah, en passant, ta filleule va bien. Au cas où tu serais intéressé à le savoir...

Charles n'était pas très content de mon commentaire et il me l'a très bien fait comprendre par son regard.

– Je... je suis vraiment désolé. Je pensais que tu préférais que je ne la voie plus, répondit Alex, la tête basse.

– Une carte à son anniversaire et une à Noël auraient suffi, poursuivis-je, faisant tout mon possible pour provoquer un froid polaire.

J'ai un talent certain dans ce domaine.

– Tu as raison. Désolé.

Il se sentait coupable ; mon but – totalement avoué – était atteint. J'avais encore un peu de rancœur de temps en temps... Alex est reparti s'asseoir plus loin. Magali n'a pas dit un mot. Charles non plus. Bref, ce n'était pas la conversation la plus agréable que j'avais eue de ma vie.

Il y a eu un petit malaise entre Charles et moi après le départ d'Alex.

– Ça va, Malie ? s'enquit-il.

– Oui. Pourquoi tu me demandes ça ?

– Tu as l'air toute drôle...

– Je ne sais pas. Je ne pourrais pas te dire si c'est le fait de savoir qu'il est encore avec elle ou juste de l'avoir revu. Mais tu n'as pas à t'inquiéter. Ce sont juste des souvenirs qui reviennent.

– Est-ce que tu t'ennuies de lui ?

– Non ! Vraiment pas. C'était juste un petit moment de nostalgie... Et il est déjà passé, précisai-je en mimant avec mes mains que tout cela était derrière moi.

– Sûre ?

– Oui. C'est toi et juste toi que j'aime... Il n'y a rien ni personne qui pourrait me faire changer d'idée...

– Tant mieux, soupira-t-il, soulagé. Bon ben, je pense que la bière va être bonne, hein ?

– Mets-en !

Revoir Alex m'a simplement fait prendre conscience à quel point l'amour que je ressentais envers Charles était plus fort que tout ce que j'avais vécu avec lui. Je l'avais aimé, sans aucun doute, mais rien ne se comparait à ma relation avec Charles. J'ai saisi à ce moment que la maturité nous avait enfin permis de comprendre et d'apprivoiser le grand amour. C'était lui, le bon, finalement.

Quant à Azurya – j'ai finalement retenu son nom –, elle s'était faite plus discrète jusque-là, mais elle s'est manifestée un peu après la fin des cours. Elle a invité Charles dans un cinq à sept en compagnie des autres membres de leur équipe pour fêter la fin de la session et le début de l'été. Je la soupçonne d'avoir précisé que les autres ne venaient pas accompagnés parce que je n'ai pas eu d'invitation. Je suis restée à la maison avec la petite.

Lorsque Charles est revenu, vers vingt-trois heures, j'étais couchée, mais je ne dormais pas. En réalité, je l'attendais, mais je faisais semblant d'être très passionnée par mon livre, qui me tenait réveillée. Il avait bu et était rentré en taxi.

– Salut, mon amour. Tu as passé une belle soirée ? lui demandai-je avec le plus d'enthousiasme possible, pour cacher ma jalousie (on parle quand même d'une soirée avec la déesse grecque, j'ai le droit !).

– Ouais, marmonna-t-il.

J'ai déposé mon livre et l'ai regardé. C'était écrit sur son visage que quelque chose d'anormal s'était passé au cours de la soirée. Il semblait très mal à l'aise et restait planté dans l'entrée de notre chambre, sans trop savoir comment se placer.

– Charles, qu'est-ce qu'il y a ?

– Rien.

– Je t'avertis, la pire chose que tu peux faire, c'est de me prendre pour une idiote, alors dis-moi ce que tu as. S'il te plaît.

Il s'est avancé et il s'est assis sur le lit, face à moi. Il a mis sa main sur ma taille, sans me regarder. Puis il a commencé à enrouler autour de ses doigts les petits cordons de mon pantalon de pyjama. J'attendais toujours sa réponse. Il s'est finalement lancé, du bout des lèvres.

– Tu avais raison.

– À propos de quoi ?

Je m'en doutais bien, mais je voulais l'entendre de sa bouche.

– Azurya.

J'ai avalé ma salive en tentant de ne pas mourir étouffée – et de garder mon calme. Je dis bien « tenter », car c'était difficile. Je savais bien que, si je piquais une colère, je n'aurais pas la suite de l'histoire.

– Quoi, qu'est-ce qu'elle a fait ?

– Ben... Euh... Elle s'est... disons, essayée sur moi...

– QUOI ?! hurlai-je en me relevant d'un trait dans le lit.

Ma bonne intention n'a pas duré ! Je pense que je l'aurais éventrée si je l'avais eue devant moi.

– Ben... c'est ça, là, elle m'a sauté dessus, reformula-t-il, sans me regarder.

– Peux-tu me donner moins de détails, s'il te plaît ? C'est parce que tu es trop clair, lançai-je avec sarcasme.

– J'avais remarqué qu'elle me collait un peu plus que d'habitude au bar et sur le plancher de danse, mais...

– Toi, sur le plancher de danse ? Qu'est-ce que tu faisais là ?

– Tout le monde dansait. De toute façon, ce n'est pas l'important.

– Désolée, continue.

– On a pris pas mal de *shooters* et, quand est venu le temps de partir, elle m'a traîné dehors, raconta-t-il en fuyant toujours mon regard, alors que je mettais ma main sur sa joue pour retourner son visage vers moi.

– Et toi, tu l'as suivie, bien sûr. Bravo.

Je le trouvais idiot et naïf. Ce n'était pas comme si je ne l'avais jamais averti.

– Je ne pouvais pas savoir, moi ! Elle m'avait proposé de partager un taxi, alors j'ai accepté et les autres sont partis de leur côté. Une fois dans la voiture, elle m'a sauté au cou et a commencé à m'embrasser.

– Je vais la tuer.

– Ben non, ne dis pas d'idioties.

Inutile de préciser que je bouillais littéralement.

– Et tu l'as laissée t'embrasser longtemps ?

– Je ne sais pas, j'ai été pris de court...

Bon, il n'a pas compris, alors j'ai répété plus fort.

– Combien de temps ?

– Quelques secondes, peut-être... Je ne sais pas, moi. Je ne l'ai pas calculé, Malie !

– Et ?

– Et c'est tout, je l'ai repoussée.

– OK, mais vous étiez dans un taxi. Tu n'as sûrement pas ouvert sa porte pour la jeter dehors. Même si c'est ce qu'elle méritait...

– Ben non, franchement. Je l'ai juste repoussée dans son coin et je lui ai dit que j'avais une blonde et que je l'aimais.

J'ai gardé le silence, mais lui faisais des gros yeux. Une technique que j'ai développée qui servait à lui faire cracher le morceau s'il essayait de me cacher quelque chose.

– C'est fini, les cinq à sept sans toi ! me jura-t-il, esquissant un sourire gêné.

Il a gagné : j'ai souri à mon tour. Il s'est penché pour m'embrasser, mais je ne lui ai donné qu'un tout petit bec.

– J'aimerais mieux que tu ailles prendre ta douche et que tu vides la bouteille de rince-bouche, OK, mon amour ?

– Ha, ha, ha. Tout de suite. Je vais pouvoir t'embrasser après ?

– Je vais y penser, répondis-je, aucunement sérieuse.

Juste avant qu'il sorte de la chambre, j'ai ajouté :

– Charles ?

– Oui.

– Même si je ne suis pas du tout d'accord avec ce qui s'est passé, je veux juste que tu saches que je suis touchée que tu m'aies dit la vérité.

– Je n'aurais pas été capable de te le cacher. Je t'aime trop pour te mentir.

– Allez, va dans la douche que je puisse abuser de ton corps à mon tour !

J'ai peut-être l'air sereine mais, honnêtement, cette aventure est encore très récente et j'espère pour cette x (je vais garder pour moi le qualificatif que je lui ai trouvé, mais un indice : ce n'est pas gentil, ce mot commence par p... et contient quatre lettres) qu'elle ne croisera pas mon chemin de sitôt. Je n'ose même pas imaginer la scène...

Quant à Charles, je pouvais difficilement lui en vouloir. Il faut dire que j'ai déjà été ce genre de tigresse... Je suis pleinement consciente du pouvoir que ces jolies filles peuvent avoir sur les hommes. Certains diront que c'est naïf de ma part de ne pas en faire de plat, mais c'est ma décision et je suis prête à l'assumer. Il faut croire que j'ai mûri !

À mon vingt-troisième anniversaire, deux semaines plus tard, une surprise de taille m'attendait. Contrairement à l'année précédente, je n'ai pas organisé de grande fête avec mes amis et mes sœurs. J'ai opté pour un petit souper tout simple avec mon chum et notre fille. Pour moi, c'était un anniversaire tout simplement parfait. Charles et moi avions également prévu sortir dans un bar plus tard en soirée, mais, durant l'heure du souper, on était juste nous trois... ou quatre, si on comptait Maxou, qui a passé la soirée à courir d'une pièce à l'autre avec son jouet. Je pense d'ailleurs qu'il a un « ami chien » imaginaire, celui-là !

Charles s'est occupé de tout préparer. Il a même fait un gâteau avec Maéva. Ils ont viré la cuisine à l'envers, mais ils ont eu un plaisir fou !

Après le souper, Charles m'a annoncé que c'était l'heure des cadeaux.

– Ben voyons ! Je t'ai dit que je n'en voulais pas et que c'était le souper, mon cadeau...

Il était bien fier de son coup. Il a échangé un clin d'œil avec Maéva puis s'est retourné vers moi.

– Et tu pensais sérieusement que j'allais t'écouter ?

– Je ne sais pas pourquoi d'ailleurs, tu ne m'écoutes jamais pour ces choses-là !

– Alors, tu te tais et tu ouvres tes cadeaux ! blagua Charles, qui semblait encore plus empressé que moi !

– OK, OK !

Le premier, c'était un « magnifique » dessin de Maéva. J'ai été très touchée quand elle m'a expliqué qu'elle avait dessiné sa famille. Bon, ce n'était pas clair, mais, en me le donnant, elle a pointé son papa, sa maman et son chien sur la feuille. Elle n'avait pas idée à quel point c'était un cadeau rempli d'émotions pour moi.

Charles s'est ensuite penché pour prendre Maéva.

– Viens-t'en, ma princesse, on va aller chercher le deuxième cadeau de maman.

– Oui ! s'écria-t-elle, en levant les bras, tout énervée.

Il m'a proposé de m'installer au salon, de m'asseoir sur le divan et de fermer les yeux. Je les entendais manigancer. J'avais l'impression qu'ils avaient répété un petit numéro ou quelque chose du genre.

– OK. Tu peux ouvrir les yeux.

Charles était devant moi, un genou au sol, et Maéva était debout à ses côtés. Dans ses mains, elle tenait une petite boîte.

– Allez, Princesse, ouvre-la comme je te l'ai montré.

Elle a ouvert la boîte et il y avait une bague. Tout s'est passé si vite... J'ai à peine eu le temps de comprendre ce qui m'arrivait que Charles a pris ma main et m'a dit :

– Voudrais-tu être ma fiancée ?

Je me suis mise à pleurer et j'ai dit oui, bien évidemment. J'étais tellement surprise que je n'osais même pas bouger. Il s'est relevé, s'est assis près de moi et il a glissé le petit anneau en or à mon doigt. Je lui ai sauté au cou. Je pense que je ne l'ai jamais serré aussi fort ! Je pleurais tant que j'ai réussi à le faire pleurer lui aussi.

– Je t'aime tellement !

– Moi aussi.

On s'est embrassés. Maéva est ensuite venue s'asseoir sur mes genoux. Elle ne comprenait pas trop ce qu'il se passait, mais elle souriait, comme toujours. Je reprenais peu à peu mes esprits. Je me demandais quand il avait pris cette décision. J'ai même eu un petit moment de crainte, mais il m'a vite rassurée.

– Tu es sûr de ton coup, mon amour ? Tu sais ce que veulent dire des fiançailles... Je le cache peut-être bien, mais je suis assez vieux jeu, moi !

– Tu doutes de moi ?

Il me regardait d'un air taquin.

– Non, mais c'est juste que... Tu pourrais éventuellement trouver que c'est long, « toute une vie » !

– Ma belle, je t'ai aimée pendant presque six ans dans les pires conditions... Je pense que je vais être capable de t'aimer encore un bon bout dans le bonheur !

Non mais, avouez que c'est craquant !

Alors, on en est là. Je vais me marier d'ici quelques années. On n'est pas pressés, je sais qu'on ne changera pas d'idée. Je ne dis pas qu'on va filer le parfait petit bonheur jusqu'à nos quatre-vingt-quinze ans, mais on y va au jour le jour ! Je dois tout de même admettre que je n'en reviens pas encore. Est-ce que je viens vraiment de me fiancer avec le gars qui n'avait pas d'étui à crayons à sa première journée de cégep ? Ah ben oui !

Quand on s'est rencontrés, je pensais que c'était mon ex, Frédéric, qui avait agi en ange gardien en mettant Charles sur ma route. Au bout de quelques mois, je pensais plutôt qu'il m'avait transformée en petit diable. À cause de mon amour et parfois de ma haine envers Charles, je sais que j'ai causé beaucoup de tort aux gens que j'aime. Je m'en rends compte, désormais.

Avec le recul, sans présumer que j'ai eu l'aide d'un ange gardien ou que Charles est mon âme sœur, je suis tout de même convaincue que notre rencontre devait me servir de leçon de vie. Après toutes les épreuves que j'ai vécues et en dépit de tout ce que je lui ai fait subir, Charles est encore là, à mes côtés.

Il m'a fallu du temps pour le comprendre, mais je pense que je ne m'étais pas trompée à dix-sept ans. C'était bel et bien lui, le bon, le seul. On était trop jeunes et on s'est mal aimés, c'est vrai. Mais, heureusement, le hasard a fait en sorte qu'il est toujours réapparu dans ma vie, même si le *timing* ne s'y prêtait pas toujours et que certaines de nos rencontres n'ont pas été de tout repos.

Deux caractères forts ensemble... Je m'attends à ce qu'il y ait beaucoup de flammèches, on en a déjà eu assez d'exemples ! Mais, malgré tout, on s'aime et on devra bâtir là-dessus.

Le destin nous a assez donné de signes. Il est grand temps de l'écouter et de cesser de se battre à contre-courant. Les futures tempêtes, j'ai envie de les traverser avec Charles... et non contre lui.

Dans la même collection

- *L'amour clé en main*, Marie-Claude Auger
- *Amour, chocolats et autres cochonneries…*, Évelyne Gauthier
- *Nul si découvert*, Martin Dubé
- *Une plus un égale trois*, Martin Dubé
- *La vie en grosse*, Mélissa Perron
- *La vie entre parenthèses*, Hervé Desbois
- *Les chroniques de Miss Ritchie*, Judith Ritchie
- *L'envers de Catherine*, Dominique Doyon
- *Si tu t'appelles Mélancolie*, Mélanie Leblanc
- *Passionnément givrée*, Audrey Parily
- *Merveilleusement givrée*, Audrey Parily
- *Éternellement givrée*, Audrey Parily

Achevé d'imprimer au Canada
sur papier 30 % recyclé
sur les presses de Imprimerie Lebonfon Inc.

procédé   30 % post-   archives
sans   consommation   permanentes
chlore